评说高满堂

张显　王卫　主编

大连出版社
DALIAN PUBLISHING HOUSE

© 张显 王卫 2014

图书在版编目(CIP)数据

评说高满堂/张显，王卫主编．—大连：大连出版社，2014.6
ISBN 978-7-5505-0699-2

Ⅰ．①评…　Ⅱ．①张…　②王…　Ⅲ．①高满堂－电视剧－戏剧文学创作－研究　Ⅳ．①I207.352

中国版本图书馆CIP数据核字(2014)第094015号

评说高满堂
PINGSHUO GAOMANTANG

出 版 人：刘明辉
策划编辑：卢　锋
责任编辑：卢　锋　尚　杰
封面设计：林　洋
版式设计：卢　锋
责任校对：李玉芝
责任印制：阎　骋

出版发行者：大连出版社
地址：大连市西岗区长白街10号
邮编：116011
电话：(0411)83620401/83621075
传真：(0411)83610391
网址：http://www.dlmpm.com
E-mail：cbs@dl.gov.cn
印　刷　者：山东鸿杰印务集团有限公司
经　销　者：各地新华书店

幅面尺寸：170 mm×240 mm
印　　张：22
字　　数：335千字
出版时间：2014年6月第1版
印刷时间：2014年6月第1次印刷
书　　号：ISBN 978-7-5505-0699-2
定　　价：88.00元

(版权所有　侵权必究)

《评说高满堂》编辑委员会

顾　问：

赵化勇　中国文联副主席，中国电视艺术家协会主席

袁克力　中共大连市委常委、宣传部部长

主　编：

张　显　中国电视艺术家协会分党组书记、驻会副主席、秘书长

王　卫　中共大连市委宣传部副部长，大连广播电视台党委书记、台长

编　委：（按姓氏笔画为序）

王　卫　中共大连市委宣传部副部长，大连广播电视台党委书记、台长

李盛之　大连广播电视台副台长

张　显　中国电视艺术家协会分党组书记、驻会副主席、秘书长

张彦民　中国电视艺术家协会分党组成员、副秘书长

陈建文　中国文联理论研究室主任

周由强　中国文联理论研究室评论处处长

赵　彤　中国电视艺术家协会理论研究部主任

赵化勇　中国文联副主席，中国电视艺术家协会主席

袁克力　中共大连市委常委、宣传部部长

袁缙村　大连天歌传媒股份有限公司总经理

高满堂，大连广播电视台国家一级编剧。

1983年开始电视剧编剧生涯，编剧900余部（集）。

作品获得第5届亚洲电视节电视剧类金奖，第39届亚广联ABU娱乐类金奖，第3届首尔电视节最佳编剧奖；

中国电视剧“飞天奖”14次，其中一等奖5次；

中国电视“金鹰奖”5次；

中国电影“华表奖”最佳故事片奖；

全国“五个一工程”奖7届。

获“飞天奖”“金鹰奖”最佳编剧奖，“飞天奖”突出贡献奖，中国电视50周年优秀编剧奖，中国2009年度十大影视风云人物奖。

满堂自语

1983年的深冬，我在大连侯家沟棚户区的一间斗室里，开始了我的第一部电视剧《荒岛上的琴声》的创作。一转眼30年过去了，半个甲子。

30年追逐这个行当（且要继续追逐下去）为了什么？我想起我十来岁时，每天看到邻居邓奶奶搬个小马扎坐在门口，头梳得溜光水滑，搂着膝盖，眯着眼睛，有时像是睡着了。我常喊奶奶奶奶你成天坐在这儿干什么呢？奶奶仍眯着眼睛说：看人儿。年复一年日复一日，直至她过世。人生光景，反复无常；上天入地，不可揣度。这也许是我孜孜以求这30年的兴趣和动力。

电视剧到底拍什么？其实奶奶说得已经很朴素很明白：看人儿。人儿不行，其他都是白扯。但让我感到悲哀的是，这么多年我们给观众留下几个人儿？所谓“人儿”，大多是情节的奴隶，火车尾厢。没人儿的剧成了方便面和棒棒糖，麦当劳和肯德基。我始终认为做好影视，娱乐应该有度，不能至上；艺术贵在有节制，不能泛滥。给历史留下尊严，给艺术留下真诚，给人生留下境界，给自己留道底线。我还想说，艺术的至高是“境界”和“情怀”，我从不相信一个目光短浅唯利是图心胸狭窄老虎屁股摸不得怨妇泼男全无修养的人，能够得着这四个字。

真的要扪心自问，我们摸到艺术的门槛了吗？“导师”“教父”“大师”“巨星”“大腕儿”在艺术老人面前当知羞耻，抱头鼠窜者该还有救。对历史不敬，对古代不敬，对古典不敬，这正是我们浮躁、轻狂、无知的淋漓表现，叫后人耻笑。

想到这些，心便惴惴然。不敢怠慢，晓行夜宿。人生光景好，再多看几个人儿。

序 一

2013年10月，中国文联、中国视协、中共大连市委宣传部和大连广播电视台联合主办了“高满堂编剧艺术研讨会”。举办这次研讨会时，恰逢满堂同志从事电视剧创作30周年。我觉得这不是巧合，而是中国电视艺术家协会的学术视野和满堂同志艺术积累的必然相遇。

20余位电视领导、专家、学者在会上发言，大家谈得都很动情、很热烈、很深入。满堂同志的创作，经历了从短篇、中篇到长篇电视剧的过程，他30年的创作融合在我国改革开放后电视剧发展历程之中，并且为它增添了许多光彩。满堂同志的剧作和创作经历，需要加以认真研究。

“高满堂编剧艺术研讨会”，不仅为分析和总结满堂同志的电视剧创作特点、美学价值和时代意义具有重要作用，而且对丰富我国电视剧研究具有重要价值。但是，这次研讨会毕竟是站在今天对满堂同志30年创作的回望。要把对高满堂创作的研究作深、作细，仅有今天的回顾式分析是不够的，应该把与高满堂同志创作历程同步出现的评论和研究资料，纳入进来。在与时俱进的过程中，观照满堂同志的剧作，符合辩证法的科学要求。

知晓高满堂有一个递进的过程。与他共事的电视剧创作人员是最先知晓其人、其作的，这是满堂同志的个性价值。看电视剧的观众在荧屏印象的濡染中，被他的作品所吸引，这是他的品牌价值。屡屡斩获国内、国际大奖，赢得观众、同行和政府的赞誉，这是他的业界价值。这些价值判断的积累，促使我们要研究他的创作，这是满堂同志及其创作的学术研究价值。

中国电视艺术家协会和大连广播电视台联合汇总编辑，由大连出版社出版的《评说高满堂》，以满堂同志的创作经历为经，以对他作品展开的多种评论为纬，有助于我们从高满堂年轻时代的创作，一直看到他的今天。这本评论集可以说是对满堂同志个人创作的评价史，对满堂同志而言分量很重，对我国电视剧创作研究和电视剧评论史研究同样有重要的参考价值。

需要研究高满堂的创作，也期待着高满堂同志的自我超越，更期盼的是有更多的编剧超越高满堂。

中国电视艺术家协会主席 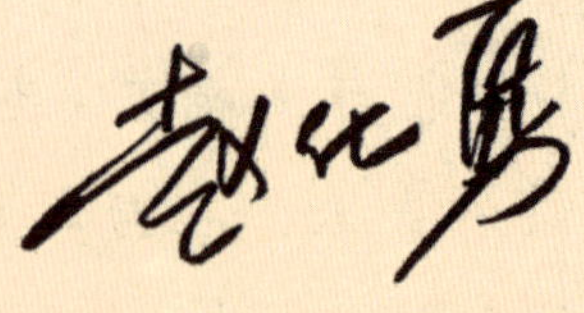

序 二

从1983年开始创作短篇电视剧算起，满堂老师从事电视剧编剧艺术实践已逾30年。30年的时光流淌，30年的心路历程，30年的探索追求，满堂老师怀着对艺术创作的热爱，以真实生动的笔触，用电视剧这种艺术形式，孜孜不倦地书写着他的精彩人生。30年里，他创作了900多部（集）脍炙人口的电视剧作品，深受中国亿万电视观众所喜爱。尤为难能可贵的是，在半个甲子的漫长岁月中，他一直处于创作高峰状态，佳作不断推出，并且日臻至善，炉火纯青。我们大连人民都为他今天的成就倍感骄傲和自豪！

30年来，满堂老师对于中国电视剧的贡献，最为重要的是他树立了现实主义精神的标杆和严谨创作态度的典范。从他居于斗室，创作出第一部作品《荒岛上的琴声》，到刚刚在中央电视台播出的《大河儿女》，满堂老师始终坚守现实主义创作原则，讲述历史，观照生活，回应诉求，寄托情感，思索人生。他的《大工匠》《闯关东》《钢铁年代》《我的娜塔莎》等作品，都是在民族革命与社会变迁的广阔视野中去观照历史演变的共同规律，借助民族性和当代性的对话与交融，用艺术的方式精准把握了历史的脉络与精髓。

即使在中国电视剧消费文化和娱乐至上的浪潮席卷而来，让现实主义精神倍感孤独和落寞的当下，满堂老师依然坚守着董狐直笔的精神和文以载道的担当，创作出《温州一家人》《闯关东前传》《大河儿女》等史诗般的现实主义作品。满堂老师30年如一日，坚持深入生活，提炼生活。每一部作品诞生前，他都采访采风，遍访历史知情人，足迹遍及北中国的山山水水。他以严谨的态度面对艺术，因而塑造了一个又一个有血有肉的艺术形象，创作了一个又一个“接地气”的故事。满堂老师30年的创作实践给当下电视剧行业所带来的启示，弥足珍贵。

30年来，满堂老师对大连的贡献，在于他提升了城市文化品质，引领一代创作风潮。电视剧创作生产一直是大连文化产品的“名片”，曾经创造了闻名全国的“大连现象”。而电视剧在大连的发轫和成长，无不与满堂老师息息相关。他的“现实主义”和“平民视角”，他的“宏阔叙事”和“境界情怀”，都深刻影响了大连的文艺创作。除了他自己的作品之外，大连电视剧精品《篱笆·女人和狗》三部曲、《东北抗联》、《铁梨花》等，都深受满堂老师创作风格的影响，形成了独具特色的“辽海剧风”；30年来，满堂老师怀着赤子之心，桑梓情怀，提携编剧新人，奖掖故乡后辈。

在他的引领下，郝岩、于漫洋、林愈业等大连青年编剧，已在全国电视剧编剧中崭露头角。现在，满堂老师正带领大连本土编剧孙建业、杨锦峰、津子围，共同创作一部反映大连百年历史的史诗作品。在中共大连市委宣传部的推动之下，2011年7月，“高满堂工作室”在大连广播电视台正式挂牌成立；2013年9月，“郝岩工作室”在大连报业集团挂牌成立。这标志着大连市将大连电视剧的创作生产从文化现象提升到了城市文化品牌的高度。满堂老师热爱大连，大连人民更热爱这位本乡本土的艺术家。高满堂，已经成为一种城市文化符号，代表了大连文化的品质和品格。

满堂老师的创作历程，基本涵盖了中国电视剧发展的整个历程。因此，出版这部高满堂电视剧创作评论集，既是对满堂老师30年创作的一个总结，也是对中国电视剧发展的整体回顾。祝愿满堂老师艺术创作之树常青，祝愿中国电视剧繁荣发展！

中共大连市委常委、宣传部部长 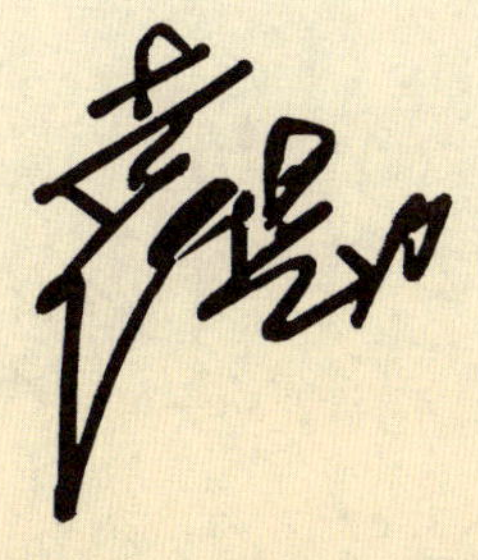

目 录

《远山远水》专题

《大工匠》专题

《闯关东》专题

《雪花那个飘》专题

综合评论

以艺术的热情关注脚下厚重的热土，以体察人情的细腻视角贴近奋斗中的人民，从历史起伏和生活跌宕的交织中开掘正义、正气和正道所在，正能量就在其中。

勇于担当 书写民族主旋律
张扬理想 铸就平民大史诗

——高满堂编剧艺术研讨会发言摘登

2013年10月19日，中国电视艺术家协会、中国文联理论研究室、中共大连市委宣传部和大连广播电视台联合主办的“高满堂编剧艺术研讨会”在北京举行，适逢高满堂从事电视剧创作30周年。中国文联党组成员、副主席夏潮，中国文联副主席、中国视协主席赵化勇，中宣部文艺局副局长孟祥林，中国文联理论研究室主任陈建文，中共大连市委常委、宣传部部长袁克力等领导出席了研讨会。研讨会由中国视协分党组书记、驻会副主席、秘书长张显主持。李准、仲呈祥、曾庆瑞、王一川等专家学者在研讨会上，对高满堂的创作成就给予高度评价，对高满堂电视剧的创作历程、艺术特色和作品影响进行了多方位的分析。

我有一颗真诚的心

高满堂／国家一级编剧、中国广播电视协会电视剧编剧工作委员会会长

我在28岁时写了第一部电视剧，一转眼今年58岁了，写了30年。今天中午的时候我姑娘给我打电话，她说："爸，你在这次会议上千万别得瑟，千万低调再低调。"我老婆从英国给我打电话说："'高满堂'你一生最大的毛病就是收不住，到英国看看莎士比亚的故居，你什么都不是。"

是，我什么都不是，但是我有一颗心，与我们祖国和人民同呼吸、共患难，感受我们这个时代和共和国一步步艰难的历程。我想我的电视剧始终坚持几个原则：

第一，真诚面对艺术。第二，真诚面对生活。第三，真诚面对观众。在这个基础上，我说任何一部电视剧都应该追求三个方面：1.追求大精神；2.追求大境界；3.追求大前途。

我还想说我们的电视剧应该保持四股气：第一股气是历史剧要有正气，第二股气是年代剧要有神气，第三股气是当代剧要接地气，第四股气是我们作家应该有志气。这些年我努力遵循这些原则，在自觉和不自觉当中一直努力着，一直坚持创作。我想起30年前我的第一部剧要播出时，我妈妈就拿着电视报每家每户地敲门说："你们一定要晚上8点看看我们家老二写的电视剧。"我们工人大院一共有60多家，她挨家挨户地走了一遍。但是这部电视剧写得很不好，骂声一片，我当时不敢出门。我妈妈说："孩子，你要出门，早晚得见邻居。"她一边劝我，一边和人家争执。当时有一个剧情，我在剧本上写一个角色身中数弹没有倒下，但是导演拍成了被机枪扫射还没有倒下。有一天，我听到我妈跟邻居打起来。邻居说："老高大嫂，你家老二最能吹，从小就能吹，现在还吹。70多枪没有打死一个人。"我妈妈说："你尽瞎说，我家老二写得有道理，没打到要紧的地方，没有打着心脏。"最后我妈妈跟我说："老二，我给你挣足面子，跟人家打架，但是以后别胡说八道。"

妈妈的这句话对我这30年的创作有根本的指导意义，那就是说要尊重

生活，尊重历史。对历史不敬、对古典不敬、对古人不敬的人，我永远不敬他。我们应该把民族的精神，积极向上的精神，百折不屈的精神一代一代传承下去。

高满堂的成功与启示

李　准/著名文艺评论家

高满堂现象应当重视，高满堂的创作追求值得研究。在我看来，在他的创作追求中有三点是特别值得关注和研究的。

其一，平民中国梦的激情书写。他作品的主人公都是平民，但他们不是消极被动的芸芸众生，更不属于自甘沉沦的一群，而是民族命运的承载者，民族精神家园的坚守者和开拓者。在高满堂的作品里我们看到，不管遇到怎样的艰难曲折，主人公们都要做自己命运的主人，都怀有一个用诚实劳动去争取美好前景的美丽梦想，正是他们用自己的肩膀撑起了祖国的万里江山，无数他们的梦想追求汇成了伟大的中国梦的追求。他的几十部电视剧通过对众多平民中国梦的真实描绘，深刻地揭示出这种不懈的梦想追求就是中华民族生生不息、屡创辉煌的强大生命力之所在，并激情呼唤着为实现民族复兴更大辉煌的当代中国梦而团结奋斗。

其二，讲述故事的巧夺天工。作为最大众化的艺术样式，电视剧要有个引人入胜的好故事，而高满堂正是一位少见的讲故事的高人。一是作品开篇不论是平地惊雷式抑或平平而起式，他总是很快就能把主人公的命运悬念和情感拷问推向极致，波澜迭起，层层推进，紧紧抓住观众的兴奋神经，吸引人一口气看完。二是善于从丰厚的生活积累中提炼出一连串出人意料的精彩细节，用充满生活质感的细节描写去支撑起戏剧冲突一浪高过一浪的强烈震撼力，既收到了戏剧冲突的极致化艺术效应，又与胡编乱造划清了根本界线。三是精心按照塑造人物形象特别是主人公形象的需要结构剧情，努力把人物性格刻画和不同人物间性格碰撞作为推动剧情发展的第一推动力，使故事和人物互相水涨船高，既提高了讲故事的审美品位，也使朱开山、周万顺等艺术形象深入人心。

其三，正确理念的执着坚守。高满堂坚信社会生活是文艺创作的唯一源泉。不管文艺界刮什么风，也不管什么影视剧操作模式走红，他都不跟风，不照搬别人的创作模式，始终自觉坚持走深入生活的创作道路，坚持并拓展着现实主义创作方法。每接触一个新的题材，每着手一个新剧本的创作，他都首先在深入生活上下笨功夫，绝不搞闭门编造。

高满堂的电视剧创作并非无可挑剔。比如，如何更好地揭示一百多年中国发生的多次大变动的深广社会背景，以给主人公们追求实现中国梦的行动提供一个更厚实的历史舞台，在着力表达一个有意味的主题时如何防止顾此失彼，同一个题材续写剧如何能跨出更大的步子，这些方面都还存在着短板。

高满堂的高产与高明

向云驹/中国艺术报社社长

在最近20年间，高满堂的创作一如井喷，不仅量大质高，而且以长篇电视剧为主，不仅题材跨度大，而且人物众多、主题多样、思想丰富；既不重复自己，又大多为原创性、开拓性创作，形成了自己的成熟的电视剧创作风格和特色，他的创作也标志着电视剧特别是长篇电视剧创作方法和艺术样式的定型与成熟。这个成熟在高满堂的作品中表现为：具有驾驭各种题材的艺术结构能力；每部长篇作品都能塑造出鲜明而生动的人物；既善于处理本土的或现实生活中的人物、事件，并使之来源于生活也更高出于生活，同时也善于处理跨地域的或历史的需要丰富想象和虚构因素的题材，使之再现和重塑历史；掌握了成熟的视觉语言、对话语言、形象语言，形成了符合电视剧创作规律的编剧方法与技巧，具有把控观众观看的剧情结构技巧；有丰富的生活积累和超乎寻常的采集素材新编新创的创作能力；有思想的深刻与深度，讴歌真善美，鞭笞假恶丑，坚持历史唯物主义，始终站在人民的立场上，对时代的发展与潮流有清醒的判断与认识；爱故土、爱人民、爱祖国，与人民情感相通，为人民树碑立传。

高满堂的电视剧创作有三个节点，可以反映他的创作走向和风格形成的原因。

第一，中短篇创作是大批量高质量长篇创作的奠基仪式。高满堂电视剧创作中有为数不多的中短篇电视剧，这些作品形制相对短小，情节相对集中，人物一般较少；主题主要揭示一个时期的社会热点，比如《午夜有轨电车》反映了20世纪80年代末至90年代初持续不退的出国潮，以工业遗产有轨电车象征时代变革及其阵痛，质疑出国潮的意义；带有鲜明的“文学化”痕迹，既有浓浓的思考、思想、思辨韵味，也有形象较弱、画面不够流畅、语言过多、情节与冲突张弛随意的不足。

但是，从中短篇入手，从现实题材发端，从文学性出发，也形成了高满堂的后期长篇电视剧创作的优势和特点：善于塑造人物，具有报告文学一样的驾驭各种题材的能力，创造出电视剧艺术的形象不离思想、思想寓于形象的美学品质。这种创作特色在《温州一家人》中得到淋漓尽致的发挥。

第二，《天大地大》标志着高满堂编剧技巧的高度。这部作品具有高满堂创作的各种要素、元素、因素。两个男主角既是一对冤家，又是互不可离的抗日英雄，他们的家族史、抗战史亦庄亦谐，一波三折。对侵华日军的描写也别开生面，触及一个罕见的角度：文化侵略与武力征服互相配合，写出了完全不一样的侵略军的形象。这部作品充分展示了高满堂的艺术发现力和创造力。他的《家有九凤》《真情错爱》《北风那个吹》《山里红》《大工匠》《钢铁年代》等作品，都展示出他对某一类题材素材所具有的独到理解力和艺术表现力。

第三，大地的史诗与时代的画卷。在高满堂电视剧作品中，绝大多数都是写东北这片神奇土地的人、事、史。一开始，这只是表现为普通可见的作家对自己身边人和事的关注的常见创作现象。以后，这种写作与表现逐渐强化，逐渐扩展为具有人文地理和创作生态的文化理念，直至明确意识并自觉转化为一种创作的地域性追求。以《闯关东》三部曲为标志，高满堂的电视剧创作将历史史诗化的艺术追求彰显突出到极致。一部东北史就是一部中国历史的浓缩，东北人的命运也是中华民族的命运。

张扬现实主义精神

杨锦峰/大连市艺术研究所所长、研究员

高满堂电视剧创作的艺术观念是现实主义的，又不是绝对写实的现实主义。高满堂关于现实主义的理解和呈示，是灌注着心灵期待的现实主义，是填充着生命幻想的现实主义，是凭借着奇崛构思的现实主义，更是张扬着理想旗帜的现实主义。

因小见大，是高满堂作品中张扬理想旗帜的基本创作依托。在他的作品中，充斥着小人物、小故事，较少接触那些本身就承载着重大社会命题、人生命题和哲理命题的人物和故事。但是，高满堂绝不会将这些小人物、小故事仅仅当成家长里短来写，也不面对观众故作亲和平易之状，更不屑于没来由地矫情呻吟和昧良心地铺陈兑水。他总要努力因小见大，于看似平凡的小人物小故事中发现和抒发关于做人、关于生活、关于社会的大感受、大思考、大意象。因此，即便在《飞来飞去》《午夜有轨电车》《远山远水》这样规模不大的作品中，仍然可以使人感受到沉甸甸的人生命题。并且，这种因小见大的追求，在高满堂不同创作阶段的演化中，不但没有淡化，反而愈见明晰。

因丑见美，是高满堂作品中张扬理想旗帜的基本创作指向。这里所谓"因丑见美"，是个打比方作比较的说法。高满堂作品中的人物，都说不上美丽，更少有帅哥美女，有的是貌不惊人的汉子和相不出众的婆娘。高满堂作品中的故事，也较少娇柔婉约，较少空灵缥缈，有的是实打实的生活和硬碰硬的交锋。甚至，在他的作品中，一般不允许"完美"的出现，即便最为精心构造的美的形象，必定有所缺憾，有所异样，甚至有所丑、有所恶。高满堂作品构造这样所谓的"丑"，或曰不够"美"的形象以及围绕这些形象而设置的带有明显粗、野、怪的故事，却是为了演绎和锤炼更高意义上的美。这种美首先着眼于性格特征的建立和开掘，由此升发为人格和精神，进而使观众感受其中所蕴含的震撼力、启迪力和影响力。

因拙见巧，是高满堂作品中张扬理想旗帜的基本创作方式。他是极端重视娱乐性的，但是，他将娱乐性理解为有意义的笑和有价值的哭。因此他说："电视剧既要有意思，又要有意义。"其实，高满堂性格中充满喜剧气质，思维中充满喜剧活力，生活积累中也充满喜剧资料。但是，在他的作品中，他却乐于将喜剧元素溶解到具有沉重感的性格和行为之中，而在某些细节的层面上，有时径直以喜剧的方式加以处理。因此，将娱乐性作为电视剧创作的必要支撑，成为他创作的必有意识。就现实的娱乐需求看，娱乐性首先要有意思，也就要求编剧依靠巧妙的构思来制造有意思的性格、情节和细节。从这个意义上说，高满堂的作品巧妙地实现了娱乐性追求。然而，他的"巧"来得艰辛，来得苦拙。《闯关东》中波澜起伏的淘金、走马帮、江桥之战，《温州一家人》中的知识产权官司、市场妙算，这些引人入胜的情节构造，不是凭借侃大山，也不全依靠灵机一动。他总以极其漫长的时间，甚至十几倍、几十倍的时间进行前期准备。正是由于这样的苦拙，成就了入情入理的编制，成就了匪夷所思的精巧。

走出去，需要更多现实题材作品

程春丽／中国国际电视总公司艺术总监

高满堂作品特别突出表现北方近现代历史中普通人的生活变迁，塑造了一系列栩栩如生的人物形象。这些作品源于生活，都特别引起观众的共鸣，让大家在剧中能够找到自己和自己身边的人的影子，重温曾经的激情和感动。

我是做国际发行的，所以每次看到高老师的作品都非常激动，我们特别希望能将反映中国现当代生活的电视剧发行到海外。很长时间以来，海外市场最受欢迎的基本上都是历史剧、古装剧，比如《三国演义》《水浒》《康熙王朝》《雍正王朝》等等。但是另一方面，这样单一类型的作品，在内容上与我们的时代多少有些脱节，无法反映中国的变化，也没有办法给海外的观众带来更多的新视角。海外观众其实也非常希望了解中国。近几年来，我们在海外的营销中也努力推广中国的现当代作品，通过这些作品逐渐打开市场的接受度。值得欣慰的是，电视剧的制作水平越来越高，我们的工作越来越得到市场的认可。如高老师的《闯关东》《家有九凤》《午夜有轨电车》等等都受到海外的关注，东南亚的很多国家都有播出。

在2012年，近现代的电视剧这一类，北美市场购买了大概500多小时的近现代作品，这在过去不多见。海外市场的情况也因为地域、文化、背景的不同，有很大的差异。亚洲市场对中国比较了解，文化的差异比较小，他们对近代、当代的节目都能够接受。北美华人市场也是非常喜欢中国内地的电视剧，特别是希望第一时间跟中国同步播出。非洲的朋友虽然相隔很远，但是他们对当代中国人的生活非常感兴趣。我们去年在国家新闻出版广电总局做“1052工程”，挑选10部电视剧、52部电影输出到非洲，高老师的《温州一家人》入选今年的“1052工程”。

合作中感受高满堂

薛继军/中国电视剧制作中心有限责任公司总裁

高满堂老师是国内电视剧作的大家，我很有幸和满堂老师合作了一部戏，就是即将在央视播出的《大河儿女》。在与高满堂合作的过程中，让我很惊讶的是他为创作《大河儿女》，一个人背着一个包，没有前呼后拥，也没有打伞的、开车门的，自己一个人前后多次下到基层。这么大的编剧还能从最基本的功课做起，确实很难得。我觉得他之所以能够写出诸多优秀作品，一些让人永远记住的作品，一些鲜活的人物，甚至能成为电视剧人物画廊里的经典形象，和他做这种基本功分不开。

我们知道现在电视剧行业内有牛气、狂气、傲气，各种气都有，就缺点正气、底气。在跟满堂老师合作中，我体会到做艺术的人格方面的正气，以及作品里流淌出来的底气。为什么呢？真正能将一段史写成诗不容易。我们也有艺术家号称在写诗，但是离现实、离真正的历史又那么遥远。满堂老师在这方面结合得很好。看过的作品让我感到满堂老师的这种正气，实际上是中国人的精气神、中国精神，在他的作品里面体现得非常清晰、非常抓人。

《大河儿女》本来只需要写一段历史，对满堂老师来讲不是很难的事，他可以很从容地把这个事对付过去。但是他给自己出难题，他要写四分之一个世纪的河南风雨。他背着包跑了九个多月，这是他作为一个艺术家的正气，是创作底气的所在。

一部剧有很多合作方，大家都有这样那样的一些意见、建议，满堂老师确实是让我看到了真正的剧作家的风度。满堂老师从来都不是装装样子式地跟大家讨论，而是非常认真地讨论。当然，满堂老师认为应该坚持的东西，谁也说服不了他。

真切触摸时代脉搏

彭　程/光明日报社文艺部主任

高满堂电视剧作品产量高、质量佳，堪称“二美俱”。社会影响大，获奖众多，作者的名字已然成为了影视界的一个符号，一个品牌。高满堂形成了自己的鲜明艺术特色。归纳为以下几点：

第一，视野开阔，描摹广阔人生。其作品涉及多个领域，题材丰富，范围广阔。有民族迁徙和历史题材的《闯关东》，有工业题材的《钢铁年代》《大工匠》《漂亮的事》，有商业题材的《温州一家人》，有农村题材的《北风那个吹》，等等。这些不同生活领域的丰富内容，又多是在一个较为漫长的时间段内加以表现的，历史跨度大，动辄数十年之久。几十年间的风云变迁，几代人的命运沉浮，折射出了共和国的历史进程。

这样，一横一纵（横向的面和纵向的史，空间维度和时间维度）的结合，综合起来，使得其对中国社会生活的描绘展现达到了一种难得的“广阔的覆盖”。

第二，视角独特，成就“平民史诗”。他的剧作的一大特点，是底层叙事或者说是平民叙事，关注普通人的命运，为平民百姓立传。通常不正面和直接地表现重大的社会问题，而是通过普通人的人生命运描写，来自然而然折射出社会生活的变革和时代前进的印记，反映出不同时期社会上的种种主要的矛盾冲突和困窘。

第三，呵护美好人性，弘扬正面价值。高满堂作品基本上都是主旋律，同时也都取得了良好的市场效应。这点给人以启发。按高满堂本人的说法，是通过“有意思”达到“有意义”。只有老百姓喜欢看，主旋律才有意义。

第四，人物鲜活生动，栩栩如生。人物塑造是衡量叙事类文艺作品的一个重要尺度。高满堂作品可以给人留下印象的人物至少有二三十人之多，可以说塑造了一个人物群像。

第五，摇曳多姿的审美呈现。既有高亢雄浑的阳刚之美，也有细腻委婉的阴柔之美；既有金戈铁马的气势，也有月下洞箫的韵味。

可以沿着很多不同方向探寻高满堂成功的原因，这里只谈两点：从阅读作家的创作谈以及从媒体对其数十年编剧生涯的介绍获得的感受谈。首先，是拥抱生活、深入生活的激情、信念，并将之化为扎实而恒久的行动。有不少的作品，当然得益于作者本人的生活经历、艺术灵感的闪光，源自其拥有丰厚的生活库存。同时，对于一位致力于不断地开拓自己艺术疆土的艺术家来说，一个人的直接经验总是不够的，这就需要借助于间接经验，不断了解和熟悉新的生活领域，使之成为新的题材源泉。其次，是对艺术的孜孜不倦的、永无止境的追求。只有在熟悉生活的基础上，耐得住寂寞，严格遵循艺术规律，从立意、人物、故事、结构、语言等每个环节上，进行认真而艰苦的劳作，在失败面前不气馁不放弃，才有望最终取得艺术创作的成功。

“满堂”彩的由来

赵　彤/中国视协理论研究部主任

从质和量两方面来看，今天满堂老师在编剧领域的成就，可以说常人难以望其项背。我想这也就是他被推选为中国广播电视协会电视剧编剧工作委员会会长的原因。其实，满堂老师早已享誉业内和荧屏，这从摆在桌上的剧目目录就能看出。但在30年前，20年前，满堂老师的品牌还不像今天这样突出。

我想历史本身就是新陈代谢的过程，唯有能持之以恒者，才能经受住时间的考验，不被岁月的黄沙埋没。满堂老师在电视剧编剧领域耕耘了30

年，至今毫不懈怠，这是他成就事业的根本。

在30年的创作历程中，满堂老师也在不断地面对观众、面对创作环境，在艺术上进行自我更新。看他早期的作品，如《午夜有轨电车》《飞来飞去》，那是故事淡化的散文诗式的小剧，看他现在的作品《北风那个吹》《闯关东》，那是带有悲壮品格的史诗大剧。这其中的风格、题材、结构的转变，是充满艰辛的，对编剧而言不是轻易就能完成的。在举办这次研讨会之前，我曾给满堂老师发了一个采访提纲。其中问到“如何评价这30年创作的甘苦”，高老师回答说，他也有一本“血泪账”，他是幸运的。我想幸运不是侥幸，而是他在不停地进行自我更新。许多有成就的短篇剧作者没有坚持与时俱进，今天也有不少大剧作者稍有成绩就束手了，一个原因在于他们不愿意或无力适应编剧需要面对的变化。与时俱进而不故步自封，这是满堂老师成就事业辉煌的动力。

满堂老师的作品大都讲述东北故事，有当代故事，也有前代故事，地域性很强。但这并不影响他的作品在全国范围内的影响力，反而成为一种吸引观众的效力。因为他的作品有蕴含，在对一域的观照中，触发了异域观众的联想。我记得，浙江广电集团艺术总监程蔚东在《表达和抵达》一文中特别谈到了《闯关东》，他说这部剧“现代人看得如此入迷，就是他抓住了人性的东西”，“那个年代的‘闯关东’和今天的人们，比如我们浙江的浙商闯天下，真的有某种暗含之处”。程蔚东也是一位著名编剧，他的分析是有专业见地的，很能说明高满堂老师取材东北、取材历史而包容他乡、契合当代的艺术含量。当我看到《温州一家人》时，我的直感就是周万顺身上的“温州劲头”和朱开山的“闯关东劲头”，与改革开放以来我们“摸着石头过河”的时代处境是一脉相承的。我想这种类似举一反三的创作功底，是满堂老师成就品牌的内涵。

听了各位老师的分析，结合我对满堂老师作品的观感，我觉得满堂老师的成功，“满堂”彩的由来，就是以艺术的热情关注脚下厚重的热土，以体察人情的细腻视角贴近奋斗中的人民，从历史起伏和生活跌宕的交织中开掘正义、正气和正道所在，正能量就在其中。

改革时代的电视剧魂

王一川／北京大学艺术学院院长

高满堂先生是在短篇、中篇和长篇电视剧体裁，以及各类题材领域都提供了标志性经典即范本的电视剧诗人。

支持我说这句话有四点理由：一、他善于全景式地再现改革时代的多重社会关系，像女人与城市的关系、男人与历史的关系、家庭关系、邻里关系、夫妻关系、城乡关系等，涉及革命与改革、激进与保守、古与今、中与外等情感的矛盾，把它们用生动的故事表现出来、刻画出来。二、他善于刻画丰满的人物形象，像《闯关东》《钢铁年代》《雪花那个飘》《北风那个吹》等等，这里面的人物形象很鲜明。三、他善于表现人物的细腻情感。四、他善于传达一种通达与调和的世界观与人生境界，在他的电视剧作品里体现了贯通天地人，调适过去、现在和未来的这种人生境界、人生胸怀。

在他的身上有齐鲁文化精神和辽东文化精神的复合体，在他的编剧艺术里体现了一种豪迈爽朗而又温柔敦厚的这样一种性格。他的作品不完全只是现实主义，打个不一定恰当的比方，它有着现实主义的躯体、浪漫主义的心灵和现代主义的无意识断片。像《飞来飞去》有一种荒诞，稍不注意就悄悄地溜出来。所以他的作品交织着真实性、理想性、荒诞性。正是由于这一点让我们不同的人从他的电视剧作品里能够看到我们正在理解的人生，才能够打通我们的心灵，引起我们深深的共鸣。

在他的身上可以看到从革命时代向改革时代转型的一种开拓者的胸怀。现在是改革开放时代，需要转型。但是在转型的过程中，他是以一种开拓者的胸怀去包容它，去理解它，去感知它，去穿透它，力图把握它。所以在他的剧作中交融着开放性和包容性的品格，这是很难得的。

改革时代的电视剧魂是由一群人守护的，高满堂贡献非常大。当然我对他还有一点期待，他还有一个领域写得少：人与自我。

我看高满堂的剧作

仲呈祥/著名文艺评论家

高满堂的创作为中国特色的社会主义电视剧艺术提供了民族学理论研究的最厚实、最有价值的文本。高满堂的剧作充分体现了中国电视剧艺术有自己鲜明的民族特色、美学特色和艺术风格这一点。

我刚参加了四川国际电视节，在这次四川国际电视节上，有两部长篇电视剧引起评委会的关注：一个是英国的《唐顿庄园》，另一个就是高满堂编剧的《温州一家人》。后者聚焦于当代农民走向世界的历程，写一个中国普通农民怎样一步步在改革开放的大潮中完成自己的精神境界的升华。

我认为高满堂的创作极其深刻而生动地告诉我们一个真理：艺术源于生活，高于生活；艺术家必须写自己熟悉的生活。他每次把握新的审美对象和题材的时候，总是到生活当中去，熟知、熟悉那个时代、那段历史，熟悉活跃于那个时代当中的各种人，了解他们的喜怒哀乐，然后让这些人物首先活跃于他的脑海当中，呼之欲出。高满堂真正践行了杜甫的“读万卷书，行万里路”。所以高满堂剧作的一大特征是角色、语言、场景鲜活，人物的语言有个性。

《闯关东》那样一种我们陌生的生活经他了解以后，写出来是如此动人心弦，这是对贴近实际、贴近生活、贴近群众的生动展现。高满堂不仅深入进去了，贴近了，还站出来了，做到了“入乎其内，故有生气；出乎其外，故有高致”。

高满堂的创作给我们另一宝贵的启示就是，要重视自己创作思维上哲学品格的铸炼。为什么这样说呢？满堂他自己说得好，娱乐应该有度，不能至上，艺术应该有节制，不应泛滥，给自己留道底线。他认为他的创作当中最宝贵的一条是境界和情怀。我愿意称高满堂的剧作是一种“有思想的艺术与有艺术的思想”的相当完美的统一的作品，他的每一部作品都有思想，有灵魂。

当然，谈到思维层面的问题的时候，我作为一个老朋友、老观众也曾经说过，有的作品里面也要注意彻底地抛弃那种二元对立、非此即彼，好走极端的思维倾向的影响，我不是说他有这种倾向，而是说这种倾向的影响。真正的文化自觉说到底是哲学自觉，哲学自觉是自觉地运用，执其两端、两端把握好度，用兼容整合的思维取代二元对立、非此即彼的思维。比如说朱开山这个人物很感人，很丰满。他淘金有了钱置了地成为地主后，描写他的长工这一群人物栩栩如生，有小偷小摸的，有偷奸耍滑的，总体来说都是朱开山的真善美的对立面。他的创作在哲学思维层面上，还有升腾的空间。哲学成果可以消化到审美创造的全过程中去，使作品既保持强大的吸引力、感召力，同时又保持着一种思想的穿透力。

满堂剧作，成就缘于艺术回归了心灵

曾庆瑞/中国传媒大学教授

满堂剧作的成就，缘于他真正做到了让艺术回归心灵。

我在这里讲艺术回归心灵，是说艺术回归创作者即艺术家的心灵自由。常常有一种号称为艺术家的人，裹挟着一种艺术，迷失在离家出走的歧路上，或者说逃离它所栖居的心灵，这种逃离，又常常是一种叛逃，有时候，甚至是一群人的群体性叛逃。我们眼下的中国电视剧界就是如此。

一、艺术回归了心灵，他就能够坚守精神家园拒绝市场绑架。把艺术当作是自己的第二生命，满堂就能够在“头顶浩瀚灿烂的星空”的时候，心中拥有“崇高的道德法则”，在自己的创作活动中坚守精神家园，拒绝市场绑架。

二、艺术回归了心灵，他就能够深入生活亲吻土地拥抱人民。任何一种文学艺术，我们看它的生命力，首先要看的是最根本的两条，一条是它对它所处的其时其地或者由此而在时空两个维度上延伸开来了的社会生活的态度，一条是看它对它所处的其时其地或者由此而在时空两个维度上延伸开来的社会生活中占人口绝大多数的人民的态度。满堂有一句名言是，他的作品是“走出来的”，就是说走路，走在生活和人民群众中获取题材资源创作出来的。

三、艺术回归了心灵，他就能够放飞艺术的想象力凌空翱翔。满堂所有的剧作都是虚构的，这符合电视剧的艺术本质规律。无论历史还是现实，电视剧里的生活都是一个虚构出来的经过幻化的虚拟的艺术世界。

其实，关于艺术想象力，是有规范的，一是“有真正的自然界所呈现所提供素材”做前提；二是“有它一定的规范”，“一定的范围”，“不能完全听任想象力的狂热摆布”；三是“有了判断，艺术才能说的上是‘美’”；四是“有它具有心灵性的内容（意蕴）”，必定“显示出人类的最深刻最普遍的旨趣”。

四、艺术回归了心灵，他就能够使剧本生长在文学的沃土上。满堂的作品，放在案头，很多都是具有很强的可读性的。

五、艺术回归了心灵，他就能够追求故事和表达的不断创新。满堂说：“我一直有一个理想，就是‘要写出被人没有认识到的东西’。这种理想一直在召唤我。我实际上为这个一直在奋斗着。”这正是一种艺术创造的规律的体现和自觉的阐发。满堂十分清醒地主张：“原创需要独特的故事，独特的发现，独立的意识，独立的叙事手段。”

中国作风的成功实践

阎晶明/《文艺报》主编

总结高满堂的编剧艺术，需要从共性和个性两个方面来认识。共性，是指高满堂所有电视剧编剧艺术的总体特征。个性，是指通过这些作品的共性来看高满堂编剧艺术的个性风格。

高满堂编剧艺术的共性，一是他的大多数作品都是将中国现当代普通人旋转到社会历史的洪流中淘洗，展现出一幕幕风云跌宕的大戏。他的长篇电视剧作品，都是对一个人、一个家庭、一个家族或一个阶层的命运史的表现。往往将个人传奇、家族变迁和历史风云凝聚成一出正剧。二是他创作的电视剧作品中，“个人”并不是符号化的小人物，而是万千“群众”中的一员。他笔下的家族，也不是豪门恩怨式的争斗，而是万千普通中国家庭中的一个单元、一个典型。他眼里的历史，是与当代中国紧密相连的民族、国家变迁史。三是在高满堂的作品中，个体人物和社会历史有着直接、深刻的联系，而普通的个人往往是从不自觉到自觉的过程中，不断地被“卷入”直到“投入”到历史浪潮中，变成他们曾想过的角色。个人爱情、家庭拼搏，最后都必然汇入、融入到社会当中，崛起或消失在历史动荡中，升华为家国情仇、民族大义。他的代表作《闯关东》三部曲是其中的典型。

首先，高满堂电视剧作品的这些共性，突显的是他的创作个性。他创作的电视剧作品，大多具有较大的历史跨度，他自己的创作视野本身就是从近代到当下中国的历史和社会现实，而在一部具体的作品中，往往也都是对一个较长历史时段中国人生活面貌的呈现。《闯关东》是近现代求生存谋生路直至加入革命阵营的人生长卷。《温州一家人》就一个家庭20多年的奋斗史描述得惊心动魄。其次，高满堂的作品大多有较大的空间位移。高满堂是因写闯关东者而名满天下，但他的笔触绝不仅仅局限于东北，这些年来，东北、江南、西部、中原，大半个中国都在他的作品中有所表现，即使在一部作品中，人物活动的范围也在空间上体现出很大跨度。《闯关东》《北风那个吹》已经具有这样的特点，《温州一家人》则对人物在温州、杭州、上海、陕北，直至欧洲的意大利、法国的生活经历、奋斗过程，都进行了具体、切近的呈现。最后，他的作品以“小人物”为表现对象，但这些小人物不是西方现代文学作品中处于社会历史潮流之外的“多余人”“零余者”角色，而是历史大潮中的一滴水，万千民众中的一分子。

总之，他是一位自觉追求中国作风、中国气派的作家，其作品中个体人物、同姓宗族，他们的命运史与整个中国社会历史主题有不可割开的紧密关联，他们不是拒绝而是主动承担起社会责任和历史使命，可谓是“匹夫有责”“位卑未敢忘忧国”的精神彰显。

看满堂的独特所在

刘和平/国家一级编剧，中国广播电视协会电视剧编剧工作委员会副会长

我可能是今天参加这个研讨会唯一的编剧，给一个编剧开艺术研讨会，其实应该有更多的编剧参加，让他们知道满堂的艺术所

在、经验所在，可能比我们这些理论家、评论家，包括领导给他肯定一下作用要大得多。所以我代表中国广播电视协会电视剧编剧工作委员会，希望主办方把今天大家所有的发言给我们一份，让500多名编剧会员能看到，见贤思齐：告诉他们只要努力，30年以后他们也是“高满堂”。

现在给高满堂开艺术研讨会，他自己知不知道自己是怎么个高满堂？他自己明不明白他的作品的意义到底在哪？高满堂有一个东西是别人不能替代的，就是他紧紧地抓住了中国的移民史。高满堂理解了中国社会史，他突然发现中国社会史中最能表现中华民族伟大精神的就是移民精神。这当然跟他自己是闯关东后代有关，还有跟他长期研究移民史有关。从一开始小的方面，慢慢地，无论是《闯关东》，还是《北风那个吹》《雪花那个飘》《温州一家人》，还是《钢铁年代》等等，这些作品都深刻地、非常有情怀地表现了中国人在家国同构几千年的历史情况下，移民的伟大和艰难，这点是高满堂作品里面贯穿始终的一个东西。

我不太认可说高满堂的作品无所不包，但是我比较认可高满堂的作品紧紧地抓住了“移民”这一个主题。大家老是说他今天跑了多少路，明天体验了多少生活，那些都是表象，最内在的、本质的东西就是他自己的那种情怀。每当他到一个地方去，无论是北方还是南方，他都能知道一个人离井别乡、到外面谋生活是不容易的。中国正处于社会大转型、文化大转型时期，更多的农民离开了自己的故土，到外面闯世界，这时候高满堂的作品尤其有意义。

将心交给观众

李　舫/人民日报社文艺部副主任

如何记录行进中的当代中国，记录蓬勃的中国力量，描摹素朴而浪漫、充满苦难与忧思、欢愉与生机的中国群像？高满堂致力于三个度：深度、广度、温度。

第一，一部作品的成功与否，在于它取材的角度，更在于它能够达到的深度。高满堂的作品众所周知的有《闯关东》《北风那个吹》《错爱》

《我的娜塔莎》《天大地大》等，这些是宏大叙事，可是我认为，他的小品文一般的短篇电视剧也同样充满张力，比如《飞来飞去》讲到故人和故国的关系，非常含蓄却非常深刻。

深度中包含着高满堂创作的美学品格，对生命的洞彻，对当下政治环境的观察，对革命历史的深刻思考，对人性的各个角度、各个方面的铺陈与挖掘。他创作了很多典型，但这些主流叙事中没有我们常见的令人感到枯燥和无味的说教，比如《温州一家人》几乎用白描的手法，描述了一家人的成长与家族史、创业史，那些走在时代最前沿的温商前赴后继走出家门，走出国门，他们的个人命运折射着时代的脉搏，折射着社会转型期的大历史。

第二，是作品的广度。高满堂的作品几乎就是“好看”的代名词。他的作品几乎囊括了所有的人类情感，在有的作品中我们能看到粗犷、野性、宏伟、大气，比如《闯关东》《大工匠》《钢铁年代》《天大地大》，每一部都是一部民族史诗，磅礴恢弘，如黄钟大吕，响彻云天；在有的作品中我们能看到温婉、细腻、宽柔、浪漫，比如《家有九凤》《北风那个吹》《错爱》，有着大悲悯与大宽恕；有的朴素得如同我们身边日常的生活，有的几乎就是华丽的巴洛克风情的狩猎游戏，有趣、刺激。

第三，高满堂的作品中蕴含着力量与重量，也蕴含着温暖与温情，这恰是他自己常常说的“温度”。我们不难发现，他剧中的戏剧冲突、矛盾进程，最后都以一种温暖的方式与生命达成和解，剧烈的冲突最后以一种冰消雪融的方式结束，没有咬牙切齿、不共戴天的不罢不休，而是温暖弥漫，充满着善意与宽恕，充满着高贵与救赎。不能不说，温度本身也是一种高度，是一种人性的高度，他的创作不仅是在完成剧中人物的自我完善，同时也是在帮助我们完成每个受众心灵的救赎，这恰是其最有温度的地方。

高满堂选择的常常是很敏感的题材，比如《钢铁年代》从大跃进开始到三年自然灾害，《北风那个吹》写知青题材，《家有九凤》写的是“文化大革命”，这些都是敏感的题材，是不少剧作家不愿也不敢涉猎的领域，然而，高满堂都完成得圆润完满，这种圆润完满中体现了他的功力，也体现了他的智慧，更体现了他的善良和宽厚。

铁肩担道义，大爱写春秋

周由强/中国文联理论研究室评论处处长

高满堂的作品雅俗共赏、真情动人，可以说是获得了满堂喝彩，我想其中对剧中女性形象的精心塑造也功不可没。下面，我想谈谈高满堂先生电视剧作品对女性形象的塑造，管窥先生编剧艺术的特点。

第一，精心塑造坚强、独立、自信的女性群像。常说女人半边天，在高满堂众多的电视剧作品中，对各个时代普通女性现实生活的真实展现占有重要地位。比如，《家有九凤》中听雨楼中初老太太在丈夫去世后，含辛茹苦经历了20年风风雨雨把九个女儿拉扯成人，“女大不由娘”，本该坐享清福的初老太太，却不得不掺和到八个女儿为了生计不断发生着的矛盾和故事之中，还得为离家八年在北大荒插队的七凤突然怀孕归来却不知孩子父亲是谁的舆论煎熬，见证了改革开放刚刚开始周边人们为着奔富日子引发的一幕幕悲喜剧。通过剧中长大成人的“九凤”性格和命运的发展，展现了一幅中国改革开放几十年来时代变迁的缩影，热闹、复杂而深刻。

第二，成功塑造性格鲜明、独特可爱的女性个体形象。在女性个体形象塑造方面，高满堂先生虽然始终保持着平民视角，但并没有被家长里短、婆婆妈妈、儿女情长的琐碎事情所拖累，反而是通过对普通女性的命运的描写，折射出社会生活的变革和时代前进的印记。作品在女性角色剧情设置中，在关键时刻抉择时彰显出中国女性包容大气、爱家爱国、自强不息的宝贵精神，润物无声地展现出女性内心饱满的家国情怀。比如，《闯关东》里无名无姓、被男人朱开山等人唤来唤去的“文他娘”，辛辛苦苦拉扯三个儿子长大成人，在剧中没有什么惊天动地的大事，剧中镜头多是劳动场景，但总是为了家庭中四个男人的事业默默奉献，并教导着三个儿媳妇，用母性的伟大维持着家庭的和谐美满，也维持着剧中情感主线的稳定，她是中国传统妇女的典型形象。

除此之外，浪漫情怀也是高满堂先生作品中对女性角色塑造的一个显著特点。《相依年年》剧中，索久林为了让妻子回头多看自己一眼，在雪地里用一块破镜子反射太阳光照射妻子，妻子回头微笑的瞬间，阳光洒满脸庞，生出无限童趣、温暖和浪漫。

小人物折射大时代

夏　潮/中国文联党组成员、副主席

中国电视文化的时代使命，一个是引领风尚，一个是教育人民，服务社会科学发展。

高满堂同志的作品讲的是小人物、小故事、家中故事、家庭故事，但是它折射了大时代、大变迁、大历史背景，让我们知道我们的民族是怎么来的，我们所处什么时代，我们的国家需要我们干什么。他写的是给我们的精神力量，是历史和共和国不能忘记的人，是肩负着民族希望的人，是引领着我们民族复兴的人，这可不容易做到。我觉得这是我们研讨会的意义，也是我们电视艺术家协会要精心做这个事的初衷，职责所在。

满堂创作　岁月如歌

张　显/中国视协分党组书记、驻会副主席、秘书长

这次研讨会是中国电视艺术家协会和中国文联理论研究室共同发起的“著名编剧艺术研讨”系列中的一项，也是具有特殊意义的一项。中国视协是在2012年年初设计的这个研讨系列，因为协会换届改到今年举行。而今年，恰逢高满堂先生从事电视剧创作30周年。

高满堂同志的创作历程起步于20世纪80年代，到我们即将看到的《大河儿女》，迄今为止前后历经30年。满堂同志剧作描写的时代，从晚清延伸到当代，历史跨度长达一个多世纪。满堂同志剧作描写的地域，立足于东北，辐射多地，在乡村和城市之间纵横数千里。满堂同志的剧作类型兼涉短篇、中篇和长篇，在他个人的创作中，记录了我国现代电视剧走过的路。满堂同志的作品，获奖颇丰、载誉良多，赢得了广大电视观众、电视界同行以及党和政府的高度评价。高满堂是当代中国电视剧编剧领域中的优秀代表。用“岁月如歌”这个沉甸甸且充满诗情画意的词语来形容满堂同志的创作历程和创作成绩，我以为是恰如其分的。

开启心灵世界的一把钥匙

田志伟

——高满堂电视剧的艺术感染力浅论

法国大作家雨果说，比海洋更宽阔的是天空，比天空更宽阔的是人的心灵。

我国朦胧诗派代表性女诗人舒婷说，世界也许很小很小，心的领域很大很大。

可是这无限广阔的很大很大的“心的领域”，却经常是紧锁着的，封闭着的，像宇宙空间一样，很难被烛照和洞察，很难被开启和深入。每个人的心灵，都是这样一个宇宙，都是一个独特而又深不可测的世界，都是一个永远的斯芬克斯之谜。

用什么来开启神秘的心灵世界呢，那只有艺术，只有艺术独有的感染力。高满堂的电视剧就具有这样的艺术感染力。

俄罗斯伟大的现实主义作家列夫·托尔斯泰认为，艺术的本质在于情感，“人们是用艺术品互相传递情感”，“只要作者所体验过的感情感染了观众或者听众，那就是艺术”。真假艺术判断的标准，那就是是不是具有感染力。

这种艺术感染力，是开启人们心灵世界的一把钥匙。如果你把这把钥匙丢了，那你只能在“又深又长”的小巷中苦苦行走，永远也不会登堂入室。

我们在欣赏高满堂电视剧的时候，经常会遇到这种情况，有这样一种感受：本来是封闭着的、呈静止状态的、自主自在的欣赏者的心灵，伴随着扑面而来的真实的生活气息，伴随着人物命运的坎坷跌宕，伴随着情节的辗转开阖，使人们不知不觉中进入到人物心灵世界，与人物产生了共振，寻找到了适合于自己的振幅，欣赏者在不知不觉中，开启了自己的心灵世界，与剧中人物交流着、沟通着、进行着心灵的对话或行为的模仿。欣赏者的心灵世界一下子便被洞开了，被开启了。

这就是高满堂电视剧的感染力。

我们先来看看新近获得省内电视剧长篇一等奖的作品《突围》。《突围》中主要写了六个人物，都是当年的老知青，他们是齐大军、李子玉、肖哲、方然、柯瑶、浦心红。从该剧的题目上看，就有一种暗示和象征的色彩。齐大军是一个工厂里很能干的人物，却被厂里一个很善于玩弄阴谋的人物给挤下了岗，几乎等于失业的齐大军，作为一个男子汉绝对不能靠开包子铺的妻子去混日子。他无路可走只能选择跟李子玉、肖哲、方然去北大荒的路。

而李子玉，是一个很不安分的人物，是他第一个意识到应该到新的天地中开辟新生活的，他有精力、有经济实力、有现代人的头脑，别看他秃脑顶，里边藏着很多智慧，他与小他十几岁的衣小雨的情爱中也很具有现代人的特色。衣小雨，是作者眼中最纯真、最可爱的女性，是理想化的人物，几乎是一个安琪儿。李子玉和衣小雨的几场戏都很富于色彩和情调，都很耐人寻味，尤其是衣小雨到北大荒看李子玉那场戏，可圈可点。李子玉是“突围”中的带头人物。

肖哲，是一个为生活所累的人物，他被卷在一桩弄不清楚的债务纠纷当中。他与中学时代的女友方然始终还有一种藕断丝连的感情关系，是他帮助方然走出了困境。他是为了逃避债务的纠纷才到北大荒的。

方然，是一个无家可归的人物，不仅是她的身无栖息的场所遮蔽风雨的港湾，尽管是一个“不需要多大的地方”。就是她的心，也无家可归。在她的身和心都到处流浪时，偶然间遇到了李子玉，找到了肖哲，得到了帮助。她的走出到北大荒似乎是在情理之中，一方面是为了寻找新生活，一方面是找寻失去的恋人。

柯瑶，是剧中经历比较坎坷的人物，她本来是一个报社记者，可在工作上虽有成就却被排挤，也许是因为她老了。工作不得意，家庭生活也不得意，她的丈夫背着她和另一女人有私情，还要在她面前摆出一副正人君子的样子。电话采访那场戏把她丈夫的虚伪暴露无遗，那场戏是她坦坦荡荡把一切都暴露在大庭广众之下，显示出作为一个弱女子的大胆和刚毅，她和丈夫之间的关系是再也不能修补了。她是在两难之下走出的。她走出之后，寻找到了新的一片业务天地和情感的天地。

浦心红，是一个滞留在北大荒的老知青，她的性格有很大发展，在剧中人们看到的她几乎比当地的北大荒妇女还“北大荒”，还具有农村味。可惜的是她性格变化的发展过程，她如何适应北大荒新天地的过程，剧中表现得不多。面临着城里的老同学纷纷到北大荒的现实，实际上这时她也存在一个“突围”的问题。

上面我们对剧中六个人物的“突围”作了一下粗线条的勾勒。对于他们的突围，一些人认为是突生存状态的围。当这部电视剧在筹拍时，我曾问及别人，告之是写一部知青在新的历史条件下，在城里混不下去了，重新打回老家北大荒。于是我想，这“突围”肯定是借用了钱钟书老人“围城”的题目引而申之，借而用之。围墙外的人想进去，围墙内的人想出来。《突围》是着重写围墙内的人想出来，是写知青在城市的生存状态的不适应和无法维持，突生存状态的围。其实不然。作品写突生存状态的围，仅仅是表层结构，仅仅是一个框架，实际上作者旨意在写突心理围墙的围。齐大军、李子玉、肖哲、方然、柯瑶他们每个人在决定走出城市时，都是经过一番痛苦的心理历程的。他们当年为了一张回城证书，不惜付出一切，而今又要重新回到他们当年避之不及的地方，这是一个多么巨大的反差，一个多么强烈的对比。没有一个痛苦的心理历程是不会作出如此重大的选择的。这种对人心理围墙的突围，包括思想、精神、意识、情感、心态、情绪观念等诸多方面的转变。实际上在扑面而来的新生活面前，我们现实生活中的每个人，都经历着这样一种心理上的“突围”，这是每个人都无法回避的心路历程。只不过是有的早、有的晚、有的急、有的缓、有的走得近、有的走得远而已。《突围》正是写出了这种人人心中有笔下无的东西，才唤起人们一种不可名状的共同的心理感受和感情体验。

我们再来看一看《渤海黄海在这里相连》。这是一部具有史诗规模的，写重大题材的，有相当力度和分量的长篇电视剧。该剧是以我省某市开发区十年建设为主线，热情地讴歌了改革开放给人们、给现实生活带来的变化，基调昂扬、热情向上，可以说是反映改革现实生活不可多得的作品。

但是，编导并没有直奔主题，直向地简单地写改革，而是把改革生活化，人生化，人生况味化，这样就引发出许多动人心魄的故事来。为了改变生活现状，引进外资，使外商的厂房建设顺利进行，剧中主人公不得不含泪推平了自己妻子的坟地。这本身就够撕裂人心的了，可是随着生活的向前发展，剧情的展开，又有两个女人走入主人公的视野，走进他的感情领域，一个是陆萍，一个是他妻子的好朋友李橙。陆萍是他往日的恋人、同学，今日又重新相逢成为他工作上的助手。经过十几年的磨难，彼此都有了变化。但是，还能不能接受彼此的改变呢？他们每个人手里都握着一张“旧船票”，还能不能搭上彼此的“客船”呢？此时此刻，他们彼此内心世界情感波澜的涛声，是否还依旧呢？所有这些不能不唤起人们的感情体验和人生感受，尤其当人们看到陆萍的丈夫陈雨飞已经是一个瘫痪在床上十年的病人时，那种独特的人生感受更难于言表了。而他妻子的好朋友李橙，又具有相当的经济实力，是他搞事业、搞开发不可远离的人物。在事业与情感的两难选择中，主人公开始了自己的新生活，构成了绚丽多彩的当代人生画卷，演出了一幕幕人生的悲喜剧。类似主人公那种“错在重逢”的人生体验，我想是每个人都曾有过的，都经历过的。作者正是通过这些可以通往人们心灵深处的情感线索来完成全剧的叙述和构思的，也正是这些情感线索，启动着人们的心灵之门。

我们再来看一看《停泊十天》。

《停泊十天》是作者选择了一个极为独特的生活视角，在一个独特的环境中，在一段独特的时间里，一帮很独特的人物，发生独特的故事。作者的意图当然不仅仅在于向人们展示海员的生活，而是透过这些很具有独特生活经历的海员，向人们展示一种人生感悟、人生况味，这是一种具有普遍意义的人生感悟和人生况味。

人生无异于在大海中的漂泊，漂泊久了满怀疲惫，特别需要找一个地方歇一歇，这个地方，就是自己的家。这种感受，其实是每个人都曾有过的，都经历过的。这是一种带有普遍意义和价值的人生品味和人生感受。家的意义和价值，在这里显得极为独特和重要。停泊虽然只有十天，又何尝不是整个人生的浓缩？只不过是在十天里表现得更集中、更充分、更鲜明。因此，也更具有典型性，更具有艺术感染力。

远航归来的郭志远，其妻方明是一个服装设计师，由于对服装设计的共同兴趣，认识了同行老沙。当郭志远见到阔别一年之久的妻子方明时，发现在他们的房间里多了一件老沙的风衣。再粗心的男子汉对这些事情也是不能放过的。老沙是谁，是该剧的悬念，也是郭志远的悬念。为了弄清真相，郭志远装作煤气修理工，到老沙家去侦察，老沙在不设防的情况下，谈出了他与方明之间的真诚友谊：除夕之夜，难耐寂寞的方明与老沙的坦诚相见。为此，郭志远才知道了老沙的为人。尤其是当老沙作为客人又被邀请到方明家，一切都真相大白时，人和人之间需要坦诚的人生感悟，已经溢于言表了。这是《停泊十天》最感人的部分，也是最可以开启人的心灵的地方。

再举一个例子。海员小五子是盼归盼得最迫切的一个。当漂泊一年的船靠岸时，第一个冲进镜头喊“到家了”的就是他，可是当他回到家看见秋妹身边的孩子时，他愣住了，不相信那孩子是他的，再加上别人的嘁嘁喳喳，本来应该热热乎乎的小家庭一下子变得冷清起来。秋妹为了逃婚在起航之前嫁给了小五子，一年之久，又陷入这样尴尬的境地，她不得不又离开小五子，到建筑工地上去打工。当小五子有所悔悟，来到施工工地找到打工的秋妹时，观众的同情心一下子被启动了。怜悯之心，人皆有之。世界上没有不可以原谅的事，只有没被唤起深藏在人们心底的怜悯之情。有人说“从善如登”，并不能因为从善困难，常被误解，就永远把善良之心深埋心底。艺术的任务，就在于唤起人们心底似乎将要泯灭的良知。假如这种善的良知真的泯灭了，这个世界将会变得无比丑恶。小五子的悔悟，小五子对秋妹深切的同情，正是作者要传达给观众的人生感悟。作者也正是以此来开启人们心灵的，来唤醒人们心底的善的良知的。缺少同情心，对什么事情都充满着理性的冷漠，无异于冷血动物。

最后，我们来看看《竹林街15号》。

在某纺织厂的职工宿舍竹林街15号里，住着一群性格不同、经历不同、年龄不同的女人。高满堂是善于探索女性形象心灵的奥秘的。人说三个女人一台戏，在这里住着一群女人，人生的戏剧便由此展开了。黑玛丽的热情奔放，向明的冷静理性，文秀的弱柔怯懦，小山东的天真无知，这一切构成了新时期伊始女性生活独特的风景线。在这里展开的故事和故事展开时独特的场景，那雨中像盛开的鲜花一样的花伞，那像女人心思一样潺潺流淌的雨水，那如人生的旅程一样步步登高的石阶，都可以引发出无限的人生感叹，都可以触动多少人紧闭的心扉。

对新生活气息感受最早的新女性向明，在日常工作的耳鬓厮磨中逐渐地爱上了技术员远生，而远生又是远离妻子香香离家索居独处一室的人。因为远生有妻室，向明经过痛苦的思考之后，不愿意做掠夺别人幸福的强盗，不愿意做偷窃别人情感的盗贼，在经过和香香的一番推心置腹的谈话之后，离开了远生。因为这部电视剧是产生在十几年前，当时正值新生活伊始的时期，面对着向明多少带有一些自我牺牲精神的选择，面对着这样一个凄婉曲折的爱情故事，人们不能不与自己的人生体验和人生经历产生联想。

而生性怯懦柔弱的女性文秀，却正中了莎翁的那句话："女人，你的名字是软弱。"一直忍辱负重地生活着，本来是应该离婚，可是走到法院前又回去了。她丈夫来抢孩子，路见不平的黑玛丽该出手时就出手，挺身而出给予相助。当文秀绝望地喊道"我该怎么活下去"时，黑玛丽说："你看我怎么活，你就怎么活。"

这就是文秀和黑玛丽两个最具有典型性的性格写照。所有这些都给人们留下了深深的思索。

给人留下深深思索的还有高满堂最早的电视剧《从夏到秋》。近二十年来，剧中教中文的老教授方文奇的形象，我怎么也不能忘记，怎么也无法从我的记忆中驱遣掉。这一形象所透视出来的人生体验，是足以发人深省的。在人格上，他相当完整，无可挑剔；在个人的心理上，他却是残缺的，负重累累。人生不能爱他所爱，难道不是最大的憾事吗？《从夏到秋》对人生的启迪，对人们心态的触摸，是不能不让人战栗的。

当然，如果从苛刻的眼光看，高满堂的电视剧创作也有些缺欠和不足，有的甚至是比较严重的。如在写他熟悉的生活领域时，显得得心应手，游刃有余，如城市生活、知识分子、女性题材等，而一旦进入到他不很熟悉的生活领域，却显得有些苍白，捉襟见肘。在《突围》中写突围之前那一帮人的城市生活，写得很厚实、很到位，而一旦进入到农村，却多少显得有些简单了，他们很容易就在北大荒开辟了新天地，获得了成功。而这时的矛盾冲突主要由旧时的知青生活的回忆来构成，因为这也许是作者熟悉的，而对新历史条件下的北大荒新生活的本质特点捕捉、把握得就不是那么充分和有力了。这是一。

二、在构成和组织矛盾冲突、纠葛人物关系时，有时也采用一些俗手常用的手法。本来是写电视剧的圣手，这里也有俗手的痕迹。李昌镐也有俗手的败笔，这是不可避免的，如过多地用私生子的办法构置矛盾冲突，在《停泊十天》中有，在《小楼风景》中有，在《突围》中也有，而且还不止一个。靠个人隐私、私生子的办法，靠一种血缘关系构成人物间的纠缠，《雷雨》处理得好，矛盾构成全剧始终。但我们不能总是受《雷雨》的影响。使用多了必然减少人物形象的力度，而显得苍白无力了。

除了私生子之外，还有癌症，几乎也是作者招之即来的制造困难的办法。在人物结局没法处理时，作者如何按照生活自身的真实，如何按照人物自身性格发展逻辑去写，显得思考得不深，发掘得不够，而只好让人物得了癌症制造矛盾、困难。试想一下，在《突围》中按理不得癌症行不行呢？除了《突围》中的柯瑶外，在《停泊十天》中唯唯也得了癌症，她为了支持丈夫考船长，隐瞒了自己的病情，以此来制造矛盾，刻画人物。生活中癌症是存在的，但是在艺术构思时，是不是有点太残酷了。

钱钟书的妻子杨绛有句名言，说艺术就是克服困难。欣赏艺术就是欣赏克服困难的过程。困难制造得合理，解决得合理，人们在欣赏困难的克服过程时，是一种艺术的享受，有一种解放感、解脱感。困难制造得不合理，解决得不合理，人们就无所谓欣赏了，相反会感到一种审美的疲惫感或厌倦。

三、有时，作者也在重复自己。比如，有人说《远岛》有些《午夜有轨电车》的影子，我认为这是很有道理的。这点在我看的一些电视剧创作中，显得十分突出，这里不细谈了。

上面我们所提到的四种高满堂的电视剧，是逆时针的，如果把它们倒过来，我们完全可以看到他的电视剧创作正经历着一个《从夏到秋》的成熟过程。夏的热情，秋的成熟，贯穿其间。当然这还不是晚秋。

突围：寻找理想家园

黄莉莉

——高满堂的电视剧创作

高满堂是辽宁省最重要的电视剧作家之一，他创作的个性相当鲜明，他的作品在辽宁电视剧创作中构成了一道独特的风景线。

高满堂的电视剧创作自1985年始，至今已有13年。这13年是新时期文艺在经过了思想解放、拨乱反正之后发展最快的一段时间。事实上，文学、电影、戏剧、音乐、美术等等艺术门类经过了“文革”结束以后几年的反思阶段，到1985年前后都有着一次飞跃，反映在艺术观念上、艺术形态上都呈现出探索、创新的蓬勃势头。高满堂的电视剧创作初始，就遇上了极好的文艺创作形势，对他来说，这是非常有利的。从起步、发展到走向成熟，高满堂的创作道路走得相当沉稳，很快形成了自己的创作风格。

在高满堂开始他的电视剧创作的这一段时间里，中国的改革开放也发展到了最关键的时期，我们国家的经济体制从计划经济走向市场经济，历史发生了重大转折。商品经济时代的到来促使人们的社会生活有了天翻地覆般的变化，人们开始从新的视角观察世界、认识世界，过去固有的道德观念、行为方式都发生了动摇，精神世界受到剧烈的冲击。高满堂在真实地反映时代变迁中裹挟在大潮流中的普通人的命运，叙述他们悲欢离合的故事的时候，始终以一个艺术家的眼光关注着人的内心世界的深刻变化，在经过自己对生活的独特思考与体验之后，用艺术形式将它准确、细致地描摹出来。

从我们看到的高满堂的电视剧作品来看，他一直在写当代人的生活，特别是都市人的生活。从《断续涛声断续雨》《竹林街15号》《停泊十天》《小楼风景》《午夜有轨电车》直到最近的《突围》，高满堂倾注了大量精力来关注都市人在转型期面对纷繁芜杂的意识形态、价值观念、思维方式的冲击的行为方式和情感方式。尽管主人公的性格、命运各不相同，但却都以独特的时代特征丰富了我们的视野。

《断续涛声断续雨》《竹林街15号》是高满堂电视剧作品中早期的成功之作。在《竹林街15号》中，高满堂选取了一个特殊的视角——织布厂的一间女子宿舍，通过一群女工的生活片段来折射出时代变化给人们带来的巨大影响。他摒弃了过多过满的说教，用一种自然朴实然而又是清新流畅的叙述，把在新旧交接、转换、冲突中的都市普通人的生存方式、生存质量表现出来，细致地刻画向明、小山东、黑玛丽，还有慧芬、老大姐她们面临人生交叉路口时的兴奋、踌躇、躁动、失落，对她们作出的追求与选择表现出一种宽容和理解，毕竟每个人都有权力按照自己的价值观、按照自己的本质去真实地生活。在这部创作于20世纪80年代中后期的《竹林街15号》中，我们感到了那个时期扑面而来的乐观的理想主义气息。

与《竹林街15号》相映成趣的是高满堂创作于1992年的《停泊十天》，这部作品描写了一群男子汉——海员们的短暂假期生活。远洋海员是一个相当独特的群体，他们长年生活在看不到陆地的大海上，广阔的海洋使他们胸襟开朗，走南闯北的经历使他们见多识广。但是，在绝大部分时间里，他们是寂寞的。因此，远洋海员对家、对亲人的思念要比常人来得浓烈得多。这也就是故事一开始，当那艘远洋货轮驶抵家乡港口时小五子那失态一般的兴奋的缘由。家，是长年漂泊的人的归宿，是在他们风雨行程中温暖心头的灯火。所有的海员都渴望有一个安定的家，从已经丧偶的老船长，到还没有娶妻的小五子，他们都在寻找，寻找那个能够和自己一起建立安宁温馨的家的人。但是，家是要两个或者更多的人同心合力一块撑起来的，倘若其中的一个不再付出自己的力量，这个家的屋顶就会发生倾斜，大副和三副的家就几乎面临这样的倾斜。在经历了一场精神世界的暴风雨的洗礼之后，海员们有了真正的体味：家是有思想有情感的人和谐共处、相濡以沫的巢，它需要理解、同情、信任、宽容和忍耐。货轮停泊的十天，男子汉们索取了他们所渴望得到的，奉献了他们应该和乐于付出的，领悟了他们以往懵然不解的，他们充实而愉快地重新起航了。《停泊十天》的人生况味是厚重的，这部作品给予观众具有哲理性的启迪。

创作于1996年的电视剧《午夜有轨电车》，对当代人精神世界的关注更加深入，更加细微。这是一个象征意味浓重的作品，作品刻画了电车司机肖月华在婚姻、家庭发生突变的时候，她的心灵震荡、蜕变、升华的过程。

午夜的光与色是迷蒙的，但人生的路却有它固定的轨迹，它总是向着固定的方向延伸，一个人的人生轨迹与其他人的人生轨迹有时相遇、交叉、并行甚至重合，有时却又分开，各自前行，把握人生轨迹方向的是自己的心灵。肖月华的世界本来很单纯澄明，她有一个自己深爱并且也爱自己的丈夫，一个聪慧的儿子，父亲和公公都是善良的老人。她的家境清贫，但她相信通过自己的努力能够改变生存条件，让自己的生活变得更美好。丈夫去日本留学了，这是实现理想的第一步，然后，肖月华在侍奉老人和养育孩子的同时不断地进修，以便丈夫回来接她出国的时候，两个人可以携手并肩奋斗。她对人生的梦是形象而具体的，“每次下雨的时候，我总觉得你会站在站台的那一边，打着雨伞来接我回家。”可是，梦却在瞬间被打碎了，丈夫陶明归国了，但却是回来与她分手，要与一位有经济实力的舅父的日本女人结婚。高满堂以细腻的笔触描写了肖月华在事件演进中内心的一系列变化，从满心期待的欢愉到期盼落空的失望、委屈，从不解真情的迷惑到彻悟后的愤怒，再到痛苦思考后的冷静、坚定，这个朴素、刚强的女人完成了一次人生境界的升华。剧作对陶明的刻画同样是成功的，和许多出身贫寒的青年有着强烈的出人头地的欲望一样，陶明想用种种方式来实现自己的目标，不管在成功过程中别人是否受到伤害。但是，回家的日子里，在他与肖月华的思想情感的不断碰撞中，在家乡这座城市的文化氛围的环抱下，他自以为可以漠视的良知却苏醒了，肖月华和家乡对他的召唤已经潜移默化地发生了作用。特别是当他怀着矛盾的心情来到机场的时候，却与曾经欺骗他的卖画青年不期而遇，回答他冲动的质问“你除了卖画，还卖什么”时，却是一句不啻当头一棒的断喝：“装什么？你这个假洋鬼子，我早看出来了。”离开了本土，不管他爬得再高，陶明都只能是个“假洋鬼子”，那里没有他的家。这就是他的悲哀。陶明人生轨迹的转折是不是就在看清了自己的悲哀之后呢？肖月华在午夜的雨丝中实现了自己的梦，在站台的那一边，陶明打着一把雨伞来接她回家，他们的人生轨迹再次并行。《午夜有轨电车》同样以一个美满的结局完成了高满堂对理想家园的寻找。

《突围》是高满堂最近的电视剧作品，也应该是他最重要的作品。他对人生困境的思考更加深入，视野更加开阔，并且在这部作品中，我们更清晰地看到了高满堂对理想家园的寻找踪迹。家，是精神漂泊者永远的归依。也许，他觉得在价值失落、无所适从的特定时空里的人们已经难以在都市里找到安定的家园，他开始从喧嚣、浮躁、充满物欲的都市中突围，到农村的广袤田野去建立家园了。

都市的繁荣与发展为这个都市的居民与过客实现自我提供了无数的欲望与条件，而处于改革开放时期的中国都市显现出它以往从未有过的复杂、丰富和各种发展的可能性。面对变化太快的都市，人们的传统文化心态和固有价值观念被冲撞得支离破碎，社会各种关系的重新调整使相当多的人偏离了他们原来的生活轨道，他们困惑、郁闷、怀疑、焦虑、孤独，他们不断燃起新的希望却又很快被失望所打击，在他们疲惫不堪的时候，他们去寻找、追怀曾经有过的自由、友谊、爱情，他们重新来到了农村。这样的寻找踪迹，在都市的青年人一代中不会出现，他们可能对城市的混乱和动荡感到厌倦，渴望在朴实宁静的农村中安放自己的灵魂，但是，在商品经济和自然经济之间的对抗中，他们毕竟更多地向往未来，而农村则在一定程度上代表着历史。正像《突围》中李子玉的小妻子衣小雨，虽然善解人意，虽然想竭力融入李子玉他们这一代人的圈子中去，但她终归不能留在北大荒。这样的寻找踪迹，在都市的老年一代中也很难出现，他们虽然向往对根的回归，但精力的缺失让他们没有勇气从头开始，建立新的家园。有着历史，也有着未来的中年一代，是将寻找与重建付诸实施的人。

商品经济大潮席卷下的都市，由于激烈的竞争和旧有秩序被打乱，人们的生存空间忽然变得狭小了，李子玉、齐大军、方然、柯瑶们痛楚地发现，他们成了这个城市可有可无、无所作为的人，而肖哲更是被逐出了这个城市。他们生于城市，长于城市，城市的一切深深包围着他们，他们曾经在城市中如鱼得水，但今天，他们在城市的价值已经失落，他们在传统文化和现代意识、现代价值观念之间徘徊，他们在精神上成了漂泊不定、无所归依的人。在孤独、苦闷、焦虑中他们开始相互寻找、聚会，对青春时期的回忆燃起了他们再创造的热情。需要指出的是，李子玉、齐大军、柯瑶们不是20世纪90年代文艺作品里经常描绘的“城市边缘人”，他们曾经是城市主流社会中的人，他们并非被动地逃离城市，而是主动地突围，去更广阔的空间寻找与重建。重建的过程是艰难的，无论是肉体还是精神，他们都经过了试炼。但他们在精神和物质上的收获也是巨大的，李子玉、齐大军、肖哲、柯瑶、方然，还包括当年自愿与不自愿扎根在这里的老范和浦心红，每一个人在北大荒都得到了许多。不管是找到了经济的来源也好，找到了人的良知也好，找到了失落的孩子也好，北大荒的收获给予他们的启示是，只要你决心去找，就可能找到。农村广袤的土地是城市的源，是城市的根，当你缺少力量与支撑的时候，去找你的根和源吧。北大荒原野上燃起的火堆驱走了寒流，也像理想的火炬照亮了人的精神世界。但是，城市毕竟代表着一个国家最先进的生产力，城市作为孕育和生产着现代意识和现代价值观念的最高层次，现代人类文明的主体空间，始终走在整个文化的前列。《突围》的作者没有忘记这一点，北大荒的新一代，浦心红和柯瑶的女儿，不就一直在向往着城市生活，并想到那里去大有作为一番吗?

在这里，“都市”与“农村”已经超越了一般意义上的地域名词而从属于文化范畴。我珍视《突围》，是发现了在电视剧这种大众艺术门类中，作者对现代文化所进行的思考与体现。《突围》所具有的象征意味，在电视剧创作中是高标独领的。《突围》不是满足于对城市与农村生活场景的堆砌，不是满足于对当代人生活的简单记忆，更不是满足于对时代精神与特征的浅薄演绎与解释，作者在上下求索，要从传统思维中突围，寻找在历史转型期中当代人的坚实的立足点，姑且不论他找到的东西是否被我们认可，我们必须对他的寻找和敢于突围的精神认可。

我从高满堂的作品中时时感受到理想的激情。20世纪80年代后期以来，自从消解深度模式、消解意义的理论全面实践之后，对人的精神世界的探寻和对意义的追问已经成为笑柄，它几乎失去了话语空间。但是我始终认为，文学艺术的理想精神是它最宝贵的品质。文学艺术的价值在于它对人的精神世界的建设，它营造的是超越现实的理想世界。谢冕先生说过，“它可以忽视一切，但不可忽视的是它始终坚持使人提高和上升，文学不应认同于浑浑噩噩的人生乃至泯灭自己。”需要说明的是，这种理想，不是我们传统的理想主义那种与政治神话相统一的理想，孟繁华先生在他的《众神狂欢》一书中对文艺的理想作了这样的概括：无论时代怎样变化，文学艺术都应当对人类的生存处境和精神处境予以关切、探索和思考，应当为解脱人的精神困境投入真诚与热情。作家有义务通过他的作品表达他对人类基本价值维护的愿望，在文艺的娱乐性功能以外，以理想的精神给人类的心灵以慰藉和照耀。近几年，这种文艺创作的理想精神，我们更多地见于知青这一代作家和学者身上，高满堂也是这一代作家，我看到了他们的理解与相通。

理想的激情使高满堂的作品充满了浓重的诗意，从《断续涛声断续雨》《竹林街15号》到《突围》，洋溢在高满堂电视剧作品间的诗意产生了特殊的美，伴随着作者要表达与抒发的思想、情感，沁入观众的心灵。他的热情，他的乐观，他的信念，都深深地感染了观众。

高满堂深谙电视剧作为视觉艺术的表现手段与美学特征，他的作品始终避免写得太多太满太直白，而是给镜头留下充分的空间，让画面来展示作品的意蕴。夜晚中电车铁轨划出的闪光的线条，迷蒙的雨雾中海涛冲击礁石溅出的浪花，北大荒田野中熊熊的火堆，无一不是剧中人物内心思绪的外化。作为一个成熟的电视剧作家，高满堂为电视剧的表演提供了广阔的想象与创造的天地。

研究高满堂的电视剧创作，对辽宁省电视剧的创作应该有所启示，反映时代精神，表现当代人的生活，绝不是简单地掐取某些表象的东西，生硬地加上标签就可以的。没有作家对生活的独特思考与体验，没有深入地、生动地反映生活的能力，就不要轻易地投入生产。抓精品是电视剧生产的当务之急。

（本文创作于1998年）

一位真正的电视剧作家

——谈高满堂电视剧创作的艺术特色

杜 高

高满堂是一位勤奋多产的剧作家，也是一位正处在艺术生命旺盛期，逐步走向成熟的年轻剧作家。当他的作品不断获奖，当他的才华不断受到赞叹，当他的名字越来越受到人们注目的时候，可贵的是，他不但没有满足和陶醉，反而更加清醒，思想更为深邃。他这样说："这两年，我开始对自己的创作有所警惕。我深知创作到了一定程度，平庸便开始催你入睡。"[①]这表明，高满堂虽然毫无愧色地跻身于电视剧优秀的"多产作家"之列，但他和那些"不断重复别人，也不断重复自己"的作者不同，他始终把艺术创作当成严肃神圣的事业，进行着艰辛而有成效的探索和追求，因而能不断有所发现、有所创新，用他那丰富多彩新鲜生动的作品来满足广大观众的精神需求，为电视艺术的发展提供新的艺术经验。

一

我把年轻的电视剧作家高满堂誉为"时代的骄子"——一位闪烁着时代青春光彩、热情、真诚而睿智的荧屏诗人。他是一位真正的电视剧作家。把他和其他一些写过电视剧本或者还在写电视剧本的作者们比较一下，就会看到他有这样几个突出特点：

第一，他是一位由电视台培育起来的剧作家，他的艺术生命和整个电视事业是紧紧联系在一起的。从1984年他走进大连电视台以后，便一天也没有离开过它。15年来，由于大连电视台致力于发展和繁荣电视剧艺术事业，高满堂的艺术才能在这样一个文化环境和工作条件下得到了充分的表现。他作为一个剧作家的成长过程，也就和我国电视剧发展里程紧密联系在一起了。贯穿在这整整15年的艺术实践中的，是高满堂对电视剧艺术特性和生产规律的不断深化的认识和自觉的把握，是生气勃勃而又艰难曲折的艺术探索和成功与失败两方面艺术经验的积累。这是电视台以外的非专业的作者们不可能具有的。

第二，他是一位全身心投入电视剧创作的剧作家。从20世纪80年代到90年代的15年中，高满堂创作了电视剧本23部（包括单本剧和连续剧）。仅仅这个数量就使我们想到他的艺术实践的勤奋，他的工作的繁忙和紧张，他的艺术想象的活跃，他的创作精神的昂扬。如果注意到这些作品全部是他的创作，没有一部是改编某一本小说或利用某一个现成的故事，我们便会想到他的心中迸发出的对生活的热情和他开采生活的能力。每一个作品都像蜜蜂从花朵中采集花粉酿成蜜汁一般，浇灌着作者的心血，是他对电视艺术的奉献。

第三，这是一位按照电视剧的美学特点进行思维，遵循电视剧的艺术规律进行创作的剧作家。只有一位实践经验丰富的电视剧作家才能具有这样的特点。在高满堂的电视剧本中，从生活素材的选择和提炼，从戏剧结构到人物性格的刻画，从语言风格到情节安排，作者的思维和创作的全过程都是按照电视剧的艺术特性和美学要求进行的，它们既不同于一部电影的构思，也不同于一出舞台剧的处理，而是按照电视剧的独特方式，运用电视剧的艺术技巧实现作者对生活的解释。

高满堂剧作的一个突出特点是贴近生活，让观众感受到生活的真实性。由于电视剧的传播方式和欣赏方式不同于电影和戏剧，电视剧要求展现生活的真实面貌唤起观众的亲切感，实现同观众情感的沟通。因此，艺术表现上的虚假、造作和过度的夸张由于破坏了真实感，同电视剧格格不入。但是电视剧的真实性又不同于生活原生态的复制和电视纪录片的真实性，而是赋予它以诗情、以理想、以思想的感染力。这就需要艺术的提炼和情感的升华。高满堂的剧作使你感到在展现生活真实的同时渗透着作者对生活的积极的主观态度，达到了一种艺术美。

电视剧提供了表现丰富的生活内容和广阔的生活空间的可能性。一部电影受着200分钟时间的限制，一出舞台剧只能在十米大的舞台空间伸展，而电视剧却拥有它们不可比拟的自由时空。因而一部电视剧尤其是三集以上的连续剧，首先要求故事的生动性和情节的丰富性，以唤起观众的欣赏兴趣是不足为怪的。它既不能像一部探索性影片可以舍弃情节，任作者表现某种抽象的观念或纯粹哲理性的内容，也不能像一部舞台剧立一人一事为主，力求结构的单纯和情节的高度集中。但是，电视剧在展现广阔的生活世界和交叉表现众多人物的人生命运时，同样要求戏剧的集中性、主题的鲜明性和结构的严谨与完整。高满堂很理解电视剧的这一艺术特点，他的剧作尤其是长篇连续剧多采用散点式结构，表现几个人、几个家庭的命运，使剧情比较饱满丰富，既注重细节又追求整体的气势。散点式结构的关键在于是否有一个构思巧妙的支点，能把不同的人物有机地联系在一起。《停泊十天》这部电视剧的构思充分体现了这一特点，它通过一艘远洋轮的归来，在停泊的短短十天中，发生在船上的海员们身上的故事，悲喜交集，命运各异，表现了社会生活的不同层面，又触及了种种现实生活的矛盾，内容是丰富的，每一个人和每一个家庭的故事都可以独立成章，但它们又有机地联系在一起。停泊在海岸的远洋轮是联系他们的纽带，是全剧的核心，也是一个富有象征意味的形象。这种构思和戏剧结构的特点，在他写于20世纪80年代的早期作品《竹林街15号》中也有所表现。这部电视剧把一群来自农村的纺织女工集合到竹林街15号这个普通的平民化的带有那个历史时代痕迹的旧楼房里来，在这里，每个性格不同的女性又各自经历了自己的一段人生遭遇和爱情的波折。但她们谁也不能忘怀竹林街15号这所平凡而拥挤的女工宿舍。

这种既分散又集中、既丰富又统一的戏剧结构正符合电视剧的艺术特点。到了他的近作17集连续剧《突围》，这个结构的特点就表现得更加突出，艺术上也更臻完善了。“突围”在这里的含义是对某种旧事物或生存状态和观念的冲破。用高满堂的话说，这个戏把每个个体的精神突围和整体都市的大突围缠绕交织在一起，使整部作品有声有色，浑然一体。② 分开来看，每一个人都是一个故事，整体来看他们又都不可分割，就像一棵枝叶繁茂的大树，是一个独立而完整的生命。这就是电视剧的优势，它把丰富性与集中性巧妙地结合在一起。

上面谈到的三点我认为是高满堂作为一位真正意义上的电视剧作家的主要标志。

二

高满堂的20多部电视剧全都是现实题材，它们贴近时代生活，散发出浓郁的生活气息，流淌着亲切的情感。可以这样说，对现实生活的热情关注和对普通人命运的深切关怀是高满堂剧作的一个最突出的特点。

生活是创作的源头和艺术的谜底，决定一个作家的艺术生命是否坚实而充满活力，归根结底是他拥有的生活富有的程度和他对生活开采的能力。高满堂对这个艺术的真理是坚信不疑的。他说，一个作家要突破创作的平庸，可以有两种选择："一种是沉心静气深入到生活中去开阔视野，吸取营养；一种是孤灯捧卷，寻求一种更高理论做前导。"他坚定地说："我选择了前者。"③——即选择了生活，生活是不会辜负一个真诚的作家的，它将赋予作家以活力和新的艺术灵感。高满堂的所有作品都来自作者对急剧变革的时代生活的感受和认识，使他的作品呈现出广阔的风貌和缤纷的色彩。这里既有关外乡土的纯朴，又有绚丽的海洋风光；既有海滨都市的文明，又有穷乡僻壤的荒寂；既有现代生活的场景，又有底层百姓的忧患……从20世纪80年代的《竹林街15号》《小城情话》，90年代的《停泊十天》《黄海渤海在这里相连》《午夜有轨电车》，到近年新作《突围》和《咱那些日子》……都可以看出高满堂怀着对生活的一颗无限依恋的赤诚之心，不断弹奏出一曲曲生活的恋歌，有的高亢激越，有的柔和深沉。正因为是从现实生活中汲取的生活素材，就必然会关注千千万万个普通人的人生命运，就必然会把镜头对准普通人的生活场景。

高满堂剧作的主人公既没有惊天动地的英雄，也没有远离大众的富商大款。他充满感情地描写着城市女工、农村姑娘、海员、税务员、医生、教师、电车司机、基层干部等等这些普通人的喜怒哀乐，描写他们在现实变革中的处境和选择，揭示这一个个人物身上蕴含着的时代内容。

电视剧的创作曾经流行一种迎合高消费显阔气的时髦，乐意把镜头聚焦于少数大款、大腕、大家族们的身上，表现他们在商场、情场、官场的钩心斗角与荣辱兴衰，场景多集中在高档饭店、高墙大院和豪华别墅之中。对比这样一种媚俗的文化潮流，高满堂的剧作中洋溢着的现实主义精神和平民化的创作倾向，以及他所坚持的艺术道路，就显得更加难能可贵，并且具有进步意义。

高满堂的剧作一般不直接表现重大的社会问题和尖锐的现实矛盾，而是通过普通人的人生命运的描写来折射社会生活的变革和时代前进的印迹。他写人生，写一个个人的生活遭际，而不去图解社会问题和社会现象，是他的作品又一突出的艺术特点。

《竹林街15号》反映了20世纪80年代中期的社会现实状态。“十年动乱”结束后，经济建设出现热潮，顺应着经济发展的需求，一批农村姑娘走进了城市，走进了工厂。她们单纯、善良，喧闹的都市生活开阔了她们的眼界，也打乱了她们宁静的心扉。在物欲、情欲的种种诱惑下，有的姑娘无力抗拒，被腐朽的恶势力吞噬，受着男人的欺凌；有的姑娘怀着真诚的情感误入情感旋涡后，经过痛苦的挣扎，最终找到了自己的位置，得到了自己的幸福。《小城情话》则是一曲意蕴深远、动人心弦的生命颂歌。在一个小城里，在一间普通的旧屋里，一个基层的税务员以全心的爱和对亲人的责任感，默默地忍受着生活的困苦，承担起照顾妻子的重担，他无言无怨，不辞辛劳，终于奇迹般地使瘫痪多年的妻子重新站了起来。高满堂正是通过这些普通人的生活故事，开掘出他们心灵的纯美和坚强，表现他们身上崇高的道德美，从平凡的生活中展现动人心魄的不平凡的精神境界。即使以大连开发区兴建为题材的《黄海渤海在这里相连》，高满堂仍然按照他所追求的美学理想，把事件的描述摆到次要的位置上，着重地描写新的经济环境给人们的精神世界和爱情生活带来的新的活力，物质生活的提高促使人们向真善美的更高境界不断追求。

高满堂的剧作几乎每一部都有海的形象。波涛汹涌辽阔无边的大海寄托了作者深厚的情感，他深深地眷恋着海。这既可以看作他的作品具有的地域色彩，即大连色彩、海洋与海港色彩，和内陆省份的黄土情结相比较，这种大海情结使他的作品更具有现代气息和开放城市的鲜明特色。但它同时表现为一种艺术精神，他把大海的风光输入自己的作品，也把大海的性格录入自己人物的灵魂，从而使他的作品充盈着海的气魄和海的魅力，映现和折射出剧中人物的社会生存状态和与社会现实的冲突。

在《停泊十天》中，那位在海上漂泊了一生的老船长准备退休后与女儿共享天伦之乐，过安定的晚年生活，不料女儿却要离他而去，和男朋友到国外去追求自己的人生理想；远航归来的年轻海员回到家里，儿子不认识父亲不肯开门，进屋后迎接他的竟是一个盛满烟头的烟灰缸和挂在衣架上的一件男人的风衣；小海员兴高采烈地准备与乡下姑娘办喜事，没想到家里已经有了一个满地跑的"儿子"……我们从海的波涛联想到他们不平静的心境，也从海的宽阔看到了他们的胸怀。《午夜有轨电车》更让我们看到了这个海滨城市当代普通妇女的崭新形象。女司机肖月华的丈夫出国打工，她承担了家庭的全部重担，不料三年后丈夫却向她提出离婚。面对这突如其来的打击，她擦干眼泪，认识到自己的人格价值，重新获得了生活的力量。肖月华质朴可爱的形象，使我们联想起海的女儿的坚强性格。

三

1998年对于高满堂的艺术创作具有特殊重要的意义，这一年他完成的两部作品：17集连续剧《突围》和20集连续剧《咱那些日子》，标志着他的电视剧创作进入了一个新的发展阶段，是他在艺术上的一次飞跃。

在这之前，高满堂虽然已经取得了一定的成就，积累了较丰富的实践经验，但也表现出了某种不足和局限。他的作品一方面生动地描写了普通人的生活命运，动情地表现了人性的美好，一方面也使人感到他笔下的人物形象蕴含的社会内容还不够丰富，所揭示的现实矛盾还不够深刻，因而他的作品给观众的思想震撼还不够强烈。他塑造的许多人物富有真实性，给观众以亲切感，如《竹林街15号》中的向明，《午夜有轨电车》中的肖月华，应当说都是有特色的成功的艺术形象，但也还没有达到真正可称为艺术典型的高度。

"于是，我强迫自己突围。"高满堂这样写道，"从习惯和熟练中走出来，摆脱一种为了应和的无奈与失真，滤化掉一种急功近利的浮躁和乖巧。"④

高满堂勇敢地走进了新的生活，他的思想和艺术开始升华。

《突围》不仅是知青题材的一个突破和新的发展，更是作者对现实生活的一个突进和新的开掘。在这部作品里，艺术形象凝结着作者深刻的现实思考和对未来的热烈期望，对世俗平庸的超越和对精神价值的肯定。这部作品表明高满堂已经不满足于仅仅停留在生活的表层，也不满足于仅仅用抒情的笔调咏叹人生的哀乐，他要求自己带着理性的思考和宏观的目光潜入生活的底层和人们精神世界的深处，探寻和发现更具有时代性特征的内容，把现实和理想联系起来，升华为富有普遍社会意义的艺术主题。

《突围》在艺术表现上也达到了一个新的境界，它没有停留在转型期现代都市的各种表层的社会现象上，而是通过五个不同处境的老知青在现实生活中所陷入的精神困惑，在面对各种现实物欲和价值观的激烈碰撞时，如何超越自己，追求理想的精神境界。一篇评论文章这样概括剧中人物的心灵轨迹："齐大军追求的是一种责任感，李子玉奋斗的是清白的事业，柯瑶渴望的是真实、真诚的生活，肖哲则经过煎熬实现了良心的平静与灵魂的净化。而这些又都是都市人面对困境或者说走出生活困境应该持有的价值取向。"⑤

《突围》的出现，表明高满堂无论在思想上还是在艺术上都已经向艺术创作的更高境界奋力攀登了。

20集连续剧《咱那些日子》，则是他的一个更加宏大的意图在艺术上的体现，也是他驾驭更庞大复杂的题材，以史诗性的艺术结构创作的一部内容更为厚重的作品。他要以这部作品为他所热爱的大连这个美丽而饱经风霜的城市树立一座历史的纪念碑，而他精心创造的白玉莲这个美丽、坚强、英武的女性形象则是他心目中大连城市的诗意的象征。

这部作品在连续剧的结构形式上也有大胆的创新，它按照不同的历史时期，以抗战篇、光复篇、解放篇、度荒篇、文革篇、改革篇为题组成六个独立的篇章，而以白玉莲从少女到老年的漫长人生经历贯穿全剧，概括大连城市的历史沧桑和20世纪中国社会的历史巨变。这部作品既有舍生忘死的英雄壮举，又有普通人的浪漫情爱；既有抗击日寇的惊心斗争，又有苦涩的异国之恋；既有解放的喜悦，又有"文革"的灾难。它不但内容丰富，艺术风格也多姿多彩，正剧、喜剧、悲剧和闹剧运用在不同的篇章中，构成了一个庞大而又和谐的整体，是艺术上的一个创造。而白玉莲这个人物，就她的个性的独特和体现的历史内容的丰富性来说，的确是在我国电视剧的人物画廊中增添了一个极有光彩的富有典型意义的艺术形象。

正因为这样，高满堂在创作上的一些基本特点，经过长期的积累、发展和完美，已逐步趋于成熟，表现为仅仅属于他个人的艺术风格。我衷心希望高满堂以1998年作为一个新起点，不停息地前进，驰骋自己的文思和才情，为他所热爱的千万普通人，写出更多更富艺术光彩的好作品。

（《中国电视》1999年第2期）

注释：

①②③④均见高满堂：《〈突围〉三题》，《中国电视》1998年第5期。

⑤宋鲁曼：《人是要有一点精神的》，《中国电视》1998年第11期。

历史与现实同醉

刘扬体

——关于高满堂电视剧创作的思考

我们面对着一位不断以自己的作品丰富荧屏，给观众带来多方面审美享受的剧作家。他的众多作品所取得的成就，这些成就所包含的宝贵的艺术经验，以及从今天看来，他的某些作品不可避免留下的遗憾，都很值得我们讨论。

从文化身份与价值定位说起

21世纪的钟声即将敲响时，许多人都在思考应当把什么样的电视文化带到下个世纪去，这是每一个有良知有责任心的艺术家不能不考虑的问题。当代西方一位著名文化哲学家C.A.冯·皮尔森在为其所著《文化战略》一书中文版所写的引言中说："明天的世界将是一个有许多个经济中心、科学中心，以及更为重要的文化中心的多元性世界，这种前景很令人振奋。"但能否进入这个中心有一个前提条件，那就是要看我们能否发现一些共同的趋势和共同的途径，把我们自己文化的优秀传统和文化的丰富性、多样性带进去。现在全球化已不是一种预测，而是咄咄逼人的现实。联合国经济合作和发展组织发表的一份报告说："现代技术社会滋生出一种有着自己语言的跨民族成分的大众文化，这种文化的语言学特征已经有了普遍的迹象。"可以说，共同的途径也已被发现，那就是文化与文化信息跨国界、跨地域无远弗届无所不至的交流、传播与整合。整合是为我所用，交流与传播却都有个自由竞赛与竞争的问题，因为文化发展有个规律，就是从高处流向低处，高文化征服、同化、深刻影响低文化。所以，前面所说的文化战略，并非政治家所讲的谁战胜谁的问题，而是人类的生存战略。

我们在这里评价一位不仅在辽宁而且在东北乃至在全国都有影响的电视剧作家时，不妨把眼光放远一点。我想，我们带到21世纪去的电视文化，无论它的色彩和内涵多么丰富，但就其内在特征而言，必然还是科学的、民族的、促进社会进步的文化，为大众所创造也为大众所享有的文化。现在搞市场经济讲商品化，电视剧在实际生产播映过程中，得考虑市场的作用，但我们不是泛世俗化、泛商品化的追随者，不能一切向钱看。这就要求电视艺术家不但要给电视节目创作定位，也要给自己的文化身份定位。用这样的眼光来看满堂同志的创作，给我最鲜明的印象是：他的作品在艺术形象和审美信息总量上，不但与我国电视剧的复苏、发展和繁荣同步，而且是与我国改革开放的现实生活同步的。它们在总体风貌上显示出来的品格表明，高满堂同志是一位热情拥抱时代、高度关注现实、热心贴近群众的作家。他不但走了一条宽阔的现实主义的创作道路，而且以出色的创作业绩确定了自己符合艺术家人生操守与审美信念的文化身份。

《突围》《午夜有轨电车》《黄海渤海在这里相连》可以为证。这些作品在时代特色的把握和艺术感染力方面，虽然互有差异，但整体来说都已达到上乘水平。他的某些早期作品，如《竹林街15号》《停泊十天》《小楼风景》，放在当时看，无疑也是上乘的。这就促使我想一个问题：高满堂的作品起点比较高，水平相当一致，而且越往后越有新的突破，为什么会如此？我想，除了他的天分、勤奋、深厚的文学修养、生活积累和艺术敏感外，恐怕最主要的是他葆有一个作家最可贵的艺术良知和责任感。这个责任感不是别的，就是关注老百姓所关注的现实，关注老百姓的喜怒哀乐。鲜明的时代感和对现实的热切关注，在他的作品里是合二而一的东西，是水乳交融在一起的，这正是构成高满堂作品思想内涵的一大特色。以《黄海渤海在这里相连》为例，这部作品不是从经济入手，而是从文化开发的角度来描述经济开发的成就，所以他把题材的切入点放在改革的文化根基、文化冲突与人的观念更新上。剧一开始，冲突就发生在马铁超和马老爷子身上，这时候站在时代前头弄潮的是儿子铁超；但不久事情就起了变化，在一系列对外经贸及经济交往过程中，马铁超思想上的经验主义，性格中的刚愎自用，作风上的独断专行和家长制倾向，很快就让他站到了陆萍等人的对立面。直到他真正看清自己早已落后于现实，而且早已落后于陆萍、齐放等人时，他才作出了最佳选择：诚心诚意请求辞职。

对处在改革旋涡中的人说来，观念更新与心态调适的过程有时很痛苦，而巨大的喜悦却也来自痛苦的涅槃之中。这个剧里的这种涅槃，主要表现为以战胜软弱和盲目来优化自我。在神县厂当工人的马大秀怯懦过、软弱过、气馁过，也痛哭过，但她终于坚强地站立起来了；陆萍、陈雨飞在面对改革和人生的难题，经历情感的煎熬时，不也在不同起点上软弱过、气馁过、退让过吗？

从此剧和其他几部剧中我们看到，高满堂对时代特色的把握，在艺术处理上有一个显著特点，即善于用历史的眼光看待现实，在现实的描述中有意凸现出历史的印记。这样做，既能让人看清改革离不开我们脚下这片热土，清醒地意识到现实生活与文化传承的血缘关系，又能让人更深地理解改革带来的巨大变化处处都包含着与昨天告别的意味。所以，所谓时代特色，其实也就是如何用艺术的眼光看待我们这片热土和我们生存的这个世界。能意识到现实生活的历史内容，能理解现实与历史的动态联系，能以审美的方式将这种联系生动地表现出来，这是优秀电视剧作家创作成熟的标志。《竹林街15号》末尾有段旁白："我们生活的世界虽然不那么美好湛蓝，但它是五光十色的世界。就在这样的世界上人们创造着幸福，向往着未来。"我看这话很能代表高满堂剧作中的现实主义精神。《黄海渤海在这里相连》之所以强调故事发生的地方，虽然具有对外开放的地域优势，但因袭的观念却并未自行与传统脱钩。《停泊十天》中，小五子与农村姑娘秋妹感情冲突的激化（无非是因为他忽然发现秋妹已经有了一个两岁的儿子），三轨郭志远对妻子的无端怀疑（由衣架上多了一件男人的风衣引起，而当他略施狡狯化装去老沙家探察时，却透露出他本人的狭隘和委琐），以及《竹林街15号》中为什么要写一个跪在地上乞求丈夫别跟自己离婚、到了法院门前还要向后跑的文秀，都可看出作家有意深化现实，不只为给现实平添几分历史的色彩，更是为体现让作品多一点儿历史纵深感的创作意图。这个意图的艺术完成是需要功力的，而完成的结果却往往能增强作品的当代性，使人看清现实虽然并非历史的影子，但在历史的镜子里却常常能照见现实的倒影。

人格自塑与人文关怀

在我所看到的高满堂作品里，能将历史与现实结合得很好，即所谓能将一定的思想深度“和意识到的历史内容，同莎士比亚式的情节的生动性和丰富性”融合在一起，不仅题材开掘角度新，艺术感染力也很强的是《突围》。《突围》选择的是知青题材。知青题材所讲述的，大多是老百姓最难忘的一段经历。那段经历多半充满传奇的色彩和苦涩的情感，回荡着凄惶悲凉而又慷慨激昂的音调，在故事展开的荒野沃土和密林深处，布满了青春的脚印，鸣响着撕心裂肺的呐喊，让人听了看了不由得不回肠九转。所以有人说知青题材容易牵动社会生活的神经，触及整整一代人的心灵胎记。但《突围》却与同类题材电视剧很不相同，它正面表现的不是知识青年昨天走过的路，而是今天他们如何从城市的不同角落，从城市所深藏着的骚动不安的心灵搏斗里，从无处不在的平庸与困窘、急躁与因循、欺诈与苟且、冒险与犯罪的重重包围中冲出来，重新走上去北大荒再创业的路。这在审美表达上，很容易让人想起钱钟书小说《围城》的题词（围在城里的想逃出来，/城外的想冲进去。/对婚姻也罢，职业也罢。/人生的愿望大都如此），但在我看来，《突围》却并非《围城》题词的重新诠释。因为，它在题材处理上不但采取了一个全新的角度，写出了现代人在认真审视生存的意义、奋力实现自我价值时，并未将命运交给异己的力量，并未屈从于愚昧的观念、无所作为的惰性和不可知的盲目性。20多年前，他们来到北大荒，那是不由自主地去“接受再教育”，而今天，却是在深化改革开放的时代背景下，在存在着自主选择的多种可能性的条件下，完全由自己拿主意下决心，去旧梦依稀之地再创业。李子玉、齐大军、肖哲与方然在创业过程中，重新确定了自己的价值追求，重新印证了一个相互的生活真理，即以超越自我的方式，冲出物质与精神重围的人，是幸福的。当他们发现生活的机遇，不是不招自来，而是等待着从自我束缚中解脱出来的人及时地将它抓住时，这种幸福便不再是抽象的感悟，而是一种切身的体验。所以，就知青题材论，《突围》不仅取材角度新，在审美主题的确立和表达上也充满新意。李子玉等人转赴北大荒，表层含义似指再就业，而更深层的意象却不妨把它看作是一种象征性的预告：世纪之交出现新型的“城乡交流”和社会结构性转换，可以说是社会发展的一种趋势。尽管中国许多地方并非北大荒，并不需要提倡城里人都到乡村去创业，但这种趋势，这种主动的自觉进行的城乡生产力资源、资本和智力资源的优化组合，以及处在结构性转换之中的人们，为寻找新的生存方式，为寻回自我精神家园而做的紧张努力，都从不同侧面表明，中国改革已在涉及许多人重新确立自己生存方式的问题上愈益深化，而其所面临着的历史抉择无论对国家或对个人，也都更具挑战性。

时代特色，说起来有点抽象，但对高满堂这样的作家来说，在创作实践中无非是怎样处理好题材开掘和审美表达的问题。任何一部广受公众青睐的作品，可以说都与题材的特殊选择和巧妙开掘分不开，但比较起来我更感兴趣的是，他的作品在展现富于时代特征的主题时，究竟是怎样内化为艺术形象的思想情感和性格的。仍以《突围》为例。这剧始终将镜头对准李子玉、浦心红等人的内心世界，男女主人公的心路历程是以情感纠葛的方式展示出来的。从心灵跋涉中去表现时代发生的富于戏剧性的变化，这恐怕就是高满堂作品艺术上的又一个特点。他很善于在人物的情感纠葛中去表现历史与现实的碰撞，善于给艺术形象的心理空间打开一扇连接过去、通向未来的窗户，从命运的悲欢离合中演示出生活的哲理。这个剧在情节铺陈与情感高潮的形成上，是以李子玉和柯瑶、肖哲能否寻回当年失去的亲骨肉作为中心线索的。由此形成的悬念，看起来似乎有些老套，但并未影响人物刻画的深度。一则编导对悬念的解决，主要不是依靠情节的曲折，而是突现生活的磨砺与酸辛，经由人物性格的深化来完成；再则是对悬念的处理不一般化，没有简单地用大团圆的结局搪塞生活。直到末了，四儿与惠儿的生活道路与心灵寄托上作出的选择，仍然是独立的。作为新一代的农村青年，她们虽然向往城市物质文明，但更看重的却是价值依托的根基和自我价值的实现。还有，寻找亲骨肉的全过程，在艺术烛照中不但充满温馨的亲情，而且处处都在无言地诉说愚昧与盲目性留下的难以弥补的创伤。这一点，我们只要看看浦心红怎样成了现代的“三仙姑”，成了前呼后拥鞭炮开路的“浦半仙”也就行了。所以，这部电视剧所演绎的许多辛酸苦辣五味咸集的伤心事，在情节铺展上大多被编导运用结构的张力将它巧妙地包裹在充满人文注视的亲情之中。这种亲情——凄恻缠绵而又温馨体贴，非常醉人，从中弹奏出的音调不仅感人肺腑，而且令人振作奋发。

价值追求与道德守望

高满堂作品引起我思考的另一问题是：形象的深度感问题。应当承认，他笔下的人物大多有一定的深度，所以才能使其作品保持在较高的水平线上。在形象深度问题上，不同作家有不同写法，所谓“文章千古事，得失寸心知”是耳。

进一步看，高满堂对自己作品里的人物所赋予的人格自塑与人文关怀的特征，更多地表现在他把这种关注放在普通人价值心态的重构和道德守望上。讲到道德，时下有的人或许会不以为然，以为讲道德就是说教，就会降低形象的深度。恰恰相反，我们常说市场经济是法制经济，而法制没有道德约束和社会心态的良性循环，是不可能完全建成的。我们又常说文学是人学，电视剧的中心形象也是人，而人的一切活动，都是在与自然、与自身、与人、与社会这四大关系中展开的。这四大关系不但是最基本的人类关系，同时也构成了人间最基本的关系。爱因斯坦甚至说，“归根结底，人类一切价值观都建立在道德观念之上”。所以，作家关注笔下人物的道德操守，不是保守而是现代意识的表现。关键看你关注什么和怎样关注。而艺术，不言而喻，是需要提炼的，艺术作品中的道德守望，其实是艰辛的人格铸造及对人格魅力的发现。这与通常所说的说教并不相干。

试看《竹林街15号》中的几位女性：向明的爱情纠葛与情感升华，小山东价值心态与社会角色意识的强化，黑玛丽人格缺陷的修复和道德价值的复苏，文秀弥留之际的人生感悟，以及秦玉芝与卖报老人相濡以沫的脉脉温情，都使人感到作者所感知所强调的道德守望，一旦内化为人物性格之后，不仅能给情节带来更多的戏剧性张力，还因其指向人性美的升华而使得作品洋溢着内在的激情。

在这方面写得最好，构思巧妙、情节凝练、形象感人的是《午夜有轨电车》。剧中陶明与肖月华的婚变冲突，与其说是由于感情的破裂，不如说是人格的破裂，破裂过程中出现的情感的痛苦、懊恼、沮丧和悔恨，其实都围绕着人要不要有自己的道德守望，人能否舍弃自己的人格，人究竟追求什么，一句话，人能否走出自我扭曲、自我亵渎的怪圈这一主题在进行。这是弥久常新非常严肃的主题。让人惊讶的是，高满堂在短短的篇幅里竟然如此熟练地完成了一首情感与人格变奏的交响曲。

这个剧使我深深感到，高满堂的功力不在于编撰故事，而在于刻画人物。他好像不是先有故事再写人物，而是先有了人物再考虑故事和情节。所以他剧中的人物尤其是某些主要人物都写得生动传神，而且往往有出人意料的笔墨。《突围》中浦心红的出场，简直是神来之笔。谁会想到一个天真纯洁的小姑娘，竟然变成这么一个风风火火、敢于大包大揽地给人治病消灾，近似神婆般的人物了呢！再说《午夜有轨电车》。陶明，有人说他是一个精神上无家可归的人，在生活中相当虚伪自私，缺乏正视自己灵魂和承担生活责任的勇气，有浓厚的民族自卑感，这些在剧中都有充分的表现。如他在旧货商店买东西，别人问他“先生是日本人吧？”他即自称是日本人，而在龟山面前却是一个阿谀逢迎的奴才相，等人一走，反过来还责怪不卑不亢的月华。这些都可看出这部短剧的人物描写很有功力。

短剧在形象刻画上，不大可能像长篇那样对人物性格层面的丰富性展开非常充分的描写，但对优秀剧作家来说，却仍然可以在性格逻辑发展的真实性和性格文化内涵的独特性上下功夫。陶明对人对事，如果只写他虚伪浮浅，对月华既自私又冷酷的一面，是不够的，所以作者又同时写了他软弱的一面。软弱，所以遇事总有些犹豫；犹豫，便常常感到沉重和负疚；负疚，又表明他怀疑中还存在着善良的成分。后来，月华凑了八万元，让陶明还给龟山，而他却一再犹豫不决，没有这些，那就不大可能有后来拿着雨伞在路旁守候月华的结尾。而在艺术形象的完成上，若把陶明推得过远，也会给月华形象造成损害，不能很好地烘托出月华心地的善良和人格的完整。

穷国的知识分子想去富国发展，就其个人最初的动机而言，是无可厚非的，无非是想在人家那里实现自我价值嘛。但问题是，自我价值不但有很不相同的层次，而且还有负面价值存在。陶明可悲的地方，是他不懂得价值创造的正当路径何在，当其以欺骗手段去博取小山珍美的爱，企图以此换取在日本的永久居住权，而置老父与月华的痛苦于不顾，执意与妻子分手时，他就将价值中的基础价值——一个人的基本道德和基本人格抽掉了，建立在这种价值基础上的自尊心也随之瓦解。他成了精神上的乞儿，也就是人格价值全面漂浮，致使负面价值恶性膨胀的人。

形象的深度感，不但表现在人物性格逻辑的内在关联上，也表现在行为心理与情感纠葛的分寸把握上。月华朴实、倔强、坦荡、善良，又有现代女性的理性和自信。陶明回来前，她充满幸福地期待着，甚至愿意将自己的未来完全放在丈夫身上。“到了日本，我一定每天都好好地伺候你，每天都给你做好吃的。”直到龟山来家，她都在用自己的柔情和坚韧挽救行将破裂的婚姻，并且将这种挽救放在劝说丈夫留下来，在自己祖国和家乡的土地上创造美好生活的愿望上。“难道你非要出去不可吗？我们这里也有许多事情可做呀！”这些，都写得合情合理，而且很有分寸。她是一个出勤率很高的电车女司机，她热爱自己的工作，懂得工作的意义，也懂得尽一个妻子及女儿的责任。说到价值追求，她不可能讲出别的豪言壮语或动听的话来，只能说出她所信守所理解所体验到的具体感受，所以，她的话是真诚的，感情也是单纯而深挚的。欠缺的是，月华工作中的自豪感，在现在的电视剧中表现得弱了一点（这，本该从她工作及与周围同事的关系中有意无意地泄露出来）。剧的结尾，从生活逻辑说，陶明不可能在登机的一刹那突然醒悟，而从艺术逻辑看，我又觉得编导的用心尤其是最后一笔有值得称道的地方。雨夜，月华驾着电车经过杳无人迹的街道，她在恍惚中忽然看见陶明站在路灯下，于是急忙擦去挡风玻璃上的雨水，终于看清拿着雨伞守候在那里的确是陶明时，她眼里止不住涌满了泪水，但月华并未停车，而是一任电车越过陶明向前驶去。这样处理是符合人物性格真实的，同时也给观众留下了回想的余地。

高满堂剧作中对精神乞儿的谴责，看来不是偶然的。他对精神贫血病患者，对权力网络中的腐败现象，对社会财富分配上存在着不合理不公正现象所作的揭露和讽刺，及对清贫自守的知识分子的同情是一贯的。《黄海渤海在这里相连》中的白大富暴富之后，飞扬跋扈，成天在家聚赌。但作者并没给他好下场，后来还是让他破产了。这个剧里的知识分子许文清、刘言平、陈雨飞、齐放、庄有为，加上陆萍，他们的个性、处境和遭遇，感情上的喜怒忧戚各不相同，但作者对他们，包括对一味跟着感觉走、徘徊歧路以致触犯刑律的萌萌，也还是温勉有加手下留情的。他的笔总是向着善良的人倾斜，这大概是因为作者宅心仁厚惯性使然吧。

道德守望中必然有一个对腐败现象的痛恨，对不公正不合理、非平等非互利关系的大量存在而深感忧虑的问题。这些忧虑当然只能通过艺术形象的刻画，将它恰当地表现出来，才不至于浅表化、概念化。《突围》之所以让人感到形象塑造有深度，也是因为他非常注意人物行为逻辑的合理性，非常注意情节与人物心理个性的交融，再加上演员神情毕肖的表演，才将我们带入难忘的审美境界。有的情节看似平常，但却是人物个性与行为发展的深刻动因。如齐大军，他所在塑料厂的梁副厂长是个假公济私侵害工人利益的蛀虫，厂因他而垮，他却因善于巴结上司而升了官，气得掖不住话的齐大军当面警告他："共产党总有一天会赏你一副'银手镯'！"没有这个细节，爽快大度、口无遮拦的齐大军不见得会去北大荒。又如柯瑶，促使她北上的原因，不止有婚姻的苦恼，有寻找女儿的深切愿望，还有工作上的种种不顺心。剧中报社主编派她去采访那位农民企业家的情节，看来也不可少。那位"老总"颐指气使，十分粗俗，柯瑶回到报社，表示无法完成书写的任务时，主编反而批评她，要她"圆润些，宽容些，让大家都舒服些"。北大荒如何？看来也非净土。只要看看那位马村长就会明白这一点，他不清不浊亦黑亦白，在他所管辖的地盘内呼朋引类，蝇营狗苟。他对"老三届"讲交情，那恐怕也是因为李子玉等人还有点钱，也有点势——不是还认得留在此地当乡长的知青嘛！总之，编剧笔触所至，地无分城乡，人无分工商，无序少序、悖规忤纪和违法的现象，所在多有。《突围》好就好在，它将这些现象在主人公心理行为上留下的痕迹人格化了，这就不但给作品增添了生活的厚度，也为演员充满激情的表演提供了内在的依据。

几点希望

从总体风格看，高满堂作品总能给人以清隽脱俗、疏爽大气的感觉，许多作品都充盈着内在的激情，这是很值得祝贺的。但有句俗话，艺无止境。真正搞创作的人不会不明白，影视作品的最后完成不在编剧身上。最后的成品，常常会留下不少遗憾。但不管怎么说，剧本仍是一剧之本，仍是电视剧质量好坏的第一道关口。

希望之一，期待高满堂和大连台多出精品。高满堂能以少有的热情关注时代的变革，在艺术上是严格要求自己的，但还不能说他的作品多数都是精品。为此，我想向他建议，对现实既要深入体察，又要对它保持一点超然的距离，以便深刻理解它。即所谓既要“近视”又要“远视”，要看到现实飞速发展的一面，也要看到它滞后与严峻的一面。真正的艺术家不能回避现实，不能与沸腾的社会生活、群众最关心的事件绝缘，但又要对它稍微有点距离，在你的审美眼光里，让它沉淀一下。越是当前现实越不那么好写，因为没有经过足够的时间沉淀，浮在生活表面的许多东西就会给你的艺术闹别扭。硬写出来的作品，不是缺少真实感，就是缺少冲击力。《黄海渤海在这里相连》用精品意识看，它的人物关系和某些情节就比较粗疏，马铁超由弄潮儿变成阻力，几乎没有任何中介情节和富于表现力的情感因素，所以显得有些概念化。比较起来，倒是李橙这个人物，虽然比较俗气，但她为了圆自己的梦，确是付出了高昂的代价，她生活得很不轻松。这一点与不少电视剧中轻轻松松完成自我的形象恰成鲜明的对比。应该说，李橙的人格选择也是在时代光晕映照下完成的，而在叙事形态上，作者对她采取的极具世俗气息的叙说方式，把非常崇高化恰当地用在这个人物身上，反倒使这一形象更具真实性。

其二，希望在艺术风格上更上一层楼。一般来说，风格是一个作家作品比较稳定的特征，但也不必把这个问题看得太死。风格未完成时需要不断构筑它，完成之后还需不断丰富它，而且同一作者常常有风格变异的作品出现，这是不奇怪的。历史地看，风格也是一个动态的发展过程。而风格特征，对电视剧来说，仍然主要表现在特色鲜明的形象刻画与影像语境语汇的营造上。《突围》我特别喜欢，它也应该算得上是精品了，但有人对我说这剧编撰的痕迹过重，有没有这个问题？细想想，这个意见也有一定道理。问题恐怕就出在情节设置上。李子玉和柯瑶都丢了孩子，多少年后事情那么巧，其中一个竟然就是在他们眼前洗衣做饭的四儿。虚构不排斥巧合，但同一剧里的两对老知青都在相似的情景中寻找丢失的孩子，而且都找到了，这就给观众审美期待心理造成类型相似的重复感。所以，柯瑶的死，并未形成情感高潮，原因也许就出在这里：结构的张力在失去悬念的情况下遭遇到情节疲软的消解。当然，在我看来，这种消解并不那么厉害，出色的表演在许多时候补救了它，换句话说，行将形成的审美疲软，被充满激情的表演作了缓解。

最后，我想说，大连台出现高满堂不是偶然的。精神产品也有个生态环境的问题。除了高满堂的作品而外，《山不转水转》《坨子屯纪事》《篱笆·女人和狗》《辘轳·女人和井》《一个姑娘三个兵》等，都是上乘佳作。如果再加上辽宁、吉林、黑龙江的《努尔哈赤》《雪野》《赵尚志》《雪城》《大年初一》《咱爸咱妈》《纪委书记》《而立之年》《北京往北是北大荒》，以及最近完成的《尊严》，这一系列关东风味关东风情的电视剧，确实是中国电视剧发展史上的奇葩，它们在电视剧的思想境界美、形式美、风格美和电视语汇与形象造型等方面，各以不同的艺术优势做出了独特的贡献。我特别希望高满堂在风格样式的多样化方面，能有新的佳作问世。我们荧屏上的轻喜剧、轻音乐剧，幽默风趣而又深具文化底蕴的作品太少了。大连、沈阳，整个辽宁人才济济，完全有能力写出拍出更多更好的作品。

（《中国电视》1999年第2期）

平民世界的伦理与关怀

■ 彭　云

——浅谈高满堂电视剧作的文化内涵

高满堂是辽宁省重要的电视剧作家之一。他的创作道路是伴随辽宁省电视剧的发展而逐渐成熟起来的，十几年的创作中，高满堂逐渐形成了自己的创作风格，研究他的作品对辽宁省电视剧的发展有着重要意义。同时，高满堂的作品超越了地域和个人的局限，它不只属于辽宁，在全国电视剧创作中也产生了一定影响。他作品中体现出的一些文化内涵颇有代表性，体现着当前我国电视剧创作的一种总体走向和新的趋势，关注它也许会给予电视剧的整体创作一些重要的启示。

一

可以说，最先也是最引起我兴趣的是高满堂作品中透出的一种文化气息，这是一种没有刻意张扬和矫饰的，凝重、深厚的气息。从早期创作开始，这种文化气息就弥散在他的影视作品之中，而且并没因为时代观念的冲击和商品社会的熏染而削弱、变质，相反，却由于高满堂思想和艺术上的逐渐成熟而变得越来越清晰，越来越突出。

我认为，尽管高满堂作品中蕴含的文化内涵很多，但大致可归为三方面的内容：

一、民族道德伦理的坚守

今天，谈论民族道德伦理这个问题对于文化界来说并不陌生，影视作品中体现有关传统道德伦理方面的内容也越来越多。许多剧作家开始以各种题材、各种手法在民族文化的积淀中挖掘合适的表现内容，民族传统文化重新受到关注。但像高满堂这样始终如一地在作品中保持着民族文化情绪的作家并不多见。他的创作一直坚守着一块民族传统的阵地，这在他十几年创作的几乎每一部电视剧作品中都能够看得出来。

当然，高满堂的电视剧作品不是文化专著，它不可能阐述民族文化内容的方方面面。但在他的创作思想中，始终传达出某种文化信号，沉积在作品深层，托起情节和人物，这个文化信号的核心就是对民族道德伦理的坚守。

在他创作的电视剧《小楼风景》中，高满堂借人物之口说出这样一段话："人间百事，土木水火，天上地下，阳世阴间，就讲两个字：道情。情能容万物，化顽石。通情才能达理，理能治天下，泽万民。"这里的道是什么，理是什么，我的理解就是指民族的道德伦理准则，它是中国人安身立命之本。剧中人祁智旅美归来，为了自己的利益，变得利欲熏心，冷酷无情，遭到人们的侧目与非议。他之所以落得如此难堪的下场，除了个人品行上的问题之外，还有一个重要的原因，就是违反了中国传统的道德伦理观念，违反了中国人的行为准则、处世原则。而他在碰得头破血流之后，也是受到邻里们宽容大度的伦理亲情的感召才幡然悔悟的。

我们的民族文化是一个混合着精华和糟粕的庞大的系统和载体，而道德伦理观是其中重要的内容之一。几千年的文化传统积淀造就了中华民族的道德伦理传统，对于个人来讲，形成了顾全大局、忍辱负重的修身之道，重义轻利、重情重信、讲求伦常的处世原则，立足现实、不断奋斗的人生理想；对于整个民族来讲，形成了宽容大度、目光远大、甘于牺牲和奉献的民族气度和风范，构成了中华民族集体主义、现实主义的光辉传统。而高满堂的电视剧作品也正是以艺术的形式体现和坚守了这些文化内涵。

高满堂笔下的人物都是在自觉恪守着这种行为准则，无论是《午夜有轨电车》，还是《竹林街15号》《停泊十天》《断续涛声断续雨》《小城情话》，这些电视剧都体现了一种对传统伦理观念和行为方式的认同和尊重。

从这点来说，早期高满堂是犹豫的，既对传统道德的约束愤恨，又对民族文化的道德伦理观念难以割舍，因此他的早期作品如《竹林街15号》中时时流露出一种矛盾的情绪。他的思想还是模糊的，未能对传统文化给予准确的结论和正确的重估，他还不能完全清楚地表达出自己的文化意图。但后来，高满堂作品中越来越清晰地看到民族道德伦理观念的强大生命力和在建构民族社会心理上的积极作用，并自觉地、突出地蕴含到作品当中。这在今天看来是难能可贵的，它多少体现了这位作家在改革开放所带来一连串的社会观念革新过程中保持的清醒而冷静的态度，体现了他在西方文化生活观念对我们民族的渗透日益深入的现实中，对民族文化品格的一次清醒的再认识，一次自觉的坚守，从而逐渐形成了他在电视剧创作思想中一贯的民族文化立场。

但显然，高满堂创作中对民族文化道德伦理思想的坚守并不是一种文化保守主义，而是在时代观念观照下的道德伦理。他作品中体现的道德伦理回归不是试图用传统文化观念来解释现实，而是用当代人的价值判断、历史思维和审美追求，站在当代人新的认识高度、思维水平和审美趣味上来把握民族文化的精神内核，对现实世界进行当代性的阐释，这比那种貌似反映现代生活现代人，但骨子里思想观念陈旧、审美趣味落后、充满封建卫道意味的、“旧瓶装新酒”的作品要有力得多。它是具有现代性的民族文化内涵，用现代观念来对社会现实的种种现象进行深刻思考后，作出的文化抉择，是民族文化的神，而不只是形。这种文化内涵的表达体现了对商品经济畸形发展而带来的观念扭曲、道德伦理失落、唯利是图等一系列消极、腐朽的精神垃圾的反驳，对社会、民族、国家、人性健康发展的渴望。

同时，高满堂作品中体现的道德伦理是时代进步中的道德伦理，是伴随中国现代化进程发展的文化观念。他的剧作中感情脉络、情节和细节冲突的编织分量比较重，但从中仍处处能看到时代观念的影子，看到生机勃勃的改革开放现代化进程的时代特征。从这个角度上看，是具有现代性的。他是将民族道德伦理同时代进程相比照，从传统文化中挖掘出部分合理内核重新审视和吸纳，以体现它在当代中国时代进程中存在与发展的合理性。它也从另一个角度上验证了中国社会现代化的前进。这在高满堂的《午夜有轨电车》中体现得最为明显。我曾在一篇评论这部电视剧的文章中表述了这样一个观点：主人公陶明由试图抛弃妻子和祖国，到最后改变初衷，这个变化既是民族道德品格力量的胜利，同样也是以现代化中国腾飞作为保证的，道德建构需要文化与物质双重的力量。民族道德的胜利证明了我们民族随着现代化的进程在经济上、政治上、文化上的巨大进步。高满堂的电视剧作品正是从道德伦理的侧面表达了这个思想。

二、平民情感模式的认同

解玺璋在《电影叙事中的大众情感模式》一文中将电影叙事的情感模式分为这样三种：一是自我升华的"政治兴奋感"，二是艺术至上的"审美优越感"，三是大众化的"世俗幸福感"。当然这种分法是否科学，还有待于进一步研究，但它从一个角度概括了创作中的某些现象。他将大众情感模式解释为："注重世俗社会的价值观念、道德评价和哲学趣味，放弃个人生命体验，重视故事情节和悬念，制造华丽、惊险、富有刺激的奇观景象……主张感情淋漓尽致的发挥、喜怒哀乐、情欲爱恨、生死离别，一定要在观赏中达到心灵震颤的效果，哭就哭个够，笑就笑个够。"如果将他所说的大众情感模式分解开来，应该包括两层含义，一是大众化，二是情感化，就是指题材上以大众生活为基本切入点，形式上以感情描写为主要方式，二者在文化通俗性的角度上统一在一起，既以普通人的普通生活及情感为表现对象，同样也以一种符合大众审美习惯的表达方式来完成。如果从这个角度来审视高满堂的电视剧作品，就会在某些方面找到与这种创作模式相关联的一种独特的文化内涵，他用具体的创作实践深化了这种文化内涵。

首先谈谈平民化。大家也许注意到，我之所以说平民化，而没有用"大众"这个字眼，是因为我认为二者仍有一定的区别。平民化是说明一种立场、一种视角，它在思想上仍然是独立的，而大众化则意味着简单地融入和混同，我认为平民化是一种高于大众化的文化内涵。高满堂的作品中，少有题材重大的作品，而更多关注普通人的喜怒哀乐，普通人细腻的思想世界和情感走向。他作品的笔触几乎总是以普通人为主，即使在那些表现重大题材的作品中，他也着重从平民的视角刻画人物的性格与心理，以平民的命运为关注点，以平民的视角展示生活，以平民的语言说话。不受官家和商家左右，以平民百姓的喜怒哀乐为切肤之痛，成为高满堂创作思想的重要根基之一，通过对大众生活的关注，他获得一种创作上的定位，体现了一贯的民本思想，体现了对"日常平民文化生活"的认同和关怀。

如果说平民化是高满堂的创作定位，那么情感表现则是高满堂实现这个定位的重要手段。中国老百姓有着独特的艺术审美观，他们非常喜欢感情戏，他们易受感动，愿被感动，渴望在主人公悲欢离合、生离死别的命运和跌宕起伏的故事情节中，感受情感的强烈冲击，从中找到精神慰藉和宣泄的爆发点。优秀的艺术作品也能通过情感的描写，强烈感染观众的审美情绪，使观众受到震撼，对主人公产生关心、同情、憎恶或喜爱，产生真善美的道德评价和审美评价，与作者在审美的情绪中达成共鸣，获得精神上的愉悦和满足感，并且认同了作者的思想内涵。高满堂恰恰在这方面有独到的功力。他擅长编织感情戏，擅长进行心理刻画。每部作品中他都进行大段的抒情描写和渲染，或豪情冲天，或畅快淋漓，或温情脉脉，或隐而不发，或悲痛欲绝，不同性别、不同性格、不同处理、不同情节中人物的感情都在他的笔下复活，产生很强的感染力。同时，通过感情描写，他也在作品中勾画了人生百态和社会众生相，将每一个社会层面上的人的生活境遇、精神状态、思维方式及文化特征清楚地展现出来。

因此说，平民情感模式成为高满堂把握艺术表现实质的重要手段，是一种具有独特文化内涵的创作思想。

三、人类生存境遇的关怀

如果高满堂的作品仅体现前两个层面的文化内涵，那它只停留在电视剧通俗文化特征的浅层框架之下，它只有形而下的描摹与嬉戏，没有了形而上的深刻揭示和冷峻思索。高满堂的作品有着更深的文化倾向，那就是对于人生命运的热切关注，对人心理的深入刻画，对人类生存境遇的深刻关怀和思索。他作品中的人物有普通市民、海员、司机、旅外华人、纺织女工、记者、商人、家庭妇女、知青、农民等等，三教九流，各种文化、背景、层次、职业都有，但无论什么样的表现对象，高满堂都对他们的人生细节给予了特殊的关注，表现了人在面对现实境遇时的特殊思想与行动，表现了人对自身命运的抗争与解脱。在他的作品中，少有对生活洋溢的轻松的欢笑，更多的则是对人生命运沉重的思索。

作家在作品中，总要通过某种方式表达一定的意图，表达对生活的理解和思考。高满堂擅长描写群像，通过表现一群不同类型的人在面临各种困境时的各种表现，来体现共通的结论，他的作品揭示丰富的社会内容和情感内容，带有更加鲜明的人文色彩。在他体现对人类生存境遇关怀的创作中，我们可以明显地看到一种十分有个性的，也可以说是具有高满堂特色和风格的创作模式，我将之称为“突围意识”。它是通过对人面临的困境及突围困境的描写，表达了人在现实超越及自我解放时的精神历程。

几乎每一部作品中，高满堂都不同程度表现了这种突围意识。高满堂作品中的主人公往往一开场便陷入一种困境当中，他的命运就在这种困境中展开。当然，这种困境或许来自现实，或许就来自自己的主观世界。最能体现这种倾向的是《突围》这部电视剧。剧刚一开场，每个人都遇到了各种麻烦：李子玉生意上不顺，事业发展出现困境；肖哲由于违法的经济问题惶惶如丧家之犬；方然离婚后没有房子没有钱，生存都成了问题；齐大军面临着下岗失业的困境；柯瑶面临着婚姻上的严重危机，每个人都处在矛盾的尖端。高满堂似乎不刻意描写困境产生的前因，而关注后果，关注处在困境中心的人在承受命运重压、斗争、挣扎时复杂而真实的心理与情感变化，关注人在绝境逢生中同命运的较量。《突围》中的每位主人公经过一个痛苦的思想变化过程，经过一个艰苦的奋斗过程，摆脱或超越了这些困境，取得了各自的精神收获和生活归宿。同样，这种对困境的突围意识渗透在高满堂的《午夜有轨电车》《停泊十天》《竹林街15号》《法官谭彦》《黄海渤海在这里相连》等一系列作品当中。每部作品的主人公都经历了生存境遇上的重大抉择，经历了由困境到突围困境的冶炼过程。在这种突围困境的形象化描写中，他将对个人遭遇的关怀和同情与对整个人类精神世界的思索联系在一起，通过对个体成功突围精神的描述，表达了对人类突围困境的信心。

正是源于人类突围生存困境的信心，高满堂作品才显露出一种可贵的“进取意识”“生存意识”，对人不断奋斗进取给予鼓励，对人自我超越给予弘扬，对人性真善美的渴望，对人生热望的追求。看高满堂的作品，你时时会被一种强大的精神力量所震撼、所激励，从而鼓舞自身不断完善自我，不断冶炼精神世界，净化灵魂，面对挑战，突围困境。这正是高满堂的作品中体现出的较高层次的精神内涵。尽管高满堂在十几年的创作道路上，由于现实变革与个人成长，作品的题材与表现对象有所不同，但在这点上却是一贯的。

二

道德伦理、平民情感与生存关怀三方面文化内涵统一在一起，使高满堂的作品既有思想深度又有一定文化高度，既有深厚的民族文化作为依托，又有对人类感性和理性升华了的思索，这是十分难得的。它们的结合也赋予我们一定文化意味上的启示。

一、高满堂作品中体现的民族伦理与平民情感相结合，体现了20世纪90年代以来影视作品伦理主义、道德主义的重要创作倾向

当前，民族文化及道德伦理内涵已不单是文化艺术界所探讨和关注的问题，它已经成为整个民族的某种共同的需要和心理。尹鸿将这种现象称为影视作品的“主旋律的伦理倾向”。高满堂的电视剧作品中表达出的民族道德伦理内容，正呼应了这种大的思想走向，同时也体现了自20世纪90年代以来电视剧创作逐渐形成的思想伦理化倾向。

同时，这种主旋律伦理主义、道德主义的思想要求和文化走向，体现在文化艺术创作当中，还意味着以大众伦理的方式完成，需要广大的平民阶层的接受和认同才能达到最终的目的。当前，影视中表现道德伦理反思的题材和倾向越来越多，思想也越来越明晰，思考也越来越深入。在电视剧这门直接贴近最庞大社会群体的艺术门类的创作中，更能够看出鲜明的创作导向，《上海一家人》《咱爸咱妈》《人间烟火》以及高满堂的《午夜有轨电车》《咱那些日子》等，甚至《和平年代》这样主旋律题材的作品也能够明显感受到与以往不同的情感伦理化色彩。随着经济社会发展和文化思考的不断深入，政治需要、社会心理同文化选择在民族立场上达成了共识，使得民族道德伦理倾向越来越突出。高满堂的电视剧作品由早期创作对传统民族道德伦理文化的犹豫不决，到后来自发地认同，到现在自觉地坚守，正验证了这一创作的重要趋势。

二、平民情感与人文关怀相结合，体现了社会主义市场经济下新人道主义精神的文化趋势

市场经济发展造就了电视剧这门最大众化的艺术门类的中兴，同时也带来某些作家在人文理想上的转型，出现了截然不同的两种创作倾向。一是创作者远离大众审美需求和情感需要，进行抽象的哲学思辨，将大众当作群氓，高高在上，不屑对平民的生活和观念进行公允评价，不愿苟同于平民视角的观众进行人文思考和观察，使得人文关怀往往停留在纸面上，带有精英文化的性质，没有在感情上同大众产生共鸣，倾听大众呼声，为他们的生老病死而代言，从而丧失了最广大的群众土壤。二是影视创作在经济和各种复杂因素的促使下妥协于商业企图，为追求所谓“卖点”丧失文化立场，迎合平庸的欣赏趣味，不对普通观众进行较高层次的思想启发和文化引导，导致那些厚脸皮、耍嘴皮、简单得只剩下四肢运动的低俗之作的泛滥。

而高满堂的作品恰恰在一个中间的缝隙中，找到了创作思想的适合的落脚点。他注重将平民情感与人文关怀缝合在一起，既不是虚空的拯救与逍遥，也不去完全地媚俗与迎合；既不充当精神引路人的精英文化者，也不混迹于俗世洪流之中，参与着消磨和打趣。一方面，他站在平民立场上，贴近现实、表现现实，对以平民为代表的人类群体的命运给予了真实的展现和认真的思考，关怀普通百姓的生活现状，展现普通百姓的心理状态，认同普通百姓的文化特征，尊重普通百姓的感情倾向，使他作为一名作者的人文关怀回到普通人的生活当中，成为平民的文化代言人。另一方面，保持一种独立的人文立场，一种严肃的人生态度，在接近普通观众的同时，给予他们精神上的一些引导和启迪，对他们所面临的精神困境给予揭示，对奋进和进取的人生给予张扬，普通观众的思想观念与精神状态在受到感动的同时得到升华和提高。

正因为做到了这两点，他才能将深刻的人生思考同社会关怀的现实目的结合在一起，用平民化的视角与语言，共同融入电视这门大众艺术之中，很好地利用了电视艺术的通俗性，在通俗的、平民化的情感模式中表达了深刻的文化思想，消弭当代社会文化中各个层面的人为界限，体现了一种新的人道评论精神，同时也预示了社会主义市场经济下文化发展的新的走向和趋势。

纵观高满堂电视剧作品，其文化内涵之所以能够清晰地凸现出来，从作家自身来说，源于一种责任感，一种对人生和社会的责任感。中国古人讲求人品和文品的统一，高满堂在创作中更是恪守着这种传统的文化观念。从他的作品中可以看出，他是一位富有责任心，对现实保持着严肃，对人性充满尊重的作家。我想因为有责任才会严肃，因为严肃才会尊重，因为尊重才会更有责任。高满堂在创作态度上的责任感和严肃感，对于今天的影视创作来说，具有很强的现实意义，当前我们民族文化艺术的健康前进与真正繁荣需要的也正是这样用一种充满责任感和现实观照的文化精神，这也是我们探讨他作品中文化内涵的意义所在。

（《艺术广角》2000年第4期 总第84期）

高满堂：从文学到影视

王晓峰

《闯关东》播出以后引起了巨大反响。这反响也淹没了许多人对《闯关东》的一个副产品的关注，那就是长篇小说《闯关东》。尽管电视剧《闯关东》并不像有的影视剧那样来源于它的小说，而是有了影视剧以后才有了小说，但把同名小说《闯关东》和电视剧结合起来一块去看，还是能找到艺术的最基本规律，或者说是艺术之道。

能支撑起长篇小说《闯关东》的主要支点，在于它的文学性。文学性就是使之成为文学作品的主要特性，有时我们也叫艺术性。

20世纪80年代初期在“伤痕文学”勃兴时，高满堂就发表了短篇小说《后窗》，还被当时的《小说选刊》转载。这在当时是大连文学的一件大事。后来，在80年代中期，大连的有关部门还专门召开高满堂小说研讨会。那时大家有个评价，一是他对底层百姓的关注，即民间情怀、人文关怀——当时叫“人道主义”，二是他的细腻委婉的艺术表现力，显示出他的良好的文学素养。这说明了高满堂以文学起步之后，就以自己良好的艺术素质及表现能力显示出自己的艺术个性来。

长篇小说《闯关东》（包括他先前的长篇小说《家有九凤》，也是根据同名电视剧改编）也承袭了他以前的小说叙事：民间情怀、人文情怀以及细腻的艺术表现力。这细腻在此时是一种高密度、高强度的细节叙事，使小说成为大容量的故事的集合。这实际上体现出高满堂的与时俱进，使小说的叙事尽可能地接近现代传媒，以便更顺利地进入电视剧之中。同时，他也并没有放弃艺术本身的一些特征，使电视剧这一新兴的艺术体裁融入更多的文学性。因此我觉得，电视剧《闯关东》的成功，有一个重要的原因，即文学性。这文学性，也是满堂几十年的追求。正是在他这样的追求之中，他始终磨砺和更新自己的艺术表达，使之成为贴近生活、贴近时代的一种艺术表达，让自己的作品始终充满了生活气质和时代气息，充满了民间情怀和人文情怀。

在境界与情怀的召唤下快意叙述

王子洇

——专访著名编剧高满堂

在中国众多的电视剧编剧中，高满堂先生是一位把艺术创作当成严肃神圣事业的高产剧作家，他一直站在当代电视剧剧作的高峰之上，他的艺术生命不仅罕见地长时期处于旺盛状态，其艺术品格、艺术才华亦受到广泛称赞。最可敬的是在其喷发般的创作激情中，他一直保持着清醒的文化认知和自觉的文体意识，与迅猛发展的时代接轨，以丰富多彩鲜活生动的人物和故事来满足广大观众的精神需求，不断为电视剧艺术的发展提供着新的艺术经验。

高满堂先生迄今创作电视剧52部，主要代表作品有：《突围》《错爱》《天大地大》《常回家看看》《漂亮的事》《满堂爹娘》《大工匠》《家有九凤》《闯关东》《北风那个吹》《雪花那个飘》《钢铁年代》《我的娜塔莎》《温州一家人》等。作品曾获“飞天奖”、“金鹰奖”、全国“五个一工程”奖、中国电视50周年优秀编剧等奖项，《闯关东》获“金鹰奖”最佳编剧奖、韩国首尔电视节最佳编剧奖。

适逢2013年中国电视剧导演工作委员会表彰大会在山东省济南市隆重召开，本人有幸对高满堂先生进行了专访，聆听了他对电视剧创作的独特感受和真知灼见，也领略了他一直所追求的境界和情怀。

王子洇（以下简称“王”）：您最早是进行文学创作的，您与文学结缘，有没有童年时期或者家庭环境的影响？

高满堂（以下简称“高”）：一个作家，从他有文学意识开始，肯定是有一个环境的。环境促使他的兴趣感，有了环境有了兴趣以后，才有了追求，才有了自觉。我觉得应该是这样一个关系。并且这种自觉性是下意识的，不用强迫，不用有压力，是下意识地奔向一个目的。所以任何一个作家的抗压力，他的韧性，他的坚持都是和这个有关系的。你分析任何一个成功的作家，他的自觉性、下意识、韧性无不从环境开始。第一步引起了兴趣，然后才产生自觉。任何一个作家的创作都形成了这样的链条。

对于我的环境来讲，首先得益于我的母亲特别能讲故事。她没有文化，只读到了小学三年级。那时候东北的冬天非常冷，我们每天晚上天黑以后，最幸福的一件事情就是围坐在炕头上，一家人盖一条大被子，然后我母亲说，来开始说“瞎话”。“瞎话”的意思就是说故事。我母亲讲的故事有她的发挥，有她的创造。我对她讲的故事特别入迷。我每天都是在这种环境下成长。

所以说，首先是故事引起了我的兴趣。当然，这些故事大量是民间的传说，所以我始终对故事充满了好奇感。

再一点，我哥哥是教语文的教员，他带回来许多书籍让我阅读。在这样的环境熏陶下，我突然有了一个想法，将来有一天我要写故事，我要把这个故事说给很多人听，我的故事一定要很好听，很精彩。在这个想法的驱使下，我对故事的技巧又产生了兴趣，就是怎样讲得更好，更吸引人。我把我妈妈给我讲的故事给大杂院的小孩儿再讲一遍，在这个过程中，突然形成了一种自觉，就是我开始“瞎编”了。从我妈妈讲的故事到我讲的故事，这中间发生了变化。

王：您又在您妈妈讲的故事基础上进行了创造？

高：对，我又再创造了。就是讲一些鬼啊神啊的，讲得小伙伴们非常恐惧、害怕，有的都不敢回家了。我觉得这是一个特别有乐趣的事。但是有时候我母亲出去串亲戚不回来，我就没有故事来源了。可我还要给我的小伙伴讲故事，于是我开始了我的自创，开始“瞎编”，充分享受着这种叙述的快感。后来我就做幻灯片，用玻璃纸在小人书上用钢笔、油笔描下来，之后放在一个纸盒子里面，放上手电筒开始拉洋片放到墙上。所有的解说词都是我来写的。上小学以后，这种叙述的欲望更加强烈。小学就开始投稿，我在小学六年级的时候就已经发表诗歌、故事，已经算一个文学少年。我的艺术背景大概就是这样。

到了中学，我在大连就算是很有名了，经常发表散文、诗歌。到了乡下当知青，就是《北风那个吹》里面帅子叙述的那些东西，那又是我的故事。坐着马车到处讲，吃吃喝喝，给人讲故事。那个时候就讲一些名著了，《红与黑》《安娜·卡列尼娜》《茶花女》等外国文学。在不停地叙述，不停地表达，就是从表达到抵达这样一种关系。我现在讲故事具有非常的排他性，我要求我的故事必须是和别人不一样的、独特的、不可复制的一个故事，这才能有人听，有人看。所以说就产生了一个“高满堂现象”，在全国的电影电视剧编剧当中，我可以自豪地说原创我是最多的。我写了52部电视剧，只有一部是改编的，就是《抉择》，当年张平的小说《抉择》，1997年我改编的。剩下51部全是原创。这就说明我不愿意重复别人的东西，你有现成的小说、话剧，我不改编，我全是原创。一个作家，52部电视剧51部是原创，这是不可能出现的一个现象。别人评价说高满堂为什么不改编呢？一个是他叙述故事的欲望太强烈，另外一个是高满堂作品强大的情节能力。在我的影视剧作品中，我的情节能力很强大，这应该都是有关联的，当然我并不是说改编不好。

王：您在不断地阅读中激发了想讲故事创作故事的欲望？

高：对。人们对艺术产生兴趣，是因为不断有新的艺术、新的故事、新的未知，有强烈的探索兴趣。所以说故事的不可预测性使你产生了不断地想叙述的愿望，而且愿望越来越强烈。

但是随之而来的可能会产生一个问题，你会变成一个“故事匠”，你是一个匠人。它太容易使你变成一个故事匠、一个说书人了。毫无疑问，我们是需要这种表达的，但是它可能给你带来一种危险，就是如果你没有更强烈的文化自觉，那你可能会变成一个非常俗套的故事匠，不会成为一个有境界、有情怀的艺术家。这就是我们看到的很多电视剧电影中没有发现的原因。所以我一直提醒着自己不要变成一个故事匠，而要成为一个艺术家。我觉得艺术的终极是成为“家”，成为一个艺术家，成为一个“大家”，也就是看你的情怀和境界有多大，有多高。我是从故事匠开始到追求一种境界和情怀的。但是我们看到大量的编剧都是做匠人、故事匠人。所以说出现“三俗”，基本上是从这个故事匠中产生的。为了追求一种效果，一种狗血，一种刺激，他不惜破坏叙述的目的。叙述的目的是让人愉快的，但是接受这种俗套的内容是会让观众很难受的。大量的人做的是故事匠，极少数的人能够达到有境界、有情怀的艺术家，这就是区别。

王：您从文学转型到电视剧创作，是受到什么影响或者经历了怎么样的思想过程？

高：原来做文学的时候你觉得已经很愉快了，已经可以畅快淋漓地表达和叙述了。但是随着科技的不断进步，诞生了电视。1976年的时候我在知青点，我们下乡的时候很多成员是工厂的，像我父亲是商业局的，单位就会派带队干部来领导青年点。这个带队干部搞了一台电视机，黑白的，放在食堂。我们青年点190多人，放电视的时候整个食堂全部爆满，紧接着农民也涌进来了，还得给大队干部让个好座，坐到前排来，我们都站在乒乓球台子上。那时候播的电视剧是外国的，好像是《在黑名单上的人》，讲抓特务的。我那时候第一次看电视，电视还是羊角天线，需要派一个人在外面擎着。为什么擎着不放下呢？因为信号很微弱，在山区嘛，你需要不停地转。我们大约20分钟换一个人，都累得不行了，赶快换一个人来接班，自己进去看，就这样排着队地转。当时我第一次看电视，电视给人带来的视觉冲击太强大了，我就注意看所有人张大了嘴巴盯着看新的科技，突然听到“轰隆”一声，乒乓球台子塌了，一群人摔倒了。从此我就觉得这个特别有意思。我们看过电影，但毕竟是在电影院里。当你看到电视有一种家庭感的时候，离我们这么近的时候，我可以随意开关它的时候，你对它充满了好奇。我就想我能不能写电视剧？那时候只是一个想法而已，也不认识电视台。那是20世纪70年代，也没有拍电视剧的，中国第一部电视剧是1958年的《一口菜饼子》，此后是很多年才拍一个。我就想，我想这样叙述，就是改变叙述方法。1981年我结婚，买了一台14寸的黑白的星海牌电视机，我特别迷恋。那时候当老师，每天下班骑着自行车往家跑的第一件事就是打开电视机，当时正好放《霍元甲》和《上海滩》，对它的迷恋特别深。1983年，我通过各种关系千方百计地调到了大连电视台，开始做职业编剧。我觉得还是兴趣使我转变了。

王：我们知道文学文本和电视剧文本之间有着很大的差异，文学语言强调描述性，而电视剧文本更加注重视听化台词的效果，您是如何克服两者之间转变所带来的困难呢？

高：那时候真的不知道剧本怎么写，是照着电影剧本、电影文本来的。我想任何一个中国电视剧的编剧当时都不会看到一个真正的电视剧文本。为什么呢？拍得太少了，数量太少了，你根本找不到剧本。那时候全国的杂志都不登电视剧剧本，你没有可以借鉴的。只有北京电影制片厂和长春电影制片厂有电影文学杂志，长春电影制片厂的文学杂志叫《电影文学》。所以最初的电视剧文本有相通之处，都是用蒙太奇和视觉来表达。那不相通的地方太多了，比如情节的张力不一样。电影是高压缩的，电视剧是舒展的。我就不举例子了。

记得我写第一部电视剧《荒岛上的琴声》的时候，拍出来很失败，骂声一片。就是因为不懂文本的规律，所以你照猫画虎带来了一个误区：学它的时候突然觉得它的表达满足不了你。因为电影是高压缩的，它的台词极其简练，它的行为多于台词，尽量不说话，能不说就不说话。但是这时候你觉得太不过瘾了，就又从话剧那里移植进来，看大量的话剧剧本。到大连话剧团找剧本，例如《根深叶茂》《箭杆河边》《朝阳村》等等。我觉得它的台词写得特别过瘾，于是又大量地移植了话剧的大段台词。这时候你也不懂叙述的角度、叙述的节奏，你也不知道电视剧剧本写作的规律，所以弄了个四不像。有时候像电影，两个人坐着，你吸一支烟，我吸一支烟，你望我一眼，我望你一眼，你倒一杯水，我倒一杯水，两个人不说话，那观众看不下去了，这是受电影之害。有的时候就是两三页纸都在说话、争吵，这就又受了话剧之苦。所以我相信，这个时候大量的中国电视剧编剧是处在电影文本和话剧文本的接合、借鉴之间，确实没有文本可鉴。其实电视剧有电视剧独特的规律，电视剧的文本是和话剧、小说、诗歌、电影有关联的，都是从它们那借鉴而来形成独特的文本。我们知道现在的电视剧文本极其规范。

王：在您创作电视剧之前，电视剧还没有一个明确的语法系统，中国电视剧的叙述格局还没有确立，例如，一集有多少场戏、每隔多久产生一个爆发点等等都是在您那个时代确定下来的。您能不能具体谈一下在您的创作中是如何确定电视剧语法系统的？

高：首先，场次基本上是在40到60场之间，为什么是40到60场之间呢？当每一集达到40到60场的时候，你的叙述节奏是舒展的；当每一集达到100场的时候，你的叙述节奏肯定是非常凌乱的；当每一集只有15到20场的时候，你的叙述节奏是极其缓慢的，那就成话剧了。所以说40到60场是有科学道理的，它带来了节奏上的舒展。

其次，每集必须要有一个中心事件，我们叫轴心。你不能说老张家、老高家、老李家、老范家，你不能这么写。你必须以老高家为中心，间或老张家和老李家，这肯定是一个规律性的东西。每集必须要有一个中心事件。

再次，每集还要有一个悬念，在结尾的时候要有一个拴马桩，引诱观众急切想看下一集。

最后，三集作为一个单元。为什么这样安排？因为三集必须有一个从低潮到高潮的积累之后爆发性的核心事件。不是中心，是核心事件。

这些都是规律性的东西，所以现在电视剧的文本应该是极其规范的。因为它是通过电视剧观众收视率检验出来的，不是谁发明的，是有数据支撑的。我们每个编剧其实特别注意收视率，每部戏播出之后我都会要电视台的收视率，看收视表。比如说第一集1.5，1.5这个曲线有高有低，为什么到10分钟的时候低了？到15分钟的时候高了？18到25分钟的时候又低了？这个曲线为什么不是一个上升线呢？这就说明你的叙述有问题了。所以说在这个规律性当中通过实践的检验，自觉也好，不自觉也好，必须按照电视剧的文本规律进行创作。为什么有些搞小说的口出狂言，说电视剧我就是不愿意写，我要是写就怎么怎么样，不就是第九艺术吗。他很牛的。但是你注意一下，有几个小说家改行做电视剧编剧成功的？没几个。他以为触类旁通，恰恰不是，电视剧有它的独特表达。我没看过几个小说家成为一个好编剧的。

王：在20世纪80年代，我们国家的电视工作者和日本的电视剧创作者进行了许多交流，您在最初进行电视剧创作时是否参考过国外电视剧的文本？是否还受到过其他国内或者国外作家、思潮的影响？

高：太多了。我想任何一个编剧肯定和好莱坞类型化的电影是拆不开的。那时候欧美的电视剧咱们还看不到，就能看到日本、墨西哥、巴西这些国家的一些电视剧。其实大量的像我这个年龄的编剧大部分是从好莱坞的类型片开始接触的。那时候我们到北京的第一件事情就是泡电影资料馆。那时候电视上不放，国家也不允许放。就是北京小西天的那个电影资料馆，很多编剧那时候都在那里。买两个面包，当时还没有矿泉水，那叫汽水，这一天吃喝就够了，那就是往里混。看内部片啊，有的时候需要有剧组才能看到。比如剧组拍一个什么电影，要看参考片，我们就跟着看。像陈凯歌、张艺谋、吴子牛那时候要拍电影，他们列几个单子交给电影资料馆，说主创要看几个片子，我们就混进去。那时候大家都在做笔记，用小台灯什么的，你不能说抄吧，但是都记下来。比如说导演看人家的节奏、风格，各部门都去看。我记得当年剧组是一部片子交300块钱，一看就是一天啊，有时候看一周。我们就往里混呗，到了门口就说“剧组的”，进去了就如饥似渴地看。上北京第一件事情就是奔小西天去了。当时就接触了好莱坞的类型片，比如悬疑片，看希区柯克的，很多大师的片子都要学，边看边做笔记。应该说受他们的影响非常大。像《出租车司机》，它是一个典型的心理片。写一个出租车司机，他失去工作以后心理的变化，台词极少。最后他救了一个女孩，杀了一个人，非常著名的一个电影。这个电影对我的启发是极大的。一个个体人物在基本上场场都是他的戏的情况下是怎么叙述的？其实这是很困难的，因为每一场都是他的戏，就是跟着他走，看他心理和情绪的变化。我们当时觉得天呐还有这样的电影啊……

那时候我就像海绵掉进水里一样，吸得饱饱的。但是这样的片子看多了以后，在文学上的借鉴就少了。当时基本上就是如饥似渴地看好莱坞电影，有时候也传阅录像带，有人能搞到，我们就复制、研读。当你把这些学到以后，你在创作的时候就出现问题了。你借鉴它的技巧是没有问题的，技巧都是相通的，都是可以学习的，但是表达出了问题。出现了什么问题呢？就是不伦不类的中西结合。一会儿你觉得很外国，比如这时候你感觉到演员应该是一种心理情绪，借助他的行为来发泄，就是不说话，你觉得这个很好很外国。还有就是外国电影给我们的启示是不可预测性。我给你举个例子，我忘了是哪部电影了。男主人公情绪很不好，想杀一个人。他喝了大量的酒，把枪擦好，推上很多子弹，拎着枪就走，观众这时候就觉得他是去杀人了。当他一脚踹开门的时候，里面这个人一看他，他变成一张微笑的脸，进门喝茶聊天，一会儿走了，没杀人。我们是接受不了的，为什么没杀他？你告诉我们他要杀人，结果他脸色变好了，两人喝茶聊天。问题出现在他出门以后遇到他要去找的那个人的女儿，女孩说叔叔你到我家去做客吧，你等我一下，我给你表演一个新节目，之后他就不想杀了，这是合理的。这种东西我们今天来讲叫叙述的策略和叙述的智慧，给我们的启发是很大的。当时我和张宏森，那时候他在淄博电视台，包括钱滨，《誓言无声》的编剧，我们三个是最要好的，一见面就讨论最近看了什么东西。不管谁说看了一个什么片子"太牛了，人家对于情节的处理让我目瞪口呆啊"，我们就说赶紧给我弄个录像带。大家就互相交流。就是这样的。

我们知道事情是没有穷尽的，表达是特别有意思的。当时受这样的影响特别大。你的叙述变得特别丰富，更加新鲜。当时刚粉碎"四人帮"，这个时期《海之恋》《十月风云》《牧马人》《天云山传奇》等电影如雨后春笋般地出现了，它对电视剧文本的影响是很大的。就是国内电影和国外仅有的渠道能寥寥看到的电影是任何我们这一代作家和编剧不可能不看的。说到底电视剧文本都是在借鉴综合的前提下，最后形成自己独特的艺术美学。

王：您在最初进行电视剧创作时，是否已经开始有意识地规范自己的文本？还是在后来不断地创作中意识到了对电视剧文本进行规范的重要性？您觉得在您自己身上是如何体现文本自觉性的？

高：最初从无意识到有意识再到下意识，它是分三个阶段的。那么无意识就是说没有一个规范的文本，不知道电视剧剧本为何物。你借鉴电影和话剧，在你写的过程中其实毫无自觉意识，没有什么规范可言。确实就是想到哪写到哪，处在一个无意识的状态里。怎么舒服怎么来，所谓无意识就是没有规律性。那么你不断地失败，你在看到国外的电视剧比如说《血疑》《排球女将》之类的，你会想它怎么这么好看呢。比如说幸子这一集昏迷了，要死了，下一集又醒了，你会觉得这就是悬念。好了，这个时候我们开始有意识地模仿了。虽然看不到日本电视剧的文本——日本叫脚本——但是你在看电视时可以做记录的，第一场、第二场等等，之后就开始分析，这就进入有意识了。我要结构成一个像样的电视剧本，这就进入第二个阶段了。第三个阶段就变成下意识了。什么叫下意识？就是我刚才列举的，电视剧的字数，情节设置每集要有一个中心，第一集重要人物要出场，把戏剧的重量放在他身上，要有动作和反动作，情节要有变化，要有悬念等，你就变成下意识了。你做提纲的时候它就跟着自然地来了，不用再去强迫自己。当年大评论家倪震说了一段话，我终生难忘。大体概括意思就是说，如何评判一个电影学院的学生他能不能成才。他看了一万部电影不能变成自己的下意识，他不是艺术家，只是一个票友。他看了五部电影有了下意识，就是一个电影艺术家。说的是很好的，有些人当了一辈子票友，上不了台面，就在这里。下意识就是说文本的自觉性。这个时候你意识到一切反电视剧文本规律的都注定是失败的。

王：您应该是得益于当时在看电影和电视剧的时候不断地做笔记和学习。

高：对，不断地做笔记和琢磨，简单来说就是举一反三。我除了学会了这一点，我还知道我写电视剧的时候遇到了这样的场景，应该怎样设计。比如说咱们电影电视剧讲父子重逢或者母子重逢，两边大哭，说这个说那个。美国人的表达没有这么激烈，但是它的内涵极其深刻。比如说有个电影，儿子从小离家、叛逆，多少年后回来了。敲门门开了，他儿子背着行囊，落魄地回来了。他说，爸爸我回来了，他父亲没看他。失散了这么些年，他父亲坐在那儿，说了一句话：那好，我该歇歇了。你看多么简洁，多么深刻。他转身回到自己房间收拾床铺的时候，他父亲眼泪下来了，可父亲不让儿子看到。我们可以举一反三啊，它这个很西方，我该怎么处理呢？所以我在写《温州一家人》的时候，你看它是怎么变成下意识的，这个很重要。电视剧里面阿雨13岁被父亲送到国外去了，她特别痛恨她父亲。不是像现在能出国，感觉特别好，那是送出去打工去。一个陌生的世界，一个13岁的孩子胸前挂着一个牌子，“我叫阿雨，请好心的阿姨告诉我在哪里转机”，她恨死父亲了。但是在奋斗的过程中她理解了父亲。全剧从第一集父女分别到36集才见一面吧？见面这个地方你看我怎么写的。父亲在那做菜，老伴说闺女回来了，去门口接闺女去。结果阿雨回来了以后，推开这个房门没有，推开那个房门没有，推开自己的屋子看见父亲在给她收拾床铺。最后女儿一下子从背后抱住他，哭了。李立群演的阿雨的爸爸，他哎呀一声，说水开了，赶忙跑到厨房里去了。这时候阿雨紧跟着进了厨房，看见的父亲就是个背影，正在往暖瓶里灌水，水已经满了还在往里灌，水都溢出来了。就是一个背影，肩膀在抽搐着，结束了。我觉得这样处理情感更强烈，这就是下意识。

有时候我讲，我们有些片库级的编剧，看得太多了，但是忘性太大，记吃不记打，写一写又进入我们司空见惯的那些场景了。比如说我们经常写到婚礼，为什么写这场婚礼呢？为什么要拍这场戏呢？就是为了介绍他结婚了？大量的戏都是这样处理的。那么这就是没有下意识。我写到这个地方，肯定打住，我非要在婚礼上出个事儿不可，不出个偶然那么这场戏我不写了。我就贴两个“喜”字，窗帘拉开，新房露出来，一过渡就可以了，我还给投资方省钱。我们就谈下意识的这个问题。比如我写《闯关东前传》，有一场戏讲清末李大人是管这个金矿的，忠心耿耿、一生清白，虽然管淘金，但是一尘不染。最后他死在这了，万人送葬，都爱戴这个清官。写到这儿的时候我突然狡猾了一下，我就想考验一下投资方。剧本里我是这样写的“万民惶恐（如条件不允许，300也可）”，其实我这是埋了个机关。等到拍送李大人的戏时，我做了一首歌：“关东山啊，俺的老亲人；兴安岭啊，俺的老连襟。黄澄澄的金沙摇到老，咋就摇不出个干净人儿。关东山啊，俺的老亲人；兴安岭啊，俺的老连襟。黄澄澄的金沙摇到老，今儿个就站起来个干净人儿。”这时候投资方就找我，说高老师300人服装得做多少啊，我使坏说那就200人吧。人家说150人怎么样？马50匹，灵车一个，兵勇多少多少，一算20多万，这场戏这样拍其实很正常。我说你去给我买两条烟去，回来咱这问题就解决了，20万不用花，其实我就是逗他。我跟他说这场戏就四个人，四个兵勇足矣。我把剧本里这个地方改一下，前面垫一场戏：李大人临终的时候说：“我干干净净地来，我干干净净地去，明天灵车发京城，四个兵勇足矣。矿工们累了一天了，让他们好好睡个觉吧，记住我的话，不许送行。”然后第二天灵车一发，四个兵勇，最后歌声响起，这场戏就结束了。关键这不是省钱的问题，这时候下意识又出现了。都这么写都这么送行，我能不能别致一些，又别致又新颖又经济。但是我们大量的编剧到了这个时候就又按规律来了，什么“李大人啊，慢走啊”之类的。人物境界的高远我那样写就表现出来了。

王：与您同时期的编剧，您提到的张宏森，还有《誓言无声》的编剧钱滨、《渴望》的编剧李小明、郑晓龙等人，你们是否有意识地进行过关于电视剧文本规范的讨论？

高：交流探讨非常多，我们经常交换剧本。那时候也没有电子邮件，就是邮寄。我常看看钱滨的，看看宏森的，以中短篇居多，长篇很少。那时候怕丢人，都是再誊写一遍。那个时期以中央电视台和中国电视剧中心为首，经常组织编剧采风和研讨会，我和宏森、钱滨都是中央电视台特约作家，当时就已经开始有授课、观摩、讨论了，形成了一个探索的风气。对文本也更加自觉，力争规范。这个时候就有可以借鉴的文本了。教授授课，以电影的课居多。像电影学院的王迪老师，今年也得80岁了吧，他的编剧课，我们受益匪浅。鲍蕭然老师讲摄影，周传基老师讲剪接，我们都听过。随后电影学院就出现编剧和导演的进修班了，这是逐渐走向正轨的过程。其实对电视剧文本的规范大体上是用了20世纪80年代初到80年代末这十年的时间。那时候有的剧本是6000来字，有的剧本是两万来字，有的20场，有的10场，凌乱不堪。你看现在任何一个编剧都知道这些规律了。

王：您印象中，是否还有其他编剧为电视剧文本的规范做出过有意识或者无意识的贡献？

高：这个时期的编剧陆天明算是一个，写《苍天在上》《大雪无痕》《省委书记》。王朝柱，写《长征》《巨人的握手》。张弦，写《唐明皇》。还有白桦、叶楠、彭铭燕、李铃修，再一个是石零，写《有这样一个民警》《好人燕居谦》《百年忧患》等等。这个时候应该是进入了文本探索最具锐气的一个阶段。包括张宏森，他早期是写短篇的，我都看过，我们的文本都是互相交流的。我那时候主要是《竹林街15号》那批作品，1987、1988、1989、1990这几年就是特别繁荣的时期。那时候“飞天奖”就开始了，就设“最佳编剧奖”了。那个年代大部分的人都是从小说转到电视剧创作来的。

王：时代不一样了，电视剧现在的发展已经远远超过了您刚开始进行创作的那个年代，您能谈一下这两个时代电视剧呈现出的区别吗？

高：那时候是中国电视剧充满了探索的一个时期。因为那个时期出现了一些探索片，比如说《一个女记者的画外音》《希波克拉底的誓言》《南行记》等等。应该说那个时期的电视剧充满了探索，文本的探索带来了对电视剧的整体探索，因为这几个作品对中国电视剧的发展影响非常大。这个时期要是我来概括应该是：探索起步阶段。你不能说1958年就是起步了，《一口菜饼子》能算什么起步啊。20世纪80年代初一年才几部电视剧啊，今天看完了，不知道下个月什么时候才能再看一部，那不叫起步。真正的起步阶段是20世纪80年代中后期开始的，到了2000年是繁荣期，到现在是再发展的阶段。从起步期到繁荣期到再发展，三个阶段之间的差距太大了。无论是从文本、资金、表达离现在的电视剧差得太远。现在是规模化生产了，并且目的性不一样。那时候是以物换物，比如山东台拍完了给大连台，一看六集，大连台再凑足六集的节目给你，晚会什么的都算，以物换物。到了2000年以后，电视剧进入市场化了，规模化生产必然带来了创作上、制作上的工厂化。它是产品了，那就有它的生产规律了。比如说现在电视剧文本的评估，要开许多讨论会。那时候没有，领导看看觉得行就可以拍。现在除了讨论还要上电视台求证，你们喜不喜欢这个剧本？我们拍了你们要不要？再有就是专家的论证，还要给普通观众看。资金的论证，有几个明星啊，投入多少钱啊，需要回收，这完全是市场化生产了。

王：现在电视剧的生产，普遍来讲大约每集需要多少钱？

高：低一点的一般是80万左右，大量的是120万～150万，最高的是200万～300万。演员、导演、编剧的钱都在涨。中国电视剧发展到今天更加市场化，更加类型化。我特别强调它的类型化，就是说你做一部电视剧是给哪个观众层面看的。给年轻观众看的，就是青春剧、偶像剧；给中年人看的，就是年代剧；给老年观众看的，就是历史剧。现在的定位相当准确。还有全民都要看的，《甄嬛传》是给中年女性看的，年轻人也可以看。为什么抗战片、谍战片那么多呢？就是因为老少咸宜，任何年龄层都可以看。家庭情感剧现在走下坡路了，为什么？谁家整天打仗啊，看得太累了。为什么《泰囧》票房那么高？你别忘记了如果没有《一九四二》那么沉重、苦难，《王的盛宴》那么沉闷，《泰囧》绝对没有现在的票房。就是看得太累了，画面漆黑的，突然来了一个《泰囧》，观众都报复性观赏。大家都想轻松一下，想笑笑，但是没有前面两个电影铺垫，肯定没有这样高的票房。

王：说到喜剧，我们看到最近荧屏上出现几部像《民兵葛二蛋》《永不磨灭的番号》这样通过喜剧元素来描写一个另类的抗战题材的电视剧，您觉得这样的电视剧会成为一个类型吗？

高：我觉得它不会成为一种主流，抗战要是都这么写就完蛋了。但是为什么《民兵葛二蛋》的收视率不错？我们的抗战题材电视剧成灾了。现在横店40多个剧组，全在打鬼子。这能行吗？观众就看烦了，看吐了。它的叙述，它的文本千篇一律，同质化。抗战题材的电视剧视角没有发现，观众不愿意看了，突然看到一个歪瓜裂枣，民兵葛二蛋，这家伙有意思，假汉奸真抗日，个性极其鲜明，特别逗闷子。观众觉得有新鲜感，但他不会成为主流，不会成为趋势。

王：我们看到在您的作品里不乏幽默风趣的人物对白和桥段，比如《北风那个吹》中男主角帅子的出场，把烤熟的玉米豆嚼得嘎嘣直响，十分生动又很有真实感地把这个人的形象一下子装进观众心里。为什么会采用这种幽默的写法去描述那个艰苦的年代，而不像很多编剧一样用传统严肃的写法呢？这种喜剧色彩在您的整个作品创作中有着怎样的位置和价值呢？

高：我不会单纯去写喜剧，但是我的创作不管什么题材始终要抓住两个字：情趣。一定要抓住情趣，就是很严肃的题材我也要出情趣。我觉得情趣特别重要。我们的电视剧除了喜剧都太没有情趣了。这种情趣我也是从好莱坞那里学习来的，它任何一个题材都会突然给你一个惊喜，特别有意思。在这方面，大部分中国电视剧做不到这一点。要写正剧，那就是一脸严肃到底；要写警匪，那就是紧张到底。我觉得这样不对，一定要有情趣。情趣就像味精一样。我曾经对自己有个要求，我的每一部作品最少要有20个情趣点。我的《家有九凤》《大工匠》《北风那个吹》《闯关东》《钢铁年代》《我的娜塔莎》《雪花那个飘》到《温州一家人》都有情趣，我觉得情趣是一种智慧。比如好莱坞有一个电影，我记不住名字了。讲有一个男孩他父母吵架，外面下着大雪，这小男孩就说你们要是再吵架我就离家出走。他爸爸说可以啊，小孩就回到自己房间弄个包背着，气呼呼地走。走到他爸爸跟前，他爸爸说慢点，到哪去啊？纽约？华盛顿？迈阿密吧？小孩说你管不着我。他爸说到时候混好了别忘了给我寄张名片。小孩走到门口一开门，外面大雪，漆黑一片。小孩就突然哭着跑回来说爸爸我不走了。这就是情趣，是很重要的。如果一个电视剧没有情趣点，那么它就没有什么智慧。

王：电视剧的创作除了编剧之外，导演也是一个重要的角色。我意识到，您十分重视和导演之间的交流。像电视剧《大河儿女》刚刚杀青，您在电视剧的拍摄过程中会不断地去现场，请您谈谈您和导演之间是如何进行交流的？

高：其实很多编剧和导演是一对生死冤家。所谓生死冤家就是导演永远在改剧本，编剧不满意；编剧的剧本导演不满意，总是处在这样的状态里。投资方把这对生死冤家捏到一起要求你们俩必须给我干活，应该说很多人都闹得不愉快。但恰恰相反，我和导演合作特别愉快，拍了那么多电视剧从来没红过脸，并且不断地和他合作，比如孔笙，加上现在正在筹备的《老农民》，我们已经合作四部了。比如陈国星，我们合作了《错爱》《大工匠》等，是四部。比如安建，从《北风那个吹》《雪花那个飘》到现在刚结束的《大河儿女》，一共是三部。我很多戏都是和他们合作的，非常愉快。

我只能说我是个案，我和投资方在合同里有一条就是导演我来选。当然我比较强势，投资方要是不同意这条那我就不和他们合作了。既然有了这一条，那么我肯定选我最喜欢的导演我最熟悉的导演。在这之前我要看他的片子，我觉得绝对是他，那么我就和他约定。我说我写了这么个剧本，咱们俩合作。他就会说能和您合作太荣幸了高老师，我说咱们别说这个，你先看剧本，看完咱俩讨论。看完剧本我们俩就坐下来，我就问这个剧本怎么样，有什么地方不满意你直说。这样我们就起码从大纲阶段开始讨论了，再进入分集。我和导演不是从剧本开始，而是从梗概、大纲、分集、分场大纲再到剧本，在这个过程中我们已经磨合得非常好了。我的诉求和他的表达取得了一致，磨合得很好。现在大量的是编剧拿剧本给导演看，导演看完改改就拍了，这样肯定出问题。他们没有经历我这几个过程。我和孔笙从采访就开始，你看我在济南采访，这两天我俩就聊这个，到北京见面也是聊这个，现在还没出梗概呢我们俩就开始“热恋”了。那么到了拍摄阶段，我经常去剧组，看看样片，问问导演有什么问题。有的演员提出说要加戏改戏，我说那咱们开个会，我是最愿意改的人，我是不拒绝改的人，只要是比我说得好，我一定改。艺术上没有对错之分，没有谁对谁错之分，但有高低之分。就高不就低，这是我的原则。所以我经常改剧本，在动态中调整。你看《大河儿女》改了四稿，改了四稿以后我又到剧组加了30场戏。而大量的编剧交完剧本就和这个电视剧“离婚”了。我是交完剧本和导演、剧组仍然“热恋”。差距就在这里。

有人说高满堂是个“老妖精”，不是的，我只是下的力气比别人多而已。《老农民》酝酿五年了。我请陈宝国来主演，我们俩谈了三年。从《钢铁年代》我就开始和他谈我下一部戏写《老农民》，从解放前一直写到2006年，你从40岁演到100岁，我大体上给他讲了我的规划，每次见面都谈这个事情。我不断地从他那里吸收，他建议40岁出场，不能30岁出场装嫩，还有他的这个婚姻关系怎么搭建，这是一个困难啊。就为他设计，写40岁出场很困难，但是我认了，我就这样做。我想一个真正负责任的剧作家你要永远有售后服务，因为那是你的孩子，最好不要让它成为单亲家庭。很多人抱着侥幸心理，把剧本剩下的交给导演处理，这是不对的。

王：您为创作寻找灵感，多次深入底层人民的生活，经历了很多大家没有接触到的故事。能结合您的采访经历谈谈采访对一个编剧和一部作品的重要性吗?

高：有些类型剧是不需要采访的，但是我想有些剧是必须要采访的。

比如，大题材的，表现从历史到共和国史的这样巨大转折期的作品，不采访是完全不可以的。这是分不同类型的。我觉得采访有一个好处就是你在不断地吸收营养。作家是需要吸收养分的，不断地吸取营养，只有你有营养了，你的作品才有营养。我们看到的很多烂剧是没有营养的。营养从何而来？从生活中来的，不断丰富你，不断给你才华，使你不枯竭，这是第一个好处。第二个好处是你只要在生活中的采访中就可以发现新的叙述视角，这个我在《温州一家人》的创作访谈中谈过。在采访过程中我会突然发现一个新的叙述视角。其实我有一个观点就是：一部戏的视角可能决定这部戏的成败。比如说，《温州一家人》是写了一个13岁的孩子离家，从一家人这个视角来反映改革开放30年，小角度切入。《闯关东》为什么赢得了成功？我没写红顶商人，因为在这个类型的年代剧里像《乔家大院》这样的电视剧很多，都是写一个商人的沉浮。但是我发现了一个新的叙述视角，我写一群草根，从无到有，把视角放在底层，这就是从采访的过程中发现的。当时做之前我就想怎么突围的问题，因为这样的电视剧太多了。我没想好，就下去采访了。走了7000公里，辽吉黑，鲁西南，还有胶东，采访了一圈下来发现这场迁徙没有大人物，全是草根。既然历史和生活是这样的，我何尝不这样写呢？《钢铁年代》我是通过翻《鞍钢志》找到的素材，我还搜集了很多厂志县志，发现了一件事，就是《鞍钢志》上写的：1960年，鞍钢的职工为了响应党的号召，为了应对三年自然灾害，一夜之间有31 000人离开了工作岗位奔赴农村，那时候不叫下岗。这个对我的震撼太大了，一夜之间都去农村了，不是工人了，成农民了，怎么能理解这件事情。我去采访，果然没有一句怨言。今天可能吗？没有这样的人了。其实《钢铁年代》写的什么呢？写的就是再也没有这样的人了。所以说这样的人值得一写。当你深入到生活中，在不断地调整自己的视角、不断地矫正中你会发现一个叙述视角，所以我总结一句话：深入生活不在你时间长短，在你有没有发现，这个非常重要。很多人就觉得采访了解一下就行了，不对，更重要的是发现采访视角。

王：这就是为什么您的作品虽然总是描写底层的小人物，但是总能将时代的变迁展现出来。

高：对，折射了历史。你看知青题材，正面的有梁晓声的《今夜有暴风雪》，还有《年轮》《雪城》，都是直面反映知青。我的《北风那个吹》为什么收视率比他们好，我写了一个爱情故事，这就是视角的问题。牛鲜花和帅子多好玩儿啊，照样带出了知青生活。但是这可能影响了你的叙述心态。梁晓声写得多累啊，观众看着也累啊。

王：在您创作的作品中，对于感情的细节把握特别真实，几个人之间的情感纠葛十分细腻。同时您还会塑造一个坚忍不拔、自强自立、忠于爱情、敢于承担、勇于奉献但又总是饱经磨难的女性角色，例如《钢铁年代》《北风那个吹》中的麦草和牛鲜花。作为一个男性编剧您是怎样做到的?

高：可能是我在叙述时的一种天性。我一写女人的时候就特别有激情，相对而言。我一直就想给她们一个好的归宿，在苦难和挫折之后给她们一个好的归宿。心疼女人，我是有这种东西的，所以我下笔是特别小心的。我作品中的女性，像《家有九凤》里的那群丫头，像《钢铁年代》里的麦草，我一直想给她们一个美好的结局，我觉得女人不容易。但是我写男性时反而想写他们的壮烈，可能是一种阴阳关系的把握。你看《雪花那个飘》，写一个班级的生活，写七七届入学的事情。你很容易写成为祖国四化刻苦学习，粉碎了“四人帮”刻苦读书，这个谁都能写。我写的都是班里的怪人怪事，韩老六、女诗人、到处打听小道消息的，一群鲜活的人，我愿意写这种生活，所以这又是一个角度的问题。最近我看电视剧《高考1977》，又错了。写这群人发奋学习，毫无兴趣，没有独特的角度。要写有趣的东西。

王：您在前面已经谈到过您对自己每部作品的收视率的关注度是非常高的，那么您在电视剧创作时，是否会考虑到受众的喜好?

高：有影响但绝不迎合。观众的要求是什么? 我换一种不那么俗套的方法一样可以达到效果。不能一味地迎合，你要引导，这才是一个剧作家的任务。你一味地迎合，那么你的作品就会越走越低。“三俗”就是这么来的。

王：您能否大致上将自己这30年创作的电视剧进行一个阶段性的

划分？

高：应该说20世纪80年代到90年代是探索期，90年代到2000年是一个成熟期，从2000年到现在是一个高峰期，我自己这样认为的。通过我的作品走势来看也差不多是这样的。

王：从20世纪70年代到今天，您的身份从知青、大学生、老师、作家到编剧，一直在变，但是对于您自己来说，您身上一直没有改变的气质和追求是什么？

高：从好奇到愿意表达到自觉再到坚持不懈，并且在坚持不懈的过程中我觉得我叙述的快感越来越强烈，而不是越来越衰退。我58岁了，对于叙述还是这么有劲。我反复问自己，这和钱没有关系，到底是什么呢？我觉得我一生的创作就是追求“境界、情怀”这四个字，但是我始终没有达到我的目标。还是有差距。就是这个促使着我一直在不停地叙述。这四个字就是对我的召唤。这不是唱高大全，其实没有这四个字我就可以放弃了。一直觉得没达到理想的状态。

王：您觉得最终使您达到自己目标的作品应该是什么样子的？是通过一部戏直接登上巅峰还是通过一组戏逐渐地实现您的目标呢？

高：应该是一组戏，或许能达到我理想的境界。那样便此生无虚度，没有遗憾了。我们这一茬作家还坚持在一线的很多都去做策划了，不写了。还在写的可能就我一个人了。

（《当代电视》2013年第3期、第4期 总第299期、总第300期）

《午夜有轨电车》专题

《午夜有轨电车》一反那种动辄老板大亨、酒楼宾馆的习气，镜头径指普通百姓家，于百姓心灵生活的躁动中，去触摸我们这个时代进步的脉搏。

于平凡的心灵中触摸时代脉搏

■司 达

——评电视剧《午夜有轨电车》

看了中国电视剧制作中心与大连音像出版社联合摄制的上下集电视剧《午夜有轨电车》，我认为这部作品可以用八个字概括，这就是：有感染力，有竞争力。的确，近些年来，以如此简洁的篇幅勾勒出如此富于生活魅力的都市图景，在国内是不多见的。

社会进步最有价值的内容，在于发生于人们心灵中的涅槃，尤其是发生于最普通最广大的百姓心灵的嬗进。《午夜有轨电车》的创作者们看来深谙此道，一反那种动辄老板大亨、酒楼宾馆的习气，将镜头径指普通百姓家，于百姓心灵生活的躁动中，去触摸我们这个时代进步的脉搏。有轨电车司机肖月华做好了所有准备，等着留学的丈夫归来接自己同去日本，然而她发现，丈夫陶明此番归来却是为着离婚。当离婚在痛苦中成为现实，肖月华做一个中国人的自信却油然而生，陶明则撑着那把往日爱情之伞，徘徊在雨中的轨道旁。作品在叙述这个普通家庭的婚变故事时，显然具有鲜明的倾向性。但是，无论月华还是陶明，他们的新的生活追求，都植根于改造生活现实的动因，而这种动因恰好是我们这个民族共同的愿望。相形之下，陶明的追求更多地背离了中华民族的道德意识，而月华则在生活选择中，魂系民族意识之根，并从自己生存其中的都市繁荣的气息中，感悟到作为这个民族一员的责任和自豪。肖月华的留下与陶明最后的徘徊，都显示出民族之根的巨大引力及时代进步所唤起的民族尊严。导演在“阐述”中言称“刻画好小人物，展示出大背景”，意在于此。因此，当这部作品展示于观众面前时，人们会清晰地感受到浓郁的时代气息，并由于主人公心灵历程与自己心理生活的许多共同经验，而有感有叹，发生共鸣。

作品的感染力还得益于精心的艺术锤炼。有评论家说这是个精品，我看此言不过。多数电视剧拍不过电影，然而《午夜有轨电车》不由你不形成一种“电影感”。《午夜有轨电车》的镜头是会说话的，剧中摩天巨厦与破旧小楼、喧闹欢乐的广场与静寂却纷乱的人物内心、古老的有轨电车与摩登的街景，作品在这些景物的组接中，创造了难以言表又韵味无穷的语言。我看此剧时，尤其为有轨电车的镜头所激动，甚至认为作者应该充分利用这个富于象征意味的道具，于车上写出多一些的戏来。灯光的运用是令人称赞的，据说此片拍摄时采用了目前国内最先进的灯光设备，可以看出创作者们的制作追求。如果说电视是一种视觉艺术，那么，《午夜有轨电车》确实可以使观众由视觉的满足而形成许多艺术感受。当然，还有听觉，《午夜有轨电车》剧中的音乐令我激动，其动用的高档音响设备，不知在普通电视机上效果如何。必须提及的是表演，尤其女主人公的表演，是此剧增色的重要因素，可惜的是剧中一些演员的表演显然没有与全剧取得统一的风格。

需要提醒大连的观众，这部作品完全以大连为背景，作为大连人也许会有格外的亲切感。剧中看到的大连的确十分美好，而且会使人意识到大连正是我们时代发展的某种缩影。

说《午夜有轨电车》有竞争力，是指它在具有了良好的感染力的前提下，一方面会赢得广大观众的好评，另一方面会在一些好片云聚的角逐中占有风光。

（《大连日报》）

《午夜有轨电车》简评

■ 韦 陀

你找到了你的道路，你知道你在朝什么方向走，而我却仍然飘浮在梦境和幻象的世界里，不知道这一切是为了什么，有谁需要它。我没有信心，也不知道什么才是我的天职。

——契诃夫：《海鸥》

看过《午夜有轨电车》剧本的人都会发现，完成片与剧作之间最大的区别，就是导演对结尾作了彻底的改变。在高满堂的剧本中，陶明最终还是离开了善良的肖月华，前往他“咒骂”的万恶的资本主义世界去了；肖月华坚强地经受住了打击，带病完成了工作，又开始了新的生活。在导演杨阳的二度创作中，陶明在即将登上飞机的一刹那，终于迷途知返，回到妻子的身边，在阒无人迹的雨夜里等待。肖月华驾驶有轨电车经过，恍惚中见到陶明，仿佛不相信自己的眼睛，当她擦去挡风玻璃上的雨水，终于看清是陶明时，眼睛里充满泪水，但她终于没有停下来，有轨电车徐徐驶过，陶明满怀愧疚地在后面追赶着……

这是一个值得研究的改变。

很难简单地说哪个结尾更好，非常明显，后一种结尾更富于戏剧性，感情力度更强，也给演员提供了更多的表演空间；而前一种结尾更切合生活现实，更符合人物性格的逻辑。这是不同的美学追求和对现实的不同认识的结果。

由此产生的重要影响，是将全剧的重心和支点由肖月华移到了陶明身上，陶明成了全剧的核心。

这是一个精神上无家可归的人。他对于生养了自己的土地冷漠、挑剔、漠不关心和尖酸刻薄得像一个陌生人，却脱不掉从半殖民地社会承袭的民族自卑感。这种陌生感无论在剧作还是在完成片中都得到了充分的体现。剧作中有这样一个场景：陶明在旧货市场买东西时，向北问他：“先生是中国人吧？刚才我还听见您用大连话和服务员讨价还价呢。”陶明却答道："不错，我是日本人，中国通，生长在大连，最近才回到日本。"因此，完成片中让他表白"我为了什么"，就实属多余了。所有一切都使他觉得格格不入，他带着嘲讽和轻蔑来评论自己的国家，以揶揄甚至幸灾乐祸的口气谈论这片穷乡僻壤，可能他的嘲讽中曾经包含了某些愤世嫉俗的成分，但随着民族、时代的进步，他所愤嫉的那些东西早已成为过去，或者正在成为过去，于是，他那种已失去意义的愤嫉就显得可笑了。他急于要逃避被他视为贫穷和落后的一切，而不惜以丧失自我的价值为代价，他的全部目的在于为生活得更美好而奋斗，却毁掉了生活中真正美好的东西。

他虚伪、自私，有着极端利己主义者的冷酷，又有着极端利己主义者少有的软弱，可以说，他的性格中也不乏善良的成分，这就使他在现实中推行利己主义时常常会犹豫、不忍，但利己主义仍是利己主义，疲惫而憔悴的利己主义。在某种意义上，他与《人生》中的高加林有许多相似之处，所不同的是，高加林背负着沉重的灵魂，而陶明背负的只是利己主义。他有能力认识到自己，却始终不敢窥视自己的灵魂。他所缺乏的不是良心，而是承担生活责任的勇气。陶明与肖月华的真正差异在于，对于陶明来说，个人幸福仅仅意味着个人幸福，而对于肖月华来说，个人幸福与国家的未来紧密地联系在一起。

这种现象具有相当的典型性：生长在穷国的知识分子为了能过上像富国人民一样的日子，找到一条更为迅捷的实现自我价值的道路，是怎样可悲地毁灭了自己的人生价值。陶明们渴望寻找一种他们认为在哺育了他们的土地上无法找到的东西，到头来发现永远也无法找到这种东西，只不过将智力和才能浪费于为谋取生存的体力劳动，最终在两个社会都不被接受，而徘徊于不同文化、价值取向的夹缝之中。这是可怕的智力浪费，更是人格和价值观的扭曲。他们在灵魂空虚的情况下，急于用随便什么东西来填充灵魂，当他们找不到自己所要找的东西，就匆忙用物质，甚至用丑恶和渺小来填充，他们为追求个人幸福所采用的卑劣手段，唯一作用就是使得人类追求幸福生活的道路变得更加漫长。

突出陶明灵魂中可鄙的万分并不意味着简单地把他写成坏人，相反，剧作中对人物性格的复杂性有相当充分的表现，比如他的沉重和负疚，比如他对妻子的感情，要“把整个日本都拎回来”献给肖月华，刚刚见到妻子时所表现出的喜悦和激动，也不完全是出于虚伪和歉疚，不过，潘军扮演的陶明过于绝情、冷酷，显得缺乏心理层次。

但导演似乎想为陶明的行为寻找些更“充分”的理由，便设计了一个发生车祸、感恩图报继而产生爱情的故事，但单单是借了一笔钱或爱上了一个日本女人，都不足以解释他离开的原因，何况他对妻子并未恩尽爱绝。这种合理化的老套子无非使他的背叛中多了些无奈，少了些批判精神。应当指出的是，陶明加入到街头大舞会一场戏是导演的神来之笔，除了体现陶明与肖月华心境的反差外，还象征性地表现人物内心深处对故土的依恋与融合，为最后陶明回到肖月华身边留下精神依据。但这显然是不够的，即便他要留下来，也没有必要非要等到即将登机的一瞬间突然良心发现，对人物性格走向的强行改变，势必削弱了人物性格的内涵。

生活的全部真实性就在这里。现实主义的含义在于不为任何东西而放弃对生活真实的忠实，使我们甚至在从感情上无法接受的情况下承认其真实性。

是不忍心让善良的肖月华太悲惨，还是不愿让灵魂蒙上污垢的陶明太卑鄙？抑或是完满的结局和增加些许亮色更易于播出？让陶明在雨夜中等待、追赶有轨电车，表面看起来是添了一条光明的尾巴，实际上却破坏了人物性格的逻辑。抹掉了肖月华身上的悲剧色彩，同时也就削弱了她的精神力量。

于是，人生价值的主题成了一个痛苦的爱情故事，剧作中直面人生的勇气也就大大地打了折扣。幸好肖月华及时踩了一脚油门，才使我们避免了一场好莱坞式的大团圆结局。

让我们回到剧作，看看将重心与支点放在肖月华身上会是怎样一种情况。

从个性来说，肖月华朴素而坦荡，既有普通女工的朴实、倔强，又有用知识武装起来的现代女性的理智和自信。作品开始时，肖月华被幸福的强烈光环照得头晕目眩，期待着在并不遥远的未来与丈夫共同分享幸福，陶明的出现却打破了她对爱情、对未来的幻想。尽管陶明刚一回到家就使她感到不安，但她忍耐着，小心翼翼地不去碰撞感情生活中的暗礁，本能地想要退缩到更安全的地方，试图以柔情来安慰丈夫，为了挽救濒临破裂的婚姻而竭力压抑自己的个性（关心别人总是胜过关心自己似乎是中国女性的传统），直到发现竭尽全力也无法融化陶明冰冷的感情时，才开始正视自己的婚姻。在此之前，她只是想在丈夫身上实现理想，但当她仔细审视自己时，终于在爱情和幻想之外看到了整个现实生活。因而她主动提出离婚不是出于残留在心中的最后的爱情，更不是病态的自我牺牲，而是对自我价值的重新发现。她的信条是做一个纯真的人，当对婚姻已经不抱任何希望时，仍然希望能用自己的诚心换得陶明的一句真话。她无法宽恕他的，与其说是对感情，不如说是对人生价值的背叛。她对自己、对生活的未来充满了信心，正是这种强烈的自信，才使她勇敢地承受了幻想的破灭，在看透陶明的同时，也理解了自己的心灵，所以在她离婚后才能那么轻松地面对生活。剧作中有这样一场戏：

法院门口，二人从里面走出来，站在高高的台阶上。

肖月华拍拍陶明的肩膀，笑笑，又一看表，飞快地跑下台阶。

陶明呆呆地看着肖月华。

陶明："月华，你……慢点走，别跑……"

肖月华回过头，脚步没停："别误了飞机。"

说罢，笑了笑，又跑了起来。

遗憾的是，在导演的二度创作中，这场戏被删掉了，摆脱沉重后的轻松感也随之不见了，代之出现的却是过多的哭泣场面。

真正的亮色恰恰体现在女主人公身上。她的性格核心是通过艰苦努力而追求幸福生活，在创造性劳动中实现自身的价值。与陶明在龟山面前的奴颜婢膝相反，她表现得落落大方，举止得体，尤其是她用劳动创造生活的自豪感，更博得了龟山的赞赏。较之剧作，导演在这一点上处理得更为巧妙，但肖月华对于劳动忘我的投入，在集体中的归属感（肖月华和女工之间的关系），则表现得不够充分，因而使得对肖月华工作的表现流于空泛和嘈杂，《午夜有轨电车》的象征意义也就显得模糊了。

高满堂的作品中较少借助于道德判断，而大多利用人物的精神反差来表现剧作家的善恶是非观念。在以往的作品中，他致力于表现现代知识分子的感情冲突和感情净化过程，努力从感情来解释整个灵魂的丰富性，而较少表现琐屑的生活细节。并不是说他不注重描绘情节，相反，他在情节描绘、结构上常常表现得过于小心翼翼，尽量讲求结构的精巧。他重视抒情色彩而不擅长营造气氛，刻画心理的能力强于描绘情节的能力，以至于强烈的感情色彩常常会模糊了人物性格的轮廓线，这就为导演的二度创作带来一定难度。从剧作来说，高满堂的戏基本在中等以上水平，但拍成的戏大多反映平平，究其原因，固然有戏剧性因素不足、情节发展不够充分等等，但更多的是导演在二度创作中对人物心理的把握不够。

下面这场戏也是拍摄时被导演舍弃的。内容是肖月华在得知真相后，冲动地前去电话局，准备给小山珍美打电话。

电话间里。

肖月华关上玻璃门，拿出电话小本，犹豫着，终于拨了号。

话筒里，一个日本姑娘的声音："我是小山珍美，请问您找谁？"

肖月华擎着电话却不出声……她透过玻璃窗看到三号间一个女人正泣不成声地对着电话说着什么，像是乞求，像是……渐渐地，女人无力地蹲下去，昏倒了……

肖月华放下电话，冲出去，进了三号间，扶起那个女人。

肖月华轻声地说："别激动，平静点，平静点。"

女人捂着嘴竭力地止住哭声……

女人跌跌撞撞地跑出大厅。

肖月华呆呆地望着她的背影。

一个女人拉开门："你到底打不打？"

肖月华："哦，你请进吧。"

女人："你倒是出来呀！"

这类细节看似可有可无，其实正是真正表现人物性格的地方。

高满堂对于女性内心生活的表现十分细腻，甚至过于细腻了，以致或多或少地流露出矫情和刻意雕琢的成分，又由于他选择的题材多为爱情苦闷、感情创伤，因而不可避免地蒙上了一些伤感色调。但同时，他把自己性格中的某些成分赋予了这些女性，所以他的作品中的女性，哪怕是十分软弱的女性，最后总会迸发出某种豪侠和骄傲。

高满堂本质上是一个理想主义者，他的内心深处是个诗人。他喜欢强悍和热烈，但很少能将强烈、突然爆发的感情以恰当的形式表现出来，而总是在快要接触人生中严峻和苦难的一刹那轻轻滑开，所以，他早期作品中的人物大多纤细、脆弱，总带有几分伤感和惆怅，人物总是陷于感情的痛苦中，在现实中胆怯地彷徨，似乎他们不是在生活，只是追逐生活的影子。由于对现实生活揭示得不够充分，作品也就难以表现感情的深度。

从《小楼风景》开始，高满堂对心灵的关注扩展到了对孕育心灵的环境的关注，但直到《你听见了吗？》和《午夜有轨电车》这两部戏，才出现了高满堂近两年剧作中的重大转折：爱情由主题退为背景，从感情纠葛、爱情破灭的悲剧，转为凝重的人世沧桑感，从漂浮在生活上面的爱情转为扎根于泥土中的生活，于是，作者对于现实生活的认识更为冷静清醒，作品的社会内涵更加丰富，感情强度也才真正体现为戏剧高潮。在高满堂的女性系列里，肖月华比以往的人物质朴得多，也更为丰满，更具光彩。当然剧作的结尾仍有待完善，但从人生价值的颂歌蜕变为婚姻破裂的悲剧，就又回到了高满堂已经超越了的地方。

（《中国电视》1997年第3期）

《突围》专题

作者试图从当年那一代知青身上提炼出一种被今天的人们所忽略的最宝贵的元素，那就是梦幻中所蕴藏的理想，痴迷中所包含的真诚，蛮劲中所凝聚的坚强意志。

人是要有点精神的

■ 宋鲁曼

——《突围》观后

中国是电视剧生产大国，年产量约七八千集，而且其势头有增无减。数量多、精品少几乎是上下的共识。真正能为人们口碑传扬的作品，真正能深入人心、引起人们思想、情感共鸣并作用于人的精神建设的艺术形象则更少。精品的产生必然要有大量平常之作为基础，像一座金字塔，越是巍峨，基础越大。这也许是个规律。但如果每一部具体的电视剧运作都甘为“人梯”，甘作“基础”，缺乏求精的进取精神，那么整个电视剧的创作局面便不会是高耸的金字塔而成为一摊瓦砾，多得没有意义。电视剧《突围》的作者高满堂先生在其创作体会中谈道：“这两年，我开始对自己的创作有所警惕。因为每结构一部电视剧，一种习惯、一种熟练便会悄然地包围着我。我深知创作到了一定程度，平庸便开始催你入睡……我至今认为，编导的轻车熟路在创作中是一件非常可怕的事情，起码，他对生活抱有一种熟视的态度和轻浮的框定，没有新鲜的创造和饱满的激情。”确实，“熟视的态度和轻浮的框定”造成了年产七八千集中的大量的平庸之作。我们实在应该为高满堂先生的自省精神欢呼。艺术家与匠人的区别就在于前者是创造。所谓创造，就是对生活不断有新的开掘，不断有独特的审美发现，有符合时代精神和社会进步的出于一己的人生感悟，并将这些融会贯通生动地传达给观众，以“饱满的激情”把作品推向精神的高度，从而使观众原本朦胧的清晰起来，原本游疑的坚定起来，原本消沉的振作起来。这便是我们常说的人文关怀。做到这一点，做到既不重复别人也不重复自己，无疑要深入生活。深入生活应该包括两个方面：一是在日新月异、深刻变革的社会生活中去发现、去感受新的生活状态；二是对这种新的生活状态进行有助于提高人的精神素质，建树和坚定社会价值取向的审美开掘。从这个意义上说，思想家不一定是作家，而作家则首先应该是肯于思考、善于思考、发现价值、坚守价值的思想者。

不负高满堂先生的自省。《突围》一剧正是一部突破平庸之围的，透过生活表象，探究人的精神价值与生存价值的求源、求本的佳作。

《突围》描写的是大都市纷繁的生活景观，但它并未为取得表面的或者说虚假的观赏性而热衷于极尽能事地渲染灯红酒绿中的恩怨情仇，大款们的无度奢华、纸醉金迷，或所谓白领们的矫情造作；它也不是像某些“新现实”作品以对“贴近生活”的肤浅理解而一味展览都市生活的纷杂矛盾与窘境的无望，希求以报导式的信息量获得所谓直面人生的掌声，而实际上呈现的却是消极与信心的丧失。它也不是以对现实严重问题的揭示顶替对问题的思考，（这种作品虽然勇气可嘉，使命感强烈，但以纯粹的揭示生活现象的方式介入生活，实不是艺术的长处，就其及时性、纪实性和力度而言，不如《焦点访谈》《新闻调查》一类节目，就其深度而言，则不及社会学者的研究）《突围》也有别于那种急于为困境中的人们开出走向富裕的药方，以简单的对未来前景的热情描画，望梅止渴，安慰焦虑的心灵。《突围》的目光更辽远些，也更深邃些。它没有止于对现实问题、现实困境的展示上，采用散点结构，通过对几个人物的刻画，将描述的重心放在透过现代都市、社会转型期各种表面的生活景象，探究在膨胀胀的物欲，各种利益观、价值观激烈碰撞中，人所应该坚守的价值，应该具有的、不可缺少的精神素质，并力图说明人的道德建设、精神建设之于经济建设的重要性。《突围》之突，是对生存价值与意义的追问，是对世俗平庸生活不懈的超越，是对理想境界的执意追求，是在为人们的生活进步寻求一种精神价值的支撑，是对人的价值、尊严、真诚、责任与良心的关注，是对改善人的情感生活、完善人的道德理想的关怀。这是一个社会追求的终极目的，也是一个社会走向发达、走向富裕所必备的精神条件。

《突围》着意塑造了齐大军、李子玉、柯瑶、肖哲等几个人物。如果以他们主要的心灵轨迹来概括，可以说，齐大军追求的是一种责任感，李子玉奋斗的是清白的事业，柯瑶渴望的是真实、真诚的生活，肖哲则经过煎熬终于实现了良心的平静与灵魂的净化。而这些又都是都市人面对困境，或者说走出生活困境应该持有的价值取向。

正像该剧导演所言：“依照城市人普遍的生存观念，试想：李子玉如果不去北大荒找苦吃，那温馨的小家，小日子会不会过得不错？齐大军帮助老婆经营饭馆，八成也能发笔小财。柯瑶躺在医院里安心治病，也未必不会好转，起码不至于死得那么快，难道他们就不能这样活吗？”确实，《突围》在戏剧情境的设计上，没有把人物推向别无选择的处境中，而让他们在可以有多种选择中进行选择，但他们都选择了求真、求善、求美的人生道路，这一点正是《突围》的点睛之处。

齐大军是下岗的副厂长，他愤愤不平的是上级领导居然让葬送了工厂的厂长仍留原位，而让他这位为厂子操心、为群众着想的干部下野！他愤怒、懊恼、沮丧得有道理，他大可以甩手不干，回家帮老婆经营家中的饭馆，与老婆一起下死力气，不愁饭馆不红火、不愁不致富，即便退一步，闲云野鹤似的做个甩手大爷，优哉游哉地过日子，谁也说不出他的不是。他不像《人间正道》中的吴明雄，有权在握，大可号令三军，一展宏图；他不像《苍天在上》中的黄江北，设法挤入常委，有职有权地实施改革大计；他也不像《车间主任》中的段启明，职责所系，理应尽心竭力。他是下岗的副厂长，没有这些条件，领导不支持，又没有位子。他可以漠视厂里下岗工人们的困境而没有人能指责他失职，但他没有选择个人发达之路，深怀着一种责任，抛开个人的恩怨得失，苦苦地为厂里的职工寻找出路。他不顾妻子的反对，先押上自家的身家，与李子玉奔了北大荒，确切得知这块土地能够带来富裕和希望，于是兴奋地联络厂里的下岗职工，鼓动大家去北大荒合股开发。为凑资金，四处借贷，都四处碰壁，朋友们的态度很明确：爹死娘嫁人，各人顾各人，何必管大家的闲事。作品特意表现了这个刚强且善于解嘲、豁达的汉子蹲在银行门口的那一副一筹莫展的痛苦的样子。观众则被齐大军的责任感深深打动。他求的不是一人之富，是大家的共同富裕，他急的不是自己走出困境，而是带领群众走出困境。多么高尚的境界！一个共产党员在集体里是先锋、骨干自然可贵，而更可贵的，更能体现出共产党员本色的是当他处于“单兵”且无职责的时候，仍能发挥作用，仍能以自己的力量与不懈的奋斗凝聚群众，“兼济天下”，带领人们走出困境。反过来，我们也可以这样认为，真正的困难、真正的危机是责任感的丧失，是价值的弃守。

李子玉虽不及齐大军那样轰轰烈烈，但也坚守住洁身自好、实干求财的人生信念。他被奸商所坑，几乎血本无归。而他没有愤然混迹于以恶报恶的商业欺诈中去重聚钱财，在经过无望的追债之后，毅然卖掉汽车，别离年轻的妻子，舍弃舒适的享受，扑到北大荒的黑土地上，以自己诚实勤恳的劳动再创事业。在北大荒的破泥棚里，他对前来探望的年轻妻子动情地描绘着他的、也是北大荒的醉人秋色。那溢于言表的描述，透露着他对不掺虚情假意和相互欺诈等丑恶内容的质朴生活的向往，观众也对这种清清白白、不以丧失道德为代价的“绿色”求财景象深感鼓舞与欣慰。

柯瑶求的是真诚与真实的生活。她可以真诚地面对事业，甚至不顾报社的利益，断然拒绝采写吹捧小人乍富、得意忘形的企业家，却迟迟下不了决心去面对自己的婚姻生活。在那个沉闷阴郁的家中，忍受着精神折磨，维持着徒有虚名的婚姻，与负心的丈夫做着猫捉老鼠的无谓周旋。捉奸又能怎样？不过是为原来没有血色的婚姻再抹上一层苍白。她的婚姻，是都市生活中众多假面舞会中的一个，他们不吵，不闹，他们的平静是冰凉的尸首的平静。得知身患绝症，她最终下了决心，在最后一刻突出围困，回归真实。柯瑶的美，应该属于都市，或者说柯瑶的美理应是都市的风景。

肖哲卷入走私大案，得到了金钱失去了安宁。每有警车驶过，总要心惊肉跳，惶惶不可终日。他去北大荒原意是躲避风头，可看到昔日的战友们稳稳地站在地上，以有价值的努力完善着人生，自惭形秽的内疚越发强烈。作品没有刻意表现警方的追捕或走私头目的追杀，更多的是调动细腻的情感细节包括寻找到与柯瑶的孩子等，不断刺激着肖哲，使之感到人之为人，责任与良心的意义。良心的自责最终促成他走上自首之路。在肖哲身上，作品极力强调了自省的价值。一个社会，法律再严密而缺少自律与良心，一定会危机四伏。

如果说《突围》一剧也是给社会开药方的话，那么它所努力的不是为现实生活千变万化的诸多物质问题、物质困境寻找出路，而是深切关注着与解决这些物质问题同样重要的或者说是构成这些物质问题的本源，人的精神构建，并设法为构建人的精神寻找价值支撑。所以，当这些兵团战友重聚在已然荒凉的战友墓前，不禁神情肃穆，他们重视发现了人的问题。这也是观众从这部作品中可以领悟到的关于突围的意义——责任、事业、真态、良心。

《突围》是讲给有心人听的故事，不是给原本浮躁的生活再添浮躁。其诉诸心灵的述说，旨在让人们沉静下来扪心自问，你是否准备突围。

（《中国电视》1998年第11期）

重返心灵的家园

张玉珠

——电视连续剧《突围》观后

一部好的艺术作品，不仅在于它给人们叙述了一个曲折而动人的故事，更在于它在这生动的故事情节之中蕴藏着一种生活的感召力，抚慰、净化、牵引人们的心灵，使观众在观赏作品的同时，不知不觉地融入作品所展现的生活之中，进而对未来的生活生发出一种无限的向往与憧憬。17集电视连续剧《突围》就属于让人回肠荡气、心驰神往的艺术佳作。

那场轰轰烈烈的知识青年上山下乡运动已经过去30年了。特殊的年代造就了特殊的一代人。尽管世事沧桑，每个人都步入了各自的生活轨道，但是抹去岁月的烟尘之后，仍然依稀可见这代人所共有的胎痕。在那个如火如荼的年代，在那片广袤无边的土地上，这一代人曾留下多少理想与迷茫，赤诚与友爱，当然也留下了一段段酸甜苦辣的往事。然而，《突围》的作者没有重蹈以往知青题材作品的旧辙，不是沉湎于那段被愚弄的岁月的痛苦追忆之中，而是站在时代的潮头上，直接面对那一代老知青的现实的生存状态，把他们放在当今各种社会矛盾焦点之中，进行心灵的剖析与审判。通过几个知青各自不同的身世经历、情感变化，反映出许多值得当代人思考的严肃的人生问题。

重返北大荒是全剧的中心事件，也是把握理解该剧的一个关键点。通过这个点，折射出了每个人物的不同的经历和丰富的内心世界。李子玉是重返北大荒的首倡者。这个当年就表现出具有商人机智、回城后很早就经起商来的老板，居然也被眼前浑浊的商潮呛了几口水。他打起北大荒的主意，最初的动机无疑是为了赚钱。他一方面感到公司难办，不如搞实业踏实；一方面又看到粮价上涨，而北大荒良田万顷，正可以大有作为。何况那里至今还有他久埋于心不肯说与人的牵挂。与李子玉相比，齐大军回北大荒的原因就明朗得多。他所在的工厂由于效益不好被兼并，副厂长的帽子被人从头上摘了下来，他为工人解决困难却反遭查账，明知梁厂长假公济私却奈何不了，一次次地希望，一次次地破灭，使他心烦意乱，一时没了主张，于是成了李子玉的积极响应者。因参与走私事件而被同伙追杀的肖哲则完全是为避祸而被迫到北大荒去的。他自感罪孽深重，悔之已晚，整天四处逃避，有家难回，周围的压力和内心的重负终于把他逼上了北去的列车。与几个同学相比，方然的北大荒之行确有些茫然。婚姻的不幸，不定的工作与生活，使她犹如无根的浮萍，随风漂荡，成了城市的多余人。她完全是被同学们这阵风裹到北大荒的。最让人恻隐和动心的是柯瑶，年轻时的一次真诚几乎毁了她大半生，如今她承受着工作上的压力和家庭冷漠的窒息，坚强地维护着自己生命的尊严。她到北大荒一不为赚钱，二不为逃避，而是要赶在已见到尽头的生命终点之前，找回遗失在北大荒那片扎根林中的骨肉和真情。列车长鸣驶出城市，载着这群曾如兄弟姐妹一般生活过的老知青，载着他们发财的梦想、赎罪的虔诚、中年的疲惫和生命的渴望，驶向他们共同拥有过的集结地。

其实，除了这些表层原因之外，这些老知青之所以携手重返北太荒还有一个不易被人们意识到的深层因素，那就是隐藏在作品之中的不同程度地存在于每个人物身上的心灵危机，亦即他们自觉不自觉地都在试图挽救着自我的失落和精神的萎靡。人到中年，犹如山中的藤树枝蔓缠身。对这些老知青来说，到了此时不论贫或富，不论得意或失意，都会明显地感到心力疲乏、伤痕累累，不同的只是程度而已。他们被各种关系束缚住手脚，被各方面有形无形的压力挤得喘不过气来，心为形役，难以自拔。他们渴望能够挣脱这些羁绊，释放自己，更渴望找回当年那个意气风发的自己，重新燃烧起生活的热情。应该说，作者十分准确地抓住了这些老知青潜藏在心底的这股激流，并将它们细微独到地表现了出来。这次回北大荒，他们本可以借宿在条件较好的老乡家，却偏偏要收拾那间破得不能再破的茅草屋住下；他们本可以只当老板，雇人干活，却一定要亲自动手担水、铲地、烧大锅，与当地民工一起甩大膀子流大汗。这样做绝不是为了节省几个钱，而是要重新体验当年的感受，检验一下自己的抗灾能力。与城市的拥挤和喧嚣对照，这里是广阔而宁静的；与城市的复杂和压抑对照，这里是单纯而明朗的。在这里，没有什么经理、厂长，只有同学和朋友。他们之间可以敞开心扉，说出心底最隐秘的事，可以坦率地表达自己的看法，甚至可以痛骂对方的过错，这就是一个特定环境中的温暖的家。

在几个老知青的个人命运和感情生活的描写中，最生动、最具有震撼力的要数浦心红这个人物。命运无情地把她抛向了世界的另一边，她的人生道路与那些回城的知青相比形成了巨大的反差。当柯瑶千里迢迢来到浦心红的家时，出现在她面前的竟是一个信口开河、云山雾罩、给满屋人讲经说法的地地道道的农村信女。一个曾是那样文静而羞涩的知识青年，怎么会沦落到这样一种地步？这酸楚的一幕让人撕心裂肺。然而，浦心红最大的不幸在于她根本没有意识到自己的不幸。她在被那里的山山水水融化时，也被那里的愚昧同化了。也许只有这样她才能活下去，也许这恰恰成了她忘却痛苦的麻醉剂。她对李子玉的宽宥，无法不使人潸然而动容，那近乎于原始母性的胸怀容得下大江大海。这一形象对观众产生了强烈的冲击力，这就是命运，这就是生活，这就是生存环境之于人的巨大力量。

作品描写的几个知青的家庭生活也各有特色。齐大军两口子尽管吵，但吵得真实；柯瑶夫妻尽管客气，但客气得虚伪；肖哲夫妇不缺钱了，却捧上了一个随时都可能引爆的定时炸弹，惊恐感冲淡了夫妻情；而李子玉住宅里所弥漫的浪漫情调，总给人一种如诗如梦的虚幻之感。

来北大荒的每个人都领到了生活赐予他们的一份馈赠。李子玉经受住磨难，实现了丰收的愿望，证明自己仍然具有旺盛的生存能力。他就像一棵老槐树，扎在哪里都能活，这种精神是这一代老知青最本质的写照。齐大军在北大荒不仅找回了自己，而且为厂里的下岗工人找到了一条出路，这次北行更加重了他的使命感。肖哲终于在痛苦的抉择中认识到，只有投案自首，悔过自新，才能得到心灵的解脱。方然也在同学们的一次次情感波动中，发现了自己的迷失，决心要找回遗失很久的心灵家园，过一种充实、亮堂的生活。柯瑶在生命的尽头里仍然不忘关心社会、寻找亲情，尽到她对社会、对人生的最后责任，并最终将自己的灵与肉埋在了这块曾经热恋、钟情过的土地。她手中的那团驱寒火炬，正是她永不熄灭的生命之火，也是这一代人的精神象征。经历了这一夏一秋，每个人的心里都受到了一次庄严的洗礼。

知识青年上山下乡是当代中国一段不可抹去的历史，那一代为理想付出青春和赤诚的青年不该是时代的弃儿，他们的生活不该被我们的作家忽略掉。应该说，在已往的一些知青题材的作品里，普遍存在一种简单化的倾向，没有更深入地走进那些知青的内心世界，尤其更缺少对这些人的现实命运的观照。在这一点上，《突围》向前迈了一大步。尽管作者在整体情节脉络上多少还流露出一些理想化的倾向，但是由于作者在较高的程度上把握了艺术的真实，特别是在人物个性、人物之间的情感纠葛和情节的安排上注重了更为真实的挖掘和展现，从而使作品具有了较强的艺术感染力和思想价值。作者试图从当年那一代知青身上提炼出一种被今天的人们所忽略的最宝贵的元素，那就是梦幻中所蕴藏的理想，痴迷中所包含的真诚，蛮劲中所凝聚的坚强意志。而理想、真诚、坚强的意志不正是今天许多人所失掉的最珍贵的精神财富吗？失去了心灵的家园，生活必定会是灰暗的，人生必定会是消沉的。《突围》通过几个老知青重返北大荒的历程，找回了他们遗失的精神，校正了下一程人生的方位，重新燃起了生活的激情，从而为我们展现了一个充满希望的真实的生活图景，召唤人们走向更加广阔的昂扬向上的人生境界。这些不正是我们的文艺作品所要大力弘扬的吗？从这一点说，《突围》已经很好地完成了它的使命。

（《中国电视》1999年第10期）

万类霜天竞自由

■ 刘扬体

——简评《突围》

《突围》让人着迷。

一部17集的电视连续剧（编剧高满堂，导演韩刚，中国国际电视总公司、大连电视台、大连音像出版社联合摄制），没有曲折的情节、华丽的场面、皆大欢喜的结局，却让人看了久久不能平静，它所塑造的人物形象，总在我心头萦绕。看完之后，不由人不想：这部连续剧何以能深深吸引观众，让人在欣赏过程中时而欢笑，时而泪光莹莹，灵魂受到震撼，神情为之飞跃?

也许有人会说，这是因为它选择了比较热门的知青题材，这种题材容易牵动社会生活的历史流程，触及整整一代人的心灵胎记，将许多不同年龄、毫无知青阅历的人，也卷进着迷的行列。不错，任何一部广受公众青睐的作品，都与题材的特殊选择和巧妙开掘分不开。知青题材所讲述的，大多是老百姓最难忘的一段经历。那段经历多半都充满传奇的色彩和苦涩的情感，回荡着凄惶悲凉而又慷慨激昂的音调，在故事展开的荒野、沃土、沼泽、谷地和密林深处，布满了青春的脚印，鸣响着撕心裂肺的呐喊，让人听了看了不由得不回肠九转。

但《突围》却与一般的知青题材电视剧大不相同。因为它正面表现的，不是知识青年昨天走过的路，而是今天的他们，如何从城市不同角落，从城市所深藏着的骚动不安的心灵搏斗里，从无处不在的浮华与放任、急躁与因循、冒险与犯罪、欺诈与苟且、平庸与困窘的重重包围中冲出来，重新走上了去北大荒再创业的路。这在审美表达的价值取向上，很容易让人想起钱钟书小说《围城》的题词。但在我看来，《突围》却又并非是对小说题词所做的最新诠释。因为，这部电视剧在题材处理上，不但采取了一个全新的角度，写出了现代人在认真审视生存的意义、奋力实现自我价值时，并未将命运交给异己的力量，没有屈从于愚昧的观念、无所作为的惰性和不可知的盲目性。20多年前，他们来到北大荒，那是不由自主地去“接受再教育”，而今天，却是在深化改革开放的时代背景下，在存在着自主选择的多种可能性的条件下，完全由自己拿主意下决心，去旧梦依稀之地再创业。秋天，在收割机一字排开的广袤田野上，他们从大地的丰厚回报中不仅收获了巨大的喜悦，也收获了以内心的充实为特征的精神自由。是的，能以创造新生活和超越自我的方式，冲出物质与精神困扰的人，是幸福的。也许，正是在这种意义上，才可以说，他们在茫茫人海中终于找到了自己的心灵家园，这时，也只有在这时，他们才真正享有了那份难得的心灵的舒畅与自由。

所以，就知青题材论，《突围》不仅取材角度新，而且在审美主题的确立和表达上也充满新意。世纪之交出现新型的“城乡交流”和社会结构性的转换，是社会发展的一种趋势。尽管中国许多地方并非北大荒，更不需要提倡城里人都到乡村去创业，但这种趋势，这种主动的自觉进行的城乡资本和生产力资源的优化选择与优化组合，恰好表明中国改革愈益走向深化，而其所面临着的历史选择也更具挑战性。

《突围》的剧本创作用了两年时间。编剧高满堂说，这是他创作时间最长的一部电视剧。它的成功表明，从生活中得来的素材和灵感，给这部电视剧插上了思想与艺术腾飞的翅膀。唯其来自生活，所以不仅在题材开掘上更在形象塑造上表现出了与众不同的深度。剧中的李子玉、浦心红、齐大军、柯瑶等人，作为艺术上的“这一个”，都很丰满，富于生命活力，令人感到真实可信。在情节与人物个性的交融及人物行为逻辑的合理性方面，编、导、演所作的艺术阐释，具有非同一般的艺术说服力。有的情节看似平常，但却是人物个性与行为发展的深刻动因。如，齐大军所在塑料厂的梁副厂长是个假公济私、分割工人利益的蛀虫，工厂因他而垮，他却因善于巴结上司而升了官，气得掖不住话的齐大军当面警告他：“共产党总有一天会赏你一副‘银手镯’！”没有这个细节，爽快大度、口无遮拦的齐大军不会去北大荒。又如柯瑶，当她奉命去采访一位农民企业家时，那位财大气粗在经济上赞助过报社的大老板，一面大言不惭地介绍经验，“我这企业就是我说了算！”一面颐指气使地说，“出书的费用我出，哪个出版社，我一个电话都得乖乖地给我出！”柯瑶回到报社，向主编表示无法完成写书的任务时，主编反而批评她，要她“圆润些，宽容些，让大家都舒服些！”所以，促使柯瑶北上的原因，不止有婚姻的苦恼，有寻找女儿的深切愿望，还有工作上的种种不顺心。编导的笔触和镜头语汇所至，地不分城乡，界不分官商，都有许多无序少序、悖规忤纪和违法的现象，《突围》将这些现象在主人公心理行为上留下的痕迹情节化、人格化，这不但给作品增添了生活的厚度，也为演员充满激情的表演提供了内在的依据。

这个剧在情节铺陈与情感高潮的形成上，是以李子玉和柯瑶能否分别找回当年在刻骨铭心的初恋中失去的亲骨肉作为中心线索的。由此形成的悬念看起来似乎有些落套，但并未影响人物刻画的深度。一则编导对悬念的解决，主要不是依靠情节的曲折，而是突显生活的磨砺与酸辛，经由人物性格的深化来完成；再就是对悬念的处理不一般化，没有简单地用大团圆的结局搪塞生活。直到末了，四儿与惠儿在生活道路与心灵寄托上所作的独立选择，仍然是以她们各自的经历及人格意识为依据的，作为新一代的农村青年，她们虽然向往城市物质文明，但更看重的却是自我的价值。

优秀电视剧的成功，离不开编、导、演、摄、音、美、录的通力协作，但我想特别提到剧中主人公的扮演者陶泽如、何伟、丁嘉莉、奚美娟、杨立新、宋晓英极富特色的表演。可以说，正是他们准确细腻、神情毕肖的表演，才将观众带入了难忘的审美境界。浦心红（丁嘉莉饰）与柯瑶（奚美娟饰）重逢，及浦心红、柯瑶与齐大军（何伟饰）、方然（宋晓英饰）在历经20年人事沧桑之后，唏嘘重见、相拥而泣的情景，十分感人。浦心红的出场，及其后与李子玉（陶泽如饰）相见前，李子玉因负疚在屋外踟蹰，浦心红坐在炕上向他叱咤：“咋的啦？进屋来看看，我把你闺女领来了！好大的架子！你怕我揭你的皮，年轻时那点事早过去了。”无论就语调、口吻、身姿、神态、内在激情的冲动与抑制，或就不同人生阅历给这俩人留下的心灵印记在此情此景中的流漾看，都不妨把它当作表演艺术的范本。

（《当代电视》1999年第10期）

《远山远水》专题

像《远山远水》这样能深深触及你内心深藏的净土，并激发你自省灵魂的梦魇，不就是艺术的永恒追求吗？

燃亮心灵的烛光

■ 司　达

——评电视连续剧《远山远水》

《远山远水》是一部直面现实、弘扬崇高而又令人心灵战栗的电视剧。“现实”，已经成为世俗的风尚。然而，即便必须生活在一定的世俗之中，人的天性却永远怂恿着人们去寻找超乎世俗的理想境界，于是，便有社会革命、生产劳动、科学探索、艺术创造……寻找理想的境界并实践这种境界，正是人类心灵世界中永恒的烛光。虽然，在某种情形下，这烛光暗淡了、被遗忘了，但是，社会的进步和人自身的完善，却永远需要这烛光的照耀。发现理想的烛光并用以燃亮人们的心灵，这也是一种极其紧要的“现实”。《远山远水》所钟情的，恰好是这样的现实。

《远山远水》用精练的篇幅，描述了杨新刚到贵州一个贫困、偏远的山区支教的经历。应当说，杨新刚与舒可初来支教，虽然抱着颇为高尚的厚望，但他们的心灵方式中更多的仍是同情甚至怜悯。这种悲悯之情怎样与刺梨山里的生命呼喊最终发生共鸣，正是作品要完成的最高任务。《远山远水》采用了最为平实的叙述方式，即按照支教的时间次序，逐步描述了两种心灵相互试探、相互交流、相互融合、相互激发的过程。尤其在杨新刚到离中心小学最远的教学点彭家田执教这条主线上，作品连续设计了挽救失学、开启心智、建立自信、沟通心灵等方面的情节，使杨新刚这个人物处于不间断的戏剧性行动之中。其中，到刘娣等同学家的几次家访，领学生到县城第一次看电视时远方繁荣美丽的滨城盛典，小煤窑历险，下棋，参加歌唱比赛，麻校长之死，以及杨新刚离开时最后的告别等，都极其动人，同时又充满着对性格发展、对情绪升华的推动力。长大了，要穿皮鞋，不穿草鞋，不要像他们的爹妈那样活着，这曾经是死去的小邓老师、麻校长等几代人对孩子们的期望。杨新刚终于用自己的方式，在这个期望中添加了富于这个时代色彩的内容——将自己的家乡变成电视里的样子，使之成为孩子们心中永远的和自觉的志愿。杨新刚用自己的爱心，逐渐点燃了山里孩子的心灵之烛。

燃亮孩子心灵烛光的过程，也正是杨新刚让自己的心灵之光灿烂的过程。《远山远水》在叙述山里故事的同时，还以杨新刚的妻子陆静、半路返回滨城的舒可及其他同学的生活，构成了一条“城市”线索。虽然，作品将“山里”和“城市”几乎并行着展开，产生了不同心灵要求之间的对比，但是，杨新刚与城市的精神渊源是比较清晰的。除了他能够以都市所代表的现代文化精神去观照山里，还表现着他力图寻找都市的喧嚣、忙碌之外的青春寄托。显然，他找到了——在早年支教葬身山间的小邓老师的坟前，在那些孩子们的眼睛中，在因救他性命而遇难的学生的身上，在麻校长病逝的灵前。杨新刚最终没有留在山里，但作品设计了一个参观舒可的远程教育系统的细节，暗示着他将继续寻找解决偏远贫困地区教育问题的现代手段。将自己的努力永远与山里孩子命运的改变联系起来，这也许就是当杨新刚与大山挥泪惜别时最大的收获。

《远山远水》在不刻意追求叙述方式的奇巧的同时，着力于情绪化的细节和场面、人物心理在这些情绪刺激中的合乎逻辑的嬗变。因此，剧中所要表述的深层“言语”是伴随着情绪的逻辑而激发出来的，“说教”这种在此类题材中易犯的毛病，便被代之以生动的故事和心理的渲染。地域的特色在《远山远水》中也没有被当作猎奇的对象，而是成为情绪沟通的一种特殊的桥梁。在作品中，群山和散落其中的村落，营造的是“远”和“贫”的氛围，也烘托着心灵的某种渴望，方言的使用也恰到好处。在欣赏这部电视剧时，不知不觉，你就会在这种“不刻意”的情境中以为在与那远山远水的人们进行着对话、交流。

剧中的表演是作品最为精彩的构成之一。应当说，山里的戏，演员演得都好，都是精美无华的创作。在表演上能够众人一致地表现出个性的魅力，以及整体上与作品风格的统一，是令人钦佩的。罗刚饰演的杨新刚，不张不扬中层层递进，自然而准确地将人物的心理特征和情绪脉络演绎出来。由于在不同阶段的戏中尺度的准确和铺垫的扎实，当杨新刚与大山离别的时刻，他几近“自然”的痛哭失声，便不再是“表演”，而是包括观众在内的合乎自然的要求了。饰演麻校长的老艺术家的深厚功力不在于运用技巧，而在于去掉技巧。外在的质朴和内在的执着、丰富、理想主义，是他呈现给屏幕的简洁而意味深长的形象。

像《远山远水》这样能深深触及你内心深藏的净土，并激发你自省灵魂的梦魇，不就是艺术的永恒追求吗?

（《中国电视》2003年第1期）

《大工匠》专题

《大工匠》关注的正是一群小人物，让我们为他们的真实情感或悲或喜。当我们凝望荧屏上身怀绝技、性格迥异的肖长功和杨本堂的普通身影，分明感受到了他们心灵的美好和生活的本真。

《大工匠》为何受欢迎

■梁 仁

既没有惊天动地的情节，也没有缠绵悱恻的演绎，电视连续剧《大工匠》以宏大的视野和独特的视角，用小人物平常的生活和情感纠葛为主线，记录了一批技术工人的时代命运，播出后在社会上引起强烈的反响。剧中人物形象栩栩如生，心理活动刻画细腻，人性展示丰满真实，被誉为工人题材的“激情燃烧的岁月”。

一部描写技术工人的电视剧为何受欢迎？关键的一条就是，创作者站在社会与历史的高度上，关注工人阶级的情感与命运，既展现了生活的广度，也挖掘出了历史的深度。正因为有了这种责任感，作品才充满了对苦难的同情，对贫弱的怜惜，对幸福的追求，充满了深深的人文关怀。如一曲长歌，让观众经历了一次宝贵的精神洗礼；似一首史诗，让人们收获了一份强烈的心灵震撼。

在共和国的历史上，正是千千万万名普通工人，构成了社会的中坚力量，挺起了我们民族的脊梁。《大工匠》描写的是产业工人劳模的故事。主人公肖长功和杨本堂他们就像一棵棵小草，在适合他们的地方顽强地生长，尽着自己应尽的力量，他们所代表的产业工人正是社会的一个主流群体。也许没有轰轰烈烈的丰功伟绩，但他们总是以自己的生活方式，为国家、民族和社会在默默奉献着。由此我们想到，关注和关心工人的工作、生活和学习，提高他们的地位，需要用文艺的形式体现，更需要社会各界来共同努力。

是谁展示了中华民族的勤劳与善良？是谁曾让我们的心灵怦然震动？又是谁让我们感到平凡而伟大？答案是：普通劳动者。他们用对理想、信念的执着追求，对事业的无比忠贞，对工作的一丝不苟，辛勤地哺育着我们。《大工匠》关注的正是一群小人物，让我们为他们的真实情感或悲或喜。当我们凝望荧屏上身怀绝技、性格迥异的肖长功和杨本堂的普通身影，分明感受到了他们心灵的美好和生活的本真。

劳动光荣，知识崇高，人才宝贵，创造伟大，这是新时代的主旋律。如果说在那个峥嵘岁月，大工匠是人们崇敬的偶像，今天，知识型工人则是这个时代的一个显著象征。当我们聆听《咱们工人有力量》这首老歌，我们总是百倍震撼、敬意顿生！社会在发展，时代在变迁，当代意义上的工人的内涵也正在发生深刻变化，而有知识有技术的工人更有力量。在先进的发展理念、先进文化和先进技术的武装下，工人不再只是出大力流大汗，而是需要练就一身本事。掌握一手绝活，这不仅是全面提升工人自身素质的必然要求，也是广大工人提高自我生存能力的实际需要。在我国知识型工人队伍加快形成的今天，时代呼唤更多的技术精英，让我们从《大工匠》中得到更多的启迪，不断学习知识，不断锐意创新，精益求精掌握技术，争做一名合格的知识型工人。

（《浙江日报》2007年5月9日第2版）

《大工匠》：历史时空承载的怀旧神话

■张 菁

电视剧作为大众文化产品，被大众消费的目标和意义在于满足大众介入媒介的愿望。人们在电视剧的叙事中，能够暂时逃离现实生活中的种种不尽如人意之处，憧憬美好的理想和生活。如以爱情为表现内容的偶像剧的心理机制，就是用美好的童话替代现实生活，使观众相信爱情在虚构故事中的存在，从而继续维持对爱情的幻想和欲望。“电视观众并不寻求劝说，而是要从中认知或从每天的紧张中得到情感的释放。他们需要找到陪伴，用媒介中的人物作为自己的社会替代，或者建立和其他观众成员的联系。他们希望得到社会确认，看到自己的信仰和价值观体现在媒介上。”①电视连续剧《大工匠》（陈国星导演、高满堂编剧）就找到了观众内心欲望的点，此剧播出后的高收视率和上佳的口碑充分证明了这一点，它同时吸引了有过那个年代经历的中老年观众和一些年轻观众。本剧塑造了精神战胜物质，集体利益重于一切的价值观、人生观。工人们对事业的理想主义追求，对信仰的笃诚，都是当下中国现实社会的精神奢侈品。这些在今天的年轻人看来无疑是新奇的，而对于经历过那段历史的人而言，则充满了怀旧的感慨。正如导演所说：年长的观众会被剧中的真实细节所感动，而年轻人会被那个时代单纯、真挚的感情所打动。电视剧用精心编织的故事情节缅怀了那种单纯、质朴的情感，已经失落的价值观和信仰基石，以及不复存在的历史景观与政治话语，用怀旧的方式构建了中国当下现实生活中不复存在的镜像。在历史的观照中，彰显了当代中国社会十几年价值观、人际关系的变迁。

一

作为被述说的历史都不是历史的还原。电视剧中的“历史”带有更多与现实相关的处理和述说方式。本剧中的历史时空跨越近50年，这50年是我们国家承受数次政治运动、社会急剧变革的不稳定时期。剧中涉及到了三年自然灾害、“文化大革命”、改革开放、国企改制等重大事件，但剧作呈现历史的方式非常有趣。它并非还原当年的历史细节真实，也无意对新中国经历的几番变化作出反思与评判，而是更着力于历史时空中所提供的人物性格的展开、人物关系的表现，用故事来传递某种永恒真理的价值观（即“神话”），以此方式建构“曾经的现实”，从而实现着历史—现实的负面显影，即计划经济的模式、不计个人得失的理想主义信仰、集体利益高于个人利益的价值取向、诚实而坦荡的人际关系等等，都是完全不同于当下中国社会的。编导精心建构这样的怀旧神话，满足了观众对理想主义、崇高精神、革命话语——这些在当代社会缺少的精神奢侈品的内心需求。

电视剧追溯了工人阶级的历史价值，揭示了经济模式改变工人的命运以及这一社会阶层的价值变化过程。故事从20世纪50年代开始，东北重工业基地北方特钢厂里，有两个首屈一指的大工匠：师出同门的师兄肖长功和师弟杨本堂（杨老三），两人锻造手艺高超，然而性格却截然不同。剧作描写了以这两个人物为中心的一系列人在几十年间的人生际遇，写出了国有企业、社会环境、价值观念的变化过程。编导努力让故事开始的50年代这段历史时空中，呈现出一种迷人的理想主义氛围。一个火红的、激情洋溢的年代，工人们沉浸在建设社会主义的热潮中。有着相当统一的信仰和价值观念，人们热爱新中国，热爱毛主席，能为听到毛主席的声音而激动流泪，能被标语口号所鼓舞，秉持着精神战胜物质的坚定信念。故事前半部肖与杨的三次技术比武场面，大幅飘扬的红旗、震天的擂鼓声衬托出那个年代特有的仪式感，表现了那个年代对技术工人高超技艺的崇拜，对建设社会主义的高涨热情。杨本堂直大轴的手艺更是作为一门绝技被反复渲染；而故事的尾声，画外音讲述了工厂已经改为自动化，而“一锤定音直大轴”这个技巧已不再像当年那样作为一门神奇的技术被需要，那根弯了的大轴最终被拉出车间丢弃。片子结尾时，肖玉芳和杨本堂从空中第一次看到了自己工作了大半生的工厂全貌，两人感慨物是人非。电视剧演绎了中国产业工人在社会主义建设中不容忽视的历史贡献，也写出了在我国工业现代化转型和市场化改制中，工人及其技艺退出历史舞台的无奈。曾经熟悉的历史景观、生活方式、价值观念都已变更或被覆盖，可谓是社会变迁给国企工人带来命运沉浮的一种缅怀。

有意思的是，该剧的主要拍摄场地是在北京一家工厂的一个车间里。拍摄结束后，这家工厂破产，那个车间也被拆除了。这段逸事就像给本剧作了一个注脚：社会的任何变迁总要以失去某些东西为代价。剧中展示的工人们的生活和他们的理想在今天已不复存在。正如老年的肖长功感慨道：为什么大街上没有骑车上班、车把上挂着饭盒的工人呢？现在没工人了？孙女红红说：因为大家都吃盒饭，上班都有班车了。这场戏表达了编导对那一段历史的复杂情感，即对失去的东西的一种浓厚的怀旧之情，又对新的变化接受得坦然和乐观。

有人认为，剧中有很多地方不够真实，比如工人无论如何都不能像主人公一样在班组喝酒。“不过尽管这样，本剧却真的让人感受到了‘工人阶级’的可贵和可敬。那个年代的意气风发，那个年代的积极向上，让我们今天在金钱和地位关系中桎梏不前的一代获得了一种新的感受——尽管那种感受是我们的父辈早已体会过的。很多父辈的观众几乎是在一边对编剧的无知发牢骚，一边寻找着过去那种感动的过程中看完本剧的。”（摘自一段网评）需要指出的是，某些细节失真并非编剧之错，因为编剧意不在还原真实，而在于要借工人阶级（我们今天已经很少提及的，在社会阶层划分中被农民工、蓝领等取代的名称），借国有大型企业（硕果仅存却也不再普遍），借日渐式微的群体讲述他们在近50年里的人生故事，旨在实现价值观的呼应与对照。《大工匠》这出怀旧神话的核心是“理想的价值观”，而不是历史本身。

该剧撷取历史真实，建构了一个人物的生存环境，同时，这种环境成为客观力量，人物的价值观、信仰体系和世界观都与环境融合为一，成为那个时代的特殊标记，也是陈列美好人性的舞台，从而表现出“理想的价值观”。从剧情的铺展来看，本剧有几个时间分截点：节粮度荒、“文革”、林彪事件、打倒“四人帮”、国企改革等等，这些事件对人物命运的改变是显然的，但并非直接、残酷的改变。个体的命运在历史洪流面前微弱尘埃，剧作主要展示了人物在面对不能左右的命运际遇时所呈现出的人性之光。自然灾害、节粮度荒的艰难岁月，肖长功和杨老三硬是挤出粮食资助盲师母，匀出自己的口粮让给别人；口无遮拦的杨老三最可能在政治运动中遭遇厄运，但他只在“文革”初期受到冲击，装疯得以自救，而后便风平浪静。“文革”的特殊背景，剧作没有以正面和残酷的面貌出现，相反却成全了杨老三和肖玉芳的患难真情，展示出杨老三与肖长功患难与共的兄弟情、包科长救人于危难中的正直与义气。国企改革开始后，不忍心让师傅和新婚的徒弟下岗，德虎（肖长功之子）痛苦地投了自己一票，自动下岗……剧中在展示每段特殊历史时期的困境或人物的命运转变时，都努力彰显善良、美好的人性，忽略对造成人物命运改变的历史事实本身的评判，渗透出编剧的人道主义理想。该剧与剧作者的另一部电视剧《家有九凤》有异曲同工之处。这两部戏里都有性格复杂、多面的人物，像《家有九凤》中的三姐、五姐，《大工匠》中的杨老三、王一刀等，两部作品中都有人与人的激烈对抗和冲突，但都没有绝对的坏人。这种温和的立场，是由于编剧对人性的乐观态度使然，换句话说，是坚信用“神话”的方式打动人，相信人性中温暖、正直的力量，相信正确的价值观能够化解境遇危机与人际矛盾。

二

该剧着力于在历史时空内塑造怀旧的神话。对曾经存在的质朴、单纯的年代的怀念，对那种氛围与价值观的追忆，这些都与本剧所展现的被时间冲淡、被历史覆盖的意识形态与价值观联系在一起。这里，意识形态不仅仅是指政治，也包括使人相信必须如此的理论、观念、信仰等。电视剧在唤起人们对美好感情怀念的同时，也站在了当代视角，审视这些价值观和意识形态的复杂性。

肖长功是体现作者对“已经失落的意识形态”怀着复杂情感的人物。他身上闪耀着工人阶级几乎所有的美好品质：正直无私，执着勤奋，遵守一切原则和规矩，热爱炼钢事业，富有理想。他体现了无产阶级的“意识形态”的自觉，对自己要坚持的、所做事情的意义深信不疑。他从不抱怨国家和集体，因为任何权威都是正当的力量，必须尊敬和听从。自然灾害期间，他说：“毛主席当家怕什么？”他以党的教育、工人阶级应有的觉悟、做人的原则等形式的“意识形态”来建构自己的世界观和生活经验，以此塑造理想的自我。他珍爱荣誉，在乎来自权威部门的认可，“和毛主握过手”是让他自豪一辈子的经历。他将个人臣服于所信仰的理想、所坚信的权威，同时他又将自己塑造为家庭的权威、说一不二的家长，按照国家的政治秩序模式建立家庭秩序。他强硬粗暴地干预妹妹肖玉芳的婚恋，使她和相爱的杨老三不能结合；他对德龙的不近人情的训练方式，就是为了让儿子练好技术给自己挽回面子；因为他的不能欺骗组织的原则，二儿子德虎没有当上特种兵，人生几乎被毁掉；他对妻子冯心兰更少关爱，为儿子结婚，妻子偷了厂里的铜阀，侵害了公共利益，违背了他至高无上的原则，于是，他绝情地与妻子分手。剧中既塑造了肖长功作为一个“好工人”——大工业生产线上执着、忠诚的个体的理想人格，也写出了这样的人格放到家庭关系中所造成的巨大伤害，因为它忽略了个人意志的选择、个人的情感欲望。肖长功对工厂／集体的极端臣服和对家庭／个人极端破坏性的人格，在那一代人当中具有相当的代表性。他身上强烈的道德感和执着的理想主义，对原则、权威的坚守，在当下的中国，不再是普遍性的人格，但他的守旧与集权思想，用当代视角观照，其局限性便被凸显出来。肖长功理想化的人格，典型的被时代塑造的价值观等等，体现了很多那个时代的意识形态。同时，他的体制化的性格特征，反映出当时人们的精神世界中两种价值观真实而深刻的对立：对集体利益的建设性和对个体利益的残酷牺牲。电视剧非常生动地展示了肖长功的人格在时代变迁中的复杂性，在感怀和批判中显现出历史真实的本质。

肖长功的家长制、霸权、忽视个体价值是在与杨老三的对比中显现出来的。杨老三是作为肖长功的对立面形象而塑造的，其个性更容易被当代人理解。他不像肖长功那样凡事都有规矩，他张扬个性，从不在乎别人怎么看他，“既可以装大爷，也可以装孙子”（肖玉芳语），待人处世灵活而率性。在以集体利益为重，轻视个人价值的年代里，杨老三无疑是个另类。他强烈的自我表现欲望，不受约束、敢爱敢恨的性格，和事事都较真、守旧的肖长功相比，颇耐人寻味。他既有技术工人的高超手艺，又至情至性；他玩世不恭、油嘴滑舌，既会耍小聪明骗人，又有仗义执言、舍己为人的侠气。杨老三身上集中了伟大的英雄和滑稽的小人两种特质。与古板的肖长功相比，杨老三的价值观是现代的，尊重个人选择、个体欲望的实现。两个人物一庄一谐，互相抵触的性格和处世方式构成了剧中非常好看的两人的冲突戏。

该剧描写了这两个人既竞争又团结的矛盾状态，表现出这对争吵起来恨不能老死不相往来，患难时又彼此扶助的动人的兄弟情谊。对这两人几十年恩怨的描写，体现了本文开头强调的"用永恒真理的价值观建构故事"的神话策略。尽管两人个性差异很大，但却拥有共同的价值观：天性善良、重情重义；对事业满怀理想，内心高贵，决不行蝇营狗苟之事；赡养盲师母，每年给师傅上坟成为他们生活的固定内容……师傅带徒弟这种将个人感情和职业紧密结合的方式今天已经不再普遍，电视剧回味那个年代，歌颂了这种不掺杂个人私念的美好的人际关系模式。

总的来看，工业题材的《大工匠》从众多古装剧、言情剧中脱颖而出，创下很好的收视率，打破了电视剧投资商认为工业题材的电视剧没有市场的观念，在于它借历史时空建构了一个令人感动和心痛的怀旧神话。这出戏里有能击中人心的质朴情感，有久已被淡忘的价值观和信仰，有被尘封的珍贵的景观，有至情至性的人物。这是个没有坏人的故事，这是一个美好的故事，它填补了当代人内心缺失的情感与信仰，是一曲那个年代工人阶级的颂歌。

（《中国电视》2007年第8期）

注释：

① [英]托比·米勒：《电视研究》，英国电影学院出版机构2002年版，第71页。

《闯关东》专题

《闯关东》，以其美学品位和历史品位所产生的艺术吸引力和感染力，征服了上亿观众，这是一部既养『眼』更养『心』的佳品力作，为推动电视剧创作的大发展、大繁荣提供了具有普遍意义的新鲜经验。

艺委会邀请权威专家
深入破解《闯关东》成功经验

——电视剧《闯关东》专家研讨会纪要

编者按：

由山东电影电视剧制作中心领衔倾力打造的52集电视连续剧《闯关东》，作为央视开年大戏，一经播出引来强烈反响。作为一部思想精深、艺术精湛的作品，《闯关东》拥有优质的观众构成，并越来越受到“三高”观众的青睐。高中以上学历的观众关注度高达105.2%，干部和管理人员的关注度高达112.4%，初级公务员的关注度高达107.7%，最后一周的收视情况比开播第一周增长了566.5%。平均收视率是8.19%，最高是11.29%。

一方面，《闯关东》因为思想性、艺术性、观赏性三方面达到的高度而引起强烈社会反响，另一方面，也为研究电视剧如何出精品的课题提供了宝贵样本。为此，2008年2月3日，中国电视艺术委员会召开了《闯关东》专家研讨会，从题材的历史文化内涵、自强不息的民族精神、叙事方略、审美构建、社会效益等多个角度，全面、深入破解其成为一部精品力作的成功经验，以期为电视剧在国家文化大发展、大繁荣战略格局中做出更大成就提供启发和借鉴。

“三性”统一的佳作

胡战凡/国家广播电影电视总局副局长

《闯关东》单集最高收视率超过11%，在近几年现实主义题材的创作当中，能赢得这样高的收视率，应当说是个辉煌的业绩。这部剧播出以后，在社会各界引起了强烈的反响。迄今为止，报纸、网络等舆论界的反映，还没有看到反对的意见，当然艺术上可以再进一步升华、提高，让它更精美，这样的建设性的意见还是有的。可谓众口一词，上下都叫好。

思想性、艺术性、观赏性高度统一。

我们之所以高度重视，专门研讨这部剧，主要着眼于以下几点：

第一是思想性。应当说，中华民族的价值观念、民族精神，甚至包括中华民族的性格，比如坚韧不拔、宽宏大量等优秀品质，在这部剧里得到了相对充分的体现，它所弘扬的价值观念是中华民族共同认同和多少年来所共同遵从的。这部剧能够赢得一片叫好声和赞誉，首先在于它的思想性和弘扬的价值观念，非常符合中华民族文化的核心理念。现在讲建设社会主义核心价值体系，我觉得这部剧里透出来的理念是中华民族核心价值体系的具体体现。

第二是艺术性。这部剧是继《亮剑》之后的又一部精品力作，从艺术角度上看，精彩之处一是讲故事，二是人物性格塑造，从这两个角度，大家的评价最高。都说编剧故事编得好，我也认同这个观点。从艺术上说，电视剧艺术说到底是讲故事的艺术，会不会讲故事是决定电视剧成败的关键。可以说，再高超的艺术家，不会讲故事，就写不好电视剧。因为绝大多数老百姓看电视剧主要是看故事，核心是看故事。

这部剧人物性格塑造得非常成功，主要演员的表演都属上乘，属于一流的表演。李幼斌塑造的人物性格比《亮剑》更加丰满，又上了一个新的台阶。朱开山的性格是多元的，基本上中华民族的优秀品质在朱开山的身上都能找到影子，但他有一个主导的性格，就是坚韧和顽强。其他的，比方说宽容、大气、善良等等，这些优秀品质他身上都有，性格特点非常鲜明，性格层次比较丰满，这也是这部剧吸引人的重要因素。

第三是观赏性。这部剧很好看，很有意思，人物命运牵着大家走，故事一波三折，编剧手法高明，悬念丛生。导演的处理，从画面剪接到镜头设计等方面都很精致，很耐看，是比较完美的艺术品。从这个角度来说，这部剧应当说是“三性”统一的难得的佳作。

既是主旋律，又有收视率，核心在编剧。

这几年我们遇到一个困惑，很多人都感觉到一讲弘扬主旋律，收视率就要下来。低俗、媚俗的一起来，收视率就上来了。既要弘扬主旋律，又要叫好、叫座，究竟怎么办？有没有这样的作品？其实现实中不乏这样的作品，中央电视台播出的剧作《长征》《亮剑》《恰同学少年》等，都是主旋律作品，但是收视率都非常高，现在又有《闯关东》，又给了大家一个启示。如何叫好又叫座，既是主旋律，又有收视率，《闯关东》做了非常好的尝试。通过这个戏，我觉得电视剧创作和研究应该受到这样的启示，就是要进一步加大抓编剧的力度。现在好导演、好演员都不缺，最缺的是好编剧，最缺会讲故事的高手。故事讲得好不好，核心在编剧，导演一定程度上是在编剧基础上的二度创作，一剧之本，剧本是核心。我们非常盼望能够多涌现像高满堂这样优秀的编剧，多给我们编一些好故事。我们要抓电视剧的繁荣，恐怕首先要有好故事、好剧本做基础，这实际上也是在电视剧生产、播出过程当中已经遇到的问题，大家都在嚷嚷找不着好本子。总局的电视剧司、艺委会，在这方面还要好好抓一抓。

播出机构要善于发现和打造。

要善于发现和打造像《闯关东》这样的精品佳作。山东、大连、中央电视台合力打造这个作品，是个成功的典范。作为播出机构，播出什么剧对市场有很强的引导和示范作用，所以，各级播出机构，从中央电视台到各省市电视台，要注意打造这样的作品，不管是我们自己生产的还是社会制作机构生产的，首先要有策划，策划出好选题。其次，要注意发现好作品，发现好的线索，有培养价值的要投入力量去打造，同时，要让出黄金时段给这样的优秀作品。比如说今年的改革开放30年，明年的新中国成立60年，都是抓电视剧创作非常好的契机，希望电视剧创作生产机构、电视剧播出机构，抓住这两个契机，能够再打造一批像《闯关东》这样的好作品，希望尽快创作《闯关东》的第二部。

我们要抓文化的大发展、大繁荣，提升国家的软实力，就要从一部部具体作品抓起。每年有一两部像《闯关东》这样的作品，电视剧的业绩就会增添几分光彩。结合《闯关东》，希望大家多发表如何抓像《闯关东》这样的好作品的建设性意见，从专家的角度提建议，贡献智慧，这也是对总局电视剧管理工作的帮助和支持。

创作团队的心态一定要平和

张新建/电视剧《闯关东》总导演

《闯关东》能做到今天这个样子，第一是领导的高度重视。在2005年，当时的山东省委宣传部部长王敏同志提出这个创意，春节以后把我们叫过去，说了这件事，要选择真正优秀的编剧，很重要的原因就是资金的支持，再有相对来讲非常好的制作团队，还有央视这样的强大播出机构，这些都是这个戏能够走到今天的不可分割的因素。还有很重要的就是创作团队的心态一定要平和，要考验我们的实力和能力，心态平和很重要，一个是面对领导给予的支持，在某些方面是一种压力，怎么把压力转化成动力？心态要平和。目前影视剧市场，在创作上因为各种原因所致，有些急功近利，不踏实。如果人沉不下来，不能踏踏实实地去做事情，这个戏肯定不会拍成现在这样。我们在开拍之初就自觉地意识到了这点，而且始终在做。要对得起“闯关东”这个选题，只能把它做好。做得不到位是能力问题，如果想做，但因为各种原因，心态失衡，过于浮躁，就不是能力的问题，而是责任感的问题了。

把功夫下在一剧之本上

周大新/大连广播电视局局长

今天跟我一块参加会议的满堂编剧和建业编剧都是山东人的后裔，我们把这部戏的创作作为弘扬民族文化，特别是弘扬清末民初这一段民族大迁徙的历史和文化的非常重要的举措来安排的。

为了让两位剧作家能够有更多地深入生活的机会，山东方面为他们提供了全程采风和创作方面的良好条件。满堂和建业2005年下半年到黑、吉、辽三省，包括齐鲁大地跑了一个半月，在这个过程当中他们做了大量的采风，访问闯关东的老人，工作做得比较细致。

如果说大连方面有什么经验，就是我们坚持不懈地以现实主义题材为主，主导我们的电视剧创作。再就是我们抓好剧本，把功夫下在一剧之本上。很多单位觉得电视剧市场化了，编剧也应该市场化。但我们的思想很明确，编剧是电视剧的基础，要作为电视台的工作人员，认真培养，不能推到体制之外。

有责任感的编剧所写的作品应该有利于民族的精神健康，有利于振奋民族精神

高满堂/电视剧《闯关东》编剧

这几年我对电视剧的剧本创作，得到了一些经验，我受益于这些经验。要沉下来，心静，要有十分的耐心，只有这样，作品才不是从皮肤上滑过的，而是从心底里流出来的。我拒绝“宾馆文学”或者“会议文学”。我觉得一个有出息的作家，一个有责任感的编剧所写的作品应该有利于民族的精神健康，有利于振奋民族精神。这几年我写的《家有九凤》《大工匠》《常回家看看》等，花费的时间特别长，基本上泡在生活里。在这个高速发展的信息社会里，通过电脑闭门造车是徒劳的，这种作品没有生命力。

《闯关东》剧作结束以后，我预感这个作品能延续下来。在领导的安排下，我们又进行了大量的采访，素材还要精彩。应该说我比较恐惧做续集，我和建业合作了多年，一开始下决心不想做，但生活确实比我们想象的精彩。第二部我们已经开始做了，现在大纲即将结束，从1931年写到1949年，一家人迎接全国解放，终于盼来祖国的独立和繁荣。

优秀电视剧的资源配备应该是一流的

胡　恩/中央电视台副台长

这部电视剧确实有非常值得总结的地方：

第一，思想精深。这种思想性不是用简单的说教，而是通过一系列人物的命运和事件的递增，矛盾和冲突的开展，把人物的命运和家族的命运置于丰富多彩的、风云变幻的时代背景当中，使观众对这部电视剧

有一种天然的亲近感，确实向我们传达了生生不息的中华民族的精神。

第二，艺术精湛。这部电视剧之所以能够引起这么强烈的社会反响，在艺术创作上有很多值得总结的地方。一是这部电视剧有一个非常好看的故事。二是有一个强有力的导演班子，集中了李幼斌、萨日娜等一批在国内非常有号召力的一线演员。为了体现真实的艺术效果，达到感染观众的目的，整个电视剧是跨季节拍摄的，非常真实。现在为了省钱，一般的电视剧基本是一个季节全部拍完。《闯关东》给我们提供了剧中人物四季不同的场景和人物命运的变化，拍摄用了将近半年的时间。

一部优秀的电视剧的创作，各种资源的配备应该是一流的，应该是最佳组合。这部电视剧特别得到了山东省委宣传部、大连市委和大连广电局、山东广电局和电视剧中心领导的高度重视。同样，这部电视剧的艺术创作资源的配置也是一流的。另外，一部好作品的问世，还要加大它的营销和宣传力度。《闯关东》在中央电视台这个平台播放，有非常好的宣传效果，同时还要注重平面媒体和网络媒体的引导、宣传，让优秀的作品在各种空间都能够在短时间里得到最好的传播。

靠文化“化”人，靠艺术养“心”

仲呈祥/文艺评论家

《闯关东》这样的戏，第一是养眼，养眼的原因是它严格地遵循了电视连续剧特殊的审美规律，不仅仅在于故事好，我认为它几个环节都好。

第一，通过这段历史来写民族精神，抓住了这个魂，叙事好，故事讲得好，环环相扣，具有独特性。很多生活是一般人没有的，像淘金等，叙事跌宕起伏，首尾呼应。

第二，这部剧的历史氛围营造在电视剧里是第一流的，包括雪景，在淘金的现场，那样一种历史感是非常真实、非常厚重的，氛围的营造作为视听艺术，是必不可缺的。如果历史氛围虚假、简陋了，就捅了窟窿，事件的真实性就要受到怀疑。

第三，主宰历史事件发展走向的人物形象的刻画，以朱开山一家为核心，连带出的各色人等，都进行了具有个性化的刻画。离开人物的故事是苍白的故事，没有细节的故事。我们在这个戏里自始至终看见的编剧提供的，导演精心设计的，表演家们通过他们的表演艺术所呈现出来的生活的感人细节，令我们过目难忘，让我们心动。在面对外来侵略者的时候，朱开山身上迸发出来的民族精神、个性风采，一下把这个戏全照亮了，把个人的命运、家族的命运同民族的命运、国家的命运联系在一起，才会有力度。它的养心就在于这个地方，从朱开山这个人物身上，我强烈地感受到了中国优秀传统文化的力量。

通过底层的平民百姓的生活，折射出那段历史。《闯关东》就是从底层来写历史的，同《长征》写伟人、写史诗互补生辉，共同完成艺术对一段历史的写照，而且它们缺一不可。我们呼唤多一些像《长征》《闯关东》这样的优秀作品，把民众的素质“化”高，把民众的心境“养”高，让高境界、高素质的人去保障我国社会经济的全面、协调、可持续发展。靠文化“化”人，靠艺术养“心”，我们欢迎的就是既养眼更养心的，能够提升民众素质的优秀作品，应该向深入到生活里创作这部戏的张导演、满堂编剧、建业编剧和支持他们的具有文化素养的领导表示敬意。

《闯关东》的成功，称之为“现象”当之无愧

李　准/文艺评论家

我以为《闯关东》创作、播出的成功，以及它在全社会引起的持续热烈反响，可以当之无愧地称之为一种现象——“闯关东现象”。可以称之为“现象”的电视剧，第一，一定是作品本身引起极大而且持续的反响；第二，这部作品在某些方面，把这方面的专业做到了极致；第三，它引起了人们一连串深入的思索；第四，它在电视剧创作上会引起连锁反应，对电视剧的创作带来积极的推动作用，这才能称之为“现象”。

《闯关东》不是一般地讲故事，而是把故事传奇化，把传奇文学化。每一个人物命运不断出人意料，同时又让人觉得合情合理，当然，小的毛

病肯定有。但所有的戏剧冲突表现的极致，都是以非常强烈的生活质感为支撑，以细节的描写为支撑。

叙事方式无非有三种，一种是直接描写重大历史风云，一种是以一个或者两个家族命运作为基本的叙事内容，还有一种是个人生命体验的叙事。《闯关东》第一次把这三种叙事都做到位了，而且三者相互交织，达到了新的水平。没有宏大叙事，家族叙事也好，个人生命体验的叙事也好，思想的深度、文化的含量必然要受到限制。但是没有家族叙事，命运的波折，生活质感的多样性肯定出不来。没有个人生命体验的叙事，个人生命感受的深刻性和独特性恐怕也很难做到极致。

《闯关东》对电视剧思想意识的全面发现和推进，三种叙事方式推向极致，特别是有机结合，确实打开了我们的眼界，既考验作者的态度，又考验作者的功力。在动荡的时代，中华民族不同的个人经历的极其独特而又深刻的生命体验，通过家族叙事融入进来。《闯关东》的叙事结合非常值得我们研讨。

民族精神在家族空间当中新的高度和内涵

范咏戈/《文艺报》总编辑

在中国近代史上，闯关东、走西口和下南洋是中华民族三次大的人口迁徙。《闯关东》最见功力的，也是直接关系到这部电视剧品格的，是该剧并没有把主要的功夫下在人物传奇上，而是能够借传奇开掘出民族精神，这是能够感动亿万观众最主要的地方。它不同于其他的以领袖帝王为主角的和表现大的历史事件的宏大叙事的长篇连续剧，而是采取了底层叙事、传奇叙事和家族叙事多种叙事方式，通过草根表现民族精神，构建史诗剧。朱开山在闯关东的浩浩人流当中，也是最本色的山东人。作为闯关东的代表性人物，朱开山身上集中了山东男人的品质，而文他娘集中了山东妇女的美德。作为史诗剧，作品非常尊重史实，因为朱开山有义和团的背景。到最后结尾是“九一八”日本侵华，整个把民族精神镶在一个镜框里，构思非常完整，突出大的矛盾，在整个框架中展现民族精神。义和团在山东确实规模最大，帝国主义瓜分中国，山东是首当其冲的，最后才导致了山东人闯关东。这部电视剧可贵的不是把注意力集中在空间上，而是集中在开掘精神上。朱开山身上吃苦耐劳、见义勇为的精神，使他能够在东北应付各种生存危机，取得了与当地的东北人共同生存的权利，甚至家庭当中娶到格格这样的儿媳妇，都和朱家的名声等是分不开的。文他娘既贤惠又深明大义，是一个典型的中国妇女形象。《闯关东》把这些传统美德作为表现民族精神的基石，超越了以往的电视剧当中意识形态下的既定的东西，具有不可解构、不可颠覆的基石力量。

《闯关东》的民族精神空间是特别看重家的，传武临终时要求回家，传文在悔过之后也请求回家，甚至当一郎感觉到没有脸面回家的时候选择自杀，也是因为回不了家。通过跌宕起伏的故事和人物，使民族精神在家族空间当中能够得到弘扬。对民族精神的把握有一个高点，体现了对外来侵略者的仇恨和反抗，由家族叙事进到了家国同构，使民族精神不完全局限在传统美德，而是赋予了新的高度和内涵。

现在西方的文化市场对中国文艺产品的接受具有单一性的消费倾向，不是从反映中国文艺的整体面貌和艺术美感作为出发点和归宿，而是按照西方人特定的取舍标准，抽空了中国作品的思想内涵和审美特质，演变成猎奇、窥视、丑化欲的宣泄和满足，这些东西从一定程度上诱导了当前文艺作品的创作，加深了外国人对中国的误读，甚至把中国“妖魔化”。从这点来说，《闯关东》的意义和价值就显得特别可贵。

体现了具有时代意义的民族精神

彭吉象/北京大学影视艺术学院副院长、教授

第一，电视连续剧要体现具有时代意义的民族精神。我特别强调具有时代性的民族精神，为什么？应该说民族精神或者民族情绪、民族情感，在不同的时期会有不同的兴奋点。经过改革开放30年，中华民族面临21世纪民族复兴的伟大使命，这应该是全民族的共同心愿，在这个时期，《闯关东》出现了，它的精神正好体现了中华民族自强不

息、顽强拼搏、不屈不挠的精神，这也是中华民族五千年之所以能够屹立于世界民族之林的关键所在。

第二，《闯关东》题材的独特性与故事的传奇性。题材的独特性并不是没有，光东三省就有很多。当然还有故事的传奇性，这也非常关键，传奇性的故事，是中国文学艺术的宝藏，我们以前发掘得不够。

第三，任何一部文艺作品，最终让人留下深刻印象的还是里面的人物。《闯关东》之所以成功，就是人物的刻画，特别是朱开山这个人物刻画得非常成功。

用唯物史观指导创作的成功典范

朱　虹/国家广播电影电视总局办公厅主任、博士

最近看了一些关于《闯关东》的评价，这么多年来，关于一部电视剧的评价这么多，恐怕这是第一次。《人民日报》《光明日报》上发表的文章，我都学习了。我讲几点具体的想法：

第一，关于电视剧的定位。《闯关东》可以称为中国电视剧的精品，在中国电视剧发展历史上具有里程碑的意义。

第二，电视剧有一个最大的特点是写普通群众的历史，这条非常重要。我们用什么样的历史观来指导电视剧的创作？这部戏是用唯物史观指导电视剧创作的成功典范。像《闯关东》的历史倾向，是反映普通群众的历史，应该给予高度的赞扬和评价。这种类型的题材还有很多，但目前展现不够，现在历史题材的规划是按照历朝历代以皇上、将军为主题写的。这部戏难能可贵的是通过普通老百姓的情怀，反映当时的社会和历史。

第三，这部戏最大的成功点是展现了中华民族的精神，尤其是中华民族优秀的文化传统，做得非常成功。朱开山这个人有一个特点，越挫越勇，百折不挠，始终都有新的目标，这是目前建设小康社会当中非常重要的一条，不能小富即安、浅尝辄止，这是中华民族非常重要的品格。还有一个品格是现在最需要的，就是以和为贵，朱家跟秀儿一家的矛盾和跟潘五爷的矛盾的化解，展现了中华民族的精神。而且所有展现中华民族精神的部

分都不是简单地说教，而是以非常浓烈的故事展现出来，这条做得非常好。

第四，这个戏确实是按照艺术规律进行创作的。一部电视剧必须要有好的故事，要有深度的人物形象，还有生活的细节。故事开始很好，首先交代为什么要闯关东，当时没办法生活下去，既有形象思维也有逻辑思想，运用得非常好，每一个流程的展现都是一个故事，人物的性格前后是贯通一致的。

这部戏的歌写得非常好，但是复杂了一些，我建议写第二部的时候，一定要有一首歌曲。一部好的戏有一首好歌，人民群众都能唱，是这部戏成功的重要标志。

把典型社会形态和自然景观形态一并展现

李兴叶/文艺评论家

《闯关东》确实是一部有故事、有人物、有思想的好作品。

第一是形态好。这部剧的艺术形态非常好，编导有一种想法，就是希望通过这部剧，把闯关东时期的关东地区的社会形态和自然景观形态一并展现。有两条线，一条主线是朱开山经历的四个场景，大金沟、放牛沟、山东饭馆、山河煤矿；另外是通过鲜儿和传武，把土匪、妓女、山场这条线拉起来，有一种新鲜感，对观众来讲不光有审美价值，还有认识价值。拍这个戏很苦，但是一下进入了规定情境，把大家吸引了，相信这个事是真的，是在冰天雪地，相信他受的苦难也是真的。影视艺术，如果失掉了形态，非常好的直观的形态，是抓不住观众的，再好的故事也不行，所以形态要好。

第二是人物性格写得好。朱开山的性格，还有很多人物的性格写得都非常好，像老独臂，还有张垛爷，戏不多，但是很好，这都是老关东、闯荡江湖的人，包括夏掌柜、韩老海这样的人物都写得很好。

相对来讲，年轻一代的戏弱了一点。玉书和传杰在小时候很有戏，尤其传杰刚站柜台，很有能耐；格格打牌的戏非常好，我老是在想可能后面格格还会发挥她的优势，因为她有上层关系。有些篇幅过多纠缠了，最明显的就是秀儿和传武的来来回回。有些戏太简单了，比如劫法场的戏，震三江逃出监狱的戏，非常容易出戏的地方相对简单了一点。

通过传奇现实主义的审美方式阐释历史

路海波/中央戏剧学院影视传媒学院院长、教授

《闯关东》是一部值得注意的原创性的荧屏审美范例，编剧是一个善于从历史文化中挖掘厚重感的作家。该剧关注的是一段曾对中国的政治、经济、文化、心理版图产生过重要影响的移民现象。

《闯关东》是通过一种个性化的方式阐释这段历史，通过朱开山一家生动和感人的命运变迁，艺术地重构和再现了这段历史。值得注意的是，其阐释的审美方式，我姑且将其称为“传奇现实主义”。所谓传奇现实主义，指的是闯关东的情节基本建立在曾经流传很久的有关闯关东的种种传奇故事中，如淘金、土匪、伐木、开矿、抗日等等，这些故事无疑是有现实依据的，但他们本身又是充满传奇色彩的，非常适合电视剧的叙事特点，曲折的故事，传奇的英雄，坚韧的意志，跌宕的命运，中华民族的主流价值观，从叙事形式到文化内涵，也可算是一网打尽了。

具体说，《闯关东》在审美形式体现和文化内涵的表达方面，我个人认为有三个特点：

第一，以史实与百科全书式的架构观照中国近代重要的移民史或者是移民现象。史实就是关于一个民族的英雄成长的历史，朱开山是一个在反抗外族侵略失败后，被官府通缉的义和团的英雄，朱开山由义和团英雄到普通百姓，到民族资本家的转型，并与入侵的外族敌人面对面地斗争，都赋予了闯关东更丰富的政治意义，这是意味深长的，实际上也是有宏大叙事的意识。

第二，传奇现实主义的审美事件。闯关东源于历史事实，在白山黑水之间，伐木、土匪、淘金、二人转、民族矛盾，构成了充满传奇的事件。而电视剧《闯关东》当中曲折的情节、跌宕起伏的人物命运折射出民族的大命运，为观众奉献了一出既有雄浑的文化内涵，又有精彩的故事情节和

人物命运所构成的传奇现实主义的荧屏佳作。我们在戏里看到的很多东西，有的几乎是匪夷所思，比如说吞金外逃，有内线向官府告密，包括朱开山夜晚发马探路，这些都是平常人想都没法想的，但是在艺术事件里显得既真实又神奇。

第三，宏大叙事的意识和微观叙事具体的结合，更好地演绎了这个戏所具备的丰富的文化内涵。大的背景和具体的家庭叙事结合得非常好，光有家庭不行，光有大的背景，整个铺开来写也不行。

表现的是民族厚重的历史感

李春武/中国电视艺术委员会原秘书长

用朱开山一家，把中国历史上大的移民潮，从总体上表现出来，体现的就是中华民族艰苦奋斗、不怕困难、不怕牺牲、努力开拓的精神。这种精神发展到最后，当日本帝国主义入侵中国以后，民族矛盾在上升，朱开山一家投入到这场抗击外来侵略的斗争中，这种精神也是民族精神非常突出的一点，有很强的展现，而使大家对闯关东有了更深刻的认识。

剧里还有一个情节，秀儿捡了一个日本孩子一郎，全村的人都怕传染病，要求把这个孩子交出来，朱开山夫妇顶住了全村的压力，把孩子留下来，表现了中华民族的博大胸怀。通过这个剧情，把一个厚重的历史展现给大家，不是简单的一家人的悲欢离合，表现的是民族厚重的历史感，这点是非常重要的。

这部戏有史、有诗，很有精气神

才　华/国家广播电影电视总局法规司司长

我觉得这部戏有史，描写了几代人的生活，另外有乡土气，有诗。在英雄精神的感召或者引领下，塑造了形形色色的人物，很有精气神。"闯关东"这个题材是口口相传的，《闯关东》最后得到普遍的认可，说明跟大家印象中的人物和故事比较像。人物的性格也有突破，每一个人物都有简单的一面，也有非常复杂的一面。

能够拍出这样的好戏来，跟制作单位以往的积累、突破是有很大关系的，山东电视剧制作中心和大连电视台拍过不少好剧，每年也都维持着一定的产量，通过不断锻炼，最后拍出精品也是在情理之中的。

为今后电视剧的创作树立了标杆

李京盛/国家广播电影电视总局电视剧管理司司长

正如大家说的那样，在2008年开年，中央电视台给全国人民奉献出这样一部优秀的电视剧，不仅仅体现出十七大以后的文艺大繁荣、大发展非常好的征兆，而且对2008年电视剧的创作肯定会产生重要的影响。中国的电视剧创作生产有一种鲜明的特色，就是一种类型、一种风格的作品一旦打响，会有一批类似的，无论是模仿的还是学习的作品，形成一股克隆或者效仿之风。《闯关东》这部剧，放在2008年的开头，正面和积极的意义非常大。

这部电视剧创作的每一个环节都是精益求精、扎扎实实、一丝不苟的。从创意开始，角度选择，选材的独到，创意之后的采风、创作，剧本出来以后选演员，到组织拍摄，到选择央视这个平台播出，还要加上营销，到一系列的深入研讨，是一部电视剧完整的生产环节，每一个环节都是扎实的，往最高标准、最极致的方向做。我们一直在呼唤电视剧的精品力作，也一直认为电视剧最大的矛盾是数量和质量。但是精品的生产如何做到？今天的研讨会，大家有一个共识，每一个环节都要追求一流，追求极致，这确实很难，但这是电视剧精品创作的一条普遍的、根本的规律。这部作品不仅给全国人民提供了精神文化大餐，更重要的是也给今后电视剧的创作提供了非常值得借鉴的宝贵经验，要不然领导同志也不会指示中央电视台一边播出一边宣传。这种宣传一方面是扩大它的影响，要引导观众正确地观赏和理解这部剧，另外是指导创作，为今后的电视剧创作树立榜样，树立标杆。今天的研讨会从这两点上都达到了目的。

（《中国电视》2008年第3期）

《闯关东》既养“眼”更养“心”

■ 仲呈祥

中央电视台一套黄金时段播出的开年大戏，52集电视连续剧《闯关东》，以其美学品位和历史品位所产生的艺术吸引力和感染力，征服了上亿观众，这是一部既养“眼”更养“心”的佳品力作，为推动电视剧创作的大发展、大繁荣提供了具有普遍意义的新鲜经验。

说它养“眼”，即好看。我是花四天时间看完全剧的，真是爱不释手，欲罢不能。究其缘由，是因为此剧确实严格遵循着长篇电视剧特有的审美规律，注重人物刻画，注重故事情节，注重悬念设置，注重环境营造。论人物，从朱开山夫妇到三个儿子及三个儿媳妇，以及鲜儿等，都性格鲜明，栩栩如生，令人过目不忘。这当然要归功于编剧、导演和演员的功力。论情节与悬念的精心设置，全剧做到了叙事张弛有致、节奏跌宕起伏，是集首有呼应、集中生高潮、集末留悬念的范本。主要的情节发展和悬念设置，都大致符合人物的命运轨迹和情感逻辑，因而可以视为人物性格史的有机组成部分。论环境营造，无论是农耕、伐木、淘金、放排、采矿以及哈尔滨城镇经商、抵御日寇入侵等历史氛围的营造，都颇为真实，给人视听感官强烈的感悟。

优秀的影视艺术作品总是既养“眼”又养“心”的。历史品位再高的影视作品，倘不养“眼”，必无观众，那极可能是公式化概念化的，实非艺术；美学品味再高的影视作品，倘仅止于养“眼”，虽有观众，那极可能徒具形式美感而无内容大智慧，称不上是优秀艺术。至于那些一味媚俗追求视听感官生理上的刺激感以招来受众牟利的花“眼”乱“心”劣作，则根本与艺术无关。《闯关东》通过养“眼”，赢得观众，使观众得到人生的启迪、精神的净化和心境的升华。在朱开山这一“熟识的陌生人”艺术形象上，观众既强烈地感受到中华民族优秀传统文化中“天行健，君子以自强不息”的进取精神，又着实受到了中华民族优秀传统文化中“地势坤，君子以厚德载物”的人格风范的熏陶。朱开山的形象体现了中华民族优秀品质，尤其是当他们把家族兴衰同国家民族命运联系起来，在保卫矿产资源、勇敢抵御日寇侵略中所表现的爱国主义精神，更是激励我们今天推动现代化建设、构建和谐社会的一种宝贵精神资源。唯其如此，《闯关东》才不仅在形式美学层面严格遵循电视剧的审美规律，具有诱人养“眼”的独特艺术风貌，而且在艺术哲学层面以其深广的社会历史内涵和人文精神感人养“心”。

文化者，乃人类独有的生存方式以“化成天下”也；艺术者，乃人类独有的审美方式以“把握世界”也，文化“化”人，艺术养“心”，此乃正理。愿多一些《闯关东》这样的文艺作品，把人的素质“化”高、境界“养”高，这才是社会主义先进文化的题中之意。切记不要急功近利地让文化去“化”钱、艺术止于养“眼”甚至花“眼”乱“心”，那样的文化不论赚多少钱，都是不义之财，都是没有文化味的“文化”。

（《人民日报》2008年1月29日）

百年关东传奇事 生生不息中华魂

■傅 思

——浅析52集电视连续剧《闯关东》

中央电视台2008年1月2日在一套黄金时间推出的52集电视连续剧《闯关东》，宏观地展现了100多年前山东人闯关东的移民历史，具有较高的审美价值，是一部思想深刻、艺术精湛、具有较强吸引力和感染力的艺术佳作，是一部宏大的、融史诗性与传奇性于一身、具有大视野的电视连续剧。

明末清初，清军入关后，多尔衮率百万大军横扫中原。伴随着一个强盛的满民族不断崛起，广袤的东北地区则留下了巨大的人口空间。因为在清朝统治的大部分时间里，为保持其“龙兴之地”的纯洁，朝廷曾多方禁止内地百姓迁至关外。到了清朝末年，山东地区连年大旱，农田大片绝收，百姓苦不堪言。清光绪年间，山东爆发了义和团运动，遭到清政府的剿灭与镇压，山东地界上出现了许多朝廷钦犯。在这种特殊的自然与人文背景下，大批山东百姓拖儿带女、背井离乡、历尽艰险、千里跋涉逃往东北谋生，形成了中国历史上的一次移民高峰。

52集长篇电视连续剧《闯关东》，以1904年至1931年“九一八”事变爆发为大的历史背景，以朱开山一家人从山东老家逃难到白山黑水间谋求生存为基线，以他的三个儿子、三个儿媳妇的传奇经历为故事主线，通过他们一次次的死里逃生、一次次的幸福喜悦、一次次的生离死别，以及他们在日本侵略者面前所表现出来的民族气节和铮铮铁骨，为观众讲述了一段段真实的历史、一个个精彩的故事、一幕幕难忘的传奇，为千百年来中华民族生生不息的历史文化长卷添写了浓重辉煌的一笔。

全剧根据年代的发展分为四大章节，并通过对朱开山一家人在闯关东中所参与的淘金、伐木、农耕、放排、开矿、军阀混战、抗日战争等历史片段的描写，展示了这个普通的家庭在广袤、荒寂的白山黑水间，在悲怆、苍凉的命运中倔强扎根、生息繁衍，最终发展壮大成为一个兴旺的大家族的经历，透射出闯关东人为了活命而“与天斗、与地斗、与恶劣的生存环境抗争”的顽强精神，凸显了中国人“不安于现状，自强不息、艰苦奋斗”的民族精神——这就是“闯关东精神”。

一、内容丰厚、扎实，价值取向光明、向上

闯关东是中国近代历史上一个非常独特的、影响巨大的历史文化现象，在世界移民史上也堪称一大壮举。从清朝末年到“九一八”事变前，先后有200多万山东人通过海路和旱路迁移到地域辽阔、富饶广袤的东北地区，历尽艰辛、创业谋生。闯关东不仅为祖祖辈辈无数的山东籍人赢得了新的生存空间和发展空间，而且也为他们的后人们创造和积累了大量的精神与物质财富。

本剧编剧高满堂在谈到这部剧的创作时曾说：“为了从总体上把握这部剧，我们首先从‘史’上了解情况，了解它的编年史、人物志和风土人情，我们跨越了辽、吉、黑三省，又去了鲁西南、胶东等地，行程7000多公里，采访了上百人，全景式地把闯关东这一历史进行了梳理。”

应该说，闯关东这一事件值得在中国电视剧制作史上大书一笔。它早已超出了一般恩怨情仇的情感故事的叙述层面，是在全景式地梳理了山东人闯关东的辛酸史、苦难史，并将这种大的历史背景进行纵向呈现，把个体的人的命运做了横向拓展。这“纵”，体现了唯物主义的历史观；这“横”，体现了人生观的价值取向。

本剧丰富的思想内涵，概括起来有以下两个层面：

1.从朱开山一家人闯关东的奋斗史中，彰显出中华民族自强不息、顽强抗争的精神。

当年，朱开山是一名朝廷钦犯，因参加义和团运动险些被砍了头，逃到东北时几乎是一无所有。但是，他凭借着勤劳、勇敢、智慧和韧性，艰苦创业。当他把一家人接来时，已经有了两垧好地和一个宅院。后来，他进山淘金，几乎是用自己的性命，完成了一个农民的原始积累。在其后的抗旱用水、防霜护青等情节中，他与当地人的处事原则都是“义”当先、“情”为重。遇到自然灾害时，他奋力拼搏；遇到人为的压力时，他则隐忍为先、低调处置。这个来自孔子家乡的山东大汉，完全有能力在关东打出一片天地，但剧作所呈现的，却是一个以邻为友、与人为善、低调处世的男子汉。后来，他到了哈尔滨，面对热河人潘五爷的挤压，他以大局为重，以和睦为先，终于以仁义的情怀和智慧的手腕，使潘五爷捐弃前嫌。第39集中，朱开山当众撕毁赌契，责令儿子朱传杰认潘五爷为干爹。在朱开山的大仁、大义、大侠的精神感召下，争强好胜了一生的潘五爷终于与朱开山抱拳和解。这“和”的一幕非常感人，它表现了闯关东人在逆境下决不向恶势力屈服低头、隐忍顽强的精神品格，不仅悲怆、强悍，更凸显出一种生命的延续和抗争。正是这种“与天斗、与地斗、与人斗”的原始生存状态，使得一代代闯关东人不断拓展自己的生存空间，不断赢得人们的尊重。

细细地品味闯关东人的悲苦与辛酸，那不正是中华民族自强不息、奋斗不止的精神写照吗?

2.从朱开山一家闯关东的勤劳致富史中，彰显出中华民族强烈的发展意识。

《闯关东》的后半部分讲述了这样一段故事：朱开山的小儿子朱传杰在跑马帮的途中，意外发现了甲子沟煤矿，于是，他们聚集了哈尔滨的商界同仁集资成立了山河煤矿，寻求发展民族煤炭工业。但就在他们准备大展宏图时，日本的森田物产也盯上了这个煤矿。他们先是假借朱家养子一郎之手渗透、暗中入股，进而动用军队切断铁路运输，其后又利用手中掌握的满铁运输权抬高运价，妄图以卡、压、打等卑劣手段，把萌芽中的中国民族煤炭工业扼杀在摇篮里，实现独霸满洲、侵吞中华的最终目的。

面对日本列强的软硬兼施，朱开山一家没有屈服，他们拼死抗争。全剧的最后一集“九一八”事变爆发，枪炮声已经在哈尔滨响起。在法庭上，朱开山对森田说：“中国还得是中国人的，你们终究得回去。到你们回去的时候，留下的将是一片尸体。”

当时的朱开山，还不可能预见到抗日战争的胜利，但是他的这番话，却讲出了百年来中国人民面对列强不屈不挠、反抗到底的精神境界，讲出了历代仁人志士抵抗外辱、前赴后继、争取民族独立与解放的坚定决心。

细细品味闯关东人发展的悲苦与辛酸，那不也是中华民族千百年来独立自主、谋求发展的强烈意识的体现吗?

先人"朱开山们"从来没有满足于"过得去"的那种生存状态，今天的人们，难道仅仅追求"小富既安、小进则逸"就够了吗?

二、结构严谨、情节紧凑、匠心独运

本剧创作之初，最大的困惑就是怎样处理历史与传奇的关系。如果侧重于"史"的描写，那必然会带来叙事的沉重与沉闷，收视效果可能大打折扣；如果侧重于"奇"的叙事，又难免会使全剧显得"轻飘"，缺乏厚重感。而浑厚的历史背景加上传奇性的个体命运叙事，就使得该剧在具有了一定的历史纵深感、厚重感的前提下，还兼具了很强的观赏性。

1.情节的艺术性

对于一部电视连续剧来说，其情节的核心元素是故事，而故事的核心是悬念，悬念的核心是危局，危局的核心是死点，死点的核心是有效化解，有效化解的核心是情理之中、意料之外，这一情节链是我们创作电视连续剧的核心体系。而《闯关东》这部电视连续剧，则有效地运用了这一创作原理。

本剧在情节设置上搭建了四个平台：一是艰难闯关东，二是种地求温饱，三是开饭店奔小康，四是修建煤矿发展致富。这些章节前后相连、首尾呼应，中间还穿插了许多富有传奇性的故事。每次矛盾的设计都合理、恰当，每个回合都为朱家设计了强有力的对立面。这种对立与冲突，使观众自始至终都怀着"欲知结果"的悬念跟着剧情走下去。这一点，也构成了本剧剧情设计的一大特色：剧情故事化，故事传奇化，传奇危局化。

在第30集到第40集的十集戏中，几乎同时展开了五条情节线：

(1) 朱家菜馆与潘家斗法，同时研制朱家菜馆的招牌菜酱牛肉、爆炒活鸡、炖鱼和满汉全席。

(2) 鲜儿和大当家的山匪故事。

(3) 文他娘怂恿秀儿假怀孕，展开了一场与大儿媳和三儿媳之间的婆媳斗法。

(4) 刘大宝报仇的故事。

(5) 朱传杰与张垛爷走马帮的传奇经历。

这五条线索中，任何一条线索都是起伏跌宕、扣人心弦的，但由于编导在这五条情节线并排展开的同时，合理布局，张弛有致，使得这些精彩故事不仅不显得头绪过多、情节过满，相反，还极大地强化了故事的张力和信息含量，同时也使大多数转场都在“悬念弧度的高峰”里完成，让电视观众大呼过瘾。本剧的情节设计，把“情理之中、意料之外”这个电视连续剧剧作的核心要素运用到了极致。

2.画面的艺术性

本剧的拍摄跨越了夏、秋、冬三个季节。

夏天的东北，景色迷人：广袤的肥田沃土上，盖满了一望无际的绿油油的庄稼，煞是喜人。而朱传武和老山神们放排的场面更为壮观：莽林间、河道上，巨大的木排在河面的薄雾中顺流而下。鲜儿唱的东北小调的优美、婉转和放排人和歌的浑厚、雄壮，与大自然的美景融为一体，其天人合一的图画般景象，给人以丰富的视觉享受。

东北秋天的色彩最为丰富，橙黄色、橘红色、深绿色，将连绵的群山层林尽染。特别是第24集，朱家化解了与邻里的矛盾后，点火抗霜的场面，导演运用了广角、高机位俯拍，使油绿的庄稼在升腾的烟雾中仿佛盖上了一层棉纱。这景色与朱开山的笑脸融为一体，孕育着丰收，蕴含着希望。

东北冬天的美景是最典型、最独特的。那飘然而落的白雪令人神往，那银装素裹的景象让人感叹。尤其是在大当家的匪巢中的那几场戏，皮靴踩在雪上的“咯吱”声，一下子就将观众带入了东北的深山老林，给人一种危机四伏、深不可测的感觉。树挂的冰霜、皑皑的雪山、皮靴皮帽皮袄，这种由寒冷导致的“美感”的产生，让人体味到东北冬天的魅力。

三、强烈的观赏性、动人的传奇性

1.剧作的传奇性

剧作的传奇色彩体现在几个人物身上。最具代表性的就是鲜儿的命运。鲜儿先是在山东龙口渡口没有赶上船，和朱传文一起徒步走山海关闯关东；路上，为救传文的命，她违心地嫁给了一个只有七岁的富家少爷；后来私逃投奔了戏班，刚唱红又遭恶霸凌辱逃进林场；历尽千辛万苦到了朱家，却又赶上了朱传文娶亲；在与朱传武江中放排时被土匪打散，又被二龙山大当家看上落草为寇；因抢劫日本洋行被判死刑，在法场上被二龙山的弟兄们救下；“九一八”事变后，她与朱传武一起站到了抗日的前线；在最后的情节中，她用多年为匪所练就的枪法，撂倒了森田的卫兵，然后和朱家人一起再次投向了茫茫的林海雪原。

在鲜儿这个人物身上，凝聚着无数闯关东人所经历的九死一生的传奇故事。

此外，剧中朱传武的命运令人难忘。朱传武与鲜儿的爱情故事，是本剧的一大看点。他们长久地相爱、相恋却又长久地不能成亲。这种“想爱又爱不成”的局面，给观众造成了强烈的心理期待和情感折磨。

当然，朱传杰做生意的成长经历，朱传文研究菜肴的精彩故事，也都深深地吸引着观众。

总之，本剧的传奇性是有着扎实的生活真实做基础的，它是汇集了无数闯关东人的经历而写成的。一味写史，未见得好看；只顾猎奇，必显得轻浮。只有将传奇扎根在历史的土壤里，嫁接在生活的大树上，传奇才可信、才具有感染力。

2.剧作的动情点

本剧在情节的推进中设计了很多动情点。在开采金矿中，朱开山的沉稳、淘金工人的命运，都深深地打动着电视观众；而秀儿对朱传武那痴情而又得不到回报的状态，又常常令观众扼腕叹息。特别是文他娘对日本弃儿一郎的行为、态度，则令人感慨万分。

当文他娘看到身患疟疾的一郎被秀儿带回家时，便不顾一切地救治。她说：“不管是日本人还是中国人，只要他是人，只要他还喘一口气儿，咱都得把他留下，这是做人的基本道理！”

当一郎抽搐、窒息时，她俯下身嘴对嘴地为他做人工呼吸……

当一郎病愈想回家时，她笑着说：“金窝银窝不如自己的老窝，谁亲也不如自己的爹娘亲。走吧，你记住，不管遇到什么事，有难处就到放牛沟来，这儿就是你的家。什么时候想回来，这院里的门都为你敞开着！”

当她在哈尔滨得知，一郎背叛了朱家时，她对一郎深情地说：“无论什么时候，你都是我的老儿子。现在的你就像一个在雪夜中跑丢了的孩子，这不怪你，怨娘没看好你。”看到这一切，有谁能不为之而动情、落泪?

“只有感动了自己，才能够感动他人。”编剧高满堂、孙建业，导演张新建、孔笙、王滨的这句话也许能为这部作品的精彩、动情作个诠释吧。

3.演员的出色表演

本剧的主人公朱开山由著名演员李幼斌扮演，他那犀利的目光、沉稳的做派、低沉而沙哑的嗓音，他那常常微低着头、抬眼看人的状态，活脱脱的就是一个内心豪气冲天但表面上又非常内敛的山东汉子。他不怕事，但又不惹事，每临大事都能表现出惊人的镇定。他识大体、顾大局，有一种与生俱来的正义感和爱国心。李幼斌所成功塑造的朱开山这一形象，标志着他表演事业上的又一个新高度。

其他人物如文他娘、朱传文、朱传武、朱传杰、那文、鲜儿、秀儿、玉书等，演员的表演都很到位，就连出场很少的老独臂等次要人物，也有上佳的表演。还有著名演员高明扮演的森田、王奎荣扮演的潘五爷、丁嘉丽扮演的大黑丫头等，也都给观众留下了深刻的印象。

全剧的最后一集，日军已经开始攻打哈尔滨。当传武、鲜儿和战士们在前线与日军拼死搏杀时，朱家的第三代出生了。枪声、炮火和孕妇临产的呻吟声交织在一起，两个情节平行、对跳推进。伴随着朱传武的中弹倒下，玉书的儿子、朱家的第二个孙子诞生了。这一死一生，强烈地表现出了中华民族不屈不挠的战斗意志和生生不息的顽强精神。

当朱开山和家人们驾着雪橇向林海深处驶去时，他对着雪原大声地喊道：“我们中国人得活着，好好地活着……”

玉书说：孩子名字已经起好了，叫“国强”。

（《中国电视》2008年第3期）

《闯关东》为何开门红

宋文娟

《闯关东》在创作、播出上取得的成功，以及在全社会引起的持续热烈反响，已成为一种文化现象。

与2007年开年时数部历史题材大作折戟沉沙形成鲜明对比，2008新年的国内电视剧市场，一部作品独领风骚，“闯”出了开门红。自1月2日起在CCTV-1黄金剧场播出的52集鸿篇巨制《闯关东》，以央视开年大戏之姿，在收视份额、社会反响、经济效益方面，均获得大丰收，也成为鼠年伊始业界和普通观众共同的热点话题。

根据CSM全国测量仪数据统计，《闯关东》在CCTV-1全国首播时，其收视率从首集的4.4%一路攀升至大结局时的11%，全剧平均收视率达到8.19%，平均收视份额达到20.25%。其中，单集最高收视率为11.29%，最大市场份额为27.89%，也就是说，该集播出时，黄金时段里全国开机用户中超过四分之一在收看央视的这部作品。

这是央视近年来开年大戏的最好成绩。央视副台长胡恩在广电总局就《闯关东》一剧举行的专家研讨会上证实了这一点。即使不局限在开年大戏的范围内，《闯关东》的收视成绩也足以傲视群雄。据了解，以过去的2007年全年来考察，收视能够胜过《闯关东》的作品仅有一部《星火》。

“我们是真心地希望接下来的任何一部作品可以超过《闯关东》。但是真的不容易。”该剧总制片人、央视影视部副主任傅思语带感慨。

其他一些指标也足以证明这部剧作的火热程度。截至3月初，在国内某知名搜索网站中，搜索“《闯关东》”后出现的相关网页约177万篇，而央视在2005年和2006年年初推出的两部同样轰动一时的作品《汉武大帝》和《乔家大院》，搜索结果分别为36.2万篇和52.5万篇。问世只有两个月的《闯关东》后来居上。

著名文艺评论家、中国文联前副主席李准评价说，《闯关东》在创作、播出上取得的成功，以及在全社会引起的持续热烈反响，已经可以称之为一种文化现象，“不仅是收视率高，而且这几年来可以称之为现象的电视剧不多。”

央视：最契合的平台

《闯关东》一剧由山东电影电视剧中心（以下简称山东影视中心）和大连电视台担任出品方，总投资4000万元。其中以山东影视中心的资金为主，大连电视台出资约500万元。

该剧执行制片人，同时也是山东影视中心制片室主任侯鸿亮表示，他们与央视一直有很好的合作关系，而央视方面从总制片人傅思开始到具体负责的编导，都对这部作品的构想表示了极高的兴趣，因此在这部作品上的合作变得水到渠成。

谈及此，傅思笑着告诉《中国广播影视》记者：“我父母都是山东人。”因此这部作品对于他而言，有着天然的亲近感。

在合作的三方中，编剧高满堂和孙建业来自大连电视台，在广电总局的研讨会上，他们被大连广电局的周大新局长形容为“大连电视台的核心竞争力之所在，是我们软实力当中的硬王牌”。具体的拍摄制作由山东影视中心的工作团队完成，导演张新建拉着整支队伍，千辛万苦地折腾了近半年的时间。

傅思毫不吝惜对合作对象的褒扬和敬佩。“电视剧是剧本的艺术，有一个好的剧本，就有了60%以上成功的把握。”而另一方面，“要想把戏做到极致，就要把苦吃到极致。”做了几十年电视剧的他坚信，在这个行业里付出和获得永远成正比。

央视对这部作品采取了重点跟踪的方式，傅思与责编钟勇多次参加剧组的创作、研讨，包括到拍摄现场探班，代表购买播出方提出意见和建议。在审查完成片之后，央视以66万元/集的价钱，购买了《闯关东》的全国首播权和永久播出权。

“我们在制作的时候就考虑过播出平台，毫无疑问，央视是最合适的。也有地方台表示出对这部作品的兴趣，但都知道我们要走央视，虽然惋惜，也很接受。”侯鸿亮表示。

播出效果是出品方选择平台的重要考量。侯鸿亮坦然表示，做《闯关东》这部剧，对于其社会反响的期待高过经济效益的诉求。因此，《闯关东》目前所达到的影响力，山东和大连两家出品方都将央视身为“强大的播出机构”这一点，视为与编剧、制作同等重要的因素。

傅思当然看得更清楚，“央视是强势媒体，无论是传播的影响力，还是传播公信力，以及CCTV一贯的节目品质和口碑，它的地位和作用都非其他电视媒体可以替代。《闯关东》是非常大气的作品，它也只有放到国家大台的位置上去播出，才能获得最佳的传播效果。”

来自台领导的表态是，央视将进一步加大对于重点作品的营销和宣传力度。而这一点在《闯关东》剧上已经有突出体现。据了解，为了强化这部开年大戏的传播效果，央视从去年11月开始对该剧进行宣传推介，除了各套节目滚动播出预告片、宣传片，以及旗下《中国电视报》、央视国际进行重点推介这类常规的宣传形式之外，还邀请《人民日报》《光明日报》《经济日报》等国内主流平面媒体以及各大网站、卫视的记者，与该剧的主创见面，集中推介。在该剧的播前和播中，央视《新闻联播》《焦点访谈》《新闻会客厅》《艺术人生》等栏目，也围绕《闯关东》进行相关报道，进一步扩大影响，引发了收视和社会讨论的轰动效应。

也正是在去年11月的央视2008年黄金资源的广告招标会上，傅思带着李幼斌等《闯关东》剧组的主创演员们亲临现场助阵。这一别开生面的安排，掀起了央视2008广告竞标的高潮。据相关人员透露，仅CCTV-1黄金时段电视剧的剧场冠名权就斩获3.5亿元，其中《闯关东》作为开年大戏一举拿下1.5亿元。还未播出，央视已经赚得盆满钵满。这一真金白银的数字，成为《闯关东》正式进入业界和普通观众视野的最好亮相。

好的品质加上契合的播出平台和到位的宣传，使得这部作品在高收视率的基础上，呈现出一些新的特点：《闯关东》拥有较优质的观众构成，并越来越受到“三高”观众的青睐。1月20日同样来自CSM的全国测量仪数据显示，该剧在35～44岁中年观众中的平均收视率达12.32%，比开播第一周增长19.02%；在干部/管理人员中的平均收视率达12.38%，比开播第一周增长11.9%；在高中以上学历观众中的平均收视率达10.29%；在月收入2000元以上高收入观众中的集中度比前一周增长25.7%。

制作方：求品质舍小利

用侯鸿亮的话说，《闯关东》在购销模式上开辟了一条新的路子。其实说新也不算太新。在央视首播之后，这部作品的二轮播映权，没有先卖到地方频道，而是直接上了省级卫视的四家，分别是山东卫视、黑龙江卫视、吉林卫视、辽宁卫视。

这样的“首四家”格局是很可以理解的组合。侯鸿亮坦白表示，这四家并非出价最高的省级卫视，但因为这部作品从文化上对于这些地域的特殊亲近性，大家都比较早地就跟进了。

同样是地域的原因，业内有人笑言，《闯关东》的收视怎么可能不好？与故事相关的就已经有四个省了。事实证明，该剧的确在东北三省和山东省的收视率最高，但在南方地区，包括经济发达、文化背景上有所差异的长三角和珠三角地区，也都有不错的收视表现。

而在农历新年这样一个特殊的时节里，《闯关东》还引发了新一层意义上的播出轰动。四家卫视，再加上央视，一共五家频道播出该剧，这倒不算什么，只是，央视是CCTV-1刚首播完，立即就转到CCTV-8黄金时段播第二次，这种待遇在央视虽然不是独一份，但也算是难得的。而其他四家省级卫视，则颇有默契都一致地晚上播完白天播，甚至晚间黄金时段播完一遍紧跟着第二遍还是在黄金时段推出。

这种密集轰炸的播出方式，是否会在短期内耗尽作品未来的再播收视价值？侯鸿亮坦言，有过这样的担心，“当然会有影响。我们也没有想到电视台会是这样的播法。实际的情况，并不给人反应的时间。大家都想把自己的利益做到最大化。”作为作品永久版权的拥有方，他略有些无奈。

但换个角度看，他也认为，《闯关东》能够在短期内形成轰动效应，这种中央、地方齐上阵，一轮接一轮的播出方式，也多少有所助益。“除了特别忠实的观众以外，大多数人很难在一个台完整地从头看到尾。很多观众都是几个台互相补充着看。这种播出方法或许也方便了他们的收看。"

让侯鸿亮欣慰的是，《闯关东》的二轮播出也交出亮眼的收视成绩。据了解，在四家省级卫视也加入收视争夺以后，刚刚在CCTV-1落下帷幕的这部作品，转战CCTV-8以后前10集平均收视率仍然达到了2.8%。此外，侯鸿亮还透露，该剧是以相当于首轮剧的不低的价格卖给四家省级卫视的，但实际的播出效果比首轮剧更好。尤其对于东北三家卫视而言，"《闯关东》提升了它们在全国卫视的排名，拉动了播出平台的影响力"。

侯鸿亮表示，《闯关东》已经收回成本，目前算是小有盈余。记者了解到，该剧第三轮的销售，有六七个省的地面频道已经明确购买。侯鸿亮并不讳言，相对于其他二轮或三轮的作品，该剧的价格是偏贵的，甚至可能达到传统价位的两三倍。作为投资和制作方，山东与大连的思路很明确："价格是为了保品质，所以我们没有让步，也没打算全部铺开来，一个省一个省去做。"侯鸿亮认为，关键是看到底想要什么，"我们想要的东西都已经达到了，很满足"。

让制作方欣慰的不只是第二、第三轮的版权销售，《闯关东》的音像版权也开出红盘。侯鸿亮透露，该剧已经创下了近年来音像版权的最高价格。虽然具体的数字不便透露，"现在一般的作品，音像版权大概在2000～3000元/集。《闯关东》大概是这个数字的七八倍左右。"据说，山东地区曾经一次性进了5000套作品，三天之内就卖完了。

关于海外版权的销售，侯鸿亮坦言，并不着急，"好多家都在谈着，但是现在我们顾不过来。"还有一个更重要的原因，"价格上，我们希望能够与其他国家的引进作品放到平等的平台上来交流。我们不希望委曲求全，至少要接受这部作品应有的价值。"

"天下好剧聚央视"

侯鸿亮表示，《闯关东中篇》已进行到剧本大纲阶段，"我们对于高满堂的剧本很有信心"。一切顺利的话，这部广受上至中央领导、下至平民百姓期待的作品，将于今年下半年开拍，编、导、演原班人马上阵，并可能在明年新中国成立60周年期间再次登上央视的舞台。

貌似压力更大，傅思却笑着表示，“做第二部的时候，反而没有负担了，有种游刃有余的感觉。”台领导已经给出指示，这次央视要以预购的形式更早更主动地加入进来，“大量的资金流将由央视提供”。

记者好奇，届时央视是否会以独播剧的形式进行购买。来自央视和制作方的态度，都有所保留，“各种可能性都会有”。但从《闯关东》的收购到《闯关东中篇》的预购，央视对于优秀剧作资源的态度已经非常明显：“要把天下的好剧都收到央视来。”傅思透露，2008年央视用于购剧的费用为10亿多元，这一数字也表明，电视剧将作为战略性资源得到央视前所未有的重视。

反映中国近现代历史上另两次大规模移民现象的《走西口》《下南洋》两部作品，前者将于3月28日开机，后者也在创作过程中。傅思将《闯关东》与这两部作品并称为“移民三部曲”，这也表达出央视对电视剧进行战略布局的意愿。

此外，得到中央领导高度评价的《周恩来在重庆》一剧于3月3日起在CCTV-1黄金时段播出。据了解，作为重大历史题材的这部作品在2007年12月份刚刚杀青，在央视送审时很多环节都是一步到位，很快就确定了在纪念周恩来诞辰110周年时登上央视舞台。

《周恩来在重庆》强调从周恩来总理为人做事以及人格魅力上进行刻画，让观众看到一个真实的周恩来，作品在具有强烈的传奇色彩的同时，也充满浓厚的史诗意蕴。因此，它打破了很多观众对主旋律作品比较枯燥的固有印象，很多观众表示：“这是一部精彩的主旋律电视剧作品。”

（《中国广播影视》2008年3月下半月 总408期）

踏踏实实下生活 呕心沥血搞创作

中国电视艺术委员会评论员

——《闯关东》对电视剧创作的启示

针对电视剧展开的个案研究不少，好的个案，一定是在文化内涵和专业表现方面出类拔萃并具有标杆作用，而所谓标杆作用，即作品与作品创意、创作乃至推广过程中所包含的经验具有普适性。作为担当电视文艺理论建设和评论导引任务的机构之一，中国电视艺术委员会一直密切关注电视艺术领域出现的热点、亮点及其“标杆”品质，而与其他曾被当作研究对象的作品相比，《闯关东》无疑是“富矿”一座。

作为2008年央视开年大戏，52集长篇巨制《闯关东》在一套黄金时段播出后引发了收视热潮和如云好评，在随后地方电视台二轮播出过程中，延续了强劲收视势头，并最终凭借实力、口碑、创新性、丰富性、典型性，将自身成就为一个大众话题、一道文化风景、一例创作榜样。电视剧巨大的社会影响力再一次得到印证，其受欢迎程度，多年少见。

《闯关东》在题材选择、剧作构架、作品创作、产品推广方面产生了许多新鲜经验，其成功背后的创作态度、思路和方法，更是值得关注。在《闯关东》诸多创作经验中，以下三点尤为突出：

第一，好剧多磨，优秀作品的背后一定有作者严肃认真的创作态度和精益求精的职业精神。

党的十七大提出文化要大发展、大繁荣，这作为我国的文化建设战略，具有深远意义，也为电视剧创作和繁荣提供了前所未有的机遇。面对机遇，电视剧制作业的生存与发展必以质取胜，于是作为一剧之本的剧本就尤显重要了。《闯关东》给我们的第一个启示就是好剧多磨，下了功夫的作品可能由于方方面面的原因有所遗憾，但不用心打磨，则绝对不会有上乘品质。

《闯关东》光是在剧本阶段便历经数年，反复论证，数易其稿，这种严肃认真的创作态度和精益求精的职业精神，为该剧的成功提供了坚实基础。据了解，在奠定基石的剧本阶段，《闯关东》创作领导班子的思想很明确，坚信剧本为一剧之本，从创作伊始，便定下了首先将功夫下在剧本上的方略。为了保证剧本结实，他们首先是慎重选择负责任有功底的编剧，将编剧的功力当成是核心竞争力，其次是强调编剧深入生活，从生活中发掘人物原型，寻找情节细节。《闯关东》的成功经验告诉我们，面对要求越来越高的观众，面对竞争越来越激烈的电视剧市场，电视剧业者只有伏下身来深入生活，汲取营养，潜心创作，才能有所成就，获得叫好又叫座的殊荣。指望一蹴而就，难成大器。

事实上，目前有的从业者只看到了电视剧市场的热闹，不遵循电视剧创作生产规律，有的虽意识到了竞争的严峻和无情，却找不到问题的关键在于剧本的打磨和制作的精细，他们不愿意、不懂得做好剧本的内功，以为“大炮一响黄金万两”，这种急功近利的做法，往往事与愿违。

之所以说好戏多磨，还在于，随着电视剧产业的日趋完善，品牌美誉度已成为竞争的有利支点。一个有为的作者、制片人、制作公司，其品牌美誉度也是市场选择的重要因素。只有通过优秀作品确立自己的质量品牌，才会得到市场的青睐和观众的关注。从这个角度来说，临渊羡鱼不如退而结网。练好剧本的内功，方有可靠的期待。

第二，以“人”为本，如同其他叙事艺术，电视剧若没有出彩的人物，就不会有出彩的效果。

着力于人物塑造，是电视剧成功的又一金科玉律。作品要立得住、传得开、留得下，无不是塑造了性格鲜明又独具人格魅力的人物，尤其是复播率较高的作品，无一不以其生动鲜活的人物形象打动和征服观众。前些年《激情燃烧的岁月》中的石光荣、《亮剑》中的李云龙，以及被评为2007年感动中国十大人物的《士兵突击》中的许三多等等，一系列栩栩如生的人物，成就了电视剧艺术的辉煌，丰富了当代中国的电视剧人物画廊。很难想象，一部没能塑造出令人瞩目的人物形象的作品能成为精品力作。现在，一些电视剧制作者过度醉心于编织扑朔迷离的情节，云山雾罩、海阔天空，却忽略了在人物的精神世界、性格特征与道德架构上应下的功夫，这是违背艺术规律的。观众记住一部作品或者说被一部作品感动，归根到底还是被剧中的人物所打动。检验一部作品是否成功，一个重要的标准，就是看有否塑造引发大众情感共鸣、寄托大众人格追求的生动人物。

第三，感悟时代，创作者只有对于人民、对于生活爱得深沉，才能用作品感动中国。

实践告诉我们，好作品一定要契合大众审美理想和审美诉求。一部不能感动作者的作品不会是成功之作，但只感动了作者自己的作品也未必是好作品。作为借助大众传媒呈现的电视剧艺术，其创作者只有忠实践行“生活是创作的源泉”，积极回应时代呼唤、把准时代脉搏，贴近生活、贴近实际、贴近群众，将自己对生活的感悟、认知与社会普遍尊重、认同、崇敬的价值观、人生观有机结合，将小我的关爱、情感融通在时代激情、民族情感和大众关爱之中，才可能感动自己进而感动中国。目前，电视剧创作中普遍存在的也是影响电视剧思想艺术质量的问题是，缺乏这种小我与大我融通的质朴精神力量与美感。在这方面，编剧高满堂及其创作实践则从正面贡献了经验。从近年来受到观众欢迎的《家有九凤》《常回家看看》到《闯关东》，我们可以看到，在高满堂笔下，遍布着普通民众鲜活真实的生存状态，以及他们在其中表现出来的坚韧、关爱、责任、深情、达观和大义的精神品质。这些内容满足了大众的审美期待，也成就了高满堂的编剧特色。高满堂的大多数作品之所以能深入人心，最深刻的原因就是他懂得，创作者有责任有义务去架构中华民族的先进文化和道德价值体系，去引领民族精神家园的建设。

在当下的中国，电视剧不仅补充调剂了大众的文化生活，甚至结构性支撑了人们的精神世界。而一部优秀作品在给观众带来美好精神享受的同时，对创作引领作用亦不可低估，桃李无言下自成蹊，像《闯关东》这样获得社会效益、经济效益双赢的作品，其实际产生的示范作用非常具有说服力，一定会在提升整个电视剧创作“三性”统一方面，产生切实有效的积极作用。从榜样的角度而言，《闯关东》是有突出贡献的作品。

（《中国电视》2008年第3期）

书写百姓的精彩人生

车东轮

——专访电视剧《闯关东》编剧高满堂

作为中央电视台2008年的开年大戏，52集电视连续剧《闯关东》讲述了山东平民百姓迫于生存而闯荡东北大地谋生的历史传奇故事，展现了不同历史时期的人生、人性、人情以及民生、民俗、民心的真实状态。其恢弘的气势、细腻的人物剖析、浓郁的关东风情、质朴厚重的齐鲁文化展示以及对自强不息、艰苦奋斗、百折不挠精神的张扬，引起人们的普遍关注和强烈反响。围绕着电视剧《闯关东》在创作中的一系列问题，近日，本刊记者专访了著名作家、电视剧《闯关东》的编剧高满堂先生。

记者：闯关东是世界移民史上最大的一次迁移运动。从清初到新中国成立前的300多年间，先后有2000万山东人踏上了闯关东之路。您当时是怎么想到要写这么一个题材的电视剧的呢？在您心中，又有着怎样的闯关东情结呢？

高满堂：我觉得，一个艺术作品最应该关注的就是个体的生命。从我自身来讲，我对闯关东的情结太深，太厚了。我的爷爷、奶奶、姥姥、姥爷、父母都是闯关东的，我小时候听来的故事都是关于闯关东的故事，它留给我儿时的印象是苦涩的、吓人的，有些东西还是挺神秘的。可以说闯关东的故事一直伴随着我从童年到少年再到青年，就是在我成为作家、写了很多电视剧以后，我也一直没敢翻开闯关东这一页。我觉得这些流淌在血液里的东西，经过若干年的沉淀，已经变成了一种平常。从来没有一种自觉的意识要去创作它。

记者：是什么契机促成这次创作呢？

高满堂：2001年，山东电视台和大连电视台曾搞过一次“今天居住在大连的山东人的生活状况”的双向直播。其间，电影局副局长张宏森最先提出搞“闯关东”这部戏的想法。其实“闯关东”这个题材我们大连电视台也考虑过，但由于投资太大，在电视剧已经走入市场化的今天，能否收回成本是个大问题，故而一直没敢动。2005年，山东电影电视剧制作中心与大连电视台达成协议，下决心搞这部戏，由我和孙建业担任编剧。我在创作上有一个习惯：不深入生活是不敢写东西的。必须得有一箩筐的东西，我才敢背起来行走。于是我们驱车7000多公里，在辽、吉、黑、鲁西南、胶东等地，采访了上百人，积累了丰富的素材。我觉得小时候我父母给我讲的闯关东的那些故事，那些在我心里潜藏了很久很久的往事一下子被点燃了。在老金沟采访的时候，有七八个曾经淘过金的老爷子，都是残疾人，有的没有眼睛，有的断手断胳膊断腿。他们脸上的沧桑感，具有一种很强的冲击力。从他们口中，我才知道这些闯关东的淘金人，淘金活命是他们生存的唯一。淘金其实就是淘命，是一种非人的劳作，落下残疾是很正常的事。这给我的震撼非常强烈。

在黑龙江的尚志市，我们还采访了一位八十几岁的隋大爷，他告诉我们，当年他妈妈领着他从山东一直走到尚志县的时候正好是大年三十。在一个人家的屋檐下，妈妈对他说："过年了，咱也没啥好东西吃，你打点水，咱娘俩洗洗脸、喝口水过年。"当年只有十几岁的他，冒着风雪把冰铲开，把水拎到屋檐下，可突然脚下一滑，一桶水全都洒了出来。他害怕妈妈责打他，可妈妈却一把把他搂到怀里说："不喝水、不洗脸咱们也过年。"八十几岁的老人讲到这里号啕大哭。我在想，是什么能让一个耄耋老人如此动情?

采访中，我们经常看到一个个山包上无数的坟冢，那里埋的都是闯关东的人，所有坟头都是朝着山东方向。据史料记载，从清朝开始淘金的时候，每年仅是闯关东的山东人就要死掉一万，采参者要死掉两万，另外，山东人到了东北后水土不服，许多人得了大骨节病，丧命的也很多。

后来我们到了鲁西南、胶东等地，看到了当年闯关东人登船走水路的地方。要知道，当年闯关东的人在没有任何技术保障的条件下，能够跨越渤海湾，是何等艰难的一件事。十条船能有五条幸存就不错了，基本上都葬身大海了。这些感性的、历史的东西，一下子让我激动起来。

在采访中我还发现，在我们的资料馆里，没有一本关于闯关东的书，找不到一本关于这次人口迁徙的记载资料。我觉得，世界移民史上最大的一次迁徙，2000万人就这么无声无息，没人为他们立传，真是件很悲哀的事。也许因为我是闯关东人的后裔，我觉得我有责任为他们树碑。

记者：据您了解，现在生活在东北的闯关东人的后裔有多少人?

高满堂：这个没有具体统计，但可以肯定是占有相当大的比例。山东有两个县，一个叫平度县，一个叫海阳县。在今天的黑龙江，也有这样两个同名的村子，这是非常有意思的现象。山东的平度人集中在平度村里，海阳人集中在海阳村里，就像一个部落似的。就是今天的大连市，80%也是山东人。

记者：从开始接手这个题材到最后完成，您一共花了多长时间?

高满堂：两年。剧本创作了七八个月，实际拍摄了半年。

记者：这部戏长达52集，是一个鸿篇巨制。您在创作的时候，从剧作结构上划分出四个段落，这种结构框架是出于什么考虑?您怎么界定《闯关东》这部作品的艺术风格?

高满堂：我真正开始写这部戏的时候，就遇到了写什么、怎么写的困惑，换句话说，有一个切入角度的问题。对于闯关东的先人，我非常仰慕，或者说肃然起敬。他们是生活在社会最底层的穷苦人，而我们已有的一些反映中国近代史的影视作品，则很少把最底层的穷苦人作为创作主体来表现，这一点给我触动很大。另外，山东人的不屈不挠、百折不回，认准一个目标往前闯的精神，在以往的电视剧中，也很少集中放大。但是不能不承认，“闯关东”是一个比较深刻、沉重的主题，如果在结构、包装、表现手法上不能吸引观众与你同呼吸、共命运，那主题再好又有什么用?可是，长篇电视剧想出新很难，尤其是50集以上，但是再难我们还是想出新，毕竟这是第一部表现山东人闯关东的作品。

于是，我们分了四个篇章，第一篇是淘金篇，第二篇是农耕篇，第三篇是经商篇，第四篇是抗争篇。每一篇都有突出的重点，指向性很强。淘金篇写山东人来到关东大地后，他们的闯荡、挣扎，充满了传奇色彩。其实，“闯关东”这个故事本身就很有传奇性。农耕篇讲的是他们有了一定的积蓄后，就盖房子置地，要过一种安稳的田园生活，这是很多闯关东人必走的路。农耕篇还写了他们与当地人的和谐相处，比如他们把齐鲁中原的一些先进的农耕技术传授给当地人。此外，他们还将石墨、鲁菜等文化带到关东，形成不同文化的碰撞与交流。经商篇写的是闯关东人在安身立命的问题解决后，不满足于现状向外发展，于是他们进城到了哈尔滨，开始经商。他们开了山东菜馆，以诚信为本做生意，但是又和当地的热河人、跑马帮的、采人参的发生了利益上的冲突。抗争篇是写永远不满足的闯关东人，要联合起来开矿发展工业。可就在这时，日本人来了。为了民族的利益，面对外族入侵，他们要和日本人抗争。为了矿山，也为了中国人的尊严，他们不惜牺牲自己的子孙。所以说，《闯关东》在结构上的侧重点是很清晰的，但不管怎么侧重，都没有脱离以描写朱开山一家人命运的这个切入点。

全剧以山东朱家镇为故事起点，以义和团头目朱开山为主线，以其一家人闯关东的经历来表现整个“闯关东”这一大事件。围绕着朱开山的三个儿子和三个不同出身的儿媳妇构筑情节，表现1904年至1931年“九一八”事变爆发这一期间，生活在黑土地上的山东人与当地人和谐共处，建设家园，发展农业，繁荣经济，反抗外辱，开创民族工业，将中原的孔孟文明与东北粗犷的民风有机地融合起来的故事。在细节上，既保留了山东特有的民俗民情，同时又将关东大地的民风民意淋漓尽致地描绘出来，从普通百姓的琐碎生活中，凸显出朱开山及其儿女们的英雄壮举，将流传在白山黑水之间关于“闯关东”的民间传说和真实的历史事件有机地融合，演绎出一幕精彩悲壮、可歌可泣的“闯关东”故事。

这部作品的风格，我把它定义为把传奇的可看性搭在历史的肩膀上。具有厚重感，史诗感，风情化。历史是一件浸透了雨雪的沉重的羊皮袄，穿上它会觉得沉重，脱了它又感到寒冷，最好的办法是换件轻裘，又轻省又保暖。这就好比我们的电视剧创作，既要摆脱历史的沉重又不能割舍历史。

记者：您曾讲过《闯关东》一剧自始至终都在张扬一种平民精神，一种“闯关东精神”，这种精神具体讲是一种什么精神呢？

高满堂：这个戏的主题歌有一句词写得好：“不知道到底我会走向哪

里，只凭着不灭的希望和一片丹心豪情。”就是说，闯关东人不安于现状，努力改变自己的生存状态，寻求更美好的发展，并且在寻求的过程中不屈不挠，敢于牺牲，求新求变，就像飞蛾扑火一样，不断地去扑，不断地燃烧，前仆后继。这就是全剧始终在张扬的“闯关东精神”，它体现了我们民族强悍和旺盛的生命力。

记者：您曾创作过《家有九凤》《浪漫的事》《常回家看看》《大工匠》等表现普通平民生活和情感的电视剧，这些作品在题材上都没有超出“家文化”的范畴，关注的都是寻常百姓的家长里短、柴米油盐，亲情温馨，但缺少一种由题材本身所带来的历史纵深感。但是，从《大工匠》开始，您的创作视野有所改变，突破了“家文化”的框框，而《闯关东》这部戏，就更带有史诗的意味和历史的纵深感。那么，您是如何看待创作风格的这种变化?

高满堂：我本人就生长在平民家庭，在大杂院长大，当过知青插过队，性格中有种野性的东西。成为作家后，我给自己定位：先写好我爹我妈，再写好我的左邻右舍，放之远去再写好我的亲戚、朋友、同学、战友。我的气场就这么大，我愿意写平民剧，这种平民意识太强烈了。《家有九凤》《常回家看看》《错爱》写的都是一种平民文化，包括《大工匠》，描写的也是普通工人。在《大工匠》之前，我基本上都是写一种平民生活的片段，局限在“家文化”的圈子内，没有纵深。到《大工匠》时，我意识到应该有所改变，因为现在亲情剧太多、太滥。而我认为，一个真正的作家，要在作品中写出年代感、沧桑感，要写出历史的潜在变化，要借一片历史的天空，抒发人生感慨。所以，《大工匠》我写了半个世纪，从人物年轻时写到老年。半个世纪的风雨，其实也见证了共和国发展的历史。但是，我是把它作为一个背景，而把人物拉到了前景。为什么一些工业题材的电视剧大多不成功，原因就在于作者把个体命运寄托于工厂的命运，或寄托于一个工厂的改革，这样的作品肯定要失败。它忘记了一个最根本的东西——人，把人仅仅作为一个企业改革历史中的工具，而我恰恰反过来，我要把人放大，把个体放大，把背景、历史作为展现人物的一个舞台、一个景片。有人说《大工匠》是工业题材，我不以为然。我说这个剧不是工业题材，是讲述了工人的生活。《大工匠》记录了杨老三、肖长功和肖玉芳三个工人，我是把工业题材放到一个大的背景上，重点突出生活在这个背景之下的普通工人的情感生活和个体命运。原来我是把小人物放到家里，现在，我把小人物放到大历史背景中，使人物有了一种沧桑感、年代感。

记者：《闯关东》也是延续这个路子吗？也是把迁徙作为大背景，重点突出人的命运？

高满堂：是的，重在写朱开山一家人的命运。因为闯关东从1904年到“九一八”事变，中国历史上发生了许多事。如果写历史的话，那人物就都被淹没了。要知道历史是一片汪洋，人是沧海一粟啊。我还是把历史作为景片，是人物活动的舞台，把人物不断地放大。我觉得现在一些历史剧和近代剧的创作走入了一个误区。创作者将笔墨过多地关注于帝王将相、才子佳人，把玩和欣赏宫廷权术、阴谋诡计，要么就是关注于小姐、丫鬟的命运，少爷、太太的小恩小爱，公子哥的小仇小感，这些对我们民族的精神健康无益。所以，《闯关东》就要赌一口气，就要写中国近代史上的一群底层人，他们为了改变自己的命运去冒险闯关东，写底层人的求生运动。《闯关东》中没有大人物，全是泥腿子，全是草根人群。我觉得这是一种历史的真实，或者说接近艺术的真实。

记者：您被业界称为平民作家，这种称呼本身也概括了您创作上的一种风格。那么，您在为最底层的人民抒写历史时，最想表现的是平民身上的什么东西？这种平民情结是贯穿在您所有的作品当中吗？

高满堂：到目前为止，这种平民情结是始终贯穿在我的作品之中的。所不同的是，在《大工匠》和《闯关东》这两部戏中，我增加了它的历史感，增加了它的“景深”，但推至“前景”的还是平民。《闯关东》完全可以按照《大宅门》或者《乔家大院》的思路，写一些红顶商人，但那不是我的风格。我还是愿意捕捉生活在社会最底层的人们。要知道描写社会底层的人，你是编不了的，因为它是史实，不是戏说，你需要大量地采访和深入生活。另外，把平民作为剧中的主人公，写他们的生活，你藏不了假，毕竟平民是绝大多数。一个细节不真实的话，他们马上就会怀疑你的情感真实性。

记者：您怎么看待平民剧在整个电视剧创作中的位置？它未来的发展态势又会是怎样的？

高满堂：平民剧离不开亲情。目前，亲情剧的发展态势还不错，得到了观众的喜爱，但亲情剧的创作也出现了一些概念化的倾向，表现在将亲情万能化：亲情能解决一切问题，甚至还能解决社会问题，我觉得这不太现实。血缘关系不可否认，但是，在现在家庭里面，越来越多地带有了一些社会性的东西，这些远不是亲情就能解决的。

曾经很火的韩剧，现在为什么收视率越来越低？一是因为我们的电视剧质量上来了，还有一个重要的原因在于，韩剧把一切矛盾都聚集于家门之外，把社会生活和家庭生活完全隔离开，家庭里有没有社会空气都值得怀疑。观众越看越觉得这可能吗？这是我们的社会、生活吗？如果我们的亲情伦理剧也在步韩剧的后尘，那真是令人担忧的事情。

记者：当前的市场经济体制对电视剧的创作提出了很高的要求，一方面，我们的作品要体现社会主义的核心价值，一方面还要适应市场，满足人们一种世俗化的需求，做到这两点的结合非常困难。作为编剧，您在创作《闯关东》这部戏时，是怎么考虑这两个因素相结合的？

高满堂：一个哲人说过，以娱乐至上的民族是最容易被征服的民族。我觉得我们现在的电视屏幕太娱乐了，就差娱乐至死了。我反对泛娱乐化，但是也不喜欢创作上的一本正经。《闯关东》这个戏从题材上讲有些沉重、不太讨巧。如何把一个正史、一个严肃的题材拍得好看，让观众接受，并且在接受的过程中，还能够感受到一种思索？我在《闯关东》中做了一些尝试。

记者：体现在哪些方面呢？

高满堂：第一是它的风情化，就是展现观众没有看过的东西，比如说采人参、放木排、淘金、伐木、开矿、走马帮等等，这些东西很吸引人，画面的新鲜感和冲击力都很强。第二是它的传奇性。闯关东本身就具有传奇色彩，其惊险的历程、跌宕的故事都会吸引观众的眼球。还有李幼斌扮演的朱开山这个人物，比《亮剑》中的李云龙，在性格上更加丰富、多面、立体。此外，剧中还有二人转、东北大秧歌、关东民谣等这些风情化的东西，使剧情色彩丰富、命运多变。好剧一定要有人看，要不然就白拍了。

记者：剧中所表现的闯关东发生在一个世纪以前，是一段往事，时隔若干年后的今天，用电视再来表现这段历史，它必然要和当下的社会有一种联系才能引人关注，或者说剧中所表现的某些思想要对当下人有所启迪，那么这个戏的现实价值在哪里?

高满堂：当年的闯关东人是为了生存，今天，虽然人们不再闯关东了，但是他们在闯生活，他们也进入了闯关东的精神领域的传承。比如:大量的“北漂族”，他们也是一个“闯”字当先，他们为了改变自己的命运，为了使自己生活得更好而非单纯地解决温饱问题，开始了一种城市漂泊、都市闯荡。再如现在大量的国营、民营企业都在开拓海外市场，要进入世界500强，也是一个“闯”字，也是“闯关东精神”的延续。还有大量的留学生，告别父母、远渡重洋，在语言不通，生活习惯、政治制度都十分陌生的环境中，边打工赚钱边读书学习，非常辛苦，这也是一种闯。如果一个民族安于现状，不求新求变，那么这个民族是没有希望的。而为改变自己的命运，提高生活质量的这种“闯关东精神”，与当下社会所倡导的发展奋斗、创新求变的精神是密切相连的。什么叫成功?不是财富积累的多少，而是内心里的一种自我评判。

记者：您能预测一下这部戏的收视效果吗?

高满堂：肯定会在社会上引起关注。我有以下理由:第一，当年闯关东的那些老人在世的已经不多了，但是，9000多万山东人要关注这部剧。第二，河北、辽、吉、黑及大量的山东移民的子孙后代要关注这个剧，要看看他们的爷爷、父亲是怎么闯关东的?涉及闯关东的影像资料，这是第一个。从这点上说，这部戏还填补了一个历史空白。第三，大量的海外山东籍人也会关注这部剧。

记者：听说您现在正在筹划《闯关东》续集的创作?

高满堂：是的。目前有两种意见，一种是用原班人马继续演绎朱家的故事，一种是另起炉灶。前者观众接受起来比较容易，后者就有一个观众重新认定与接受的问题。续集面临的最大问题是，“九一八”事变后，东北沦陷，人民成了亡国奴。无论你是跑码头也好，搞个体经营也罢，都是在日本人的军事管制之内，这种背景下怎么写？写反抗日寇，没有新意；写抗联，那还是闯关东吗？可这是历史，是谁也不能改变的。到底应该怎样切入，我一直都在思考这个问题。

记者：不管您写什么题材，题材中涉及什么人物，在描写这些人的生活和情感时，您都是将一种大的历史背景、大的事件当作“景片”来处理，着力刻画的还是最普通的人，这是您创作上始终不变的基调。

高满堂：是这样。就像《大工匠》，这是一个宏大的题材，很有厚度，但是我在这个题材里写的是最普通的车间工人，最大的官就是车间主任。我还是那句话，历史是人民创造的。为草根阶层树碑立传，我有感情、有灵感、有热情。我最近在报纸上看到一个消息，就豆腐块那么大，但我一下就来“电”了，我要将它生发出一个长篇剧。我写平民剧还有一点，就是想象力特别丰富。

记者：除了《闯关东》续集，听说近期还有您创作的几部剧要开机。

高满堂：春节后，反映知青生活的《北风那个吹》要开机，还是写一种理想、追求，写一种美丽。即将播出的是35集电视剧《天大地大》，描写了日寇侵占下的东北，一群拔牙的、算命的、老中医、街头混混、跳大神的等底层小人物，与日本人斗心、斗智、斗勇的故事。还有一部是高希希导演的、描写五个女工程师生活的《漂亮的事》也即将播出，这是一个根据真人真事而创作的电视连续剧。总之，写普通人、写小人物、写百姓生活，我永远都不会枯竭，这是我创作的源泉和灵感。

记者：《闯关东》这部具有史诗意义的电视剧新作，可视为擅长展现普通老百姓生活与情感的剧作家高满堂在创作视角与风格上的一次明显突破。但不管什么题材，写人、写人的情感和命运，是高满堂先生进行创作的灵魂。只有把人物不断地放大，凸显人物的情感和性格，才能够保持旺盛的创作力。

（《中国电视》2008年第3期）

人口大迁徙："闯关东"带来的思考

朱利祁

——电视剧《闯关东》策划、立题之初衷

从某种意义上讲，人类历史就是一部流动的历史，人类的一切活动，生存、发展，都是在宇宙间的运动中完成的。

综观人类文明史的历程，每一个民族，不同国家和地区的兴衰、变化，始终伴随着人类不断地迁徙和动荡。只有不断地流动，人类才能逐步发展壮大，社会的文明程度才能不断地提升，政治、经济、文化、科技等各个领域也才能逐步健全并发达起来。

中国社会的发展，经历过三次大的人口迁徙。而正是这三次大的迁徙运动，使中国的政治、经济、文化和人口的格局都发生了很大的变化，推动了整个社会历史的发展。这三次人口迁徙就是在中国近代史上影响深远的下南洋、走西口和闯关东。三次人口迁徙的直接结果便是：下南洋开启了近代中国与世界接触的帷幕；走西口将中原的农耕、贸易、饮食、文化、物产等直接输送到封闭、落后的边塞；闯关东把内涵深邃、传承了两千年之久的孔孟文化带到了广袤无垠的黑土地上。同时，这三次大的人口迁徙，不仅使黄皮肤、黑头发的身影出现在世界的各个角落，而且埋下了华夏子孙和中华文化在全球繁衍生息、绵延不绝的种子。

在这几次迁徙中，数闯关东人数最多、规模最大、历时最长。从清初至新中国成立前的300多年间，先后有近2000万山东父老乡亲因生活所迫，背井离乡。特别是在20世纪的三四十年代间，闯关东的浩浩壮举更是达到了一次高峰。无数的山东人用他们在白山黑水间的辛勤劳作以及与当地居民的血乳交融，将中原先进的农耕技术、商贸流通、饮食文化带到了广袤的松辽大地，促成了东北平原的富庶殷实，使之成为中国经济最早的发达地区之一。

据史料考证，在清末民初的1905年左右，日俄战争爆发，山东大地黄河泛滥，战乱连连。百年不遇的大灾，使民不聊生、官匪横行。人们在取

生无路的情况下，携妻拉儿背井离乡，被迫走上了悲壮的闯关东之路。据不完全统计，山东90%的家庭都有去闯关东的人。这一走就是几十年，甚至上百年，这当中，有多少苦、多少难、多少痛、多少怨、多少奋斗，只有山东人自己心里知道。这期间，共有2000多万山东人通过陆路和海路，分别进入黑龙江、吉林、辽宁、韩国和朝鲜。据不完全统计，现在"流落"在这些地方的山东人和他们的后裔达到8000万人之多。他们的语言、生活习惯已经与土生土长的当地人别无两样，但是回到家中、关起门来，或是与亲朋故交在一起时，那融入血液中、骨子里的乡音乡情，使他们一下子又变成了山东人，其言谈话语、举手投足间渗透着像大葱一样直率、豪爽、侠义、火热、厚道的品格。

尽管闯关东是世界移民史上最大的一次人口迁徙，是生活在社会最底层的普通百姓的一次大规模的求生运动，但闯关东却远没有下南洋或走西口那么闻名遐迩，这恐怕与山东人生来朴实憨厚、不喜张扬的本性有关，更与闯关东没有出现影响深远、能够大书特书的所谓"英雄"有关。然而，尽管当年闯关东行为的产生实乃生活所迫，不得已而为之，但是，谁又能说支撑每一个闯关东人历尽千辛、跋涉万里的不是一种坚韧和勇气，不是一种对生的本能追求和渴望改变人生命运的信念呢？谁又能说这不是一种带有平民色彩的英雄主义精神呢？作为电视人，我们有义务、有责任用影像将这一博大的历史事件记录下来，为闯关东立传。从这个意义上说，我们要为几千万闯关东人树碑立传，是有着非常宏大的社会背景和十分雄厚的生活来源的，为8000多万闯关东的山东后裔们写故事，是一件十分有意义的事。

2005年年底，大连电视台电视剧制作中心与山东电影电视剧制作中心达成共识，联手打造《闯关东》这部鸿篇巨制。我们要把它打造成一部具有深厚人文情怀的、史诗性的电视连续剧。为此，我们邀请了著名编剧高满堂和孙建业同志，组成采访采风小组，开始了几个月的"闯关东"经历。在这些日子里，我们沿着当年闯关东人在东北大地留下的足迹，在淘金沟、林场、放排土、土匪窝等地一处处寻访，一点点追忆，采访了数百人，仅文字资料整理就达50多万字，音像素材达600多分钟，积累了大量的、丰富的第一手资料。说来有趣，《闯关东》这部剧，从编剧到策划人，从剧组的剧务到开车的司机，再到该剧的具体实施人，全部都是山东人或山东人的后裔。可以说，《闯关东》这部戏从写到拍，以至最后的完成，浸满了山东籍后裔们的辛勤汗水甚至是泪水。

在掌握了大量的、动人的创作素材后，如何从浩如烟海的素材中下手，择取一个什么样的视角切入，是摆在我们面前的一个难题。应该说，采访中接触到的每个人、每件事，都是曲折生动、感人至深的，特别是一些为数不多、现已九十高龄的第二代闯关东人，他们深知在世的日子不多了，故而，他们是用心、用泪在诉说着父辈们带他们闯关东的历史。每一段不寻常的经历讲述，都使作为采访者的我们手在抖、心在颤，直至泪流满面。不把他们的生活反映出来，不为他们书写、讴歌，我们这些山东后裔愧对祖先。但是，具体到《闯关东》这部戏的创作上，是把一户人家置放于整个闯关东这一大的社会历史背景之下进行书写，还是同时反映几户人家的故事，我们，包括编剧都有些举棋不定。

闯关东这一重大的事件经历了上百年，涉及千万人，但在历史文化的长河中却没有留下什么有影响的、鲜亮的人物。这是因为，闯关东的这些人太平凡、太普通、太常见了，其所遇到的艰难困苦、奋斗挣扎，几乎是每一个闯关东的人都会经历的，从没有人把他们所谓的“事迹”集中起来留给后人，这也就造成了当今在图书馆和资料室，几乎找不到一本记载闯关东这一重大事件的图书、史料的局面，而影像资料就更是一大空白了。极大的失望与遗憾也给我们带来了极大的振奋：我们决定就从这下手，将闯关东人的事迹集中起来，填补这一空白。经过反复的研讨，剧作最终确定，以山东朱家镇为故事起点，以义和团头目朱开山为主线，以其一家人闯关东的经历，来表现整个闯关东这一大事件，集中笔墨，以点代面，重塑山东人的形象。这样，一个典型的山东大汉，其率真、豪爽、侠义、忠厚、聪慧的性格就跃然纸上；而以其妻文他娘为代表的山东妇女勤劳、善良、贤惠、坚毅、果敢的形象也栩栩如生。全剧围绕着朱开山的三个儿子和三个不同出身的儿媳妇构筑情节，将1905年至1931年期间，生活在黑土地上的山东人与当地人和谐共处，建设家园，反抗外辱，发展农业，繁荣经济，开创民族工业，将中原的孔孟文明与东北粗犷的民风有机地融合起来；在细节上，既保留了山东特有的民俗民情，同时又将关东大地的民风民意淋漓尽致地描绘出来，借助主人公朱开山的传奇经历，从普通百姓的琐碎生活中，凸显出朱开山及其儿女们的英雄壮举，将种种流传在白山黑水之间关于闯关东的民间传说和真实的历史事件有机地融合，演绎出一幕精彩悲壮、可歌可泣的闯关东故事。

这部剧于2007年8月20日在黑龙江黑河市的红色边疆外景地开机，我们在黑河、牡丹江分别搭建了三处场景，6000平方米、100多间房子，真实地再现了100年前闯关东的人们的生活场景。在演员的选择上，本着形神兼备的原则，目的是要将这几个人物留在中国电视剧的人物画廊中。当演员李幼斌、萨日娜这对剧中的夫妻，戴上狗皮帽子、穿上破棉袄、系上围裙、手拿大镰刀时，所有在场的工作人员都被震惊了：那装扮，活脱脱就是100年前的闯关东人。逼真的场景氛围、生活化的影像空间以及生活化的表演，呈现在荧屏上的是一幕幕动人的故事。在蓝天、白云、黑水、大草甸子上，你或许会有一种似曾相识的感觉，那是我们曾在电影中看到的美国西部开拓片的味道。

《闯关东》创作伊始，就引起了国内外电视业的关注。在《闯关东》创作过程中，国内电视界也悄悄兴起了“迁徙作品”的创作热流。首先是两部“闯关东”的题材在创作，只不过我们捷足先登而已，其次，两部表现走西口的电视剧已经完成剧本创作，一部已经开拍；再次，一部反映下南洋的客家故事的电视剧也在编纂和筹备中。可见，以闯关东为滥觞的“迁徙热”将会给中国的电视剧创作带来不小的震动。这既是一个可喜的现象，同时也对我们的创作提出了更高的要求。当年的闯关东人不安于现状，追求更好的生活，凭借的就是一股闯劲；作为当今的电视人，我们同样不满足于以往的成绩，同样要靠一股闯劲，打造一部高质量的好作品。让我们拭目以待吧！

（《中国电视》2008年第3期）

话说《闯关东》的“闯”劲儿

常 华

新春伊始，央视开年大戏《闯关东》可谓气势如虹，好评如潮。随着剧情的逐渐深入，该剧的收视率也迅速飙升，在大结局播出的当晚，收视率已经逼近11%，创下了央视开年大戏的收视新高，其所占有的市场份额也已经达到了27.5%，即全国四分之一的开机电视用户都在收看《闯关东》。该剧刚在央视收官，各地卫视又开始了二轮“轰炸”，一时间，这部透着浓重关东风味儿的鸿篇巨制充斥在各地卫视的黄金时段，而“闯关东”也成为人们街谈巷议的热词儿。

一部电视剧为何能掀起如此强烈的收视狂潮？一个发生在关东大地上的故事，为何能牵动全国观众的视线，做到“南北通吃”？究其原因，笔者认为，《闯关东》成功的关键在于，将一个“闯”字做到了荡气回肠，酣畅淋漓。

一、在新鲜独特的题材中“闯”

《闯关东》讲述的是从清末到“九一八”事变爆发，一户山东人家背井离乡闯关东的故事，以主人公朱开山跌宕起伏的一生为线索，其中贯穿了朱开山的三个性格迥异、命运不同的儿子在关东大地遇到的种种磨难和考验。在以往的电视作品中，以中国近代史为背景、时间跨度达30年甚至更长的电视剧并不是没有，但《闯关东》选取的却是一个贯穿了中国近代史却一直被史家忽略的历史暗脉——闯关东。这是一个被“雪藏”的载体，当它最终被以52集的宏大篇幅和盘托出时，人们才猛然发现，中国近代史上竟然还有这样一段未曾留意的脉络。它是如此鲜活，又是如此悲壮，它粗拉拉、活生生地串起了历史，却又细腻地牵动着人们的神经。可以说，正是由于对“闯关东”这一题材的发现与发掘，才有了该剧引人关注的前提。

闯关东是中国近代史上一个非常独特、影响巨大的历史文化现象，这股移民潮从清朝初期一直延续到新中国成立前。在这股浩浩荡荡的移民大潮中，山东人居绝大多数。清末以来，先后有2000多万山东人迫于生计踏上东北大地。日本人小越隆平1899年在《满洲旅行记》中记载了当年真实的历史画面：“由奉天入兴京，道上见夫拥独轮车者，妇女坐其上，有小儿哭者眠者，夫从后推，弟自前挽，老媪拄杖，少女相依，踉跄道上，丈夫骂其少妇，老母唤其子女。队队总进通化、怀仁、海龙城、朝阳镇，前后相望也。由奉天至吉林之日，旅途所共寝者皆山东移民……”应该说，一个“闯”字，凝聚了山东人的移民史、血泪史和抗争史，同时也成就了一个产生故事的“富矿”。

二、在不断变化的矛盾旋涡中“闯”

长篇电视连续剧拼得更多的是结构，尤其对《闯关东》这样一部长达52集、时间跨越近30年的史实与传奇兼容的大戏，如果没有一个强有力的结构框架作支撑，很难让观众保持收视的忠诚。那么，如何做到节奏明快、结构紧凑而不拖泥带水呢？一路看下来，《闯关东》给人的感觉是悬念不断，高潮不断，总是在牵扯着人们的神经，落下一集，就失去了不少信息。而之所以能让观众这样牵肠挂肚，很重要的一点就是，《闯关东》的编导们搭建了一个严密紧凑的故事结构，设计了几个风格迥异的“场”，正是在每一个“场”所搅动起的矛盾旋涡中，《闯关东》的编导们完成了“闯”的宏大叙事。

“金场”，这是《闯关东》开篇一个别具特色的矛盾中心。文他娘领着传武、传杰一路颠沛流离闯关东来到元宝镇，与失散多年的丈夫朱开山团聚。但团聚是暂时的，为了和结拜兄弟的一个约定，朱开山再次抛妻别子，奔赴金窝淘金。然而，当朱开山来到金窝，才发现兄弟已死，而自己已经被困在一个榨人血汗没有一点自由的“坟场”。为了带出金子，为了生存，朱开山忍辱负重，与金把头、官兵巧妙周旋，最终逃出了吃人的金窝，并为家族的起步淘得了第一桶金。

在置了几垧地、翻盖了房子后，戏剧冲突开始由“金场”转向“农场”。这是一个相对平和的段落，在这个充斥着田园气息的段落中，我们看到了朱家的婚事和农事。当然，编导们同样没有忘记在这个“场”中设计足够的冲突，这个冲突的制造者就是放牛沟里另一个大户——韩老海。

韩老海的女儿秀儿对朱开山的二儿子传武痴情一片，而传武却早已对自己的兄嫂鲜儿心有所属。为了应付父亲，传武还是和秀儿成了亲，但新婚之夜，传武却不辞而别，留下了秀儿独守空房。由此，韩老海与朱开山结仇，想尽一切办法与朱家作对，最后甚至串通土匪，绑架了朱家大儿子传文。但尽管如此，在每一次的较量中，朱开山总能以德报怨，化解矛盾，并最终感化韩老海，成为生死亲家。

随着匪患的猖獗，朱开山一家在放牛沟也无法生存了，再次背井离乡，先是去齐齐哈尔，后又来到哈尔滨，开了间山东菜馆，而这时，矛盾的“场”也再次发生变化，由“农场”向“商场”转移。同在一条街上的“商霸”潘五爷成为这个“场”中矛盾的发起者，从朱家菜馆开张起，潘五爷就在不断地制造着麻烦，不断地打压着自己的对手朱开山，而朱开山的大仁大智大勇在这一段落中也得到充分展示，最终潘五爷机关算尽，聪明反被聪明误。

就在“商场”的矛盾趋于和解的时候，编导们已经在营造着另一个新的矛盾中心——“矿场”。如果说，在前几个“场”中，更多展现的是“家”的纷争，那么在这最后一个“场”中所展示的已是国家尊严和民族大义。一个山河煤矿，成为朱开山一家和日本侵略者较量的战场。在几轮较量中，森田的阴险狡诈，朱开山的凛然大义，被刻画得淋漓尽致。当森田最终死在朱传文的枪下时，“九一八”事变已经全面爆发，朱开山一家再次踏上闯荡的征途。

纵观《闯关东》全剧，我们不难发现，正是由于有了这几个扣人心弦的“场”的支撑，才使得这部52集的电视剧精彩纷呈，悬念不断。粗略算一下，我们可以看出，该剧给了每一个“场”十集左右的空间，在这个空间里，把戏做足，把冲突一步步激化到极致，而在观众尚未产生视觉疲劳之前，迅速转移“战场”，再掀起新的矛盾冲突。地点的变化，矛盾冲突当事人的变化，避免了当下许多电视剧在一个矛盾冲突中绕来绕去拖沓冗长的诟病，从而使每一个段落既独立成章，又与前后形成严密的逻辑递进。在几个“场”的变化中，我们看到的是朱开山一家人不断闯荡的身影，为了自身的生存，他们敢“闯”；为了家族的兴盛，他们在“闯”；

为了民族大义，他们仍然在“闯”。每一个“场”的变化都赋予了朱开山一家人不同的“闯”的含义，而他们的“闯”又与风云变幻的时代背景实现了有力的黏合。义和团运动、皇姑屯事件、“九一八”事变，一个家族的闯荡史带出的实际是一段兵荒马乱的近代史。

除了“金场”“农场”“商场”“矿场”这几个大矛盾板块外，《闯关东》的编导们还精心营造了“林场”“水场”“匪场”“战场”等多处矛盾旋涡。它们穿插在全剧之中，不仅丰富了剧情，弥平了几个大板块之间的缝隙，同时，在几个场景中所出现的茫茫林海雪原、浩荡的放排场面以及粗粝野性的匪帮、马帮、木帮，也使全剧有了多维的指向。这些场景对观众来说是一次新奇的收视经历，对整个《闯关东》来说，则是为全剧打上了浓重的关东烙印，让整个剧情的发展有了更多可以汪洋恣肆的空间。

三、在生命的磨难与抗争中“闯”

题材有了“闯”的根基，结构有了“闯”的脉络，接下来就是人物了。那么，如何让剧中人物具备“闯”的精神呢？在《闯关东》这部长剧中，大大小小有名有姓的人物近百个，如何让每一个角色都鲜活起来，从而让这部传奇大戏有血有肉呢？《闯关东》的编导们深谙一个道理，配角与主角同样重要，配角的戏做不足，主角就无法出彩。《闯关东》要塑造的其实是敢闯敢拼的群像，而为了强化这种“闯”的味道，就必须增加“闯”的难度。

先说说朱开山这个形象。这是一个智勇双全仁义兼具的人物，同时也是全剧的灵魂。年轻时参加义和团打洋鬼子，他从清兵的刀下躲过一劫，开始了闯关东的生涯；在金窝子，他九死一生，最后手刃奸诈狠毒的金把头；在与潘五爷的较量中，他见招拆招，让山东菜馆声名远播，同时又仁义大度，最终令潘五爷无地自容；而在与森田的对抗中，他寸土必争，慨然大义，张扬了民族气节，维护了民族尊严。在这一系列进程中，朱开山身上的闯劲儿得到了淋漓尽致的呈现，其有血有肉的形象最终让《闯关东》平添了一份英雄气。

接着说说鲜儿。鲜儿是《闯关东》奉献给中国电视荧屏的一位别具个性的女性形象。当一石米阻挡住娶亲的花轿，她可以和爱郎私奔，开始闯关东的险途；当传文在路上病倒，她可以卖身给人做童养媳，直至后来流落乡间，当了一名戏子；她闯过林场、蹚过水场，和传武有着看似不伦的叔嫂之恋，同时也当过劫富济贫的义匪。在这么多角色中挣扎和成长，鲜儿的闯关东承受了一个女人不能承受的磨难，但也正因如此，鲜儿无可争议地成为《闯关东》中最让人牵挂最让人动容同时又最让人尊敬的女人。“闯”，让鲜儿变得坚强；“闯”，给了鲜儿生命的力量。

再说说传武。从一个毛头小子成长为一位爱国将领直至浴血沙场，传武的身上缺少父亲朱开山的隐忍，却不乏朱开山的执着坚毅。在剧中，传武给人留下更多的形象是跃马扬鞭的形象，他骨子里的那股闯劲儿注定了他的漂泊。在茫茫林海，他是鲜儿的守护者；在放排的河道上，他对染病的鲜儿不离不弃；在杀气腾腾的断头台上，他为了一个守候一生的诺言勇劫法场。他最终死在抗日的烽火中，没能与鲜儿做上一天夫妻，但可以让他瞑目的是，他和自己深爱的女人浴血奋战在一个战壕……

一部《闯关东》，让我们看到的是历经磨难与命运进行不屈抗争的“闯”的群像，主角也好，次角也罢，当他们漂洋过海，从胶东半岛登船的那一刻起，他们就已经选择了义无反顾，选择了不能回头。往前闯，往适宜生存的土地上闯，是他们最简单也最朴素的理想，而他们的生命，也正是在一次次艰难的“闯”的过程中变得坚毅而刚强。

《闯关东》是近年来中国电视荧屏一部有着较高艺术性和较强思想性的电视佳作，它所弘扬的“闯关东精神”其实正是中华民族不屈不挠的精神财富，是中国人民勇往直前的动力之源。

（《当代电视》2008年3月号 总第239期）

大历史与人性命运的浑融交织

■周 星

——电视剧《闯关东》的魅力

中国电视剧已经进入成熟阶段，2007年度生产的电视剧中有不少优秀创作，而让人看了最牵肠挂肚的作品应当是《闯关东》。在这样一个很少被表现的题材中，厚重的思想内涵和独特的艺术表现，使《闯关东》在2008年一露面就打动了千万人的心。因为这是一个真诚之作、一个有历史感的创作，更是人物情感丰富多彩的优秀剧作。

一、整体而论

在2007年度电视剧中有不少好戏，如《戈壁母亲》《士兵突击》等，但剧情和艺术表现如此让人牵肠挂肚、动人心魄的大戏却非《闯关东》莫属。这部剧具备了优秀创作的必要要素：

1.风格上的大气磅礴、荡气回肠的气势。凡是夺人心魄的东西一定会造就大气度、大题材、大表现境界，《闯关东》也不例外。

2.艺术讲求上的细密铺展、丰厚细节的情节内容。好的艺术作品一定具有生活积累、历史积淀的底色，而有了底色的编织，才有可能随处逢源，不显疏漏，乃至于丰腴厚实。《闯关东》积聚了少有表现的上千万人大迁徙的丰厚历史积存，又通过一个家庭的历史遭际细节来铺展，丝丝入扣，自然具有艺术的魅力。

3.内涵把握上的生动情感、鲜活动人的艺术表现。《闯关东》注意从人物内心和性格去把握行为规则，从心理情感动因上来描绘人的活动轨迹、性格和命运的关系，使人物具有生动活泼的生活色彩。

4.逻辑井然，线索严密。在叙事结构上把握合理的事件变化进程，戏剧冲突的桥段有不少巧妙动人处。

从《闯关东》放大到更为扩大的视野，应该说，中国电视剧已经有了不同种类和形态表现的好戏。但必须承认，代表一个时期的大作，总是那些能给历史留下记忆的精心之作，概括起来：

1.总是那些落脚大时代而超越小情趣的大起大落的剧作。因为大时代的风习对于凡俗百姓而言总是具有渴望了知的欲望。该剧对于少有历史表现的闯关东和被人们熟知的“九一八”等等的历史表现得都栩栩如生。阔大的历史感赋予创作可能的感召力。

2.总是那些涵盖多种生活状态的大命运故事。《闯关东》涉及的关内关外、商场战场、家里家外、大人小孩、男性女性、正途野途等故事，丰富多彩，具有巨大的生活包容性。

3.总是那些有绵延伸展的牵扯不断地超越我们经验的多样人生纠葛。《闯关东》传奇般的人生故事，淘金的残酷，土匪的奥秘，商战的多样性，男女相交的多种状态等给予观众新鲜的观感。所以，《闯关东》让我们感悟到宏大创作的气度，也从中感受到深深的震撼。大气磅礴的创作不在于简单表现大事件，而在于其中渗透着人生大起伏的大气度表现。

毫无疑问，《闯关东》是具有人文历史含义抒情价值的剧作。

二、具体艺术的把握

《闯关东》的艺术成就可以从不同层面加以分析，但动人性是最为直接的感受。可以从撼动人心的力量、打动人心的魅力、抚慰人心的情怀等几个方面加以解说。

1.撼动人心的力量。从艺术整体上看，《闯关东》的大气，来源于它汇聚了历史上2000多万山东移民的历史壮举，改变了关外人们的历史，而以往这只是被星星点点所涉及。《闯关东》对此第一次大规模地正面表现，并且表现得轰轰烈烈、可歌可泣。

在艺术表现上，剧作很好地解决了宏大历史事实背景和具体家庭落脚点之间的对接。朱开山一家近30年的命运大略地折射着闯关东所涉及的重要地域背景和重大历史变迁，以及众多闯关东人的重要生活波折。比如地域上的迁徙旅途——海路、陆路，经商中的齐齐哈尔、哈尔滨、长春，事件中的淘金、采参、开矿、买卖山货、胡子挡路，生活中的商业倾轧、欺行霸市、热河帮与山东帮的纠葛，以及“九一八”事变这样影响东北乃至中国历史的重要关口事件的因素。其实，朱家这一个家庭几十年变迁，就是历史变迁的缩影。《闯关东》把一个重大历史事实“闯关东”，和具体存在的一家人生存、挣扎的命运结合起来，让历史活现，让人物浑融于历史演进中，这是电视剧抓人的基本所在。我们感叹于如此一个跨越时空的历史演进过程，被鲜活地表现在朱家人的生活起伏之中，从而千转百折、动人心魄。

剧作价值在于展现了一个好的艺术表现的法则：就是人总是不知不觉卷入历史、组成历史，而历史总是在左右人的命运、控制着人的生活流向。但剧作表现得自然而丰富，闯关东的历史被生动的细节印证，人的生活轨迹也无可回避地笼罩在浓浓的历史氛围中，不仅是世代命运在人的迁徙细节中的表现，还在于闯关东的精神细节体现在一个个人物的生存细节中。这就是电视剧《闯关东》撼动人心的力量所在。

2.打动人心的魅力。从艺术感染力上看，《闯关东》描绘了历史进程中的鲜活的人的命运起伏、个体的坎坷多样状貌，可歌可泣。历史其实不仅是历史学家的研究数据和学理概括，还是细枝末节的人的生活求取的生动情景。《闯关东》生活化地展示了历史的个体的情貌。打动我们的是什么？魅力在哪里？命运的鲜活历史是打动人心的所在。命运是人所留下的可以串联的星星点点的痕迹累计，是个体最终可以琢磨到的一点整体，也是人和世界的最终联系。剧作将国家的命运、族群的命运、家庭的命运和个体的命运结合起来，朱开山铿锵有力的一句“国家亡不了，朱家也亡不了”就是集中的凝缩。实际上，个体的命运其实就是群体命运的折射，朱家的命运是世事所迫，也是时代所依，更是个体性格所致。朱开山的性格是山东子民的性格，坚忍顽强、宽容隐忍，还有貌似隐忍中的大局狡黠和细密机智。没有这一点，成就不了朱家的关外立足，也成就不了山东人闯关东的事实。他的性格决定了人物坚忍奋斗、决不屈服的意志精神——其实也是中国人在磨难中不屈精神的汇聚。文他娘也是山东女性的化身，她的存在就是家的存在，温厚宽容，大度细心，造就了具有宽广心怀的母亲形象——其实也是中国母亲宽广心怀的写照。鲜儿的坎坷命运从一开始就吸引着我们，她的不幸一波三折地延续下去，其演化的逻辑性和变异性都结合得很好。她的奇异命运深深打动了观众，也揪动着我们的心。秀儿不幸的命运也从一开始就注定了，她的忍让和克制让我们感受到普通女性的内心悲苦，也感悟到她们生存的坚忍。她们都是出色的女性代表。性格及命运不仅体现在前面几个人身上，还体现在朱家老二的身上。显然，电视剧主要人物都相当典型地体现了一个时代人的生活奋斗与精神挣扎，具有揪动人心的魅力。人物性格的出色塑造是《闯关东》打动人心的主要因素，而细节的把握是《闯关东》抓住人心的重要奥秘。不能不说，在许多人物性格的刻画上都相当有力度，但四男三女在逻辑一贯性和艺术表现上最为出色：朱开山的开拓性格、顽强抗命的精神、不屈的意志；韩老海的老倔个性、不怂的生存理念、爱女深切的情分表现；森田的狡诈阴险、笑里藏刀、含而不露，深入到位；朱传武的鲁莽英武、憨厚执着和深入内心的情感依恋；文他娘的温厚大气、坚忍宽容、爱护晚辈的性格；鲜儿的坎坷命运与舍弃自身心系亲人的情怀；秀儿的动人情感和不公的遭际，也都打动着人心。

3.抚慰人心的情怀。此剧在情怀表现上的动人显而易见，其中视角的转化特别重要。剧作从一开始就从人的命运着手，在一个个个体的生活轨迹上落实延伸，又从人的常态矛盾入手，以及细节、语言，表现了人生的情趣。整体的合理使我们会忽略传奇性的真实与否，不会特别去较劲一些结构、表现合理与否。电视剧特别突出了山东人宽容大度的忠厚品质、敢作敢为的为人态度、讲求诚信的精神境界，进而为我们感知中国人的精神品质提供了丰实的具象。强调精神诉求的大气和情感的温暖，是电视剧最不可忽略的东西。《闯关东》描绘了主人公们尽管历经磨难，却坚守诚信，众人在时代大潮中生死相依而总是给我们趋近美好的期盼，情节让人不断揪心却依然有无限的祝愿、期望。这是特别值得注意的。

此外，剧作在艺术表现技巧上还有许多值得探讨的地方，如艺术手段的把握、技巧的施展、艺术精神的表现等都有出色之处。比如朱开山的几次出现和相遇都显示出设计的精心，一些剧作桥段的设计巧妙自然，艺术风格的大气和细腻的相糅，以及节奏的把握等，都有许多值得赞叹的地方。

（《当代电视》2008年3月号 总第239期）

朱开山性格的中国特色及其演绎

■ 倪祥保

52集电视连续剧《闯关东》，不愧是中央电视台2008年的开门大戏。它的成功几乎是全方位的，由李幼斌饰演的剧中第一主角朱开山，无疑最为闪亮，比《亮剑》中李云龙的形象更为立体丰满、感人至深而耀眼夺目。在朱开山身上，既有艰苦创业、不屈不挠、自强不息的顽强意志，更有仁爱为本、忠诚宽厚、爱憎分明的高尚情操，特别是深深地烙在其性格中那“家国一体”“仁内义外”的民族文化精神和智能双全、刚柔相济的浩然之气，写得自然真切、演得生动在即而富有个性，给人留下难以磨灭的强烈印象。

一、“家国一体”的处事原则

家国一体是中华民族文化的一个重要思想内容。虽说它长期以来是中国封建宗法观念和宗法社会的重要文化支柱之一，曾经被不恰当地加以利用过，但是，正如我们先人创造的“国家”这个词无法被今天的我们所抛弃一样，在中国人心目中，家国一体的思想本质是爱国与爱家的统一，这应该是难以舍弃的中华民族文化的精华之一。电视剧《闯关东》中朱开山形象一个无法遮掩的闪光点，就是他对家国一体文化的自觉认同及爱国爱家精神的努力弘扬。

历史上的闯关东，不仅绵延多时、真实可考，而且足以构成中国近代史上一次无与伦比的移民运动和一个重要的文化现象。历史地看，这个移民运动对我国东北地区经济、社会、文化发展都发挥了重大作用，对那个历史阶段整个国家建设发展也有很大的积极意义。至于说其中有多少人是因为自觉地认识到为了整个民族的利益而背井离乡，这可能难以考辨清楚。然而，朱开山无疑始终是一个自觉地把关心国运昌盛、争取家庭幸福看作密不可分的闯关东人。该剧并没有直接表现朱开山去关东的具体过程，但是很清楚地交代了他去闯关东的历史缘由——参加义和团运动失败后被迫而去——这无疑彰显了他与一般闯关东者的一个很大不同：即使同样被迫闯关东，很多人可能是因为闹饥荒而“穷则思变”，而朱开山居然是因为国杀敌的“负罪潜逃”。

电视剧有关朱开山去关东的这个简要交代，就像给他肖像画上敷设的底色或勾勒的背景，是我们更好认识这个艺术形象不可忽视的一个重要基础，它与以后剧情给定朱开山的有关内容相互映衬，使我们能够更好地理解并看到朱开山深深懂得家国如唇齿相依道理的思想境界。比如他在刚开始知道儿子朱传杰等人全力准备集资建设山河煤矿的时候，因为只从自家产业发展角度考虑，思想有点保守，毫不迟疑地加以反对；在得知居然未经自己同意就将饭店抵押出去贷款办煤矿的情况下，更是毫不留情地将三儿子朱传杰夫妇赶出家门。但是，当他得知朱传杰等准备建设的山河煤矿是为了和日本人争夺煤矿开采权这个事实的情况下，态度突然来了个一百八十度大转变，不仅马上全力以赴支持开矿，还亲自出马当了总经理，从此几乎一天到晚都工作在煤矿第一线，“不知老之将至”地为在自己国土上开采属于自己国家的煤而殚精竭虑。

尤其在最后一集，年近古稀的朱开山面对身着日本军服的森田等人，威风凛凛地站在楼梯上俯视着那些荷枪实弹的日本侵略者，字字铿锵地说：“中国人要活着，要好好地活着，为了把日本侵略者赶出中国去，就是搭上我们老朱家所有人的性命都是值得的。”应该说，能够面对气势汹汹的敌人说出这样义薄云天的豪言壮语，不仅要有大无畏的气魄与胆量，更因为内心有“没有国家哪有家”这样的坚定信念与真知灼见。在展现这个情节的电视画面上，与其说那位让我们不得不仰视的老英雄是站在他哈尔滨家里的楼梯上，不如说像希腊神话中的那位大力神，其全部力量与元气都来自于让他能够站得住脚的伟大祖国与大地母亲（盖娅）。全剧结尾时，朱开山怀着山河破碎、老年丧子之痛带领家人再次踏上继续寻找自由天地与和平家园的漫漫征途，他十分坚毅地对家人说：“中国不会灭亡，老朱家也不会灭亡。”电视剧有关这方面的安排，确实不能不使我们强烈地感受到，在朱开山身上，对伟大祖国和家人同胞的大爱，既是他面对强大敌人敢于表示不共戴天之大恨的力量源泉，也是他坚韧不拔地带领家人努力创建家园、报效祖国的精神支柱。英国著名学者罗素曾经在20世纪

20年代出版的《中国问题》一书中说过，中国人的爱国主义精神并不表现在对外扩张的战争，更多地体现在保家卫国的壮举。由此看来，朱开山身上所体现出爱国爱家的认识及其行动，确实非常中国化，或者说非常民族化。中华民族于长期发展历程中形成的这种文化认同及精神壮举，在20世纪就为世界有识之士大加赞赏，今天的我们更没有任何理由不去为此大声喝彩继而努力发扬光大。

二、“仁内义外”的为人之道

电视剧《闯关东》贯穿始终的情节内容之一，就是表现朱开山为了家人的幸福，通过自己非同寻常的艰苦劳动，千方百计努力开辟并不断建设能够使家人过上温饱生活的自由天地、幸福家园。这对表现朱开山作为一个闯关东者是肯定少不了的历史内容。但是，如果剧情仅此而已，它就很难获得现在这样特别的成功。电视剧对朱开山形象的塑造，着力强调他身处艰难时世、历经坎坷磨难而始终不渝地保持着一颗大仁大义之心，这真是非常感人至深的一点，也是其特别成功的一点。

作为丈夫和父亲，他对妻儿老小十分关爱，全心全意地呵护家人和整个家庭；作为时刻把脑袋挂在裤带上的淘金人，他关心每一个迫不得已进入老金沟的弟兄，甚至不惜冒着生命危险除暴安良，竭尽全力寻找机会使更多穷苦弟兄走上养家糊口的返乡之路；作为一个拥有多垧地的老东家和山河煤矿的总经理，他尽心尽力地体恤伙计或工友，最大限度地友善待人、平等待人；作为一个饭庄和货栈的经营者，他以诚相待每一个顾客或客户，从不坑蒙欺骗；作为一个经历千辛万苦而在事业上有所成就的闯关东人，他从不嫌贫爱富，经常帮助弱小，哪怕是一个可能身患绝症的外国儿童……一言以蔽之，电视剧中的朱开山可以说事事处处都坚持了仁至义尽的为人之道。

在中华文化理念中，“仁义”作为一个固定词汇，是联合结构，表示“仁”与“义”的内涵相近可通，又可以分别代表两个不同但相互依存的道德规范，或者说是两个互为表里而又相得益彰的道德品质。其分别表示的最初思想内涵就是“仁内”与“义外”。近年出土的郭店楚简《六德》篇中有这样的文字：“仁，内也；义，外也；礼乐，共也。”这个意义其实在我们所熟识的很多上古文献中也有非常类似的表述，如《礼记·中庸》：“仁者人也，亲亲为大；义者宜也。”（“‘宜’字本义是杀割，与‘俎’字、‘肴’字同根，见于甲骨及《周礼》等上古文献。”[①]）又《礼记·丧服四制》：“门内之治，恩（仁）掩义；门外之治，义断恩（仁）。”《说文解字》：“仁，亲也”；“义，己之威仪也，从我、羊（要有誓死保卫我们羊群等财产的义勇）。”概括地说，所谓“仁内”，就是说“仁”这个道德规范最初只适合于具有血缘关系的亲人内部；所谓“义外”，就是说“义”最初是指为了捍卫自身及亲人正当权益而不惜牺牲、勇斗外敌的正义之举和勇敢行为（即孟子所说的“舍生取义”）。随着社会文明的进步，经过孔子等历代思想家的不断诠释和注入新意，“仁”和“义”的内涵有了一些变化，在某些方面也得到了很好的提升。但是它们的最初历史内涵，因为其内在价值的不容置疑，在漫长的历史传承中并没有消逝，只是今人对此认识有所不够而已。电视剧《闯关东》则通过对朱开山这个艺术形象的成功塑造，让我们再一次分外清楚地看到了中华民族“仁内义外”的文化价值力量及其在民族发展历程中所能起到的伟大作用，从而由衷地认可朱开山无愧是中华民族特定历史发展阶段中的一个杰出代表。

需要指出的是，电视剧表现朱开山身上那种大仁、大义的终极目标，就是要努力追求“和为贵”的社会生态，因此特别值得钦佩与赞美。比如，他二儿子朱传武在新婚之夜和鲜儿一起出走，韩老海的独生女秀儿在新婚之夜蒙受失去新郎的痛苦与尴尬。为此，韩老海指使人多次报复朱开山一家，而身手不凡、勇猛过人且正值壮年的朱开山，在再三道歉无效的情况下，甘心情愿地接受多次报复乃至巨大的羞辱，表现出了难能的理解与宽厚。只有当他大儿子传文被绑架、生命危在旦夕的时候，朱开山才不得已调动自己的大勇大智来体现中华民族精神中的为人（父）之“义”。即便如此，朱开山还是对人性尚未完全泯灭的绑架者网开一面，并就势化解了他和韩老海家的恩怨，很好地体现了他高度注重人与人之间“和为贵”的品格。更为难能可贵的，表现在朱开山处理他在哈尔滨开山东饭馆时与潘五爷的相互竞争的商贸关系中。为了家人和生计，也为了维系所在街区正常的商业生态，朱开山在没有任何歉疚的情况下，经常真心实意地对潘五爷的欺负行为尽可能保持甘拜下风、委曲求全的姿态，即使在最后一次迫不得已的博弈中大获全胜的时候，还能主动上门解除多年积聚的恩怨，用“己所不欲，勿施于人”的仁爱之心最终化解了热河商家与当地山东商人之间看似积重难返的尖锐矛盾。然而，与此截然不同的是，朱开山对森田那样的日本侵略者从来就毫不留情地表现中国人“义之威仪”的气概（就连酒宴上礼节性的握手告别也成为一次表达势不两立决心与愤慨的机会），对于那些唯利是图、滥杀无辜的老金沟恶霸等也采取了罪不可赦的严峻态度。看完全剧，我深切地感到，朱开山的为人之道真是很好地体现了“仁内义外”的民族文化精神。这里的所谓“内”，应该指亲朋好友和可以成为亲朋好友且爱好和平的一切人；所谓“外”，泛指一切危害人类社会和平的十恶不赦之敌（不分国内国外）。

三、身心默契地演绎生命

比之于《亮剑》中那个天生将军之才的李云龙，《闯关东》展示朱开山这个形象的主要舞台不是硝烟弥漫、烽火连天的战争场景而是艰难时世中跌宕起伏的百姓生活。朱开山并不缺乏李云龙克敌制胜的大义磅礴、过人之勇、临危不惧和神机妙算，但似乎更加具有既大勇又大智、既宽厚又刚烈、既友善又精明的性格特点。朱开山身上的这些特点，既是中华民族一个优秀分子所可能具有的，也明显与他所走过的非凡经历密不可分。从一定意义上来说，其性格形成具有民族血脉和民族文化的传承因素，也是他经受艰难困苦异常曲折生活历练的一种结果。因此我认为，电视剧对朱开山性格的塑造与全剧故事情节主体走向完全一致、紧密结合，其成功的基础非常厚实且自然真切，能给人以水乳交融或水到渠成的感受。

电视剧艺术是一门综合性很强的艺术。朱开山这个角色的巨大成功，有剧情本身给定的基础与作用，也有李幼斌对角色的深刻理解、精彩演绎的赫赫功劳。没有李幼斌呕心沥血的全身心投入，朱开山这个荧屏形象不可能有现在这样的巨大成就。而李幼斌在塑造朱开山这个艺术形象的过程中，最为我们欣赏的是他能够身心默契地成功演绎一个源于生活而高于生活的独特生命。笔者以前曾在有关文章中写过这样一些话语：“临床护理工作绝大部分要用双手来完成。怎样做到手到、眼（神）到、心（情）到？怎样用几乎是轻柔能语的十指给患者送去动人肺腑的温暖和带来妙手回春般的感受？没有熟练的技巧不行，不经常开动脑筋也不行，没有满腔真挚的热情和一颗真诚而理解生命的爱心更不行！”又，“在费穆先生电影《小城之春》中，韦伟对周玉纹的成功表演，从表面上来看是她较好地把握住了人物情感放与收的分寸，其实这主要是因为她非常正确地理解并深刻地进入了周玉纹这个人物真实而独特的生活与生命过程。”我想，用这些话的精神实质来评价李幼斌对朱开山这个人物的表演艺术，也许都是非常中肯和恰如其分的。

中央电视台一套首轮播放《闯关东》差不多一半的时候，央视三套曾经全程转播了一次关于电视剧《闯关东》的专门节目，其中主持人说到有很多观众都好评李幼斌在演绎朱开山这个人物时运用的各种眼神。这不愧独具卓识。由于朱开山这个人物经历及其在不同情势里角色的多样性，使得他的性格方面更为丰富多彩，从而脸部表情，特别是眼神也就较为丰富复杂。如果有人真能把李幼斌饰演的朱开山在全剧中各种眼神表达的所有画面集聚起来的话，虽然不大可能使他因此获得千面人的美誉，但肯定不得不使更多观众、专家学者及艺术同行更加为之折服和赞叹。笔者曾经非常注意电视节目中作为嘉宾而不在表演的李幼斌，好像他的眼神并没有什么特别的过人之处，但是我不得不承认他的眼神在很多电视剧的表演中确实光彩夺目。人们都说眼睛是心灵的窗户，这是不错的。生活中的李幼斌眼神没有特别之处，这很正常，说明他和很多普通人一样。艺术表演中的李幼斌眼神引人注目，这说明他是一名非常优秀的演员。对于一个优秀演员而言，首先要使自己被剧中人物形象所吸引，即能够深深地进入角色的内心，这样才可以在表演过程中与之同呼吸共命运，完全达到合二为一，甚至是“无我”而“唯他”的境界。李幼斌在饰演朱开山这个人物时，确实真正做到了：朱开山心里有仁爱，他眼神就有仁爱；朱开山心里有义勇，他眼神就有义勇；朱开山心里有机智，他眼神就有机智；朱开山心里有伤痛，他眼神就有伤痛；朱开山心里有忧郁，他眼神就有忧郁；朱开山心里有坚毅，他眼神就有坚毅……一句话，这就叫真正的用心表演！或者说，这就是优秀演员用身心的高度默契来传递艺术的审美感动！

（《中国电视》2008年第4期 总第255期）

注释：

①庞朴：《试析仁义内外之辨》，《新华文摘》2007年第1期。

流亡的美学 移民的史诗

■ 田崇雪

——长篇电视连续剧《闯关东》解读

“这是一片神奇的土地：冷硬、荒寒、地火奔突、风雪无边！”很多年前，面对那一块冰封的土地，作家梁晓声曾经用小说这么说过。

“这是一个热血的族群：平凡、坚韧、一诺千金、侠肝义胆！”很多年后，面对那一块冰封的土地，土地上依然在劳作着的人们，移民的后裔、剧作家高满堂用他的电视剧《闯关东》这样演绎着。

“这是一部流亡的美学，移民的史诗。”在几乎是一口气看完52集电视连续剧《闯关东》后，笔者忍不住给出了这样的结论。

2008年的第一场雪来临之前，电视剧《闯关东》闯入了我的视线。

一、时空·漂泊：紧紧抓住命运的手

《闯关东》描写的时间是从1904年到1931年，纵贯了近代和现代的30年。

《闯关东》的空间是从山东到辽宁、吉林和黑龙江，横跨了数省数十万平方公里的土地。

为了活命，背井离乡。这构成了人类历史上一种较为普遍的现象——流民现象。对安土重迁的中国民族尚且如此，对那些本来就四海为家的游牧民族、海洋民族而言就更是如此。山东、河北之于“关外”，山西、陕西之于“口外”，广东、福建之于“南洋”……近代以来，这几乎构成了整个中华民族的流亡史和迁徙史。与政治家、经济家、史学家总是客观、冷静地关注流民的生成、剖析流民的特征、考量流民的价值不同，文学艺术家总是将目光投注于流亡者那离开家园的瞬间所表现出的一步三回首的踯躅，跋涉途中那相濡以沫、相持相扶的温情，以及他们创业的艰难和执着，反抗压迫的勇敢和坚决等。电视剧《闯关东》便是这种近年来罕有的历史和美学的双重呈现。

时空的主体是人，人的主题是漂泊，漂泊的最本质含义是流亡——命运的迁徙不定。所谓“亡命天涯”就是对“流亡”的最好阐释。一切都是命运，所以，我们每个人都必须紧紧抓住命运的手。

那一年，山东大旱。

那一年，“孩他娘”因为一石粮食被抢而没能为孩迎娶到“媳妇”。

那一年，曾经做过义和团头目的“孩他爹”死里逃生在东北落了脚，捎信让“孩他娘”赶快启程。

大幕拉开，幕启处是一幅流民图：桅帆高挂、风高浪急，争先恐后的流民搭乘的不知到底是可以拯救生命的“诺亚方舟”，还是葬送生命的“泰坦尼克”。

水路与旱路，舟车和步履。至今依然屹立在水、旱交接处的山海关，默默地见证着闯关东这2000多万庞大族群的命运起伏。

“穷家富路”，原本是精明商人的夏掌柜此时却忽视了这最要命的一条。船上饿昏，幸得朱家老三传杰半块煎饼相救，从此结下一段师徒之缘。朱传杰也在师傅的调教下，成为一个实业救国的商人。

“在家千时好，出门一时难。”走旱路的朱家老大朱传文与未婚妻鲜儿用双脚丈量着下关东的路途，步步艰难。经历了卖身救兄（夫）、卖身救师、流落山场等一系列坎坷命运终于走向了坚强，从一个被命运摆布的农家少女一步步变成了胡子的首领、抗日的英雄。而朱家老大传文却由于天性的文弱而墨守成规，幸得因落难下嫁的王府格格那文的扶助才没有滑得太远。

而从小就喜欢舞枪弄棒的朱家老二传武天性里就有一种不安分的因子，学徒不成，金沟寻父，流落山场，与大哥的未婚妻鲜儿相遇，患难相交。自此以后，抗婚私奔，与鲜儿姐生生死死，牢不可破。当异族入侵、大敌当前的时候，这一对特别让命运之神眷顾的伴侣终于兵合一处，跨马提枪效命疆场。

“孩他娘”呢？那一路的坚韧，那一生的宽容，那一腔的仁慈，凭此一次次地化险为夷、化敌为友，为朱家稳住了大后方，其母性的厚重只有沉沉大地可比。

终于，“孩他爹”出场了。朱开山，这位山东汉子，骨子里融合了中华传统的侠义精神和孔孟之道的伦理气质，因义和团起义失败而亡命天涯。从此，侠义之心深藏，仁义之情彰显，隐忍苟活于乱世，希望能求得一己一家的安顿。为此，他隐忍和善、化干戈为玉帛，感化了亲家、冤家韩老海，感动了地头蛇、对手潘五爷，最后终于在大敌当前时雄心再起，亲手杀死了日本关东军森田总裁。朱开山从一个山东汉子进而成为整个闯关东人的代表，成为整个民族精神的表征。这种民族精神，是一种久违的知其不可为而为之的悲剧精神——敢于跟命运叫板。

“性格即命运。”托马斯·哈代如是说。然而，易写的是性格，难书的是命运。值得庆幸的是，《闯关东》触及到了“命运”这一宏大的命题，这也是其超越于一般电视剧的不同凡响之处。

回想朱开山一家闯关东的历程，作为长子的朱传文，从离开故乡的那一天起，就被命运的手牵着，不，应该说是推着往前走。几乎是到了快要剧终的时候，他才主动选择一回，怒斥诱惑他、逼迫他走向地狱的日本关东军森田，做了一回真正的男人。而老二朱传武在命运的选择上酷似其父朱开山，总是逢山开路、遇水造桥，突出重围，杀出一条命运的血路，其命运的底色是苍凉和悲壮的。而鲜儿的命运则是融合了上述两种，从最初的被动选择到后来的主动选择，虽历经坎坷但却有声有色。

所以，我们每个人都应该紧紧抓住命运之手，但是，到底是牵着命运还是被命运牵着？这是一个难题。

二、家园·回归：乡土情结

“我抛弃了所有的忧伤和疑虑，去追逐那无家的潮水，因为那永恒的异乡人在召唤我，他正沿着这条路走来。”这是泰戈尔《苹果集》中的一句，倘若用来阐释《闯关东》的主题置于片首，与片尾的对闯关东所作的文字阐释遥相呼应，应该是非常合适的。

电视剧《闯关东》一方面触及到了“命运”这一宏大而深刻的主题，另一方面则触及到了“家园”“乡愁”这一可以安顿灵魂的更为永恒的母题。而“家园”总是与“女性”“母性”联系在一起的。

能深刻地表现这一母题的镜头在《闯关东》中比比皆是。

第一集中，“孩他娘”在凌晨熹微的晨光中离开家园，临行还不忘叮嘱儿子回头看看大门关了没有。告别老屋就是告别一所驿站，关上大门就意味着开启另一扇大门。自此之后，这位从青春到白发的“孩他娘”，始终没有放弃一个母亲的天职：在家的，让他们成人长大；在外的，时时呼唤着、提醒着别忘了回家。尤其是在对待义子龟田一郎身上，其所表现出的母性的温柔、善良、宽容胜过了一切。倘若没有“孩他娘”那一碗意味深长的打卤面、那一场母与子的对饮长谈，命运的结局将会是另一番景象。

命运最为坎坷的鲜儿在与未婚夫朱传文走散之后流落到王家戏班，为了使师傅不再因自己而遭受鞭打，她忍辱含羞走向了戏霸陈五爷的床榻。茫茫荒原上，晃动着的是一群四海为家的戏子，有辚辚的马车碾过，有凄凉的唢呐吹过，有融合了山东吕剧和东北二人转的《西厢记》飘过：

走一里 思一思 高堂老母啊
走二里 念一念 好心的街坊啊
走三里 擦一擦 脸上的泪呀
走四里 骂一声 狠心的张郎啊
走五里 叫一叫 喂过的骡马呀
走六里 瞧一瞧 放过的牛羊啊
走七里 望一望 平过的场院
……

这是受辱的鲜儿第一次听师傅演唱，开始是师傅的独唱，后来是师徒们的合唱，当唱到“走四里”的时候，委屈至极的鲜儿珠泪滚滚，扯扯被子蒙上了脸，一任那苍凉的歌唱回荡于苍凉的荒原之上。

戏里戏外，唱出的都是无家的凄惶和对家园的渴望，观来让人心酸，听来让人落泪。

老独臂带着对家园的渴望埋骨他乡，遗言是“死后的坟头向着山东”。

老垛爷带着对家园的悔恨穿戴得整整齐齐，静静地梦回故乡。

朱传武躺在心爱的人怀里说出的最后一句话是“回家！”

……

那苍苍的林海，茫茫的雪原，广袤的土地；那高挂的船帆，蜿蜒流淌的江河……土地、母亲、家园，丰富与深刻的镜头语言，使电视剧《闯关东》凸显出朴实、厚重与辽阔的风格。

再坚强的男人，最终都会倒在母性的怀里——回家。

中国的百姓、中华民族的命运经由一个朱开山家族，被演绎得淋漓尽致。

影视剧中虽然不乏以“家园”为主题的作品，但是像《闯关东》这样把“家园”和“命运”联系起来，把“家园”和“时空”“漂泊”“饥荒”“战乱”联系起来进而深入开掘“乡土情结”之意义的还不多见。尽管《闯关东》中的“家园意识”并没有超越种族和地域，直达精神层面和哲学层面，但其做出的努力还是非常感人的。

那些闯荡江湖的关东客们，哪一个胸膛里不装着一腔欲说还羞、无语泪先流的沧桑故事？那故事的最终结局，肯定都是指向家园的。

从开头因饥荒而仓皇的远离，到结尾因战乱而茫然的回归，虽然有顶天立地的男人叱咤风云穿梭其间，但《闯关东》终归还是女人的戏，母性的戏，家园的戏，回归的戏。尤其是贯穿始终的女性人物鲜儿，其光彩不在男主人公朱开山之下。

三、美学·史诗：现实主义的伟大胜利

哲人说过，“美学是哲学皇冠上的明珠。”这里的“美学”既有“人的本质力量的艺术化呈现”“哲学、艺术、人生的最高境界”等原本意义，又包含了“经典”“理想”“至境”等引申意义。

首先，《闯关东》堪称“流亡的美学”。

这包含了两层意思：一是流亡的“最高境界”和“理想状态”；二是指关于“流亡”这一主题的“最佳”艺术呈现。

闯关东之“闯”字，道出了流亡的全部本质。此处之流亡当然包含了政治上的自我放逐，如朱开山，义和团起义失败之后，为逃避恐惧和杀戮而隐姓埋名闯关东；而更多的闯关东人还是源于经济上的赤贫所造成的自我放逐，譬如“孩他娘”拖家带口的流亡。

电视剧《闯关东》将山东人那种为了尊严“与天斗、与地斗、与人斗”；为了气节“与内斗、与外斗、与己斗”的精神，通过一个个细节、场景、对白艺术化地呈现出来，而且是那样朴实、朴素和厚重。

流亡的艺术化呈现，这是流亡的美学的第一层要义。

电视剧《闯关东》为以后同类题材的影视剧拍摄给出了一个非常高的标杆，因为它在人物塑造、情节设置、时代背景、环境氛围的渲染上均做到了一流。

限于篇幅，这里仅谈人物塑造。《闯关东》的人物塑造，可圈可点之处甚多，仅以李幼斌饰演的朱开山为例。

实力派演员李幼斌因成功塑造了《亮剑》中的李云龙而“火爆至极”“红得发紫”，但客观地讲，表演有点过，那种时不时就“哈哈”的笑声里总是透露出些许做戏的成分。而在《闯关东》中，李幼斌的表演可以用“炉火纯青”来形容。那种经风雨、见世面之后的内敛深沉，那种泰山崩于前而不变色的大气磅礴，那种骨子里的温厚，把一个山东汉子的江湖人生演绎得淋漓尽致。老金沟突出重围时的机智沉着，置田置地一心想过太平日子的渴望，对付韩老海、潘五爷的一忍再忍，知道与自己争夺矿山开采权的对手是日本人时的那种坚决果断，除此之外，夫妻生活、家庭生活中的随和、幽默、豁达等等，都使人刮目。这种丰富、立体的人物心理和性格展示，被李幼斌拿捏得恰到好处，浑朴自然。这是流亡的美学的第二层要义。

其次，《闯关东》可称是“移民的史诗”。

中国流民早已“成史”（分别有《中国流民史》古代、近代和现代卷本发行），中国流民也早已“成诗”（如鲍昌先生的小说《盲流》），但是，中国流民好像还没有真正走入过镜头，走上过荧屏、银幕。如何艺术化地呈现那一部波澜壮阔的流民史，应该说是对编导们一个极大的挑战。可敬的编导们不敢稍加穿凿，更不敢大胆戏说，尤其不敢欺天瞒地生造出各种伪民俗、假动作，而是行程7000多公里，采访百余人，横跨黑、吉、辽、鲁四省，采集了大量的珍贵资料。在这种坚实的真实生活的基础之上，才敢动笔演绎那一段近代史的有机组成部分——移民史。

所谓史诗，是指能够全方位地反映一个民族的性格特征和历史命运的英雄故事，包括神话、传说和历史演绎。其实在笔者看来，史诗就是诗史，即诗化的历史，是一个民族的民族意识和民族精神的不断积淀，具有丰富的多义性和内涵的开放性。史是真，而且必须真；诗是艺，是美。

闯关东是历史，是一段真实的移民史。通过电视剧《闯关东》大致可以看出20世纪初中国历史的一个侧面：军阀混战、外敌入侵、饿殍遍地、流民成群，而相对稳定、富饶与开阔的关东，便成了移民们流亡的目的地，歇脚定居的桃花源。白山黑水、深山老林，退可守、进可攻，是理想的栖息地。

《闯关东》是诗，是一首荡气回肠的移民诗。通过电视剧《闯关东》大致可以领略到那些“关东客”们的爱恨情仇，那些被迫远离家园又时时回望家园、再次重建家园的磨难艰辛。

那么，运用怎样的艺术手段才能呈现那一段历史，那一脉精气神，当是编导们认真思考的。现实主义，不错，就是现实主义的再现。《闯关东》的实践证明，没有过时的主义和方法，只有心灵的丰富深刻抑或浅薄粗鄙。

“所谓现实主义，在我看来除了细节的真实之外，就是在典型的环境当中塑造典型的人物。”这是恩格斯关于“现实主义”的经典定义，拿来评价《闯关东》是非常恰当的。

《闯关东》的细节是真实的。这在那些真正的“关东客”，尤其是山东的“关东客”身上体现得更为强烈。譬如方言土语的运用，譬如插科打诨的比附，譬如旱路上朱传文与未婚妻鲜儿大年三十破庙里屁股对屁股的朝拜和同床共枕时中间一根绳子的相隔……在塑造人物性格上，都是那么的来源于生活而又比生活丰富得多和深刻得多。

《闯关东》的人物和环境是典型的。所谓典型就是最能够反映本质现象，最能够体现普遍的特殊，最能够表征一般的个别。1904～1931年，从帝制的覆亡到军阀混战，再到异族入侵，真是混杂着官匪兵、旱涝荒等各种沧海乱世的30年。中国百姓，特别是中国底层的百姓，能够过上安生日子的时候似乎很少，中国百姓自然只有流亡、不停地流亡。典型的时代，典型的地域。义和团首领、山东人朱开山因为成为朝廷钦犯而被迫亡命天涯，闯到关东大地后，他淘过金、务过农、经过商，他有良心、有血性、有忍耐精神。其经历与坎坷，是几千万闯关东人的典型代表。

这就是现实主义的伟大胜利！

（《中国电视》2008年第4期 总第255期）

民间视野下的《闯关东》

■ 裴 争

2008年1月在央视一套热播的52集大型电视连续剧《闯关东》，以其独具的艺术魅力吸引了众多观众。作为一个央视首播的大剧，要做到宏大的场景、曲折的情节、鲜活的人物形象并不太难，但笔者认为，《闯关东》一剧之所以能够取得如此大的成功，还有另外一个值得称道的地方，那就是它以民间视野来重新审视从清末到“九一八”事变前这一段中国历史中跌宕起伏的民族发展史。这一视野不同于以往弘扬主旋律剧作常用的政治意识形态，为中国电视剧的制作开辟了一条新路子。

“民间”①是个多侧面、多维度的概念，从民间衍生出来的概念中，“民间文化”是最为常用的一个。据西方人类学家的划分，文化分为大传统和小传统。大传统为上层社会的知识分子精英文化，其背景是国家权力在意识形态方面的控制能力，故常常凭借权力来呈现自己，并通过教育和正式出版机构来传播；而小传统是指民间（特别是农村）流行的通俗文化传统，其活动背景往往是国家权力不能完全控制，或者控制力相对薄弱的边缘地带，更多地关注下层社会，尤其是农村宗法社会形态下的生活面貌。民间文化传统同时拥有来自民间的伦理道德信仰和审美视角，虽然与统治阶级的上层文化传统有着千丝万缕的联系，但它具有浓厚的自由色彩，而且带有强烈的自在的原始形态。从形式上看，民间文化是指广大民众在长期的生产和交流中形成的与民间日常生活息息相关的礼俗仪式、生活习惯、话语语言、艺术形式等的集合；从性质来看，它具有相对性和边缘性以及强大的包容性，容易受到主流文化，也即上层文化的影响。但作为一种底层文化形态，它又有着较强的生命力，往往在礼崩乐坏、时代变迁的关键时刻以其顽强的生命力活跃于社会底层，并影响到上层文化的建设。电视剧《闯关东》以民间的视角，重新审视了从19世纪末到20世纪30年代这三四十年间的民族命运变迁史，给观众展现了民间文化的丰富性和复杂性。

一、民间的时空设置

作为一种底层文化形态，民间文化具有较强的边缘性和隐匿性，在社会稳定期，它会以一种隐性的姿态潜藏于社会底层，而在社会转型的动荡期，它又会以显性的姿态彰显出其顽强的生命力和丰富的文化蕴含。为了充分、全面地表现民间文化的丰富内蕴，《闯关东》一剧选择了最具代表性的时间和空间背景。

首先，在时间上，剧作把背景放到从清末到“九一八”事变前这三四十年间。这一时期正是作为小传统的民间文化特别突显的时期。20世纪初，清政府的灭亡标志着在中国存在了2000多年的封建帝制的结束，在名义上终结了依附于这一制度的封建文化传统的统治地位。虽然一种文化传统的消亡不会像一个制度的结束那样迅速，但它毕竟不再是一种占统治地位的文化。大文化传统的“下野”为民间文化的“割据”提供了有利条件。这一时期，由于缺乏统一、强大的政权统治，上层文化的力量较为薄弱，长期潜隐于社会下层的民间文化传统便显现出强大的生命力和丰富的内涵。所以，在时间的选择上，《闯关东》一剧抓住了这一时期的文化本质现象。

其次，在空间选择上，剧作设置了独特的空间背景。《闯关东》的人物活跃于齐鲁大地和白山黑水之间，这两个空间在文化上各具特色。作为孔孟之乡的山东，是儒家文化的发源地，它所保存下来的文化传统最具儒家文化的原初形态；而在东北，由于清朝的入关和百年来不间断的移民潮，使得这一区域一方面文化形态种种杂陈，另一方面又没有真正占统治地位的地方文化。其文化特色，就如同它的地域特征一样，是一块肥沃的文化处女地，任何强势的、优势的文化种子都有可能在此长成参天大树，这就为民间文化的健康成长提供了肥沃的土壤。正是因为选择了这样一个“礼崩乐坏”的动荡期和缺少强势文化的文化处女地，《闯关东》一剧才能上演一出民间文化的大戏。

二、民间的主题设置

在这里，笔者从民间英雄模式、民间价值观念和民间婚恋模式三个方面论述《闯关东》一剧对民间文化主题的借鉴和创新。

先说民间英雄模式。在民间文化中，英雄人物通常有两个特性，一是传奇性，二是功业性。这两个特性一般是分阶段地体现在同一个英雄人物身上。英雄年轻时去闯荡江湖，经历一番传奇历险，这是一个积累的过程；中年以后功成名就，置办一份像样的家业，这是一个发展的过程。第一个阶段的成功靠的是勇武，第二个阶段的成功靠的是智慧。这样一种民间英雄模式的形成，实际上深受主流文化的影响，它沿袭了主流文化中明君的模式。一个英明的帝王要么是靠勇武打天下，要么是靠智慧坐天下，而天下就是帝王置办的一份大“家业”。帝王形象的成功，影响了民间文化对英雄形象的界定。用这样的民间英雄模式来考察《闯关东》一剧中的人物，就会发现，剧作用两个人物，即朱开山和朱传武父子，共同来完成对民间英雄形象的塑造。在这一点上，这两个人物是合二为一的。朱开山虽然是《闯关东》的第一主人公，但剧作对他年轻时闯荡江湖的传奇经历设计得并不是太多，而把更多的笔墨集中到他置办家业上来。而要塑造一个完美的民间英雄的形象，闯荡江湖的历程又是必不可少的，所以，就用其子朱传武的伐木、放排、当兵等经历作为民间英雄闯荡江湖历程的补充。就朱传武本人来说，中年时他也置办了一份不错的“家业”，只不过这份家业不再是像他父亲一样发财，而是军中当官。在民间文化中，无论是升官还是发财都是英雄成功的象征。这样，《闯关东》一剧用父子两代人共同完成了对民间英雄模式的塑造，既避免了重复又使民间英雄的形象得以丰满、完整地呈现。

其次来看一下民间价值观念。民间文化有自己独特的价值观念，虽然这种价值观念不可避免地会受到主流文化的影响，但在长期的生产、生活中，它形成了自己的独特内涵，这通常是在与他人的关系中体现出来的。在民间文化中，有三类跟他人的关系形成了核心的民间价值观念，分别是跟朋友的关系、跟弱者的关系、跟敌人的关系。对朋友讲义气、知恩图报；对弱者讲仁爱、扶危济困；对敌人讲礼节、先礼后兵。《闯关东》一剧充分体现了这种民间价值观念。先看对朋友，《闯关东》一剧中有多处写到朋友间的义气信任、肝胆相照和知恩图报。最能体现这一价值观的是二龙山的土匪头目震三江，他为了报恩丢掉了自己的性命，正因为此，在《闯关东》一剧中，土匪并不完全是被当作反面角色来处理的。因为在民间文化中，做土匪只是生活方式的一种，土匪有时甚至是义气的代名词。而在土匪的知恩图报行为中，我们也看到了为朋友两肋插刀的侠义与面对外辱时中国人的血性。这一价值观念的形成是民间文化里“在家靠父母，出门靠朋友”的具体体现。再来看对弱者，扶危济困、救助弱者是民间文化中仁爱价值观念的体现，这在《闯关东》一剧中母亲和秀儿这两个女性身上体现得最为明显。她们对身染重病、奄奄一息的龟田一郎的救助充分表明了这一点，特别是母亲无条件的母爱，成为挽救龟田一郎精神的重要力量。虽然一郎最终因无法超越狭隘的民族主义和母爱造成的矛盾而走向自杀，但他却是带着爱离开的，这让我们看到了仁爱力量的伟大。最后是对敌人，《闯关东》一剧为朱家设置了一系列的敌对关系，跟不同的敌对关系的争斗，构成本剧的主要情节线，战胜各式的对手也成为朱家的最终目的。但尽管如此，《闯关东》一剧在多数时候，表现的还是朱开山的礼让和忍耐，尤其是对民族内部矛盾，他最终跟韩老海和潘五爷的和解就充分体现了这一点。同为炎黄子孙的民族意识，为双方矛盾的解决提供了“和为贵”的民间价值观念。同样，这一观念也为面对异族侵略时形成强大的民族凝聚力做了最好的注解。“先礼后兵”的民间价值观念在20世纪30年代以后，随着民族矛盾的上升逐渐被主流文化所接受，成为民间文化向主流文化回流的一例。

最后来看一下民间婚恋模式。由于婚恋关系是人类最丰富、最复杂的感情——爱情的直接表现，所以它最能表现一种深层的文化意蕴。《闯关东》通过年轻一代的感情纠葛，展示了民间文化独具的婚恋模式。概括起来有三类模式：一是恋爱中的女大男小，二是婚姻中的叔嫂通婚，三是婚姻破裂后的分居不分家。在电视剧《闯关东》中有两对重要的恋爱关系都是女大男小模式的，一对是鲜儿和朱传武，另一对是秀儿和龟田一郎。女大男小是一种流传很久的民间婚恋模式。中国民间有句俗语“女大三，抱金砖”就是对这一习俗的最好见证。有不少文学作品还记录了这一习俗，如沈从文20世纪二三十年代的小说《萧萧》就是最具有代表性的一篇。据人类学家研究，这一习俗的形成，是远古时期人类为了延长生育时间的需要，它遵循的是男女生理的自然法则，因为女人性成熟要早于男人。在中国，多子多福的观念长期流行，更为女大男小婚姻模式的盛行提供了充分的文化背景。如果说女大男小婚姻模式的流行有其自然的生理原因，那么，叔嫂通婚模式的缘起，则完全是由于社会文化的因素。在私有制社会下，一个女人一旦因为联姻成为某个家族中的一员，那么她就永远隶属于这个家族，即便她的丈夫不在了，她也没有权力离开这个家庭。那么此时嫁给丈夫的弟弟，无论从家族利益还是从人性的角度来说都是最好的选择。这种婚姻模式曾被理学家认为是有违人伦的，并逐渐被主流文化所抛弃。这种在主流文化中的遭遇，不可避免地影响到民间文化，特别是宋、明理学普及以来，民间文化也开始拒绝接受叔嫂通婚这种观念。因此，在《闯关东》一剧中，朱传武和鲜儿这一对"叔嫂恋"遇到了前所未有的阻力。而深谙民间文化的朱开山在这一点上也没能逃脱主流文化的熏染，直到晚年才认识到自己作出的错误决定，葬送了儿子和鲜儿一生的幸福。第三类是分居不分家，实际上是民间文化对婚姻破裂后的一种态度。之所以会存在这样的观念，一个主要原因是民间文化中传承了主流文化里更看重婚姻中礼仪的一面。剧中最具代表性的是朱传武和秀儿的关系。尽管朱传武不爱秀儿，他们不存在事实的婚姻，但作为朱家明媒正娶的二儿媳妇，秀儿却能在朱家名正言顺地一待就是十几年，并且因为得不到丈夫的爱而加倍受到婆婆的宠爱，成为公婆最看重的儿媳妇。但我们也看到在《闯关东》中，这种模式被恰当地做了改变，它是以尊重儿媳妇的感情为前提的。当秀儿有了新的感情寄托之后，这种分居不分家的状况就自动结束了。这样的处理，一方面显示了民间文化中更加人性化的一面，另一方面也表现了民间文化对主流文化一定程度的改造和超越。

从上面的分析我们看到，民间文化在形成和发展中很容易受到传统主流文化的影响，但民间文化往往能保留主流文化中的精华部分，并在恰当的时候回流给主流文化，起到一个文化"蓄水池"的作用，这也是"礼失求诸野"最好的见证。

三、民间的情节构筑

《闯关东》一剧是以朱开山一生的传奇经历为线索进行描写的。作为一个民间传奇英雄，其一生的经历可以用一个字来概括，那就是：斗。剧中朱开山的经历被分成四个阶段，分别是淘金、务农、经商、开矿。这四个阶段，他分别跟四个对象进行争斗：淘金时，他跟朝廷、土匪、金把头等人斗；务农时，他跟韩老海和长工斗；经商时，他跟潘五爷斗；开矿时，他跟日本人斗。剧作既然是把朱开山作为一个成功的民间英雄来塑造，那么不论他跟谁斗，斗争的结局都不构成悬念，因为胜利总是属于英雄的。既然结尾不构成悬念，那么剧中的情节构筑靠什么来吸引观众呢？在这里，《闯关东》成功地借鉴了民间审美模式中的“魔道斗法”来完成这一任务。“魔道斗法”是广为流传的民间审美模式，通常是一正一邪两方比试功力，结局一定是正方获胜，因此，观众所感兴趣的不是斗法的结局而是斗法的过程，欣赏斗法过程中魔高一尺、道高一丈的惊险刺激，以及在整个斗法过程中魔和道先后亮出来的各种招数、本领和智慧。在《闯关东》一剧所表现的朱开山四个阶段的生活历程中，每个阶段都有“魔道斗法”模式的痕迹，其中最为明显的是淘金阶段和经商阶段。在淘金阶段，朝廷、土匪、金把头共同组成魔的一方，虽然他们都是朱开山的较量对手，但他们之间也有矛盾和利益冲突。随着彼此较量的深入，表面上看来朱开山这边处于劣势，所剩人员越来越少，但观众并不担心其结局，他们所要看的就是在最后一个回合的较量中，朱开山是如何出其不意、反败为胜的。当然，朱开山最终为自己的兄弟报了仇，带着黄金胜利返家。《闯关东》在构筑情节时，在对“魔道斗法”借鉴的过程中，也加入了新的审美理想，最突出的是在经商阶段一个出人意料的结局。可以说这个结局是两败俱伤：潘五爷损失了自己的儿子，朱开山损失了一个伙计和属于自己麾下的二龙山的土匪头目震三江；但另一方面，又可以说是皆大欢喜：由于朱开山的让步，最终两家和解，朱家兄弟还认潘五爷为干爹。这种对“魔道斗法”结局的改变，既是一种遵循又是一种超越，它既迎合了观众的审美期待，又改变了观众的审美预设，当然会吸引众多的观众。

综上所述，《闯关东》一剧正是在这种不断对民间文化和审美模式的遵循与超越中，取得了视觉效果的全面胜利。民间视野的采纳不仅提供了拍摄主旋律影视作品的全新视角，而且彰显了民间文化的丰富性，为拓宽中国电视剧的创作之路做出了有益的尝试。

（《中国电视》2008年第4期 总第255期）

注释：

①陈思和教授认为，民间概念包括以下层面：一、它是在国家权力控制相对薄弱的领域产生的，保持了相对自由活泼的形式，能够比较真实地表达出民间社会生活的面貌和下层人民的情绪世界。二、自由自在是它最基本的审美风格。在一个生命力普遍受到压抑的文明社会里，这种境界的最高表现只能是审美的，所以，它往往是文学艺术产生的源泉。三、它既然拥有民间宗教、哲学、文学艺术的传统背景，用政治术语说，就是民主性的精华和封建性的糟粕交杂在一起，构成了藏污纳垢的独特形态。参见《陈思和自选集》，广西师范大学出版社1997年版，第207、208页。

从《闯关东》看近年家族剧的走向

李跃森

如果谈起近两年产生了重要影响的主旋律电视剧，人们肯定会想起《闯关东》。《闯关东》融史诗性与传奇性于一炉，通过底层百姓的生活和命运，形象地展现了100多年前山东人闯关东的移民历史，既是风情画，又是人物志。作品着眼于人物精神的开掘，通过一个个精彩的故事、一幕幕难忘的传奇、一个个鲜活的细节，表现出主人公顽强的意志，彰显出自强不息的民族精神，并赋予这种精神以富有时代意义的新的内涵。但如果说起家族剧，很少有人会想起《闯关东》。殊不知，《闯关东》正是一部地地道道的家族剧，而且是一部对于这种类型剧发展产生了重要影响的家族剧。

什么是家族剧？顾名思义，家族剧的主题就是家族的发展史。其叙事主干基本上是围绕着主人公的奋斗经历和家庭生活展开。再细分一下，家族剧大致有两种类型，一类是以人物命运为核心，像《大宅门》《乔家大院》；另一类是以情感为核心，如《金粉世家》《梧桐雨》等。《闯关东》属于前者。

从现有的作品来看，家族剧的主人公多为清末民初的商界巨子、达官贵人，但不是以这样的人为主人公的剧就是家族剧。构成家族剧的主要元素有三个：第一，通过家族兴衰反映时代变迁。第二，表现具有家族传承性的核心价值观。比如《闯关东》，朱开山家族的核心价值观就是侠义。这些戏里面通常都有一个内容，主人公努力打造理想的家族模式和如何整饬家族秩序。第三，人物命运具有传奇色彩。

从2001年到现在，在短短几年的时间里，家族剧出现了不少优秀作品，成为电视剧的一个重要类型，而且一开始就以比较成熟的姿态出现，不像其他类型的电视剧那样经历漫长的摸索过程。最具代表性的作品有三部：《大宅门》《乔家大院》《闯关东》。

《大宅门》是家族剧的开山之作。在这之前有过一些形式类似的电视剧，比如《胡雪岩》《钱王》，但这些还不能算作真正意义上的家族剧。《大宅门》2001年在中央电视台播出，首日收视率达到了14点以上，随后收视率很快就一路攀升到20点以上，直到最后一集，收视率一直保持在20点以上。《大宅门》写的是大家族里面的恩怨情仇、悲欢离合，是一个大家族的兴衰史，通过真实的生活环境和气氛，透露出浓烈的文化意蕴。

《乔家大院》以山西乔家大院第三代传人乔致庸为原型，描写了一个胸怀天下的商人奋斗和失败的一生。这部作品最为独特的一点，就是不去写一个商人的成功，而是写一个商人的失败。从时代背景来看，它写的是清朝咸丰初年到慈禧执政这段充满内忧外患、动荡不安的时期，写了他贩茶叶、办票号、圈禁三件大事，写了他与商业对手、地方邪恶势力和朝廷之间发生的各种冲突。但这还仅仅是一个层面，作品更着力描写的是乔致庸的内心理想与社会现实的冲突。他不断地与社会抗争，企图以商救民、以商救国，由于他的个人命运始终与国家命运联系在一起，他的人生理想的最终破灭显得有些悲凉，也有些悲壮。

同类题材的作品还可以举出，根据山西作家成一的小说《白银谷》改编而成的同名电视剧。晋商典型的节俭、精明、沉稳、谨慎的品格，在乔致庸身上并不明显，他身上突出的是一种冒险精神，一种敢为天下先的勇气。相比之下，《白银谷》里面的康笏南是一个老谋深算、深沉内敛、神秘莫测的商人兼封建家长的形象，更为真实地体现了晋商精神的理念和文化内涵。

从《大宅门》到《乔家大院》，再到《闯关东》，从中可以看出一个重要变化，就是家族剧逐渐由纯粹的商业剧向主流价值观靠拢，编导有意识地在作品中融入积极的思想内涵和审美取向。我们知道，国外的家族剧基本上都是商业剧，如我们熟悉的美国电视剧《豪门恩怨》。中国家族剧发展的初期基本上也都简单采取了商业剧的模式。尽管《大宅门》获得过中央电视台的年度收视冠军，但在最重要的两个电视剧奖“飞天奖”和“金鹰奖”上，却榜上无名，因为它的思想内容是一种非主流的东西。接下来的《金粉世家》《白银谷》，也都是这样。到了《乔家大院》，情况开始产生了变化，编导有意识地加进了一些对于国家民族命运的关切。再到《闯关东》，主人公的命运就完全与国家民族的命运融合在一起，所表达的思想是积极的、主流的。虽然它的叙述结构，或者说它的外壳，采取的还是商业剧的模式，但我们已经不能把它称作商业剧了。

家族剧为什么会受到广泛欢迎？用一句话来概括，就是成功地运用商业剧的模式讲述商人传奇。核心是一个“商”字。这里面包含了两方面的内容：一个是商人，一个是商业剧。

家族剧在中国电视剧中能够占据一席之地，首先是社会生活的变化，或者说是改革开放的结果。中国古代人的等级是士、农、工、商，商人被排在最末一等，一直处于被压抑的地位。一般对商人总是有这样的看法，即无商不奸，商战无仁义。这在客观上造成了人们对商人人格的一种怀疑。或许正因为这个行业有着太多的欺骗和奸诈，因而，能以诚待人的人反而最终能得到他人的信任。随着商品经济的发展，商人的社会地位大幅提高，而且作为先富裕起来的那一批人，受到整个社会的青睐。现实生活中的这一变化必然会反映在文艺作品中。但是，以当代商人、企业家为主人公，在创作上难免受到这样那样的限制，很容易让人对号入座，难以进行大幅度的艺术虚构。比方说有一部写当代企业家的作品，以某个企业家为原型，作品经过多个部门审查，拍出来却不能令人满意。而且，现在的企业家也好，商人也好，都还没有真正形成家族，还缺乏家族文化或者我们前面所说的核心价值观。家族剧的兴盛还有一个特别的原因：宫廷戏特别是清宫戏受到限制，电视剧制作者必须寻找新的角度表现历史，来满足群众对于历史题材电视剧的需求。这就是从商业的角度切入历史。

人们想知道历史上的商人到底为什么成功，依靠什么维系一个大家族。这种东西很具有传奇性，对于普通人来讲有一种神秘感。更重要的是，好的家族剧都写出了一种理想，写出了我们这个社会最为缺乏的东西。比如现代社会缺乏诚信，就让人特别关注历史上那些讲诚信的商人，所有这些家族剧也都不约而同地写了一个东西：诚信。所有这些家族剧，都在弘扬一种“诚信为本”的商业文化。这个东西对于观众来说有着强烈的吸引力，反映了普通中国人对于富裕阶层应该在当今社会扮演什么样角色的期待。所以，家族剧受到关注的最主要原因，就是它映照了现实，折射了现代人的精神世界。

家族剧通常有比较复杂的人物关系，有比较强烈的矛盾冲突。商战里的尔虞我诈、钩心斗角本身就很有戏剧性，商战本身也带有一点儿神秘色彩，情节跌宕起伏、扣人心弦，而且商人的命运总是同国家命运紧密地结合在一起。这种命运感对于观众有着强烈的吸引力。这是家族剧受到关注的第二个原因。

家族剧受到关注的第三个原因，是对商业剧模式的成功运用。这里面有几个套路，最常见的是给主人公设置一个对立面，双方较量，魔高一尺、道高一丈，一方出招，另一方拆招，出招拆招的过程包含了悬念、惊险和智慧。比如《闯关东》，最好看的就是朱开山与对手不断较量的过程，常常是置之死地而后生，在最后关头反败为胜。

另一个套路是在情节设置上渲染一个男人和几个女人或者一个女人和几个男人之间的情感纠葛，通过爱恨情仇制造复杂的人物关系和尖锐的矛盾冲突。比如《乔家大院》里乔致庸与青梅竹马的恋人江雪瑛和妻子陆玉菡之间复杂微妙的情感关系。乔致庸对江雪瑛怀着难以割舍的初恋情结和背叛后的愧疚，出于责任感勉强接受陆玉菡，心里对妻子多少也有几分愧疚。他始终生活在这种矛盾的情感中。《大宅门》里面白景琦与黄春、杨九红等人的情感关系更为复杂，冲突也更为强烈。

再一个套路：一些角色的位置会随着情节的进展发生变化，走向他的反面，比如《乔家大院》里孙茂才从最初乔致庸的助手到后来成为他的死对头，而邱东家、刘黑七则从对手转化为朋友。江雪瑛从心中充满爱意与幻想到满腹全是复仇与报复，对乔致庸由爱生恨的结果，引发了生意场上的残酷竞争，乃至欲置对方于死地。

还有一个，不算套路算是特点，即人物命运的大起大落。《大宅门》里白景琦从小顽劣，长大后具有反叛精神，在闯下祸后和妻子一道逃亡济南，从此发愤图强，干出了一番事业，其间历经无数波折，就是一个很好的例子。这当中必须处理好生活质感和戏剧化手法的关系。没有生活质感，作品就不真实；而没有对故事进行充分的戏剧化，作品就不好看。

举凡成功的家族剧，都有一个共同点，就是把作品的着眼点放在人性的挖掘上。商道即人道，要写好一个商人，首先要把他当作一个人来写，写出他作为人的东西，作为中国人所特有的东西，以及特定时代环境所赋予他的东西。以《闯关东》为例，它的成功主要就是塑造了朱开山这个形象。他首先是一个人，勤劳、善良、有良心、有血性、有忍耐精神，他还具有人的弱点，因而会阻挠传武的婚事。这是第一个层面。并且，他是一个中国人，深受传统文化影响，体现在他的性格核心，就是“仁”“义”两个字。围绕这两个字，《闯关东》浓墨重彩地写了他的侠肝义胆。对朋友讲义气、知恩图报，对弱者讲仁爱、扶危济困，对冤家、对手隐忍和善，通过一次次努力，感化了冤家对头韩老海、潘五爷，化干戈为玉帛。同时，他还是闯关东人的典型。他淘过金、务过农、经过商，不断闯荡、挣扎。闯关东人不安于现状，努力改变自己的生存状态，寻求更美好的生活，并且在寻求的过程中不屈不挠，敢于牺牲，求新求变。中国近代历史上有三次人口大迁徙：下南洋、走西口和闯关东。从清朝末年到“九一八”事变前，先后有2000多万山东人通过海路和旱路迁移到地域辽阔、富饶广袤的东北地区，历尽艰辛、创业谋生。《闯关东》最主要的成就和引起轰动的原因，即在于将人物命运、家族兴衰与历史紧密结合起来，并进行真实生动的表现。

《闯关东》的出现对于中国家族剧的发展具有十分积极的意义。它不仅在题材上拓宽了家族剧的表现领域，使家族剧走出深宅大院，获得了更为广阔的题材空间，而且将深刻的思想内涵与商业剧模式有机地结合起来，为家族剧未来的发展探索出一条新的道路，同时也显示着中国观众价值观念和审美情趣方面的积极变化。

（《中国电视》2009年第9期 总第279期）

史传·传奇·意象：《闯关东》的民族化叙事分析

■ 张宗伟

作为2008年央视的开年大戏，《闯关东》一经播出，即引发了收视热潮，评论界也对该剧给予了高度关注，各方评论盛赞它是一部思想性、艺术性、观赏性高度统一的佳作。《闯关东》艺术上的成功很大程度上是剧作的成功，这一点已为学界所公认，许多论者著文概括了《闯关东》在剧情设置、细节处理和人物塑造等方面的特点，但是迄今为止，对该剧进行总体叙事分析的文章尚不多见。笔者认为，《闯关东》是近年来中国电视剧作中最具民族特色的作品，它从我国传统文艺中汲取了丰富的营养，是当代电视剧艺术民族化叙事的一次成功实践；《闯关东》之所以得到广大观众的青睐，正是因为它鲜明的民族化叙事唤起了长期积淀的民族审美无意识，暗合了中国普通民众的审美期待。它的成功，对于维护中华民族独特的叙事艺术品质和审美文化传统，对于保持电视剧艺术的文化品位和艺术精神的独立性均具有重要意义和价值。

史传传统

史传是中国古代叙事文艺作品最重要的源头。中国古典小说发展的趋势，是由纪实的史传著作，逐渐过渡到以虚构为基础的小说创作的过程。比如《国语》《战国策》《春秋》《左传》《史记》和《汉书》等史传作品，它们上承神话，下启小说，积累了丰富的叙事经验，尤其是《史记》，它不仅是历史著作的集大成者，更是中国叙事文学史上的里程碑。中国古代小说在唐之前处于萌芽状态之时，便是作为一种补正史之不足的手段，在以后的发展中，小说受“史贵于文”观念的影响，也总是有意无意地向史传看齐，后世小说的诸多叙事功能借助史传著作得以发育，由此决定了中国古代小说的民族传统大多来源于史传，史传式的叙述方式也成为中国古代历史题材文艺创作的不二法门。

因为受到崇尚史传叙事的民族文化心理的左右，所以在经典历史剧创作中，虚实关系的处理就显得尤为重要。尽管《闯关东》算不上严格意义上的历史剧，但是它的故事题材却与一段真实的历史事实密切相关，《闯关东》的叙事方式明显承续了中国古典叙事的史传传统。

学者陈平原认为，史传对于中国小说的影响，“大体上表现为补正史之阙的写作目的，实录的春秋笔法，以及纪传体的叙事技巧”[①]。笔者认为，最能体现《闯关东》取法史传传统的地方，也正是其补正史之阙的创作目的，以及由此引申出来的以小人物写大时代的创作思路。中国史传叙事有一个重要的法则，即“借古鉴今”的写作宗旨。司马迁在《史记·太史公自序》中认为，孔子作《春秋》的终极目的不在精确地记述史实，而在通过历史的记述来褒贬是非，阐扬治理天下的道理。司马迁谈《春秋》，实际上曲折地表达了自己创作《史记》的动机，“意有所郁结，不得通其道也，故述往事，思来者”。史传这种运用“春秋笔法”“寓褒贬于叙事之中”的修辞传统，也深刻影响到《闯关东》的叙事。就如同编剧所言，他们是从有益于、有助于中华民族的伟大复兴的角度出发，来考察、来看待、来反映闯关东的历史。换句话说，《闯关东》就是要写那个年代闯关东人身上所体现出来的中华民族的伟大精神和高尚情怀。[②]

史传传统影响之下的结构方式并不止是纪传体，而是包含了编年体和纪传体两种类型。这两种类型各有千秋，都是中国民族叙事传统的重要组成部分。史传的编年体和纪传体结构方式为明清长篇小说结构类型的形成奠定了基础。尽管在总体结构上明清几大小说各有侧重，比如《三国演义》《金瓶梅》和《红楼梦》等侧重于编年体，《水浒传》和《儒林外史》等侧重于纪传体，但是它们又都是编年体和纪传体交织在一起的。《闯关东》是一部长达52集的大型长篇电视连续剧，其篇幅与长篇小说的容量十分接近，它在叙事结构上也与明清长篇小说一样，体现出编年体和纪传体交织的特点。

史传传统的编年体结构主要体现为“以史为经”的叙事策略，在这方面《闯关东》显然受到“历史演义”小说的影响。“演义”体小说由宋代的“讲史”话本发展而来，至明代而繁荣大盛，《三国志通俗演义》正是这种繁荣的起点。“演义”者，据“史实敷衍成义”之义也。“史实”是敷衍的依据，《三国志通俗演义》的主要依据是《三国志》，那么《闯关东》呢？它依据的是一段真实存在却又几近湮没无闻的历史：从清朝末年到20世纪中叶，共有2000多万山东人“闯关东”。敷衍这段历史的难度显而易见，其难度说到底还是如何处理历史和虚构的关系，编剧解决这一难题的策略是“让传奇的手搭在历史的肩膀上”，亦即以史为经，在叙事走向上尽量依据重大历史事件的脉络前行。

《闯关东》全剧基本以历史的演变发展为主线，反映从1904年前后到1931年“九一八”事变前后山东人闯关东的真实、悲壮的历史。剧中第一集开头的字幕“1904年”标注了叙事时间的起点，那时义和团运动刚刚结束不久（剧中曾多次借人物之口提及这一历史事件），其后，随着剧情的展开，一系列重大历史事件渐次出现，如1904年至1905年的日俄战争，1911年的辛亥革命，1924年的第二次直奉战争，1928年的皇姑屯事件（张作霖被炸，东北易帜），“九一八”事变前后的中村事件、双城保卫战以及哈尔滨保卫战等。在叙述这些重大历史事件时，编导或正面刻画或侧面描写，或直接渲染或间接描述，其文笔之简洁，剪裁之得当，深得中国史传叙事之精髓，体现了高超的历史叙事技巧。正面刻画的，比如第二次直奉战争和哈尔滨保卫战，均有激烈的战斗场面，传武作为战斗指挥者亲历战事并最终喋血沙场；侧面描写的，比如对于日俄战争的叙述，抓住几个点进行白描，先通过夏元璋和同伴在江边的交谈引出，然后由船上的难民耳闻目击的炮战予以强化，最后夏元璋在旅顺目睹了自家亲人以及全城人被屠的惨状，进一步揭露战争的残酷；对于辛亥革命，则通过“文明戏下乡”和“剪辫子”这两个重要的细节从侧面展开叙述；皇姑屯事件以及中村事件、双城保卫战等，则主要借助剧中人物之口进行间接交代。《闯关东》中朱开山、鲜儿、朱家兄弟等重要的人物形象，虽史无其人，但都有原型，他们的事迹根据很多闯关东者的亲身经历创作而成，加之郭松龄和张学良等重要历史人物的登场亮相，更增添了全剧的历史真实感。

史传传统的纪传体结构在《闯关东》中主要体现为缀段性的情节设置。所谓“缀段性”情节结构，是学界在分析以《水浒传》为代表的明清长篇章回小说时使用的一个关键概念。西方汉学家蒲安迪指出，明清长篇章回小说在“外形”上的致命缺点是“缀段性”（episodic），他认为一段一段的故事形如散沙，缺乏西方小说一以贯之的有机结构和整体感。在蒲安迪看来，《水浒传》的叙事结构就像是由一些出自民间的故事素材杂乱拼接在一起的杂烩。③另一位西方汉学家韩南也认为中国小说只是许多单个情节的组合，缺乏高层结构的水平。④中国当代学者对《水浒传》结构的看法也与“缀段说”近似，比如杨义先生的“板块说”，石昌渝先生的“连缀说”⑤，但他们都从积极的角度肯定了《水浒传》的整体结构是一个脉络贯通的有机构成。

《闯关东》在情节架构上与《水浒传》式的“缀段式”结构大体相似。全剧按不同历史时期分成四个大的叙事段落：第一个段落“闯荡、生存、学艺、生命”，起于1904年止于辛亥革命前，展现闯关东人的奋勇抗争和坚忍生存。第二个段落“家园、亲事、抗争、命运”，以辛亥革命后的关东农村为背景，讲述闯关东人通过自己的辛勤劳作改善了生活、改变了命运。第三个段落“较量、复仇、善恶、和谐”，讲述闯关东人以鲜血和生命为代价，最终实现不同省份人的和睦相处。第四个段落“动荡、裂变、大义、人生”，讲述“九一八”事变前后的关东工业，以及面对日寇侵略，闯关东人表现出的中华民族抵御外侮的英雄气概。全剧叙事主要围绕朱开山一家的活动而展开，其余的人物和事件都是流动的，朱家人每到一个新的环境就引出一批新的角色上场，之后，这些人物又随朱家的离开而退场。鲁迅在《中国小说史略》中说《儒林外史》“虽云长篇，颇同短制”，全书较少一线到底的人物和情节。《闯关东》也与此相似，它的人物登场方式也是“事与其来俱起，事与其去俱迄”，第一个叙事段落中老金沟的一干人等，第二个叙事段落中的韩老海，第三个叙事段落中的潘五爷，第四个叙事段落中的森田，他们在属于自己的叙事段落中出现后即销声匿迹，对于鸿篇巨制而言，这种流动式的人物设置显得十分自由，有利于拓宽情节的广度和集中笔墨刻画人物形象。

尽管学界对“缀段式”结构尚存争议，但是当我们结合中国史传叙事的编年体和纪传体传统来分析《闯关东》的叙事结构，便发现它血脉疏通，结构严谨，浑然一体。王平在《中国古代小说叙事研究》中把叙事结构分为“结构之道”与“结构之技”，用“结构之道”来统一“结构之技”。杨义在《中国叙事学》中也认为中国人的思维模式的双构性与结构的动词性结合，产生了结构中的道与技的命题。我们认为，《闯关东》在结构之技的层面，以年代发展为经线，以闯关东各种职业为纬线，融合交织而成的“四段式缀段”结构看似松散，但是因为有“闯关东精神”这一结构之道的统领，所以在全局上依然自成一个有机的整体。

无奇不传

如果说中国民族叙事的史传传统赋予《闯关东》以历史的真实感和厚重感的话，那么中国古典小说“无奇不传”的叙事智慧则给《闯关东》插上了想象的翅膀。“传奇”本是传述奇闻逸事的意思，唐时则以“传奇”专指当时流行的文言短篇小说。鲁迅先生说唐传奇“作意好奇”“始有意为小说”，主要指的是自唐代开始，中国古典小说在创作手法上增强了虚构性，作家真正开始自觉地进行艺术想象和艺术创造，而且是有意把虚构的事件串联成有头有尾、有情节有人物的故事，从而形成了后世所谓的“小说”，即虚构的叙事文学作品。

自唐以后，中国古代小说叙事的种类逐步完善起来，尤其是以《水浒传》为代表的“英雄传奇”和以《金瓶梅》《红楼梦》为代表的“世情小说”，在艺术创作上较之前代小说有了质的飞跃。“英雄传奇”不再拘囿于史实，而是以塑造传奇式的英雄人物为重点，撷取一些历史人物和事件的某个侧面或片段，铺张扬厉，虚构谋篇。世情小说的“家族叙事”在人物选取、整体结构及叙述语言方面，明显流露出不同于史传文学的新的平民化、世俗化的审美意识。总体而言，“英雄传奇”和“世情小说”开始朝着通俗化、口语化的方向发展，体现出浓厚的市井风格。《闯关东》的家族叙事模式和对传奇英雄的塑造，与明清通俗小说的中国传统叙事文本形成颇有意味的同构，它以小人物承载大历史，以一个家庭的经历折射社会的变迁，以极大的热忱表现平民的气节和智慧，谱写了一曲中华民族平民英雄的史诗。

《闯关东》之所以可以称为英雄史诗，主要是因为它成功地塑造了朱开山这个平民化的传奇英雄。朱开山作为2000万闯关东人的代表，他辗转山场、水场、金场、农场、商场、矿场，将农业文明、商业文明、工业文明和关东风情很好地交融在一起，他的传奇经历实质上是一个巨大群体的集体经历的浓缩。经历的传奇性固然重要，但是更重要的是在朱开山的身上，我们看到了谦和忍让、以德服人、重情重义和爱好和平等中华民族最优秀的精神气质。

作为一部塑造平民英雄的传奇大戏，《闯关东》的传奇源于一个“闯”字，这个“闯”字，借用杨义先生的说法，是一个饱含了中国特色叙事智慧的结构性动词，它同“结构”一词本身一样具有动词性。杨义先生通过分析中西叙述学对于“结构”的不同认识，说明汉语中“结构”一词具有动词性，是中国人对结构进行认知的独特性所在，也是中国特色的叙事学贡献自己智慧的一个重要命题。所谓动词性，指的是“结构”是个贯穿创作始终的动态过程，需要创作者通过自己的生命投入去完成。⑥我们在考察《闯关东》的叙事结构的时候，也可以将“闯”视为一个动态结构的生命过程。

为了更好地展现人物命运的传奇色彩，《闯关东》围绕“闯”字精心设计了聚、散、离、合的情节架构，基本上采用了《水浒传》“分—合—分”的模式。我们以第一个大的叙事段（从1904年到辛亥革命前）为例，来分析一下这种“分—合—分”的结构。全剧一开始就处于“分”的状态，朱家的主心骨也是全剧最重要的角色朱开山并未出场，从文他娘、鲜儿爹等人口中，观众得知他闯关东去了，生死不明，此种叙事方式是中国古典小说中惯用的套路，所谓“未见其人，先闻其声”；紧接着就来“一分”，传文、鲜儿与走水路的文他娘、传武、传杰分开，他俩走了旱路；途中鲜儿和传文又被迫分开，这是“二分”了；到了元宝镇，朱开山家人除传文和鲜儿外得以团聚，这是“一合”；过完新年，朱开山又与家人分开，二闯老金沟去为贺老四报仇，这是“三分”；离家出走的老二传武在山场巧遇鲜儿，这是“二合”；但鲜儿并没有选择跟传武回家，而是选择与传武分开，继续流浪，这是“四分”；直到辛亥革命前夕，传武、朱开山和传文先后回家，除鲜儿之外，朱家人总算在放牛沟定居下来，这是“三合”。通过“四分”“三合”对人物和情节展开从容调度，并由此演绎了一出出悲欢离合的人间传奇。

《闯关东》的传奇色彩还在于它包含了中国传统小说中某种关于“匪”与“盗”的传奇叙事的内核。朱开山闹义和团的传奇经历通过口口相传，带上了“江湖”和“民间”历史叙事的意味。《水浒传》等古典小说在江湖匪盗身上寄寓的“行侠仗义”“除暴安良”“劫富济贫”等民间道德精神，在《闯关东》中二龙山土匪们的身上也得到了生动的体现，他们打劫富豪高家，护送朱家马帮，支援传武指挥的双城保卫战，助东北军大获全胜，在哈尔滨保卫战中，二龙山的老四英勇殉国，完成了由匪盗到爱国壮士的升华。匪首震三江不仅具有行侠仗义等传统型匪盗的精神，还豁达文雅、知恩图报、尊重女性，如果说朱开山是真英雄，那么震三江就是真豪杰，他是《闯关东》传奇人物群像中塑造得最好的几个之一。

金圣叹评点《水浒传》时曾指出：“《水浒传》方法，都从《史记》出来，却有许多胜似《史记》处。……其实《史记》是以文运事，《水浒传》是因文生事。以文运事，是先有事生成如此如此，却要算计出一篇文字来，虽是史公高才，也毕竟是吃苦事。因文生事即不然，只是顺着笔性去，削高补低都由我。”（《读第五才子书法》）金圣叹认为，在修辞方法上《水浒传》与《史记》如出一辙，它们的区别仅在于《史记》是以文运事，即实录，而《水浒传》是因文生事，即想象虚构。《闯关东》采用的正是“因文生事”的叙事手段。“因文生事”充分调动了剧作者的想象力和创造性，进而充分发挥出电视剧虚构叙事的优势。

《闯关东》采用中国传统虚构叙事的多种技巧，把源于中国古典小说戏曲的“因文生事”传统作为贯彻始终的叙事策略，获得了无人不“奇”、无事不“妙”的审美效果。为了获取更多的戏剧冲突，《闯关东》在情节编排上精心设计了善恶的二元对立以及由冲突走向解决的叙事模式。剧中四个叙事段落都各设置了一对大的矛盾冲突，第一个叙事段落的主要冲突是朱开山在老金沟与官、兵、匪、霸的冲突，第二个叙事段落的主要冲突是老朱家和老韩家的冲突，第三个叙事段落的主要冲突是朱家的山东菜馆和热河商霸潘五爷的冲突，第四个叙事段落是中日双方围绕山河煤矿开采权的争夺而展开的冲突。前三个叙事段落的冲突，朱家总能够化干戈为玉帛，较量之后达成和谐的结局，这三次冲突的解决，突出的是中华民族“和”的传统。第四个叙事段落中，朱家人面对国恨家仇“气”字当先，传武在哈尔滨保卫战中阵亡殉国，传文虽一度误入迷途，但关键时刻幡然悔悟，枪杀仇敌，一家人炸掉煤矿，再次踏上闯荡之路。围绕上述四对主要矛盾冲突，编导还设置了大大小小数十种矛盾冲突，全剧52集每集都有冲突，这大大小小的冲突借助“意象”叙事的编织，形成了浑融圆通的有机叙事体。

“意象”叙事

“意象”是独具中国民族特色的文化概念，杨义先生通过对意象原型及其概念流变的梳理和考察，总结了意象的如下特征：第一，意象是一种独特的审美复合体，既是有意义的表象，又是有表象的意义，它是双构的或多构的；第二，意象不是意义和表象的简单相加，而是融合了创作者神思、才学、意趣等要素的生命体；第三，意象的生成、操作和组构，可以对作品的品位、艺术完整性及意境产生内在的影响。意象思维与中华民族的思维方式存在着潜在的联系，因此意象分析理应成为中国特色叙事学的重要命题。⑦将“意象”概念引入《闯关东》的叙事分析，我们发现，意象作为剧中闪光的质点，不仅在全剧的叙事机制中发挥了重要的“贯通、伏脉和结穴”的功能，而且增加了叙事过程中的诗化程度和审美浓度，提升了作品的文化品位。

综观《闯关东》全剧，意象的使用可谓俯拾皆是，以下是笔者不完全统计的《闯关东》剧中出现的各种意象：一石“小米”（第一集）、半张“煎饼”（第二集）、一包“金粒”（第五集至第十集）、三棵“山参”（第七集、第十九集、第二十四集）、一只“狼”（第九集）、一个“荷包”（第十一集）、几把“辫子”（第十二集）、三碗“打卤面”（第十九集、第三十九集、第五十集）、几副“犁杖”（第二十一集）、一个“银镯子”（第二十四集、第四十六集）、两场“大火”（第二十五集、第三十三集）、两处“香头”（第二十五集、第四十六集）、两个“枕头”（第二十八集、第四十四集、第四十八集）、四味“鲁菜”（第二十九集、第三十集）、一个“马鞭子”（第三十二集、第三十三集）、一纸“契约”（第三十七集、第三十八集）、一场“噩梦”（第三十八集）、一块“怀表”（第四十一集）、两件“衣服”（第四十二集）、一件“红棉袄”（第四十五集、第四十六集）等。

如此高密度、大规模地使用“意象”叙事，在当代电视剧创作中是十分罕见的，这些意象，既有金、木、水、火、土等自然意象，又有与人类生活密切相关的饮食、衣物、枕头、怀表等社会意象，还有荷包、银镯子、犁杖、鲁菜、契约、马鞭子等民俗文化意象。其实，当人类社会进入现代文明社会之后，所谓自然意象、社会意象和民俗文化意象往往是相互纠结在一起的，自然物象可能饱含着社会意义，社会意象又往往兼具文化价值，很难截然划分各自的界限。比如金、木、水、火、土的意象，它们作为“五行”被中华民族的先民视为宇宙最重要的构成元素，同时又是人类社会赖以生存的重要自然资源，由它们衍生而成的“货币”“建筑”“饮食”“服饰”“器具”等还包含了丰厚的文明和文化的信息，成为重要的人文精神现象和社会文化的审美载体，《闯关东》中的许多意象都承担了传递某种文明和文化信息的叙事功能。比如，朱开山送给元宝镇放牛沟乡亲们的“犁杖”，就是当时相对比较先进的齐鲁“农耕文化”的一个载体；二龙山胡子头领震三江送给朱家马帮的“马鞭子”、朱家和潘五爷签订的“契约”以及鲜儿落草二龙山时插的“香头”，则是民间“江湖文化”的体现；传文为山东菜馆琢磨出来的朱记酱牛肉、鲁味活凤凰、富富有余和满汉呈祥“四大鲁菜”，可视为饮食文化的代表。

就《闯关东》涉及的文明形态而言，大致可以分为农耕文明、商业文明和工业文明三种，三种文明形态的外在呈现与金、木、水、火、土的意象选择和组合密不可分。我们在《闯关东》中看到朱开山父子辗转于金场、农场、山场、木场、水场和矿场，这些空间意象不仅为人物行动提供了广阔的活动场所，而且带给剧作浓郁的民俗风情、文化意味和传奇色彩。比如在农耕文明的段落，韩老海和老朱家曾经因为“水”而引发严重的冲突，朱家的庄稼地因大旱缺水，老韩家则因地理位置占优而有水，本来韩家的水可以克朱家的旱（火），但是老韩家以结亲作为放水的条件，传武又死活不肯应承这门亲事，朱开山因此急火攻心，一度卧病在床，秀儿出于对传武的爱情，私下放水解了朱家的燃眉之急，后来散兵来到元宝镇烧杀抢掠，朱开山带着儿子从大火里救出了韩老海，报答了韩家的放水之恩。利用"水"与"火"这两种意象的相生相克，使得剧作产生了巨大的叙事张力。

通过男女赠物的方式，借物的表象蕴涵男女情意，这是中国古典叙事艺术言情的常见手法。比如《西厢记》中崔莺莺回赠张生之汗衫、《蒋兴哥重会珍珠衫》中三巧儿赠予陈大郎之珍珠衫、《杜十娘怒沉百宝箱》中随杜十娘永沉江底之百宝箱、《红楼梦》中黛玉题诗回赠宝玉之手帕等，都是我们耳熟能详的"赠物"意象。《闯关东》言情部分的叙事，也巧妙地使用了这类"赠物"意象。比如，为了表现秀儿对传武的爱慕，设置了"烟荷包"和"枕头"两个意象；为了表现秀儿和一郎之间关系的进展，设置了一来一往两件"衣服"的意象；为了表现鲜儿和传武的爱情，设置了"银镯子"的意象。这些意象不仅是爱情的象征，还充当了联结情节线索的重要纽带。以"枕头"意象为例，秀儿整夜抱着内套传武衣服的枕头入睡，这一秘密最初被玉书发现，加深了玉书对秀儿的理解，所以当那文出主意让传武娶鲜儿做姨太太时，只有玉书坚决反对。后来那文知道了秀儿与一郎的恋情，十分生气，但当她看了秀儿那个特殊的枕头，也理解了秀儿，同意了秀儿和一郎的婚事。"枕头"意象在此作为"文眼"，促成了人物态度的转化，担当了疏通行文脉络、贯穿叙事结构的功能。

在情节与情节的转换之间，设置一个意象，可以使转换流畅自然，比如第三十八集朱开山做了一个噩梦，被"魇"住了，因此决定回山东老家看看，这个意象的设置十分自然，符合生活的逻辑。朱开山常年闯荡异乡，平日忙于打拼，无暇思乡，但是日有所思、夜有所梦，朱开山因梦所感，终于下定决心返乡。"梦"的意象促使人物作出了一个重要的决定，朱开山夫妇带着传文从关外回到山东老家修坟修房，情节走向随之发生了转换。又比如出现在第四十五集和第四十六集转换之际的"红棉袄"意象，它不仅将牢房内外的鲜儿和传武联在一起，还顺利完成了由矿山争斗情节到劫法场情节的转换。还有些意象是作为戏剧冲突的催化剂和左右人物命运的转折点而出现的，比如“一石小米”引发的盗匪抢粮以及朱、谭两家的冲突，“半张煎饼”对授受双方命运的改变，一方面，它救了夏元璋的命，另一方面，它成就了传杰的经商经历和与玉书的婚姻。这些意象即使仅仅出现一次，在叙事上也具有不可或缺的重要功能。

《闯关东》的意象使用方式繁复多变，有时是一种意象多次出现，有时是一个意象反复出现，即使是表面看来雷同的意象，经过作者的妙笔，每次使用都发挥出独特的功能。比如剧中一共出现了一真、一假、一虚三棵山参，“一真”出现在第七集，被传武偷吃掉的夏掌柜家的那颗价值连城的山参，它导致了传武的离家出走。“一假”出现在第十九集，没落“贵族”佟先生拿着一棵“稀世山参”找夏元璋抵押两千块大洋，这棵假参骗过了老练的夏元璋却没骗过细心的传杰，两人用掉包计当着中间人吴老板的面烧掉了另一棵假参，吴老板不知是计，与佟先生非要当时赎货，不成想夏元璋真的拿出了那棵参，吴老板和佟先生害人不成终害己，吴老板抵押了全部家当，从此破产。“一虚”出现在第二十四集，朱开山和传杰智斗土匪头子老蝙蝠，以一棵并不存在的山参为诱饵，将老蝙蝠带入事先设好的陷阱，一举将其制服。朱开山带着老蝙蝠的飞镖和一绺头发找到韩老海主动求和，韩老海被朱开山感动，朱、韩两家从此重归于好。这一真、一假、一虚三棵山参，担当的叙事功能各不相同，真参开启新的叙事线索，它改变了剧中人物此后行为的走向；假参贯穿一个重要叙事段落的首尾，它成为设置情节冲突的主要节点；虚参终结一个大的叙事段落，它使朱、韩两家的矛盾冲突至此得以化解。

《闯关东》的编导在设置意象时不仅顾及其在情节上的贯通能力，而且注意了它在意义上的穿透能力，利用意象丰富的内涵引导情节深入新的层面，充分发挥意象的联结效应，调动观众对人物命运的思考。比如关于“打卤面”的意象，它在剧中同样出现了三次。第一次是在第十九集，一郎过生日，文他娘专门给他做了山东的打卤面；时过境迁，打卤面的意象再次出现时，一郎已长大成人，他一路打听来到山东菜馆，非要点小碗的打卤面，引起了秀儿的注意，二人相认；打卤面最后一次出现时已是全剧临近结束的第五十集，文他娘来找一郎，为他做打卤面过生日，想用母爱把一郎从邪道上拉回来。这三碗打卤面，两头为实中间为虚，其叙事功能之强比上文论及的三棵山参有过之而无不及。它上下勾连，前引后应，将看似断线的人、事串成有机整体，真正是“草蛇灰线，伏脉千里”。不仅如此，意象本身蕴涵的亲情（文他娘和一郎之间）、爱情（秀儿和一郎之间）和乡情（身处异国他乡的一郎和中国之间）更是穿透了民族和文化的差异，具有深刻的象征意味。

《闯关东》借鉴历史演义和英雄传奇等中国古典小说的叙事精华，以史传传统赋予作品历史的厚重感，以“适俗”的大众趣味敷衍一段不该被遗忘的历史，谱写了一曲中华民族普通民众的人生传奇，充分发挥了中国传统叙事艺术特有的文化意义和美学功能。在国产剧陷入叙事危机的当下，《闯关东》以其对中国民族叙事传统的继承，开辟了中国当代电视剧创作与古典文艺取得联系，进而获得民族特色的一条重要途径。

（《飞天评论——中国电视剧飞天论文选集》，王丹彦主编，南京大学出版社2012年3月，第95-101页。）

注释：

①陈平原：《中国小说叙事模式的转变》，北京大学出版社2003年版，第212页。

②周星：《〈闯关东〉以传奇故事展民族精神》，《光明日报》2008年2月1日。

③蒲安迪：《中国叙事学》，北京大学出版社1996年版。

④韩南：《中国白话小说史》，浙江古籍出版社1989年版。

⑤杨义：《中国古典小说史论》，中国社会科学出版社1996年版；石昌渝：《中国小说源流论》，三联书店1994年版。

⑥杨义：《杨义文存（第一卷）：中国叙事学》，人民出版社1997年版。

⑦杨义：《杨义文存（第一卷）：中国叙事学》，人民出版社1997年版，第275、276页。

齐鲁群英汇关东

■ 韩伯维

——《闯关东》表演分析

52集电视连续剧《闯关东》，是一部宏观展现山东人闯关东的移民史诗，具有较高审美价值和艺术品位。与以往历史题材的电视作品不同，《闯关东》很好地实现了历史背景和家庭个体之间的对接，并把视点集中在社会底层的小人物身上。剧中通过对朱开山一家几十年生活变迁的描绘，把小人物生存挣扎的命运与闯关东这个重大历史背景结合起来，从而铸就了一部鲜活生动的生命史诗。在该剧中，各色人物粉墨登场，与朱开山为代表的朱氏家族缠绕交织，展现了一个平凡家庭、一个普通人物30年来的坎坷经历与悲欢离合。剧中集中了一批国内优秀演员，深入东北实地拍摄，精彩演绎了一个个生动鲜明的艺术形象，为这部史诗级电视剧的成功奠定了坚实基础。

含蓄、内敛的表演创作

艺术作品是浓缩了的生活。2500万山东人闯关东这段社会史，被浓缩在朱氏家族史之中。在历史条件下，家族与社会的相互映照与支撑，在朱开山这一人物身上又得到了集中体现。朱开山的人物形象明显带有齐鲁文化的浓重色彩，是“闯关东精神”的主要承载者。朱开山的扮演者李幼斌，是近几年来引人注目的国内一线明星。由于外形和自身气质的因素，李幼斌以往扮演的主要都是军人、警察等硬汉形象。从《警戒线》中的警察北勇，到《情有千千劫》中的警察迟鸣；从《惊涛骇浪》里的张子明，到《惊心动魄》中的乘警长；就连《刑警本色》里的反面角色——黑社会老大周诗万，也具有硬汉的角色特征。2006年，在全国热播的电视剧《亮剑》中，李幼斌把一个骁勇善战、极具冒险精神，又有着旧式农民习气的解放军指挥官李云龙的硬汉形象展现在观众面前，成就了一个带有浓重另类色彩的军人新形象，令人耳目一新。

《闯关东》中李幼斌扮演的朱开山，又是一个硬汉形象。与他以往扮演的角色相比，虽然角色形象有些理想色彩，但在他身上所折射出的地域文化特征和顽强不屈的生存意志以及浑厚深邃的道德情操，使得人物显示出独特的魅力。

朱开山这一人物的性格主体反映着浓厚的齐鲁文化色彩。在他身上体现着孔孟之道，他给大儿子取名“传文”，爱国爱家、诚实守信的中国传统文化思想是他精神追求的主题。他有水浒英雄一般的尚武精神和豪迈气度，所以给二儿子取名“传武”。朱开山崇尚秦琼那样的江湖好汉，既有谋略又义字当先，所以给三儿子取名“传杰”。在朱开山身上，交织融合了山东人所特有的性格特征，人物富于多个性格侧面。他除了大善大智、大义大爱之外，也有一定的性格局限性。一些旧式农民的性格瑕疵在他身上也有所显现：他有些大男子主义，认为“男人不能被女人拴着”；为了让韩老海灌水救田，逼儿成亲，最终酿成了传武、秀儿、鲜儿三人的情感悲剧；他表面上把管理权下放给大儿子，但实际上仍然大权独揽居中调度，对家事外事遥控指挥。也正是这种人物性格的瑕瑜互现和地域文化的浓墨重彩，给予了演员丰富的行动线索和广阔的创作空间。通过李幼斌精彩的演绎，朱开山这个全剧的核心人物，活生生地展现在观众面前。

李幼斌在本剧中表演的最大特点就是准确地把握了表演分寸感，用含蓄、内敛的表演创作贯穿起整个作品的叙事结构。

表演分寸感的把握是区别成熟演员和一般演员演技高低的重要标志，也是表演艺术中的大学问。在刚刚入行时，由于表演手段的贫乏，演员常常不知该如何演。等到掌握了一些表演技能和拍摄经验之后，由于缺乏消化能力，开始堆砌、炫技，流露出明显的表演痕迹。进入成熟时期，才懂得了选择与提炼，不多也不少，分寸适度，不着痕迹。任何一个有作为的演员大概都会经历这个由少到多，再由多到少的成长过程，最后达到炉火纯青的境界。一个成熟的演员会注意掌握表演分寸，决不多演一点。表演艺术要清楚鲜明，但又忌直露，讲究含蓄。含蓄是成熟的演员在表演艺术中高层次的追求。其目的在于调动起观众的联想与回味，而不是一览无余、一眼见底。深刻的内心体验与细腻的外部表现相结合，演出人物自我感觉的独特神韵。分寸适度、含蓄有味是表演艺术的魅力所在。与《亮剑》中张扬外放、大演特演不同，李幼斌在《闯关东》中的表演，比较注重人物内在充实与外在含蓄的兼顾。

用剧中人物潘五爷的话说："朱开山的名字'开山'，有开天辟地之意。"剧中主人公开天辟地、跌宕起伏的一生，也可以用一个"闯"字来总结概括。李幼斌在创作人物时所确立的中心行动就是"闯"。从旧地到新地的开拓理所应当需要"闯"的猛劲和冲劲。演员却选择了比较含蓄、内敛的外在表现方式来实现角色的行动过程，选择用忍耐来诠释"闯"的深层内涵。朱开山认为："山东人闯关东来到人家的地面上刨食不容易。四周都是密不透风的苞米地，只有一棵山东高粱在地里挺着，孤木不成林，万事要小心。"闯关东人来到了陌生的黑土地，只有忍耐着向前"闯"，与当地人和谐共处，才能得到共同的生存发展。忍耐不是怯懦，更不是屈服。只有生活的巨人才知道什么是忍耐。似勾践为奴、韩信之辱，一个灵魂如果不够强大，就绝对无法忍受。忍耐和等待使朱开山回收紧攥的拳头，是他智慧与谋略的蓄积。为了生存需要忍耐，脱离险境需要忍耐，家庭和睦需要忍耐，化敌为友需要忍耐，抵御外侮更需要忍耐。这种忍耐哲学反映到人物身上就呈现出一种寓动于静、外松内紧的表演特点。

这种表演方法的选择，既是人物性格特征所决定的，也是全剧叙事特征所决定的。

《闯关东》在叙事结构上大概可以分为"深山淘金""亲事结怨""商战争风"和"抗日救亡"四大段落。作为这四大段落的主线人物，朱开山是全剧人物群像的核心，是维系全剧情节叙事的纽带。因此，这一角色的表演不仅牵动其他各色人物形象表演创作的特色，而且承担着作品叙事起、承、转、合功能的具体呈现作用。

在"深山淘金""亲事结怨""商战争风"三大叙事段落中，李幼斌始终秉持着不温不火的表演风格。在陆续登场的对立人物中，丁嘉丽演大黑丫头的"辣"，马恩然演韩老海的"阴"，王奎荣演潘五爷的"毒"。他们各具特色的表演风格和三段戏剧冲突融为一体，与李幼斌表演的

“忍”相得益彰。

在“深山淘金”这一叙事段落中，他的表演折射出“智忍”的主题。李幼斌运用缓慢、木讷、没有大幅度变化的形体动作，低沉沙哑、晦暗沉重的声音色彩，来刻画人物身处险境、处处小心谨慎的外部状态。在故意中了金大柜和金大拿设计的陷阱，从塌方的矿井中死里逃生的一场戏中：朱开山死死盯着杀死兄弟、陷害自己的恶人，目光如炬，一步步紧逼而来，却在最后关头为保全身份，放弃了正面冲突。如此强烈的戏剧冲突下，演员没有动用开放性的肢体语言和声音造型来进行刻意的表演，只是通过眼神收放的些许调整，来反映人物心理状态的细微变化。任何多余的、夸张的表演痕迹，都有可能使人物显得不“智”。这样化繁入简的表演控制力，是反映含蓄表演美感的物质保障。

在“亲事结怨”段落中，李幼斌展现出来的则是“隐忍”。由于自身对儿女婚姻的错误坚持，秀儿情感和生活受到巨大伤害。这使朱开山久久不能释怀，并形成对于韩家的百般刁难持续“隐忍”的根本原因。在这一段落中，李幼斌尝试“正戏反演”，以人物情绪的突变来反衬人物的“隐忍”之痛。如朱家烟叶地被韩老海所毁的一场戏：文他娘控制不住想要找韩家理论，朱开山一反平时处处礼让、呵护有加的态度，第一次当着全家人的面，高声呵斥妻子：“如果秀儿是你的亲闺女，你会怎么样？！”李幼斌失落的眼神和高亢的语音形成强烈反差。心里明明很心疼庄稼，又劝诫全家人要换位思考，反衬出人物内心复杂的心理状态。对亲人怒，对他人忍，李幼斌运用对不同关系人物所持态度的巨大反差，渲染了朱开山“隐忍”的情感色彩。

第三段“商战争风”中，李幼斌又演绎了朱开山的“宽忍”。在这一叙事段落中，朱开山与潘五爷的激烈对峙，从一开始就进入了白热化的状态。面对潘五爷咄咄逼人、凶狠毒辣的步步紧逼，朱开山先忍后斗，在大获全胜后又宽容了敌人。潘五爷与韩老海二人，虽然都对朱家百般刁难，但最终皆化敌为友。所不同的是，对潘五爷朱家没有像对韩老海那样的负罪感。人物的“宽忍”除了人物的性格因素之外，年龄变化以及社会身份的变化是主要原因。李幼斌把此段落角色的塑造在本色基础上重点转移到人物年龄感的细腻刻画上来。此时的朱开山，已经步入中年，并完成了由农民到商人的社会身份转化，进入了人生的成熟阶段。在外部动作设计上，凝神、敛气、声沉、步重，利用人物生理和社会属性的变化，展现人物成熟、宽厚的气质特征。

欲前先后，欲扬先抑，是表演创作的辩证法。正是有了在前三个叙事段落中“智忍”“隐忍”“宽忍”的表演变化，以及含蓄内敛的表演基调的映衬，李幼斌在全剧最后的高潮段落“抗日救亡”中的激情爆发，才显现出异乎寻常的冲击力。面对森田一伙日寇，国恨家仇一齐涌上心头，朱开山和他家族的成员同仇敌忾，英勇杀敌，让人感觉到血战到底的英雄气概和凛然长存的浩然正气。这一收一放的变化，最终使人物形象和作品格调得到了升华。内部感情真实炽热，外部表现含蓄恰当，力避痕迹。在表演创作中，李幼斌准确把握了人物的性格主线，表演分寸拿捏得恰到好处，不仅用比较含蓄、内敛的方式塑造了生动鲜活的艺术形象，而且较好地完成了贯穿全剧叙事结构的核心作用。

生动鲜明的女性人物形象

电视剧《闯关东》不仅塑造了主人公朱开山等光彩夺目的男性形象，剧中众多女性人物的精彩演绎也是该剧的一大亮点。

如果说朱开山是家庭的“山”，那萨日娜扮演的“文他娘”就是这个家庭的“水”。她既有涓涓流水的温柔，也有水滴石穿的无形力量。她是朱开山相濡以沫的妻子，是儿子、儿媳及义子的母亲，是维系家庭的一条无形的纽带。作为中国传统女性，“文他娘”这位母亲豁达、质朴、透明，极具山东特色。这是萨日娜继电视连续剧《大染坊》《母亲是条河》《满天星》之后再次扮演贤妻良母形象。她的表演本色自然，不露痕迹，不 仅细腻地刻画了一位母亲身上感人至深的母性魅力，而且恰到好处地体现了旧式女性的局限性。萨日娜非常生活化的表演，把自己本人和角色有机地融合在一起。这位现实生活中的山东媳妇，把自身所具有的母性魅力倾注到人物身上，让形象的种子在自己身上生根发芽。和李幼斌扮演夫妻，也配合得十分默契。剧中“文他娘”带着孩子历尽艰辛闯关东，投奔丈夫。夫妻虽然分别多年，相见时厚厚的帽子围巾遮住了容貌，但还是一眼就认出了对方。两人却故意装作不认识，你一言我一语相互试探，暗语挖苦。这段试妻的表演桥段，两个人演得真切自然，让人忍俊不禁。

小宋佳扮演的谭鲜儿是全剧戏份最重、人物命运最为曲折的女性角色。作为“女版朱开山”，谭鲜儿闯关东经历了童养媳、女戏子、伐木工、土匪头等多种角色身份变换。这样一个“女闯王”的形象与全剧男性角色之间存在重要的平衡关系。作为一名演艺新星，小宋佳一直以清新、时尚、亮丽的形象示人，此次出演《闯关东》，粗布棉袄，素面朝天，在造型上有所突破。浓墨重彩的二人转表演也颇受好评。应该指出的是，小宋佳在表演上仍然更擅长塑造与自己本色相近的角色形象，对于复杂人物性格的把握还有待于提高。在作品前半部分中，谭鲜儿基本是靠人物命运和情感纠葛的悬念才支撑起来，在表演上难觅亮点。在后半部分中，演员开朗活泼的性格气质开始发挥作用，表演上更加放松自如。骑马挎枪、载歌载舞、有情有义的女匪首谭鲜儿，比起前半部分的苦情角色更让人记忆深刻。

牛莉扮演的那文，剑有偏锋、特色鲜明，是全剧最另类、最富喜剧色彩的人物形象。在塑造这位有点“二”的出位人物时，牛莉不畏惧形象受损，打破了某些表演公式化的规范，找到了这一人物所独有的内外部特征。区别于全剧其他女性角色，那文最大的特点是，用喜剧的方式来展现人物生活的无奈。牛莉充分利用了人物身份特征与实际生活的错位，来挖掘设计表演细节。

给丈夫吟诵爱情诗文时先是表情凝重悲切，当发现丈夫把“红酥手”理解为“红猪手”时，突然变脸用夸张的“京片”语言予以纠正和讲解。这一番鸡同鸭讲实在令人捧腹。在剧中，牛莉根据清朝遗老遗少的生活做派，设计了那文特有的肢体动作。由于受过良好的家庭教育和礼仪培养，刚到朱家的那文还是原汁原味清朝贵族派头：迈一步手三晃，腰背挺直、微收下颚，俨然一副大家闺秀的样子。与朱传文相亲时，即便在农家场院，那文见到了长辈，也右手持手帕扬到肩头，双腿平行半蹲，规规矩矩地行了一个满族蹲安礼，弄得朱开山这对农民夫妇云里雾里。在新婚之后的第一个早上，那文则给公婆行了两手相搭放在腰侧，叠步下蹲的汉族万福礼，本意是想表示自己入乡随俗，遵从汉族家庭礼法制约，讨公婆开心。可是，没想到这一举动又使得闯荡南北的朱开山手足无措，洋相百出。遭到土匪洗劫，全家悲痛地在废墟前合影留念，那文却当是王府里唱戏玩票拍戏装照（拍戏装照片是清末达官显贵的时尚娱乐方式），大摆戏曲身段。为了表现那文脱离农村生活的那种喜悦之情，牛莉特意设计了一个用兰花指抚鬓、圆睁杏眼的戏曲亮相。照片中这样的动作表情，与其他人眷恋家园、闷闷不乐的情绪形成鲜明对照，在对比中传达了丰富的人物信息。牛莉的这些细节表演使人物显示出别于他人的特殊性，真实细腻地传达了那文独特的身份特征和家庭背景存在的巨大差异，从而促成了各种喜剧因素的不断产生，呈现出人物形象独特的艺术魅力。

在电视剧《闯关东》中，除了实力派演艺明星，还云集了一大批优秀的表演艺术家。马恩然、王奎荣、高明、鲍国安、毕彦君，他们各具特色的表演创作也为作品增添了鲜明的个性色彩。无论是初出茅庐的青年演员还是经验丰富的老艺术家，正是有了众多优秀演员的倾力加盟和精彩创作，才为《闯关东》这部电视剧成为优秀作品奠定了坚实的基础。

（《飞天评论——中国电视剧飞天论文选集》，王丹彦主编，南京大学出版社2012年3月，第157－160页。）

《雪花那个飘》专题

这是一部大群像戏，笔下每个人物都是作者的『心肝宝贝』。每个人物的心中都有不灭的生活期待或者刻骨铭心的爱，让不同层面、不同年龄的观众找到了喜欢他们的理由。

久违了，校园剧

■ 王奎龙

——电视剧《雪花那个飘》观后

“那北风刮过雪野，带走了我们的青春……”伴着这首歌的唱响，《雪花那个飘》结束了在北京卫视等电视台的首播，并马上要在江西等电视台继续“雪花漫卷”。剧情最高潮处，拍毕业照人群中“七七级万岁”的喊声响起时，青春的回声在观众心底激荡，久久不能散去。这部力作收视率高、美誉度高，是中国校园剧的一次胜利。

“校园剧”这个词对影视圈的很多人来说，都甚显生疏，以至于很多人都忘记或者怀疑在中国荧屏尚有这样一个剧目类型。《雪花那个飘》的热播，不仅唤起了人们对青春、对学习生涯的回味，更让人拾起了对校园剧的记忆和校园剧创作者的尊重。

为什么十多年间我们难寻校园剧的影踪？原因当然是多方面的，但我认为其中最重要的原因是难写！原因在于校园不是一个人的校园，那些只能驾驭独角戏的作家难以下笔；校园也不是两个人的校园，那些尚能拿下对手戏的作家也难有突破；校园还不是三五个人的校园，不是只有学生的校园，不是只有老师的校园，更要命的是，校园剧还不是只有校园。想写校园剧，首先就得攻克“群戏”这一关，还要深刻剖解校园内外的联系，写出校园与时代的关系……其写作成本，不可谓不高；其要耗费的脑细胞，不可谓不多。这对于视电视剧为“快餐”的许多业界人士来说，就剩下俩字：不值。

《雪花那个飘》一剧的创作，饱含着编剧高满堂的责任心，对丰富荧屏的责任，对树剧目新风气的责任，同时也饱含对自己青春的责任。剧中有许多高满堂自己的生活点滴，有他自己途经那段岁月时的青春往事，更有他沉淀数十载后对那个时代的独特理解。高度的艺术典型化并经由镜头影像锻造成剧后，一经播出，共鸣四起。“老三届始乱终不弃的婚恋史诗”“青春赞美诗”“岁月纪念册”“校园生活百科”等评价不绝于耳。高满堂在播戏期间受访时则更多地愿意将自己这部作品说成是“七七级的群像”，并告诉“80后”“90后”的年轻记者朋友，这是“父辈的大学”。

《雪花那个飘》作为校园剧，绝对可以提前写进2011年的电视剧年鉴。论及可贵，笔者认为有四点值得重视。

其一，《雪花那个飘》作为校园剧，结束了这一类型剧自20世纪90年代以来“青黄不接”的局面。高满堂作为近年来华语荧屏量与质同样高的编剧，为中国校园剧打了一个漂亮的翻身仗。这部剧可以证明，校园剧是可以再火起来的，校园剧是可以成为一种荧屏现象的，这一点，该剧导演安建也感同身受。安导曾说：“我是1982年秋季入校的大学生，那一年，七七级正好春季毕业。我们的大学老师刚送走七七级大学生，再来教我们。在老师眼里，他们是最优秀的一届，所以动辄会跟我们提起。这种印象始终留在我的记忆里。编剧高满堂就是七七级中的一员。我们主创团队做得最漂亮的事情，就是让那个时代的青春，可以化作这个时代的感动。”究其感动之缘由，我认为是浓烈的校园因子，校园因子是校园剧立足的基石，写校园剧不能脱离这些校园基因。哪个时代的学校都有课堂趣闻、宿舍秘事、校园美女、考试前后，《雪花那个飘》在电视台首播档期内引发收视热潮，足以说明今天的年轻网民们对于此剧的共鸣。

其二，《雪花那个飘》作为校园剧，可以给眼下的中国剧作一些启示，引导我们多角度理解和满足观众的审美口味和收视需求，多创作和投拍有生活根基、有时代性的作品。优秀的或平庸的创作，无外乎为两个方面的得失，一是价值尺度，二是生活依据。我特别赞赏高满堂作品创作中的观点，把握正确的价值尺度，尊重正确的生活依据，才能使艺术作品具备思想精深、艺术精湛、群众喜欢的坚实基础。在艺术良知与利益诱惑激烈冲突的电视剧创作环境中，一个富于社会责任感和艺术使命感的文化工作者应当有所坚守。《雪花那个飘》是在这种坚守中完成创作的，高满堂精彩再现了那个年代的风貌和魅力，并赋予其自己新的生活发现和人生理解。每个人对过去的时光都有记忆，该剧成功地牵引着我们从记忆中找寻到一些力量——感怀的力量、前进的力量。

其三，《雪花那个飘》作为校园剧，彰显了作者本人的艺术成就，丰富了“高满堂作品体系”。高满堂在创作中是不拘一格、善于拓荒的。从近代剧《闯关东》、知青剧《北风那个吹》，到工业剧《大工匠》和《钢铁年代》，再到这部校园剧《雪花那个飘》，高满堂一直在抢占这些题材的高地。

其四，《雪花那个飘》作为校园剧，获得了满堂彩。这是一部大群像戏，笔下每个人物都是作者的“心肝宝贝”。扮演陶自然的演员齐欢在大结局播出时和我说，剧中皮鞋事件，引发了喜欢陶自然的观众和喜欢徐文丽的观众的“口水战”；剧情结尾赵长天和刘翠翠在《孔雀东南飞》的诗文吟咏声中相逢对望那一刻，喜欢这两个人物的观众也会心而泣。本剧中的每一个主要人物的心中都有不灭的生活期待或者刻骨铭心的爱，让不同层面、不同年龄的观众找到了喜欢他们的理由。

高满堂及《雪花那个飘》创作团队致力于树荧屏新风，现在看，这个愿望实现了。我也借此祝愿中国校园剧的前景更广阔，祝愿中国电视剧事业更加繁荣，在不断创新与攀登高峰中，迎来更多像《雪花那个飘》这样的好剧，燃起观众心头久违的一团火、久违的一首诗、久久回味的一个梦……

（《中国艺术报》2011年6月20日第4版）

《我的娜塔莎》专题

浪漫的诗意中会有几分苦涩，坚贞的爱情也少不了苦难的相伴，尤其在那个严酷的年代，到这时已算得上难得的温馨一幕，一如经典的梁祝故事。

《我的娜塔莎》：痴情女子与历史人生

■ 袁缙村

在著名编剧高满堂的剧作里，一向不缺少动人的爱情故事，《闯关东》里传武与鲜儿所演绎的叛逆悲壮的情感之旅，可圈可点；《钢铁年代》中麦草与两个男人之间的纠葛，也牵动人心；而娜塔莎的出现，更别有一番滋味。在《我的娜塔莎》中，高满堂似乎换了一副笔墨，他用一个异国女子的形象，把一部纯真爱情的传奇献给这感情复杂而多元的世界。

作为文学创作的母题，爱情在文学世界里留下了丰富的创作成果，包括那些经典的民间故事。若要论其共同的特征，那就是总有一个痴情的女子形象活在这些作品之中，她们对爱的坚贞构成了悠久的文学传统。在《我的娜塔莎》这部电视剧里，可以感到那痴情女子像一缕潜在的光芒，映照着娜塔莎的形象塑造。年年岁岁花相似，岁岁年年人不同。这正可见高满堂从深厚的历史文化底蕴之中传承而来的诗情意趣，同时又呈现出新的时代姿采。

荧屏上，娜塔莎形象的动人之处在于她的一身戎装。一个美丽的女军官，照映出那个年代的青春与时尚。她出场为庞天德疗伤，专注的眼神犹如两汪蔚蓝的湖水，瞬间赢得了观众，足以彰显影视艺术的独有魅力。战场上异国美女偶遇中国军人，让这部电视剧情节丰富，跌宕起伏，在激烈的斗争中仍有个人情感的细流潜伏其间，颇有中国现代文学中一度流行的革命加恋爱故事的味道，又闪耀着战火中青春的光彩。娜塔莎和庞天德两人，战士的职责和相爱之情在战火中交织在一起；而从剧中种种场景我们可以看到，娜塔莎的爱情追求带有强烈的时代性，她的爱已融入这场神圣的战争，她钟情的庞天德是与她并肩战斗的英雄。这是属于那已远去的革命年代的爱情，壮烈而凄美，蕴含着崇高的审美意识。

娜塔莎这份感情，在战争结束后回到庞善祖的家中时，引起了更富戏剧性的冲突，这正是高满堂构思情节巧妙以及寓意深刻之处。剧中，抗联的艰苦斗争、日本侵略者的统治以及苏联红军出兵东北，是历史的大脉络，是那个时期中国东北历史的轮廓。但要数最具历史生活质感的内容，还是在庞善祖家中时的情节，浓缩了旧时东北的世俗人生。日本人、俄罗斯人，耀武扬威，前前后后来了又走了，都未能改变这里的世俗生活。娜塔莎出现了，佣人刘妈说看她比妖精还漂亮。这不像赞美，但仍有点像看从峨眉山来的白娘子而产生的惊叹。娜塔莎的美在她的个性，从自然到世间以及文艺创作领域，所有的美都有与众不同的个性品质。娜塔莎是迷人的，她的个性来源于她来自异国，属于另一个民族。也正因如此，庞善祖便认为她是异类——非我族类，其心必异。老庞搭眼儿便不喜欢、不认同这个“洋儿媳”。尽管娜塔莎十分努力想得到老庞的欢心，不缺少恭敬，学中国礼节，也有真诚关心尊长的表现，可老庞不领情，左右不顺眼。娜塔莎仍在以她张扬的个性推动故事的进展，一次次撞上在她面前不可逾越的文化隔膜。这种隔膜，见于剧中多处生动的情节，有时使老庞陷入狼狈，这更激怒了老庞，让他的态度更专横。

娜塔莎初进庞善祖的家，张开的双臂被定格于空中，她想拥抱的异国礼节无人能接受，那一瞬间便注定了此后的结局。参与东北光复的胜利者铩羽而归，而战败国的孑遗，从隐蔽战线冒出的第三者伊田纪子倒因为一脸的谦卑被老庞欣然接纳，成全了他们的婚姻，又明显表示出一种文化上的认同。老庞还奏了一曲《彩云追月》，全不在乎纪子是外国人，而且曾经属于一个侵略国，这也是那个时期东北社会生活的真实写照。投身革命多年的庞天德也摆出以孝顺为先的态度，迎娶了纪子，令这种文化认同先行的意义更为深刻。娜塔莎在琴声中翩翩起舞，这来自异国的痴情女子的情感历程，在这一刻，更像是一个历史寓言。

娜塔莎在老庞家的戏很有生活气息，颇见历史的底色，但这部戏的冲突显然超出了传统的家庭伦理剧，所以娜塔莎能转身从她热衷扮演的“少奶奶”角色跳出来，去接受新的使命。这部电视剧以地域、时代以及人的命运构成它艺术表现的主要内容，尽管重心是很个人化的爱情。民族、国家、背景都不同的夫妻三人行，各有来头，历经磨难，悲欢离合，生死情谊，硬是从命运里扯出了红丝线，忠于时代赋予的职责又守护好那份情感。他们是英雄、是战士、是恋人、是历史的创造者，也承担了历史的苦难。从史诗的意义上来解读，个人的忧患也就是时代的忧患，蕴含着深沉的悲剧意识，由此而见证历史，显示了文艺创作的基本特征。用新文学的一个老词说，高满堂属于人生派剧作家。剧作家说要“接历史的地气”，关注个人的命运，讴歌爱情的坚贞，其所意识到的历史内容由此而表现出来，留下令人遐想的空间，相信更值得重视。

20世纪的艺术理论家苏珊·朗格以“情感与形式”标题她的一部大书，论说艺术即人类情感符号的创造，被称为“符号论美学”，风靡一时，影响深远。感情萌动、怆然涕下的艺术境界，一直是文学家们为之孜孜以求的目标，也让昔日的革命家视文学为高超的宣传手段，直至今天仍是如此。虽说现在的时尚偏重娱乐，娱乐可以表现为弄人笑，而仍然更追求动人心。

《我的娜塔莎》既有历史的沉重，又表现出文学的幻想。在中苏并肩作战时，高斯洛夫将军就不赞成娜塔莎嫁给中国人；中苏交恶时，跨国的婚姻恋人更陷入困境与灾难中，能坚守坚贞的爱情更显得难能可贵。这部电视剧立意于此，因此意图在沉重的历史底色上装点欢容。以界河两岸的小木屋为标志的那段戏，多像织女与牛郎那古老故事的现代版。“盈盈一水间，脉脉不得语”，为银河阻隔于两岸的情人，尚有七夕的鹊桥相会，世间战争风云、政治博弈就残酷复杂多了。那是中苏关系甚为严峻的岁月，边界杀机四伏。而在电视荧屏上，蓄意淡化界河上的硝烟，波平浪静；巡逻兵走过后，依然风光如画。他们凝望、作旗语，也有一夕的相聚。热情奔放的娜塔莎临河高声呼喊所爱的人的名字，一向木讷而拘谨的庞天德此时也抒发出内心诗的激情：我的教官、我的老伙计，我的战马、我的长靴，我的天空、我的血液，我的遥远的地平线……令人为之动容。

这么伟大的爱情，应该有个完美的结局。庞天德八抬大轿迎娶了娜塔莎。此时，荧屏上下，剧中人和观众，都沉浸在剧作家设计的这个喜庆的结局里。浪漫的诗意中会有几分苦涩，坚贞的爱情也少不了苦难的相伴，尤其在那个严酷的年代，到这时已算得上难得的温馨一幕，一如经典的梁祝故事。

（《南方电视学刊》2013年第3期）

《北风那个吹》专题

作为二十世纪七十年代下乡知青的一员，高满堂显然对知青的命运充满了同情和理解。这种同情和理解，使得全剧虽然采取了个体化的叙事视角，但全剧的主旨依然闪烁着个体对生命的热爱和对人性尊严的呵护。

后知青时代的电视叙事

■ 范志忠　朱黎航

——评电视剧《北风那个吹》

在知青运动业已落幕30年的今天，高满堂的新作——36集电视连续剧《北风那个吹》，又将那段充满理想、激情、忧伤和苦难的青春岁月呈现在观众眼前。众所周知，发端于20世纪50年代初的知识青年上山下乡运动，不仅改变了一代青年的人生道路，而且完成了人类历史上独特的人口大迁徙：从城市奔赴农村，再从农村杀回城市。这一运动虽然随着“文化大革命”的结束而趋于沉寂。但是，它留下的历史震荡还没有完全消失[①]，在这个意义上，我们可以把这个历史震荡尚存的时代命名为“后知青时代”，而《北风那个吹》也就成为后知青时代对知青个体的情感生活和人生经历进行艺术再现和深刻反思的精品力作。

一、个体化的叙述视角

一般认为，电视是在家庭中被家庭成员共同接受的一种传播媒介。展示“家”的氛围，述说“家人”故事，将社会的公共空间缩小到一个家庭，用家的氛围和家人的故事让观众回到家庭生活中，电视剧中的故事同时就成为与观众家庭生活相关的故事。观众分享的可能不仅仅是故事，而是对家庭、对自己生活态度的一种参照。“屏幕上的家庭与屏幕下的家庭共同构成一种心理的互动空间。用家庭传播媒介来讲述家人故事，应该说是电视剧最重要的特点之一。”[②]作为曾经创作过《大工匠》《闯关东》等优秀电视剧的高满堂，显然对电视剧的这一叙事特征有着自觉的体认和深刻的理解。因此，尽管《北风那个吹》的故事开始于粉碎“四人帮”前的1974年冬天这一充斥着政治话语的年代，但是高满堂却小心翼翼地规避了各种政治运动的宏大历史话语，而注意采取个人化的叙事视角，叙述知青这一群体与家庭生活最为本质的联系：这群远离父母的城市弃儿，人生的最大目标就是回城回家。

于是，从主人公帅子一出场开始，回城就成为其核心的动作线。为了能顺利地回城和父母团聚，帅子多次给掌握自己命运的县人武部副部长兼知青点主任牛鲜花进贡那个年代的稀罕物——名牌香烟、进口口红和一套得体的女军装，甚至因此铤而走险，不惜以自残的方式自导自演了一场英雄救粮的闹剧。《北风那个吹》中的知青群体，为了回城可以说费尽心机，就连一开始表现得最为仗义的“兔子”，在一个招工指标的诱惑下，也舍义取利，背叛好友。

应该承认，《北风那个吹》所叙述的知青群体的回城动机，不但失去了英雄主义精神，反而充满了反讽而显得有点灰暗。但是，这种灰暗所折射的，恰恰是一个特定的时代特定的决策所酿成的特定的悲剧。知青上山下乡运动固然有诸如政治、教育、人口等复杂因素，但根本的原因却是经济因素。1956年年底，随着社会主义改造的完成，公有制经济在我国国民经济中占据绝对支配地位。原本可以通过发展个体经济、小集体经济等多种经济成分来拓宽的就业渠道被堵死，致使城镇青年就业门路越来越窄。

1952年，城镇个体劳动者人数有883万人，到1978年减少到可以忽略不计的15万人[③]，政府几乎找不到缓解就业压力的途径。1957年4月，《人民日报》社论《关于中小学毕业生参加农业生产问题》指出：“就全国说来，最能够容纳人的地方是农村，容纳人最多的方面是农业。所以，从事农业是今后安排中小学毕业生的主要方向，也是他们今后就业的主要途径。”

作为20世纪70年代下乡知青的一员，高满堂显然对知青的命运充满了同情和理解。这种同情和理解，使得全剧虽然采取了个体化的叙事视角，但全剧的主旨依然闪烁着个体对生命的热爱和对人性尊严的呵护。帅子可以为了保全鲜花的面子宁可挨打也要拽住从她头上抓下的干牛粪，可以不顾警告发疯地跑只是为了找回鲜花喜欢的漂亮的红纱巾，甚至为了共同的艺术理想不顾恋人刘青的警告而在《北风那个吹》的旋律下一次次与牛鲜花相会。

二、伦理化的叙事结构

在历史翻开新的一页后，知青终于踏上了回城之路。遵循这一历史的逻辑，《北风那个吹》全剧在结构上分成知青“下乡”与“进城”两个板块，两个板块的容量都是18集。与“下乡”板块中相似，在“进城”板块中高满堂同样采取了个人化的叙事视角；只不过“下乡”板块的叙事聚焦于“渴望回城”，而“进城”板块中的叙事则主要聚焦于回城后的“家庭纠葛”。

作为知青“下乡”和“进城”的见证人牛鲜花，是全剧浓墨重彩着力加以刻画的女主角。牛鲜花是当地农村中有名的“铁姑娘”，积极上进，聪明善良，她作为县人武部副部长、月亮湾大队革委会主任，同时兼管知青点工作，可以说掌管着知青的命运，但在她心底却偷偷喜欢时代所不允许的文艺，一条红围巾透露了总是一身军大衣的她对美的向往。牛鲜花这种对美的向往和追求，使得她在监管帅子的过程中，不知不觉为帅子的文艺天赋所吸引，对艺术的共同爱好使两人逐渐心心相印。

但是，由于身份的限制以及城乡之间的巨大差别，农村姑娘牛鲜花把这种爱情放到了心里，对帅子表现出来的是一个监管者的鞭策、姐姐般的爱护。她明知帅子对她有讨好利用的动机，但无怨无悔，苦口婆心，只希望帅子早日脱离监管，早日回城。在各种清查运动中，牛鲜花帮助甚至掩护帅子化险为夷，逃过风波；在刘青抛弃了重病在身的帅子之后，牛鲜花毅然与帅子结婚，并精心调理而终于使帅子恢复了健康。在回城后，帅子与刘青同居并把有智障的孩子扔给牛鲜花的时候，牛鲜花仍然无怨无悔地收养了孩子，并意味深长地给孩子取名“回来”，期待着帅子早日回来。

自从20世纪90年代初电视剧《渴望》开辟了中国电视剧伦理化之路而轰动全国之后，好人多磨难的苦情审美体验就成为中国电视剧一种伦理化的叙事模式。因此，《北风那个吹》中所叙述的牛鲜花、刘青与帅子这二女一男的情感纠葛，让具有圣母牺牲精神的牛鲜花历尽各种挫折与苦难，显然就是借鉴了“苦情戏”的叙事模式，从而达到一种催人泪下的审美效果。

当然，作为一种大众文本，电视剧为了强化观众对社会的认同感和安全感，诱导观众共享被电视叙事制造出来的欢乐，基本上都采取了善有善报、恶有恶报的大结局。在《北风那个吹》中，帅子终于在生命的最后时光，断然对刘青说：“其实我心中早把你撤了。”在生命的最后一刻，在

《北风那个吹》旋律的伴奏下，浪子回头的帅子终于和牛鲜花一起在舞台上翩翩起舞，共同缅怀那无法忘却的在知青年代谱写的青葱岁月。

三、悲喜相间的艺术张力

从物理学的角度讲，张力是物体受到两个相反方向的拉力作用时所产生于其内部而垂直于两个部分接触面上的互相牵引力。在艺术领域，张力则是指至少两种似乎不相容的审美元素构成新的统一体时，各种原本不和谐的元素在对立状态中互相抗衡、冲击，进而建构出和谐新秩序的审美体验。

知识青年上山下乡，是特殊的历史为一代青年提供的一条特殊的道路。在这条道路上，有宝贵青春的荒废，有美好理想的破灭，有生活信心的动摇，更有一代知青在艰难岁月的奋斗业绩。为了艺术再现这种交织着各种矛盾的生活空间，电视剧《蹉跎岁月》反映了“文革”对青年一代造成的苦难与伤痕；《今夜有暴风雪》讴歌了知青们为理想献身的英雄主义精神；《孽债》表达了知青对自己所造情孽的深深忏悔，揭示了知青岁月对那一代人整个人生的影响；高满堂的《北风那个吹》则充满了悲与喜、泪与笑交融的艺术张力。

高满堂曾说：“《北风那个吹》写的是一种理想、追求，写一种美丽。”[④]作品通过帅子与牛鲜花的浪漫爱情传达出了在精神荒芜的年代，人们对艺术的一种追求，对美的一种追求。正因为此剧洋溢着对美的追求，所以电视剧前半部的知青生涯虽然艰苦却充满了浪漫诗意，不再仅具悲剧色彩。在谈到剧本的创作时，高满堂说：“不要以为这会是一部很悲伤的作品，实际上，我把这段生活写成了轻喜剧。我要逆着来做这个作品！”[⑤]所谓“逆着来做这个作品”，一方面，指的是编剧对那段荒诞岁月的荒诞性书写，加入了以往知青剧所没有的搞笑、戏谑的元素，剧作中诸如知青们集体赶猪、杀猪那欢快、“庄严”又搞笑的场面，还有帅子那总也通不过的被无限“拔高”的思想检查……给那段特殊时期的生活抹上喜剧的色彩。另一方面，所谓“逆着来做这个作品”，指的就是以对美的追求来浸润人物心灵，如牛鲜花对帅子的爱，实际蕴涵了自己对艺术和美好生活的憧憬，表达了自己对美的渴望和追求。对鲜花来说，这种追求从未停止过，即使在进城后，生活的诗情画意被商品物质社会完全消解，相濡以沫的爱人杳无音讯，鲜花依然保持着乐观向上的生活态度，再困难，还时不时说个相声，找找乐子。总之，以微笑面对人生，从而为苦难的岁月增添理想的暖色。

电视剧在缅怀的音乐中收尾，一曲《北风那个吹》见证了鲜花和帅子的爱情，也见证了台下知青们的往事，把台上台下的人都带回了那个如梦如幻的白雪世界，想起了曾经的友爱、争吵、快乐、痛苦，那个迷人的童话般的白雪世界，那些如花般的青春岁月，本该是如白雪般纯洁美好，但是被时代无情地碾碎了。人性的善良、正直与美好在特定历史环境下变得软弱无力，甚至毁灭。只有美好的爱情、对艺术和美的追求永远镌刻在了每个人的记忆中。

（《飞天评论——中国电视剧飞天论文选集》，王丹彦主编，南京大学出版社2012年3月，第102-104页）

注释：

①刘小萌：《中国知青史》，中国社会科学出版社1998年版，第1页。

②尹鸿、阳代慧：《中国电视剧艺术传统》，人民网，2007年1月8日。

③《中国统计年鉴》，中国统计出版社1985年版，第213页。

④车东轮：《书写百姓的精彩人生——专访电视剧〈闯关东〉编剧高满堂》，《中国电视》2008年第3期，第71页。

⑤郝晓楠：《金牌编剧高满堂专访：七年磨成〈大工匠〉》，《每日甘肃》2007年5月11日。

知青历史的重述与影像艺术化的知青历史

陈友军

——从电视剧《北风那个吹》说开去

从20世纪80年代前后知青文学作为新时期一股文学潮流的兴起，关于知青的文学叙事、电影叙事和电视剧叙事已经走过了30多个年头。尤其是知青电视剧借助其强大的审美优势，不时地拨动着社会的审美神经。艺术创作应该如何“重述”历史？进入21世纪以来，以红色经典改编为发端，在“重述历史”这一文化现象中，电视剧领域不仅出现了《历史的天空》《周恩来在重庆》《红日》《战北平》等对中国革命历史的人性深度书写，还出现了《历史的证明》《亮剑》《我的团长我的团》等关于抗战历史叙事的视点转移，而关于中国知青上山下乡运动的历史再现，从《蹉跎岁月》《今夜有暴风雪》《雪城》到20世纪90年代的《年轮》《孽债》以及近来热播的《北风那个吹》，知青历史的“重述”亦扮演着重要的角色，并时有在更高层次上审视反思那段历史的佳作呈现。“重述”历史，覆盖了当代社会学、政治学、历史学、文化学、传播学和美学研究的诸多领域。本文主要以知青运动影像叙事的潮涨潮落，探讨作为影像艺术化的知青历史与知青历史文本的“间性”，分析知青历史真相的政治化书写、个人化书写以及人性化书写所具有的独特的认知价值和审美价值。

一、知青运动的历史文本与艺术文本

如果客观存在一个中国知青上山下乡运动的历史文本，那么，所有关于知青上山下乡运动的艺术文本都存在着与历史文本的差异，这便是法国女学者克里斯蒂娃和俄罗斯学者巴赫金在文化诗学中经常涉及的“文本间性”。一个客观的历史文本与其被改写的艺术文本之间的关系构成了“文本间性”。另外，由于创作主体存在各种不同的文化价值观和五花八门的主观臆断，在表现知青上山下乡运动这段历史时，出现的创作主体表现和

描述知青生活的差异性又构成了“主体间性”。“文本间性”和“主体间性”的存在，使得所有表现知青上山下乡运动的艺术文本与其客观的历史文本之间存在一道难以逾越的鸿沟。因此，对客观存在的知青历史文本带有主观性的艺术书写，使得互文并置的艺术文本与历史文本之间的关系变得复杂：一方面是艺术虚构与历史事实的冲突，另一方面是二者在事实层面的吻合，呈现出一种主体与客体相互渗透的状态。

一部优秀的艺术文本就在于它在上述两种文本之间的漂浮、游走和相互沟通所带来的审美效果。从知青艺术文本创造的几个阶段性特征来看，艺术家通过艺术创造寻求知青运动的历史文本与主体经验的历史文本的统一代表了其基本的美学诉求，尽管这种一致性所包蕴的具体内容存在差别。早期的《神奇的土地》《蹉跎岁月》《今夜有暴风雪》《雪城》《棋王》等影视作品，代表的是从伤痕土壤中浮出的对知青运动的意识形态批判和文化批判。这种批判立足于人道主义的立场，公开表达出对“文化大革命”极“左”政治的否定，与20世纪80年代思想解放运动相呼应，使得知青运动的叙事成为这种历史反思、政治反思和思想解放运动的注脚。同时，建立在这种历史文本与艺术文本关系上的叙事为艺术创作留下了一片空置地带。伴随20世纪90年代电视剧艺术的多元化追求，90年代中期出现的第二次知青文学浪潮越过社会历史的宏大视野，转向了以个体为对象的历史描述，个体的亲身经历代替了知青上山下乡运动的集体记忆。它所得出的关于知青运动的结论也就不同于社会历史大视野下的关于知青运动的结论，艺术创作对不人道的挞伐转向对荒唐时代、荒唐政治、荒唐运动中个体的生命感悟的书写。《年轮》《孽债》则是一种歌颂友情、亲情、爱情的代表作品。很显然，这种艺术书写与知青历史文本同样存在一种“间性”，造成知青历史在总体认识上的失真，使观众对“文化大革命”那段历史产生一种错觉。在知青运动40年后，《北风那个吹》有意忽视和淡化对知青运动的政治、文化反思，同时还着意淡化个人本位的深入思考，试图在两种文本间性中抚平其巨大的差异，弥补此前艺术文本表现知青历史的不足。然而，这种忽视、淡化与抚平的努力同样漫漶了历史与个人都应该担待的社会责任。由于对这段历史以及一代知青的现实处境的描述难以形成一个基本的共识，使得两种文本之间的差距渐行渐远。

二、知青角色与身份的书写

电视剧《北风那个吹》在知青运动40年后出现，再次拨动了知青历史的琴弦。作为艺术文本，《北风那个吹》的整体构思在于：不仅要表现知青运动那段历史，还要表现知青运动之后的历史，由此形成对一代知青较为完整的历史叙事。在描述知青历史的基础上，试图发掘知青返城后改革开放岁月中他们的人生态度、发展趋向与知青运动的关联，从人性、人情、人生的审美高空回望那段历史，给予那段历史以总体的评价。因此，它突破个人与社会的单向度开掘，将二者统一起来推进故事的发展，其间人物关系和身份的设定，就留有许多值得深入思索之处。

从《北风那个吹》牛鲜花这一典型形象的创造来看，主创人员对其角色身份的设置值得重视。牛鲜花是从县革委会委员、县武装部副部长的位置主动请缨到月亮湾当大队革委会主任兼管知青工作的，这是牛鲜花的政治身份；同时，牛鲜花还是月亮湾的农民。她的政治身份与农民身份的两重性为电视剧作为艺术文本处理知青问题的主要矛盾提供了很大的便利。这种便利在于，它直接切近了知青运动的主要矛盾，即“文化大革命”政治与知青的矛盾，农民与知青的矛盾。“文化大革命”政治与知青的矛盾在以往的艺术文本描述中是一种压制与被压制（包括反压制）的关系，农民与知青的矛盾是一种教育与被教育（或接受再教育）的关系。《北风那个吹》对知青生活诗意的描绘中有意冲淡了这两方面的主要矛盾。因此，作为知青典型的帅子对牛鲜花的称呼也在“牛主任”和“牛姐”之间不断转换。当“文化大革命”政治与知青的矛盾冲突显现时，牛鲜花主要以“牛主任”的身份出现，如牛鲜花处理帅子偷拿猪肝、接受监管和传讲《红与黑》事件的时候，以政治身份出现的“牛主任”并没有激化、强化“文化大革命”政治与知青之间的冲突，而是在不动声色中化解这种激烈的矛盾冲突；当牛鲜花以“牛姐”的身份出现时，电视剧并没有故意放大知青与农民之间的差距和对立，没有夸大农民对知青穿奇装异服、搞宣传队糟蹋粮食、瞎折腾的不满，而是着意于知青与农民之间的真诚沟通。正是上述对知青运动主要矛盾的轻描淡写，那些响应党的号召在广阔天地接受贫下中农再教育的知青，在剧中不再只是受教育的对象、被压制的典型，他们给予广大落后农村的文化启蒙意义在这部电视剧中得以正面表述，按照牛鲜花的话说：因为知青的到来，县里、公社的大街上，呼呼啦啦地冒出那么多的年轻人，把“不到8点钟就熄灯，像死一样的静，静得人都能听到心跳”的乡下这湾死水给搅和了，牛鲜花“觉得生活有意思了”，“觉得自己像个女人了”。

《北风那个吹》的后半部分是对知青回城后的生存现状的追踪和描述。牛鲜花与帅子结婚进城后，其身份予以了重新设置。一方面，牛鲜花失去了强有力的政治身份的庇护，不再是“牛主任”；另一方面，牛鲜花本身也不是知青，她是以农民的身份面对城市，这是人的真实身份的还原。然而这种身份的设置却与从农村回到城市的一代知青的社会身份暗合。一代知青和农村及其文化是脱不了干系的，知青返城后的困惑、被城市边缘化的处境以及下岗谋生的遭遇，电视剧中帅子、牛鲜花的际遇对此都有所涉及。该剧的主创人员把一代知青从政治文化背景拉进日常生活背景加以描写，在新的现实背景下寻求艺术文本与历史文本之间的一种平衡，这本身是一个不错的架构。只是对于这一段城市化的日常生活，《北风那个吹》大多是印象化的描述，概念化的痕迹较重。在日常琐事的描写当中，真正的知青生活被市民生活置换，一切触及历史真实本质的重大主题都被淹没在家长里短的日常生活的叙事中，一代知青人生意义的寻求被作者简化，附着在知青身上的下海经商、发迹的叙事甚至较之一般的商战剧过犹不及。加上创作的仓促和情节设置的硬伤，给这部电视剧亦留下许多遗憾。当牛鲜花以农民和企业家的身份出现的时候，在那种复仇式的商战中，主创人员把牛鲜花的角色和形象置于一个难以自圆其说的境地。只是当结尾从人情人性的角度回到有关知青叙事的时候，电视剧似乎才想到要向知青历史文本接近。

三、重述知青历史的美学原则

如果说20世纪80年代的电视剧《蹉跎岁月》《今夜有暴风雪》主要将知青主题定格在反思历史与人生的悖论上，同时也强调了知青那段历史中一切宝贵的东西“不应该被社会也不应该被他们自己忘记”[①]，那么，进入20世纪90年代，再度升温的知青电视剧以《年轮》《孽债》为代表，侧重于在“文化大革命”和中国当代社会政治经济转型两个时代背景上重塑知青精神，描述了这一代人的生存状态，揭示了这一代人在商品经济大潮中的处境。电视剧《北风那个吹》承前启后，在知青运动40年后再次聚焦此点，使得如何在更高的层次上重述这段历史成为社会关注的焦点。

艺术不是历史，历史也不是艺术。艺术兼有的审美特质和历史内涵使得历史在被不断艺术化的描述中，呈现出斑斓驳杂的光彩。马克·柯里曾道：“我们比以往任何时候都更加清楚地看到，历史主义批评家和有意识形态倾向的批评家们也在依靠形式主义叙事学的术语和模式进行分析，以便能确切地揭示叙事中的历史与意识形态内涵”②，艺术化的历史需要对艺术和历史都有清醒的认识。关于知青历史的艺术再现其实并没有为个人化的表述留下太多的空间，一旦失去了作为政治、文化和群体性的集体身份表述，知青艺术文本就会丧失多年来累积的基石，长期以来在中国当代文艺思潮中占有重要位置的知青文学就会被边缘化。因此，结合美学精神和历史精神来探讨《北风那个吹》在内涵上的掘进，对这类题材的电视剧创作或许不无启迪。

《北风那个吹》这部电视剧在描写知青运动时显得举重若轻。城市、乡村两种文化间的冲突，文化差别的优势与劣势的强烈反差，知青对接受再教育口是心非的戏剧化认同，具体历史语境下个人命运与时代的深刻关系，意识形态对个体生命的压制，知青内心的精神文化诉求，性的压抑和萌动，《北风那个吹》都作了艺术化的处理，就像那条在洁白的雪野中系在牛鲜花脖子上的飘动的红纱巾！经过这种艺术化处理，使得那段知青历史充满了无尽的意味。知青历史文本在拂去历史的阴霾和避开个人情绪化表达后，这种以诗意化、修饰性的叙事加以描绘的生活，呈现出一代知青在已近黄昏岁月回望那段历史时的豁达与宽容，整部剧作贯穿着对过去岁月深情的回忆。这显然不同于政治化、个人化的书写。即使是描写帅子和牛鲜花的人生悲剧的结局，电视剧也是通过喜剧情节的精心设计完成的，这从该剧颇有创意的结尾以及体现喜剧智性审美特征的构思可见一斑。对于过去的知青岁月，从人性的角度来审视那段历史的时候，《北风那个吹》里看到的不是诅咒、悔恨、黯然神伤，也不是自豪、自得、无私奉献、真诚纯洁，电视剧也写了出卖和告密：大庞为了自己能早点回到城里，去赫书记那里告发了帅子传讲《红与黑》。一帮知青如李占河与王怀西，私底下都告发是帅子看了《红与黑》，又当着帅子的面保证不会揭发。对于这种人性的自私，作者已经没有谈论是非和予以道德评价的兴趣，相反对于这种人性的弱点在极端环境下的表现予以了充分的理解，因此，在写到知青人性弱点的时候，作者规避了以往鲜明的色调，超越历史评判，从知青特殊的生存境遇和最基本的人的欲望出发，肯定他们的生存状态，淡化了那种刻意赋予知青意义的所有企图，以平和的心境，从心理、情感上理解当时历史背景下知青的所作所为，将知青历史放在一个新视点和新高度加以表现。因此，在艺术表达知青历史的时候，主创人员所处的审美高度赋予了作品较高的美学价值。

一部优秀的艺术作品除了要具有美学价值，还要具有历史价值，这是现实主义艺术的必然要求。知青运动不是虚构的历史事件，有位知青作家曾尖锐地指出："老三届是曾受极'左'意识毒害最深的一代，然而许多老三届人至今不敢正视自己曾误入的歧途，而把所有的责任都推给了时代去承担，便轻易地将自己解脱。"[3]很显然，《北风那个吹》没有回避这个关于知青的重大主题。帅子临终的遗言道出了难以言表的内心的痛楚和内心深处的负罪感。一部艺术作品的历史精神在于它要揭示其时代的本质，对于知青影视作品而言，是要体现出对知青群体复杂性和丰富性内涵的把握，体现出对知青历史的全面而深入的解读，同时还要体现出作家超越历史、超越现实的无限自由和可能。对于那个无法回去的知青历史文本，重述历史除了要经得起艺术分析，还要经得起历史的分析。《北风那个吹》后半部分对知青回城生活的描写之所以不尽如人意，其中历史精神的缺失不能不说是重要的原因之一。该剧在描写城市生活时，不断强化的是牛鲜花真诚的、脚踏实地的品质，但在表现牛鲜花针对帅子和刘青的"复仇"叙事时，由于个人的恩怨又将整个文本建构起来的品质予以彻底解构，甚至不惜描写牛鲜花动用不正当手段和违纪违法手段，损人不利己地达到自己的目的。人物性格本该具有的复杂性描述在这种历史精神的缺失中被简化，这是值得深思的。因为，关于返城后知青处在现代城市中的婚姻状况、道德状况和人性状况的描述如果不从整个中国社会的巨大变革中予以表现，仅仅只是从人性人情的视角加以描述，我们同样对其存在的合理性无法作出恰当的判断。

知青的历史今后还将以不同的艺术形式加以表现，这段历史还会以不同的立场和视点进行书写。但是，从当代文艺发展的轨迹来看，对于知青历史的重述，因为意识形态和集体描述的过度而放弃美学精神和历史精神追求的趋向应该引起重视。把美学精神和历史精神相结合的文艺观引入当代文艺叙事，其实还有很长的路要走，尤其对于“重述”历史。

（《飞天评论——中国电视剧飞天论文选集》，王丹彦主编，南京大学出版社2012年3月，第249-252页）

注释：

①张为工：《深沉、壮美的“暴风雪”》，《当代电视剧名片赏析》，海峡文艺出版社1987年1月版，第372页。

②[英]马克·柯里：《后现代叙事理论》，宁一中译，北京大学出版社2003年版，第10页。

③张抗抗：《无法抚慰的岁月》，《文汇报》1998年4月13日。

《闯关东前传》专题

看故事里的人生，看世事，看到的依旧是闯关东所发生的时代和社会的历史，还有闯关东所彰显的中华民族的文化。

弘扬正气 彰显民族大义 塑造经典 展现爱国情怀

——电视剧《闯关东前传》研讨会发言摘要

2008年央视的开年大戏《闯关东》掀起了中国电视剧收视的小高潮，它凭借着厚重的人文历史精神和小人物大时代的书写特色，斩获了多项大奖，编剧高满堂老师也因此获得了“金鹰奖”最佳电视编剧奖。2013年的《闯关东前传》是“闯关东三部曲”的收官之作，在央视播出以来引起了社会各界的广泛关注。2013年5月3日，中国电视艺术家协会在北京中国文艺家之家举办了电视剧《闯关东前传》研讨会。中国文联副主席、中国视协主席赵化勇，中国视协分党组成员、副秘书长张彦民等领导出席了研讨会。研讨会由中国视协分党组书记、驻会副主席张显主持。李准、徐沛东、曾庆瑞、王伟国、郑亚楠、刘玉琴、阎晶明、向云驹、张德祥、李春利等专家学者在研讨会上，对《闯关东前传》给予高度评价。

电视剧不能缺少“四气”

高满堂/中国广播电视协会电视剧编剧工作委员会会长、国家一级编剧

在两会期间我曾经有一段发言，说中国电视剧缺少四气：历史剧缺乏正气，年代剧缺乏神气，当代剧缺乏地气，探索剧缺乏勇气。今天我拿出《闯关东前传》，也想以此证明我说的和我努力的是一致的。《闯关东前传》和《闯关东》《闯关东中篇》，这三部剧一共用了八年的时间。今天应该说是和“闯关东”告别的时候了。《闯关东》是从日俄战争写到“九一八”事变，《闯关东中篇》从“九一八”事变写到全国解放，《闯关东前传》是从1868年写到日俄战争前夕，“闯关东”系列写了三段历史。

看人生，看世事，看到的都是历史和文化

曾庆瑞/中国传媒大学教授

经历了短暂的开放之后，康熙七年（1668年）对东北实行禁封政策，导致东北地区出现大量的无人区。19世纪，为了应对沙皇俄国对我国领土的蚕食，当时朝廷鼓励向东北移民。于是河北、山东大量的无地或者少地的农民纷纷进入东北开垦荒地，我们把它叫作“闯关东”。在中国，走西口、闯关东、下南洋是封建社会末期到近代三次大的人口迁徙，其中闯关东经历的时间最长，人数最多。明末就有一些闯关东的记录，从清代晚期一直到20世纪三四十年代形成闯关东的浪潮，这段历史持续将近300年。

到新中国成立前，关于闯关东的人数有一个说法是3000万。在戏里，工地上总干对管粮说，上下两百年，闯关东人数多到上千万，光是冻死饿死在路上的何止百万，据说500万人死在路上。统计数据可能不同，但是历史表明，就是这些闯关东的人，一代又一代闯关东的人，不知道演绎了多少生生死死的悲壮甚至惨烈的故事。满堂的《闯关东》讲述了这样的故事，《闯关东中篇》接着讲这样的故事，《闯关东前传》还讲这样的故事。

看故事里的人生，看世事，看到的依旧是闯关东所发生的时代和社会的历史，还有闯关东所彰显的中华民族的文化。这部《闯关东前传》从1860年英法联军占领烟台开始，当地人被政府逼迫不得不走上闯关东的漫漫长路。这个故事围绕着管粮、管水、管缨几经沉浮的闯关东之路展开，按照需要设计的人物都体现出一点，就是闯关东的人生经历有传奇色彩，每个人物都命运坎坷、饱经风霜。

管粮满怀国恨家仇，作为平民百姓彰显出英雄的本色。逃离故土，从矿金到总办，那种爱国情怀和民族大义，都在他身上一一体现。他劫获朝廷的万两黄金，转而说服黑龙江将军将其用之于东北边防；他斗智斗勇，粉碎了俄国盗窃中国黄金的行为，粉碎了化装成中国人的日本人朗达在中国进行粮食侵略的行为；最后朝廷镇压革命党人，他带领兄弟们劫法场，

在管水的协助下营救成功，而他却倒在了关东的大地上。面对邪恶，管粮铁骨铮铮，而在爱情面前，他却侠骨柔情。在闯关东的人生道路上有三个女人走进了管粮短暂的一生。他逃离故乡时匆匆一别的曼儿，直到最后才来到管粮身边，重圆旧梦，可惜管粮要离她而去。逃亡途中，管粮与蒋雪竹惺惺相惜，两个人有了爱情的结晶，最终却难成眷属。还有阿丽玛，爱他却不能终身追随，只能远远地看着他。管粮的爱情，爱得痛苦，爱得真诚，爱得善良，爱得美丽，爱得令人怜惜。

管水耿直，生性刚烈，一路跟随管粮，言听计从，行动一致。不过管粮为了让他活命把他推向悬崖之后，苦痛的人生磨难使得他面对大哥杀死了蒋仕达，还要活生生地拆散大哥的婚姻。在敌人的诱惑面前他也会失去方向，在哈尔滨抗击洋人侵略时还误伤了妹妹。虽然最后悔过，但是付出了代价。他的爱情充满了浪漫风情，既给了他幸福，也带来了痛苦。

管缨以一个女儿之身独自闯荡在闯关东的路上，这个人物形象很饱满，就是一个人、一段情、一腔热情、一条命。她有一种味道，是闯关东女人的一个经典性的标志和样板。她代表穷苦农民，她智勇双全，她的胆量和酒量逼得土匪举手投降。她还是理财的能手，把面馆经营得红红火火。她的爱情就是奇遇的良缘，别有一番滋味。

随着人生际遇的不断变化，剧中人物在维护亲情的同时还要兼顾各自的人生情怀，纠结于各自的生活和婚姻。这部戏的亮点——情感部分被满堂描写得很细腻。

三部“闯关东”都是聚焦小人物，其中《闯关东前传》更是把小人物放在电视剧画面的中心位置，把他们当作主人公来书写，这是我们特别要提倡的，一切创作都要以人民为中心。

剧作家应该把国家命运和社会现实紧密结合在一起，中国电视剧应该多一点经典人物，把民族英雄的精神力量融入创作之中。满堂写《闯关东前传》是要写英雄，这个英雄什么样？有家国，有理想，有热血，有牺牲。任何时代都不缺大英雄，缺少的是我们身边的力量，所以这部作品极力弘扬平民英雄，让他们重构时代的道德。

我觉得满堂把国家命运和社会现实结合在剧作里，也是要传递这种家国情怀。《闯关东前传》在向世人展示这些普通人的生活状态时，贯穿了一系列的历史事件。创作者书写闯关东艰难辛酸的历史，把管家的家族史和近代中国社会史融合在一起，通过描写管家三兄妹的历史命运，表现中国社会的兴衰变革，围绕闯关东的人口大迁徙的历史事件，折射出那个时代的风云变幻，让我们看到了色彩斑斓的历史和家族史。管家三兄妹闯关东的故事与中国近代的命运形影相随。故事发生的环境氛围有了历史的、时代的色彩与气息，是一种境界，用佛教的话说这种境界就是一种造诣。我以为这种境界就是当代中国电视艺术家们应有的艺术造诣，凭借这样的造诣，《闯关东前传》有了浓重的历史感，有了强烈的时代精神和文化品位。创作这部电视剧的艺术家的功力在于，以管家三兄妹的复杂情感为线索，他们在闯关东中遇到的种种磨难和悲欢离合，所有的节奏都发生在历史风云中，三兄妹的命运随之大起大落，直至全剧走向高潮，管粮洒下英雄血泪，完成了设定的小人物成为大英雄的故事。这就是境界，这就是艺术造诣，这就是历史和文化。

关东有多少悲壮的故事，有上千万的山东人闯关东，死的何止百万。关东是一场梦，梦里来梦里走；关东是一本书，可关东这本大书谁能翻得动，谁能读得懂。可惜我来晚了，我也老了。满堂在剧中写了这么一大段读白，我理解为是对《闯关东前传》这部作品的感悟。

细细品味，你可以感觉管家三兄妹的命运不仅演绎了千万闯关东人的故事，而且充分表现出他们的奋斗进取精神，为实现美好的人生追求置之死地而后生，这是一种拼搏精神；还有敢于同种种不良品行进行抗争，自力更生、与时俱进；面对复杂多变的社会生活，积极向上，让人生有了一种人文精神。这些精神是我们中华民族诸多优秀品质的精华凝缩，也是我们基本人格的构成。

满堂爱护“闯关东”这个品牌，为了精益求精，他一路采风，他的戏都是走路走出来的，而不是关在屋里闭门造车造出来的。他翻了很多书，开机前闭关46天。他自己从来没有经历过这么长的创作，可以用“呕心沥血”来形容。片方也说满堂不下15次去剧组和演员交流。我们今天应该特别提倡这样的创作精神。记得当年在文艺局开第一次讨论会，我当时发问，为什么有些作品不能给人以精神家园的还乡之感，不能致人善美之康健？或者说不能让人感受博大的爱心和智慧，不能感知生命的深刻性？有些作品不能在促进人的身心健康成长和社会发展进步方面发挥良好作用，不利于我们民族精神发扬光大，不利于中华民族复兴，无论是在历史方面还是审美情趣方面，都缺少一种博大的情怀。

我在很多场合讲过，我们经济上高速发展，有钱了、富裕了，军事上强大了，但是光有富和强并不说明你伟大，只有文化上也是高度发达，你这个民族才是伟大的。所以，我们要特别注重我们民族文化的养成。

给我们提供了回望历史的契机

向云驹/中国艺术报社社长

这部作品情节丰富，人物关系几经变化，戏剧性很强，充满了矛盾的张力。另外，作品中人物情感和经历大起大落、大开大合、大悲大喜，让你在情感上被吸引，也让你有了一种特殊的感受。在今天这个和平年代，回过头去看历史的时候，让人特别有感触。中华民族是一个伟大的民族，历史上也是一个多灾多难的民族，前辈们经历了这么多曲折以后，才有了我们的现在和未来。我觉得这部作品让我们思考，让我们感慨，让我们流泪，也让我们高兴，让我们的情感起起落落、悲悲喜喜。它给我们提供了丰富的情感资源，提供了回望历史的契机。

我去过全国各地，东北给我留下了深刻的印象。如果一定让我来说对东北的特别感受的话，一个就是土地肥沃、物产丰富。这个地方人烟稀少，土地肥得流油，我们开发开垦这个地方比较晚，但是这块土地确实神奇。再一个，东北十分辽阔，我们到新疆也有这个感觉，但是那种辽阔是戈壁、荒漠，东北的辽阔是独特的。另外，东北的生存环境很不一般，南方人跑到那里，会分明感到气候的寒冷。我看到这部电视剧里多次提到寒冷，那就说明北方人，包括闯关东的山东人对东北之冷的感触也是很深的。在东北这个地方，我们做文化项目基本只有半年时间，户外活动基本没法做，当然现在有一些冬季户外活动，但是一般的常规文化项目基本就“冻住”了。

作为祖国的一块重要版图，这个地方是我们民族生存的重要根基，是中国版图的有机构成，在中华民族的发展史上也书写了悲壮的一幕。看了这部剧以后，我有几点感想。

第一，闯关东是中国历史上非常壮观的一幕。我们有很多悲壮的、壮观的民族历史，其中闯关东是需要大书特书的一笔，这样一段延续数百年的历史，是悲壮的、壮丽的，也是伟大的。

第二，闯关东是中国人口迁徙史上重要的一笔。中国人口迁徙史是中华民族发展或者中华文明发展的延续，是疆土统一和巩固的重要历史构成。从可见的历史记载，人口迁徙至少从羌人开始，羌人衍生了十几个民族的发展。这个历史我们提出过，从大禹的传说开始，对羌族历史都是有记忆的。再就是客家的南迁史，这个是从汉代算起的，也历经了2000多年，这也是中国人口迁徙史上重要的一笔。还有后面大家知道的走西口的阶段性迁徙，苗族的南迁甚至跨海迁越，形成了大批的迁徙史诗，现在还在流传。中国局部的、区域的、种族的、家族的迁徙史是中国历史的一种重要形态。

可以这样说，闯关东是历史上最后的一次人口大迁徙。闯关东的特点，一个是延续时间长，一个是具有自发性。历史上，有一些人口迁徙是因为战争形成的，有一些是朝廷组织的迁徙甚至是屯垦，而闯关东是自然形成的。另外，闯关东是我们历史上最悲壮的大迁徙，是在最黑暗的年代产生的。所以“闯关东”中有一个“闯”字，这个“闯”字实际很重要，说明迁徙是要冒风险的，是走投无路被迫产生的，是和很多农民起义一样的。由家庭和个人这样一种形式去走，形成一种地域性的迁徙，中间以逃亡、逃荒、流浪这样一种形式为主。这样的历史发生在离我们最近的时代，所以历史的回望、理解、反思、记录都是非常重要的。我看了《闯关东前传》整部剧，它的细节非常丰富，就是怎么过去、如何过去，如何一点一点走，今天在这个地方怎么生存，没办法换一个地方又怎么生存，这些视觉完全呈现出来，有强烈的现实主义和强大的震撼力量。闯关东以山东人为主体，持续时间很长，书写这段历史非常有意义、有价值，能够让我们回望民族的发展史。

闯关东的人们靠山东文化的基本原则生存下来，也把山东文化带了过去，为中华民族的文化融合与统一起到了很大作用。在一种无法无天的土匪称霸的世界里面，我们因为携带传统的文化基因，所以有一定的自律和他律。虽然关东的社会环境是非常无序的，但是闯关东者的内心、做人、生存是有原则的，从中可以看出中华文化在中华民族的生存发展中起到的重要作用。

这部作品在丰富的剧情中突出了从三个方面支撑的思想力量，分别是大义、大爱、大恨。大义，民族、家庭、个人精神的大义，它的爱国精神所体现的民族生存的基本原则，就在这样一个主导的精神支撑下形成。所以这一块土地属于中国，属于中国人民，属于中国文化。大爱，就是亲情之爱，兄弟姊妹的爱，乡党之间的爱，夫妻之间的爱，对家族的爱，对国家的爱。这里面各个层次都有丰富的体现、呈现和书写，将中国人丰富的情感世界体现得非常充分。大恨，有家国之恨，有杀父之仇，也有正义和邪恶之间的仇恨和对立斗争。所有这些，从不同的层次组合构成波澜壮阔的闯关东历史，构成了中国的近代史，让人感慨万千。

我认为剧中三个刑场的情节也体现了这个剧的主题思想。第一个是雪竹上刑场，主要是和陋习斗争的场面。第二个是处死管水。管水是和腐败官场和官方人物斗争，中间有正义和邪恶的较量，所以情节处理的方式与第一个是不一样的。到最后就是劫法场，那完全是势不两立的斗争。这个斗争也反映出清政府的衰落，也是整个作品设计的一个主题。我们的剧作家把所有的观点、立场都表达得很清楚，不用解读，不用评论家说什么，大家都看得懂，想提倡、批判、歌颂什么都是非常清楚的。

从有国无家闯关东，到有家无国，这是一个大环境的变化，是将人物命运贯穿进大背景的重要角度，告诉观众国富民强、家国一统是很重要的。如果政府不管老百姓的生死存亡，这个政府是不成立的。但是老百姓强了，国家不行，最后也是有问题的。所以剧情到最后是有家无国，实际上也预示着东北沦陷，是一个必然要到来的悲壮的历史。这段闯关东的历史揭示了历史发展的规律，让人非常震撼。

电视剧的音乐很带劲，是适时的抒发，在那欲言无语的时候音乐起来了。另外演员也演得非常精彩。总之我觉得这是一部非常优秀的作品，让我们对历史产生很多感想和想象。

我有一份感动

徐沛东/中国音乐家协会分党组书记、驻会副主席

作为这个剧的创作者之一，作为作曲能够赶上这样一个好题材，我觉得很荣幸。《闯关东》和《闯关东中篇》约了我，因为时间的关系我没有参与剧组创作，这次无论如何都得加入进来。本人就是闯关东的后代，对这个剧怀有一种非常饱满的感情。我到东北探班，见识了这个剧组的艰难。无论是吃住还是拍摄的环境，都是一种冰天雪地的景象。对演员的敬业精神，我非常佩服。

这个剧是一部非常有历史价值的戏，主题歌的歌词是文联副部长小光同志创作的，我想用几句歌词描述一下自己的心情。“风雨岁月世态炎凉。”对这段历史，作为中华民族的子孙，作为闯关东的后代，我们是不能忘记的。“男儿无泪只有热血。”那一场场戏，一个个鲜活的人物，确实有悲壮的感觉。“爱恨情仇。”这个剧其实描述了人民自发的一种爱国情怀，人民在抵抗外来的侵略，用胸膛去挡住子弹，这种事情在晚清、在辛亥革命时期到处可见。“长夜逝去会有曙光，寒冬过后春潮在望，春潮在望滚滚而来，春潮在望不可阻挡。”这段历史是中华民族近代史的一个点，面对晚清的腐败，家国的破亡，人民奋起斗争，换来我们今天这样的一个局面。

这首歌叫《春潮在望》，春潮滚滚而来的时候是任何力量都不可阻挡的，在这个戏里我自己始终在把脉这样一种情感。我很佩服满堂兄的才能。我承认作为艺术家是要有天分的，不是每个人都可以成为艺术家，但是只有天分是远远不够的。他在这部戏的创作中，深入基层采风，体验生活，走遍了关东的山山水水，这些给我留下了深刻的印象。这个剧组践行以人民为中心的创作原则，是有社会责任感的。我们现在一直在强调社会主义核心价值观，我们当代的文艺家怎样去履行自己的责任？这不是喊口

号就能做到的。现在的电视文艺非常热闹，我个人不反对电视的娱乐化，但是全民娱乐化就会丧失掉一个民族的骨气。在这样一种态势下，满堂兄挺起来，写了这样一部似乎不太娱乐，或者似乎让人对收视率有一些怀疑的电视剧。而事实证明，我们的老百姓对以人民为中心的导向是接受的，它的收视率非常可喜。

我家是从爷爷那一代闯关东过来的，爷爷死在日本人的刀下。再往前的历史，我们作为闯关东的后代也不甚清楚。这部作品对这段历史的挖掘非常有价值，这段历史我们今天不写还有谁去写？这是我们这一代文艺家的责任。

还有时代责任也是非常重要的。在当下讲究利益的社会环境中，我们怎样担起这样一种责任？大家知道现在音乐选秀节目非常热闹，在刚刚结束的青歌赛之后，全国现在有五六台音乐选秀节目，而且大多都是娱乐化的节目。是不是都在这么做？是不是每个台都在买版权，去效仿，去到处拉资源？对此我还是有点焦虑的。

有些比赛不是比赛，实际上是电视台在造势，选手和比赛都是后期加工的，唱得那么好，为什么呢？有技术、有科技，造成这样一种假象。当然老百姓都明白了是假的，我们的艺术怎么发展？所以我觉得文艺家要有时代责任。利益当然要，利益和广告上不去就没钱，但也要讲究社会效益，讲究社会责任感。我觉得《闯关东前传》这个剧做得非常好，演员也很投入，他们很可爱。这个剧里还有很多东西值得研讨，如讲究公平公正，讲究社会和谐，我们的文艺创作也是一样。

我参加了这个剧的发布会，所有的演员都对满堂非常敬重，都觉得搭上这班车，拍这个戏是一种幸福。这就是文艺家用自己的亲身实践来感染我们的演员，不是跟剧组漫天要价，使得这个戏完全掉在经济的圈里。

看这部电视剧，我有一份感动。我想等哪天我不感动了，可能我们的责任就更大了。其实这个剧本身的成功是一方面，我们更应由此去思考当前文艺发展的一些深层次问题。

家国情怀的强烈表达

李　准/著名文艺评论家

“闯关东”从第一部开始就形成了一个品牌，当时作品交过我两次，还让我写一个稿子，我就写闯关东的矛盾冲突。这三部电视剧形成了“闯关东”系列，形成一个整体，应该是把历史上移民闯关东写得比较完整了。

这部戏为什么这么好看，这么有影响？我们就从看片子的角度来说——当然这不是我今天主要说明的——我想至少有这么一点，高老师写出了他对闯关东生活的理解。好剧本都是用脚写出来，这部剧就是他深入生活，长期思考，投入很大的精力写出来的。

第一，它仍然以家族叙事为主，家族叙事上面连着国家的宏大叙事，这个宏大叙事的背景有了，下面连着每一个人的命运。它的家族叙事到了这一步很熟练，比第一部还熟练，特别是写三兄弟的关系，他们都有独立的生命轨迹和闯荡历程。

第二，中国戏曲的定义和本质是什么？是讲故事。我觉得电视剧创作最根本的是讲一个好故事，用人物命运的跌宕来吸引观众。“闯关东”从第一部开始，人物命运的跌宕以及命运的相互交叉便一个波澜接着一个波澜，并且都推向极致，既有传奇性，又给人非常强的真实感。这一点是说会写戏。

第三，它的焦点对准了主要人物的情感，所以说它是一部情感大戏。包括男女情感戏，特别是以管粮为代表的，一个男人和三个女人的情感戏，被推向了极致。

第四，这个戏精彩的艺术细节很多，这些细节生活含量高，是从生活中来的，是跑了多少年，采访了多少人，走访了多少地方提炼出来的。而且，它有很高的文化内涵，对移民文化、对闯关东有很多自己的独特发现。

第五，提供自己对于民族志气的理解。中华民族有史以来到近代越来越强的，就是这种平民英雄，就是最普通的老百姓。每个中国人都有自己的家国情怀，在作品描述的故事中，最初的起点是个人的情和怨，接着就是家族的恩和仇，再往上是不同地域帮派的恩和仇，还有民和官的恩和仇。但是所有这一切在外国侵略者来霸占我们领土、践踏我们民族尊严的时候都会被抛在一边。这种精神贯穿始终，中国的老百姓都有这样一种家国情怀。

热爱国家和反对腐朽的朝廷不矛盾，这也是中华民族的精神走向。其实史学理论家讨论“爱国主义”一词的时候，争议极大。我们当时讨论，“爱国主义”从狭义的到现在，是有变化的。第一个是忠于皇帝，明知道皇帝错了，但他是“真命天子”，要为他服务。第二个是可以打倒这个皇帝，但是我维护姓李、姓刘的王朝，忠于一个人，等等。而真正的爱国主义就是你真正爱这个国家，一个人不行就把一个人推翻，一个姓不行推翻一个姓，一个制度不行推翻一个制度，怎么有利于这个国家的富强就怎么做，这才是现代意义上的爱国主义，但是它一定是和时代的发展进程联系在一起的。

这部剧到后面三分之一的部分高昂起来了，挺好。当然也有不尽如人意的地方，因为闯关东框了一些基本内容不得不讲，而第一部讲的所有事情都已是经典。这部剧有很多新东西，但有些新内容就不如第一部那么完全是新鲜的。

总体上这部剧是一个大戏，一看那个镜头，就知道创作人员吃没吃苦，下没下功夫。那冰天雪地，可不是演出来的。

我想从中国的移民文化角度来衡量，说说感想和建议。

大家知道，有了人类以后就有了移民。什么叫移民？没有很确切的定义，必须在多少人、多少年以上。有被迫移民，有自动移民，像白种人到美洲就是自动移民，黑人被放到美洲就是被强迫移民。还有生存性移民，就是活不下去了要跑。还有发展性移民，觉得在本地本国过得不如意，要移民。生存性移民和发展性移民不能完全划分开。关于移民的说法还有省际移民、洲际移民、国际移民，等等。

有一种悖论看待人类移民发展史，我想提出来衡量这类片子，还可以为这类作品提供参考。需求是发明之母，执着就是发明之父。所谓创造就是遭遇的结果，起源就是互动的产物。什么是文明？文明就是应战的结果，主动地迎接挑战。某种意义上说，人类的发展史就是文明史。

很多人说乡土孕育了戏剧，移民创造了史诗。人类最早的史诗跟移民有关，人类的很多史诗都跟移民有关，甚至有的就是移民史诗。现在有人说汉族没有史诗，有几部史诗都是少数民族的，有文字记载的实际只有一1000多年。但是也有人说，《诗经·大雅》中，篇幅不是最长的《公刘》就是讲上古时代的公刘率领他的部落移民的经过。这确实是一个史诗。没有移民就没有世界上很多国家，也没有发展，没有版图。

在中国移民史上，闯关东是特别波澜壮阔，有着特别强大的社会政治内容的一次移民活动。

三部“闯关东”电视剧，重新发现和解读了闯关东在中国历史上的重大意义。闯关东是中国历史上最独特的了不起的移民活动，没有这3000万移民，现在的中国就没有东北三省。

东北是清朝统治者眼中的龙行之地，祖宗发源地，他们很看重这个地方。尽管以十万大军征服了中原大地，其实十万大军里一半是汉人，满人只有四五万。但是他们进关之后，说东北是龙行之地，不许汉族去移民。在1860年以前，沈阳北边还有大片的无人区。帝国主义瓜分中国的活动中最先伸出魔爪的是俄国。中国和俄国，有当时世界上最强大的两个皇帝，中国的皇帝是康熙，已经在位20多年；俄国的彼得大帝刚当皇帝不到十年。在这个时候，在非常著名的战争中，俄国兵被中国打败。中俄签订了条约，按照历史的说法，这是中国清代以来还算是比较平等的一个条约，当时黑龙江以东的大片土地都是中国的，乌苏里江和黑龙江是中国的内河。从康熙、雍正到乾隆，继续对东北实行封禁政策，不许汉族人去，尤其黑龙江以北，乌苏里江以东，原来就很少人，政府又不许新的人口过去。这个时候沙俄势力继续扩张，俄国人就过来了，一下就夺过去了。

这个时期人口增长很快，当然历史上的统计有很大问题。康熙二年（1663年）中国的户籍统计只有不到3000万人，到了乾隆五十二年（1787年）已经三亿多人，涨了15倍多。后来沙俄把我国黑龙江以北夺去60万平方公里，到1860年，又把乌苏里江以东的40万平方公里侵占了，两次就从中国划出去100万平方公里，江东就剩下64个小村，五六千人，最后全部被打到江里。这个时候中国走向弱势，但是俄罗斯国力继续上升。沙皇亚历山大二世1855年上位，他搞了很多改革，特别是解放农奴，1860年农奴制改革以后俄罗斯的国力增长很快，强迫清政府订立了一系列不平等条约。到1864年又从我国西北夺走42万平方公里土地，亚历山大二世在位时共夺走中国140多万平方公里土地。也就是到这个时候，特别到《瑷珲条约》和《北京条约》以后，这时候中国的统治者，包括慈禧太后和同治、咸丰都明白了那边没有人不行，虽然黑龙江、乌苏里江成了界河，但是如果没有人过去，黑龙江、吉林、辽宁也守不住。清朝廷取消东北封禁政策，主要是因为外国侵略的压力，同时也是为了缓解国内饥荒。

闯关东的人主要来自山东、陕西、河南、河北，从1860年到1911年辛亥革命这个期间，虽没有确切统计，但是有两三千万人移民东北。从这个意义上来说，没有内地，特别是没有山东这些移民，东北也守不住。那个时候黑龙江、吉林没有多少人口，不用等着日本去瓜分俄罗斯就拿走了。从1860年到1880年，老百姓每天往关东涌，各个港口天天有船往那送移民，东北的基本人口就是这么过去的。从这个角度来看，大批的移民过去开垦，不但缓和了农民起义的势头，更重要的是巩固了东北边疆的国土。如果没有这些移民，乌苏里江和黑龙江可能都被侵略者夺走了。

后来，李鸿章搞了中俄密约，同时又搞了中东铁路公司的合同，俄罗斯掌握了中东铁路全部的修筑和经营权，还用兵强占了大连港。俄罗斯没有不冻港，一直想搞这么一个港。然后是日俄战争，在中国的土地上打了半年多的仗，双方出动兵力数十万。两个强盗在中国的土地上打仗，中国政府竟保持中立。当时张作霖已在东北上台，是军阀武装，他就代表中国政府维持中立。

从这个角度来看移民，我觉得《闯关东前传》在这一点上大大突破了第一部，因为它叙述的时代背景就是闯关东移民最多的历史时期。移民最多的时期是从1860年开禁之后到1920年，当时各条通往关东的路天天都有移民，络绎不绝。这些移民保卫了我们的疆土，保住了中国的东北三省。1860年清政府被迫设立了黑龙江省、吉林省、辽宁省，这是极其重要的举措。

从这个意义上说，这部片子里，特别到了后边三分之一部分，紧紧抓住了移民这个主题，把移民的家国情怀推向了极致。中华民族5000多年的文化传统，老百姓始终把国家和民族的尊严、命运放在最重要的位置上。所以老百姓移民不光为了大清朝廷，还是为了爹娘，为了子孙后代和这片土地，没有移民就没有这片土地。我觉得就是一介草民也要为国解忧，只要遇到外国侵略我们就会合成一股劲。没有这种民族文化的主流价值观主导，就没有中国的960万平方公里土地。

在《闯关东前传》中，最后管粮要去救人的时候，管缨劝他不要去，他气愤地说两条疯狗在中国打仗，杀害中国老百姓，大清朝廷却要中立！然后他们就暗救革命者，这是为了国情，不是旧情。闯了这么多年，闯了20多年家有了，国没了，国没了家还能保住吗？对朝廷的无能，他们不是失望，而是绝望。而他们干的就是改天换地的事，去救革命者就是为了让更多人看到眼前的光亮。这个主题点得非常好。鸦片战争以后，中华民族的危亡在1904年、1905年达到了顶点，被割去了那么多土地，而且两个侵略者在中国土地上打仗中国还要保持中立。日俄战争，是中华民族的屈辱。这部剧从1860年写到1905年，揭示了中国老百姓的家国情怀，这是中华民族最强大的生命力。

全世界的几大文明中，只有中华民族5000年延续了自己的版图，这个民族没有断裂，所以我想中华民族的根也就在这个地方。《闯关东前传》这部作品把这个课题很好地凸现出来，这就是满堂和导演、和整个团队通过艺术作品对中国近现代史进行的形象展现，站在时代高度填补了空白，确实可喜可贺，非常了不起。

单纯从这个角度来说，我觉得这方面的功夫可以再下得足一些。东北这一块是靠这3000万移民支撑起来的，移民直接关系到国家民族的兴衰，直接关系到国家的版图。那时也想了很多办法，孙中山成立兴中会，就是发挥移民这种作用，他们维护自身的生命和财产安全就是维护民族的最高尊严了，现在这个东西仍然是一个大课题。中央电视台在拍摄的时候发现，黑河那个地貌非常像小说写的这个地貌。后来俄罗斯人知道我们在拍摄，抗议说你们现在还在煽动民族仇恨，我说这是历史事实啊，老百姓不忘国耻。这个历史我们现在的年轻人如果不知道，确实是遗憾。

中央领导同志多次提出，鸦片战争以后到“五四”运动这一段历史，一定要通过文艺形式写出来让观众都知道。《闯关东》不是专门写这段历史的，但是《闯关东前传》终于在这一点上填补了一个很大的历史空白。我希望不管是谁，有这个本事和兴趣的，就把这段历史以重大题材的形式，或者非重大题材和重大题材结合的形式，还原历史的本来面貌写出来。包括大连旅顺口的命运，大连的历史风云太应该拍几个片子了，无非就是俄罗斯、日本的有些人不高兴，但是恐怕也说不出什么。

《闯关东前传》这部作品在这方面的展现，我认为是最大的突破。这个剧如果往前延伸，有些事往前叙述，包括最后的字模把这些东西说出来，会更好。没有这些移民就没有今天的黑龙江。移民们所体现的精神，也是中华民族的精神，非常有现实意义。光顾自己挣钱，光顾自己的小利益，我们的土地都被卷走了，你个人的小日子也靠不住。这种家国情怀在当时的发挥是很好的。

向东北的移民题材是一个创作的富矿，现在《闯关东前传》开了一个很好的头，以后还大有文章可做，还可以继续做出令人震撼的好作品来。

对现实主义审美精神的追求

王伟国/中国传媒大学教授

我看了这部作品，得到三点启示。

第一，1840年鸦片战争以后中国进入了半殖民地半封建社会，《闯关东前传》就是中国沦为半殖民地半封建社会的缩影。这部作品从1868年山东人民反抗外敌侵略惨遭屠杀的事件开始叙述。这段历史是中国人民受尽了列强压迫掠夺的历史，几乎所有的帝国主义国家都对中国进行了侵略和掠夺，晚清政府腐败无能，与帝国主义列强签订了上千个丧权辱国的卖国条约。列强强迫清政府放弃主权，割地赔款，英国占领了香港，葡萄牙进入了澳门，德国统治了山东，沙俄帝国割走了大片的中国领土，相当于十个浙江省的面积。

帝国主义发动对中国的侵略战争，还以强盗逻辑让清政府进行赔款达十几亿两白银，这个时候清政府成为了列强的傀儡，中华民族面临亡国的危机。这部剧的人物以管家三兄妹为主，描述他们如何顽强地求生存，以斗争求生存权，当时也有知识分子宣传孙中山的思想，进行推翻腐败的清政府的斗争，举起反帝的旗帜，为中国寻找出路。

这部作品以正确的历史观和历史理性为主展示了求生存、求真理、求平等、求自由，既悲惨又壮烈的历史画卷。

第二，电视剧《闯关东前传》充分表现了编剧高满堂和导演王滨同志对现实主义审美精神的追求，具有强大的生命力，这也是这部戏成功的重要原因之一。高满堂的一系列电视作品，如《大工匠》《漂亮的事》《北风那个吹》《温州一家人》等都贯穿了一个现实主义审美精神的主线。在当前，中国电视剧的创作存在两种不同的甚至对立的思潮。在这种现实主义思潮的影响下涌现了很多优秀电视剧，如高满堂的电视剧、电影，以及《乔家大院》《士兵突击》《潜伏》《我是特种兵》《媳妇的美好时代》等，吸取了社会责任和担当，教育人民服务社会，推动发展。另外一种思潮影响下的电视剧则颠覆历史，将历史个人化，或将严肃的中国革命游戏化，或打着舆论旗号回避思想逃避责任，它们打击着现实主义的精神家园。

其实娱乐有优美和丑陋之分，有健康和病态之别，泛娱乐化的思潮对立着现实主义审美精神，所以高满堂提出娱乐不能泛滥，不能把娱乐作为电视剧的终极创作目标，我们永远要提倡英雄主义，那些有思想价值、给我们感动的内容是创作的核心。

为了写好《温州一家人》，高满堂采访了100多个温州商人，他说，我编剧的戏之所以取得不错的反响，就是因为这个戏是从采访中获得的，是从生活中获得的。他还说，现实题材的电视剧离生活太近，你编得很好，但只要有一个细节失真，经不起推敲，整个节目就会坍塌，这就是现实主义的严肃性。创作《闯关东前传》他花了一年多时间深入当地采风，采访了200多人，翻阅史料无数。他说，我搜集的故事是那么生动和鲜活，这是泥土里冒出的故事，这是具有生活质感的真正动人的故事，这些从生活中来的素材经过艺术家的筛选、加工和提炼后，塑造出来的人物形象渗透着现实主义审美精神，有强大的生命力和感染力。

第三，高满堂是按照电视剧规律来创作《闯关东前传》的，有三点特别值得肯定。一是全力写好人物命运，尤其是主要人物的命运。剧中的管家三兄妹等人物都写的真实而生动。电视剧真正的主题是人，电视剧作为人的心灵和情感的记录，是离不开对人的关注，对人物命运的关注的，人物是电视剧的叙事中心。当前中国电视剧中存在的一个比较普遍的问题是人物形象不生动，人物性格不鲜明，往往呈现思想大于形象的目中无人的现象。失去了人物为主题的艺术规律，离开了情感逻辑和思维逻辑编造离奇的臆造的故事，这样也就失去了人物，失去了作品的灵魂，这样的电视剧肯定是不成功的电视剧。《闯关东前传》的成功之处，首先是塑造了若干个栩栩如生的、鲜活的、个性突出的人物形象，这些人物从一定的方面反映了社会生活的某些本质，如管粮等人在维护自己和国家的尊严的斗争中表现出来的有家国、有热血、有理想、有牺牲的英雄之气。管粮身上表现的民族精神是人民的生活本质，也是帝国主义和列强永远征服不了中国的根本原因。二是有精彩的戏剧冲突。如管粮、管水与日本间谍的民族利益冲突，这是全剧最为精彩、最为惊心动魄的戏剧冲突，并形成了全剧的高潮。编剧将人物命运放到戏剧冲突中，在戏剧冲突中展现出人物命运。三是写好人物动作性叙事，这也是这部剧的成功之处。如果说文学要侧重语言艺术，那电视剧是侧重动作性的叙事艺术。当前中国电视剧中，作品不好看或者很不好看的一个原因就是在剧中失去了动作性叙事，太多对白代替了动作。因此有人说电视剧就是换个地方说话，这个批评有点嘲讽的意思，但也是指出了当前中国电视剧存在的问题。黑格尔曾指出，把个人的性格、思想和目的最清楚地表现出来的是动作，人最深刻的方面就是通过动作来呈现。《闯关东前传》通篇闪烁着人物动作叙事的美，如韩老大亲自动手做了首饰盒，管缨看到这个盒子爱不释手，对镜子照了又照，特写镜头显示出管缨作为一个女人对美的由衷追求。管缨要离开大院逃难时，没有拿别的东西，就抱着这个盒子，摄影机随着管缨同步记录管缨的动作，管缨的动作形象地表现出了管缨的性格。所以，一定要有这种电视剧思维和人物动作的设计，高满堂为我们做出了美的示范。

走产业化的路

郑亚楠/黑龙江大学新闻传播学院院长、教授

作为土生土长的黑龙江人，作为移民的后代，看到涉及黑龙江地域的电视剧感到很亲切，这些故事早就有流传。但今天不太想从地域的角度来看这部剧，想从产业化的视角来看。龙视传媒和天歌传媒推出这部剧，是回应以下三个命题。

第一，我们还能不能走产业化的路。黑龙江的电视剧在20世纪80年代和90年代初期的时候有过辉煌。在我的记忆当中，后来便几乎沉寂了十几年，没有什么精品出来。原因有很多，比如本地没有好本子，也缺乏一批好的导演，可能也与我们对产业化运作不认同不熟悉有关。黑龙江这些年多次尝试开发外设地，吸引了很多剧组到黑龙江。这次能够投资《闯关东前传》，是在尝试着走市场的路，由过去以满足自身为主要驱动力，变成了以选择和消费促进优秀作品的生产。黑龙江电视台的龙视传媒是在换一种思路。产业化在我看来好像应该是一种思维，是要追求能够流通起来的产品，意识形态也好，地方特色也好，要通过这种商业的元素来运作来表达，只有瞄着市场才能有流通起来的作品，才能有优秀的文化传播。

我们现在不是为了打地方特色牌，在这种全球化时代，有产业化的支撑才有意识形态。大家都知道好莱坞，它是美国的文化价值观。这种表现民族灵魂的东西最动人，最能流通起来，最能衍生产业链。“闯关东”这个戏也说明了这一点。刚才很多老师都讲到这个戏的大爱和家国情怀。

我拿到这部戏的时候，正赶上我们学校开运动会，所以我就特意找了两个出生于1988年和1989年的研究生和我在办公室里一起看。我向他们交代：你们不感兴趣就走，不用坚持看。但是这两个孩子跟我在那看了两天，我观察，他们一方面可能是对这部戏当中的情感部分很感兴趣，一定

要知道管缨和韩老大怎么样，最后结不结婚啊，另一方面，两个人看完以后说那时候的人那么抱团，那么团结，就是那么大我。这代孩子前一阵子对我有过刺激，因为他们对陈招娣都不怎么知道。所以我觉得像这样的东西，民族灵魂的东西还是可以打动人的。虽然现在的“90后”已经成长起来了，但是历史的断裂、文化的断裂已经很厉害了。

第二，我们的产业化的路怎么走。尽管具体的剧目创作千姿百态，但规律性的东西是逾越不了的。他们说这个剧是四年磨一剑，这个故事拍出来，其中的爱恨情仇很丰富。2012年获得国产电视剧发行许可证的有506部作品，进入电视黄金档播出的大约是8000集，一半左右的剧拍出来并没有播或者影响微弱。去年35个省市收视率超过1%的只有60部，超过1.3%的仅30部。这仍然是一个需要品牌电视剧的时代，引导电视剧的创作由产量的扩张期转入质量的提升期应该是大方向。产业化是聚合的路，是文化创意的路，文化创意有人文底蕴的体现。这部剧聚合了好编剧和好导演，还有实力派的演员。和我一起看的孩子还认识其中几个演员，比较了解。

同时它也是播出平台的聚合，目前国内大型的影视公司有各自的经营的模式。还有龙视和天歌这样的电视传媒有自己的公司模式，应该说这类性质的公司有先天的优势，有播出平台，这个平台是好产品出品的大平台，有些时候这比一般的民营传媒要有优势。

第三，黑龙江会成为影视产业化的富矿。黑龙江不但有丰富的物产，还是影视文化创作的富矿。“闯关东”三部曲形成了鲜明的风格，我想短时间内高老师可能不会触及这个题材了，但还是希望高老师关注黑土地。我们跟俄罗斯分界完毕之后，我正好去边境地区，当时县委书记告诉我说，签约第二天，黑瞎子岛对面的小镇就立刻建了几个教堂，我们这边马上开始造一个中式的塔，就是这样的文化碰撞，首先就表现出来了。

让人放心看　传递正能量

刘玉琴/人民日报社文艺部主任

这部作品我从头到尾看了一遍，总体印象，这是一部可以让人放心看的作品。因为它不像有的电视剧戏说、结构，也没有无缘由的暴力，也不是一地鸡毛地折腾，不是那些东西。

这部剧是健康、清新、明快、大气的作品，无论男女老少都可以放心观看，有比较振奋人心的正能量。

第一，这部作品凸现了中华民族的核心价值观，故事讲得好。作品展现了小人物在大时代中的命运链接，通过这么一种链接写出了闯关东人的担当。这对编剧高满堂的前两部“闯关东”作品的民族气和英雄气是很好的接续，而且这部作品的史实和事件更丰满，画面和节奏更明快，把民族气节讲得更加集中和生动。

在跌宕起伏的戏剧冲突中，在剧中众多人物的命运轨迹，中国人的民族精神和家国情怀得到了多方位的艺术体现。比如说英法联军入侵的时候中国人民的抵抗等等。中华民族素来是爱国家、明大义、英雄辈出的民族，反映到这部剧中，故事中间每一个细节都见感情。虽然是小人物的故事，但是折射了那段跌宕起伏的历史。这部巨作让我们感受到了历史的大气磅礴和历史的惊心动魄。

第二，在展开闯关东的历史故事的同时，更为突出地展现了中国人坚守情意，讲究忠心，善良品德，表现了情谊无价的传统特质。作品对自珍自重等传统品格的艺术诠释，使中国传统文化的精髓被不断放大和张扬，也为众多人物的行事、为人铺设了鲜明的底线和标志。作品强调这些文化传统，有了这些文化传统，剧中人的情谊、开拓进取才思路清晰，这也是民族精神得以光大的生命支撑。比如管缨无论做什么都讲究个“义”字，她一路闯荡而来站稳脚跟，靠的就是善良仁义的家道相传。管粮的爱情纠葛，尤其几个女人为爱相守，生死相依，令人感动。

刚直不阿的张大海对于管粮的精神是一个重要的引领，也是他升华的助力所在。还有，矿工们为一个“义”字恪守为友之道，金矿主也在管粮的感召下悔过，雪地里对管粮相助，完成了自我救赎。这些都显示出浓厚的人文情怀，这也是中华民族不断走向未来的希望所在。

第三，塑造人物是影视剧的灵魂，剧中众多人物性格鲜明、丰满，描写到位，各种人物活动交织在一起，各有特点，栩栩如生。人物是作品的核心，人物的命运和形象的鲜活是这部作品之所以吸引观众的重要因素。作者对人物形象塑造的驾驭之功，对地域情况的掌握，使作品成为精品。家国情怀，重情重义，将许多人的情感行为凝聚成强大磁场，散发一种感人的光辉。比如作为朝廷命官的张大人，他尽职尽责，可是并不愚忠。“关东山不留无名之辈”，这是他对管粮说的话，也是他的自白。他对智者始终怀有企盼，这种内心的矛盾勾勒了一个特殊的形象，同时也显示出与众不同的情怀。周管中贪占甚至害人，但是又对爱有一种执着，人道没有完全泯灭，才有后来的升华。

这些人物塑造的成功，每个人的行动和出发点就是因为有清晰的文化支点。

第四，作品在地域展现上有气势，有突破，有特点。剧中场景展现了关东韵味的风土人情，视觉形象丰富，场面辽阔，与发生在这块土地上的民不聊生的状况产生了对比。

剧组在多地采访众多人物，使用史料严谨，深入生活，深入人格和体验，把人物搭在时代脉络上，这是作品好看耐看的原因之一。

也有几点不足。第一点，在布局上前后故事的衔接和风格呈现有的时候不太一致，有的冲突的因果不令人信服。第二点，为了强烈的感情张力和故事传奇性，有时细节的矛盾冲突也给人不太真实的感觉。第三点，剧中的巧事有点多，人为痕迹有点重。比如管粮和雪竹的几次结婚，比如韩老大讨饭讨到了管缨的家，无巧不成书，艺术作品需要合理的虚构，但是巧合太多真实性就易碎，经不起推敲。第四点，管粮是作者重点塑造的一个形象，但是对爱他和他所爱的女人有的时候缺少一种责任，或者说身上没有表现出一种大丈夫的柔情，有的时候看不清他的爱情观、人生观是怎样的，多少影响了人物的丰满。

宏阔背景描细节　紧贴时代讲传奇

阎晶明/《文艺报》主编

我跟高老师认识比较晚，但对他的作品我关注的时间还是比较长的。对这部《闯关东前传》，我比较留意一件事情，即它在所有的作品序列里有怎样的关系，有人说有传承的关系，有人说有创新的因素等等。总之想把它放到一个框架里边来分析。

我觉得这个戏很有意思，从创作的经历来说它是闯关东系列最后一部作品，但它又是前传，历史时段又放在了前面两部戏之前。我觉得这种写法在我的印象中还真是比较少。客观说，它其实也是对闯关东这个著名艺术品牌的一个利用，一个续接，当然也是对这个题材的完整化，使其成为完整的三部曲作品。

我觉得在成功的前提下，这样做是非常有效的，因为大家都知道它是在一个成功的序列里，是闯关东系列电视剧的收官之作。看完作品之后，总的来说效果是达到了。现在的收视率，它的影响力，很大程度上与“闯关东”这三个字2008年以来给人留下的印象和痕迹是有天然关系的。

要说这个作品有哪些特点，第一就是野心特别的大，这种大就是大历史，有很大的宏阔背景，以及大起大落、大开大合的故事格局、叙事方式。想把那一段中国历史的方方面面都在这个作品中有所体现。仅从元素上来说，这是一个关于中国人的故事，而里边也有日本人，还有俄国人，甚至八国联军等等。这里边既有政治的、经济的，还有战争的、人民的、文化的，是一个五位一体的作品。

总之我觉得它是一个非常具有野心的作品，有家族，有个人，也有国家和民族，有历史和社会，有家国情仇、民族大义，生活的方方面面在作品里都有体现。

第二点，这么多的要素，能不能很好地整合起来，靠什么整合？这部作品跟前面的《闯关东》以及高满堂其他的一些作品都是有一定联系的，就是有意贯之的特点，就是以家族历史为核心的故事，以家中的男人为故事的主线，这样的做法是这些年电视剧创作家族戏时非常流行或者非常通用，也是非常热的一个领域。高老师的这些作品之所以能从这些作品当中冒出来为人所关注，很重要的一点就是比较好、比较恰当地把个人、家族、国家、民族的几层关系通过故事打通和融合，结合在一起，这是很不容易的。

比如所有的人闯关东的原因都不一样，有自觉有被迫，大部分人都是背井离乡，不是说他要去闯，其实他是被逼走的，比如管粮和管水。当然我们可以认为是编辑给他设计的，但是历史上肯定也不乏这种情节。其实这就和走西口、下南洋一样。在这个戏里，他还是尽可能地把生活的、历史的多样性和多层面性反映出来。

这些人走上闯关东的道路之后，每个人的命运，及其互相之间的关系，不管是融合、纠葛还是结合，都是跟整个国家民族历史的发展有着直接的关系，从创作来说是一个互相呼应的关系。这方面作品处理得还是非常到位的，也是比较成熟的，体现了作者创作的老道。

第三点，作品尽管写的是大历史，写的是家国情仇，但是它展现的是由不同的个人组成的群体，这个群体比如大家都姓管，或者与姓管的有关组成一个家族的群体，每一个人都是一种性格。他们的命运和社会历史的振荡密切相关，这部作品在创作技巧上不断创造和融合，寻找这样的连接点。它特别接地气的是没有过度地把个人命运的传奇性抽离出来，变成一个传奇故事，而是紧贴那个时代的发展变化来做。

我看这部电视剧的时候想起一个美国电影《燃情岁月》，那里面也是写三兄弟，老三找了一个非常漂亮的女人做女朋友，但是这个女人很快爱上了老二。那时候是第一次世界大战，老二和老三去打仗了，老大就想尽一切办法把她变成自己的妻子。兄弟三人为一个女人演了一出大戏，演绎得特别到位，给人印象非常好。但是，这是一个抽象的人性故事，最后变成了每一个人尖锐对立的过程，而历史给人带来的变化变成了一个虚设的背景，是使得命运发生变迁、改变和转折下的另外一个要素，但不是这个作品表达的主题。西方很多作品，包括歌剧，都在回答一个抽象的问题，这跟他们的文化有关。而我们中国的文化就是要紧紧贴着现实、国家、民族、历史，甚至超越了哲学，甚至所有哲学、历史、文化的东西都要回答这个国家、这个民族，以及老百姓生存的命运或者说环境的问题。

我觉得《闯关东前传》在这一点上做得很好。剧中这些人物，他们一开始有一个很好的家庭，但是由于种种原因背井离乡，背井离乡之后大家又形成一个社会。比如说管粮长兄如父，他要管弟弟妹妹，要管掖县所有来的闯关东的人，这变成了一种责任。这种东西随着剧情发展，要变成对国家和民族的一种责任。其实这种感情的东西有一个不断升华的过程，这个过程中很可能也会丢弃和偏离，出现一些其他的问题。从主调上来说我觉得是非常好的，最后大多数人都可以舍生取义，面临亲情和大义的抉择，回答都是非常有力的，而这在中国文艺作品中是必需的。你不能抽离出来说老大是有担当的人，老三是奸诈的人，妹妹只会过日子，这样作品的感觉就掉下去了。而现在是紧密结合国家的历史背景，这是一个非常自觉的原则。

所以，到最后一集我们看到的雪竹变成了革命党人，就是把一种不自觉的革命变成一种自觉的革命，把阿Q式的革命变成了一个革命党的革命，最后就变成了一个革命义士，所以管粮最后劫法场也不是匪帮或者民间行为，而是为了革命赴死的行为，有一定的意义。总之在这些方面我感觉非常好。

当我们追求一个宏大题材的时候，有一个细节把握的问题。在细节呈现上，能不能通过很有说服力的一环扣一环的故事、情节、细节，做好戏剧化与生活真实之间的关系的处理，从故事本身来说，确实有可琢磨的地方。

现在我们很多表现大历史的作品，需要强调一点自觉的意识，需要更多的有说服力的细节呈现，甚至是物质性的、时间性的、物理性的一种东西来回应问题。而这些细节实际上也是保持这个重大主题确立的高度的一个印证。道出一个话题来，虽然不能成为一个线索，但是写的时候有办法回应它的合理性，注意到了这一点，观众也会感受到。比如闯关东，我个人认为高满堂老师的闯关东还没有收手，其实从移民史和文化史还有很多东西可以去做，我们做的是民族的重大历史的“闯关东”，如果从移民史，可能就是怎么进入辽宁，哪些人去了吉林，哪些人去了黑龙江，一定非常有意思。路上经历了哪些明的、暗的、正的、邪的经历，有什么转折和悲欢离合，都是文化的那种民族生活意义上的闯关东，可能观众会同样感兴趣，甚至一定程度上他们可能会更感兴趣，知道是怎么样的过程走到那的，故事就变得更加丰富多彩。我这是作为一个观众的遐想，但是我觉得这样的作品应该是有希望也有必要去诞生的。

有血性　有气量　有力度

李春利/《光明日报》文艺评论版主编

看这个戏很亲切，因为我曾经是大连人，我的户口是从大连迁到北京的，所以应该是闯关东的后代。看这个戏之前，我特别想知道观众为什么这么喜欢看《闯关东》。后来我问了身边的一些观众，他们给我的回答很相似，说现在腻歪东西太多了，缺少有血性、有气量和力度的东西，大家爱看这个戏，是觉得这个戏里的男人都很爷们，连女人都很爷们。我看的时候，也觉得男人和女人之间的情爱都是大度之爱，都是真爱。如管粮的爱情，包括管水和俄罗斯姑娘以及情敌之间的情感，虽然都是三角关系，但不是狭义的情人之间的小恩小怨，而是人间大爱。

一般的编剧写情爱故事，肯定是矛盾越尖锐，越抢得你死我活越吸引人。而这部戏是在更高的境界架构故事，是好人之间的真爱，看似是舍近求远，但是这样更让人牵肠挂肚。比如观众和人物一起进入一个两难的选择，最后管粮为救雪竹而死，曼儿追随管粮的场景，我相信每个观众都会被打动，被震撼。

这部戏还让我感动的就是民族义士的崛起，这是从下意识的反抗到建立信仰，从保家到卫国，作品刻画非常精准。在剧中，朗达说，你们大清朝都完蛋了，一介草民能如何。管粮说，我们是为生养我们的土地，为我们的家人。这些台词写出了民族义士崛起的心路历程，他知道没有国哪来的家。朗达又说，你们中国人都是窝里斗。管粮说，管水是中国人，最后还是要帮自己的哥哥。还比如从开始分金藏金，不想把老百姓的辛苦钱变成宫里的脂粉钱，到雪竹成了新思想的传播人，这些点点滴滴都是民族义士的觉醒，所以这是有大情怀的作品。

这部戏在传奇和历史之间，在精神追求和市场应和之间的度把握得很好。大家知道前一段出现很多抗战神剧，把抗日戏变成了游戏剧，有的收视率还很高。南方某报登出了一个演日本人的演员写的一些东西，引起了网上的轩然大波，我们看的时候笑的同时心里也觉得很悲哀。我觉得这个戏是很严肃，是历史正剧，大历史背景是很真实的。日本侵华是蓄谋已久，很多日本人起初就是来中国做生意，他们深入中国人中间，变成中国通，很多潜伏达十年之久，这都有历史考证。这部戏也非常有传奇性，比如杀父仇人的后代的恩恩怨怨，而且主人公都是几近绝境而后生。

这部戏很好看，让我觉得愿意往下看，不想去错过这些精彩的环节。最后特别想说的是高满堂老师的品牌。我在市场做调查的时候了解到，所有人在买片的时候，都要问谁演的，谁导的，很少有谁问谁编的。在这种情形下，我觉得“高满堂”这三个字给中国编剧争得了一席之地，这个特别难得。我知道高满堂老师是国内最好也是最贵的编剧之一，编剧可以以他的号召力来凝聚一个品牌。作品拍出来，让那么多观众去跟，去追，这是一个编剧能够达到的魅力，很难得。他也在匡正市场上唯导演、唯演员论的一些东西。这里没有用特别的所谓一线的大腕明星，但是角色本身散发光彩和魅力，而不是明星的光彩掩盖角色，所以我们看到的是质朴的东北的语言和风情，而且好多演员说的东北话一听就特别亲切。我觉得这可能也是观众特别喜欢这部戏的原因。

有一些情节的设计，在传奇的同时如果再有一点点的打磨就更完美了。我觉得“闯关东”“高满堂”几个字确实已经是品牌了，如果是收官之作挺可惜的，因为还有很多东西可以写，我还挺希望闯关东还有后传，还有更多的精彩的英雄故事。

一个新的高峰

张德祥/《当代电视》主编

关于高满堂老师的作品，十多年前我们就在辽宁沈阳开过研讨会，这些年我一直在关注，看到一部比一部好。我个人的感觉，“闯关东”是高满堂整个艺术创作中的一个新的高峰，也许后面还会有高峰，但是目前来说这是一个高峰。

“闯关东三部曲”通过小人物的命运，通过他们求生存的命运，表现了几十年甚至更长时间的历史演变。在艺术创作上，某种意义上也是一个教科书。我们只知道闯关东，但是很多人是有这样一个经历，或者说是闯关东的后裔知道，但是我们对这些历史都不太清楚。看了这几部作品之后也是增长了我的知识，某种意义上它是形象化的、艺术化的教科书。说起移民，前一段时间我还看了一部电视剧，现在还没播出，那个剧本是表现客家人，在宋朝末年、隋朝末年向南方迁移的过程，那个作品和《闯关东》虽然都是写移民，但两个作品的境界、格局、品质应当说是完全不一样的。

看过《闯关东前传》以后，我想用几个词来概括，第一个词是“苍茫”，这确实是一片神奇的土地，如此的辽阔，它给我们的感受，跟我们描写内地的一些生活、一些景色的感受是完全不一样的。第二个词是“苍凉”。第三个词是“苍苍”。命运跌宕起伏，情节大恩大爱。这些人是为了生存闯关东，是为了活下来。但是这个作品告诉我们，他们闯关东不仅是为了活着，活着有各种活法，也可以苟活。但是这里的人物都是有气节的，都是为情义而活，所以他们身上承载着一种精神，开拓着这种精神。

我说这部作品在高满堂老师的创作中达到了一个新的高度，为什么是这样？虽然高老师其他的一些作品比如说《温州一家人》也是上乘之作，但是这部作品和其他的作品还不一样。不一样在什么地方？我认为这部作品的创作在作者来说可能是一个追梦的过程。我认为真正的艺术创作应该是一个追梦的过程，是寄托灵魂和爱的过程。剧中这三个主要人物，管家三兄妹，每个人物身上都是有情有义的，虽然他们是小小的老百姓，是到关东求生存的，但是他们身上体现的大情大义，人的尊严，人的情义，人的气节，是非常宝贵的。所以李春利说为什么有很多作品可以看，而这个作品感受不一样。我们现在看得太多的作品格局非常小，人的矛盾冲突都是非常低层次的东西，不能提升到人的尊严、人的精神价值的层面上。《闯关东前传》所写的这些人，虽然是小人物，但他们是平民中的英雄。

在当前的环境中，这部作品给人一种耳目一新的感觉。看家庭伦理剧里的婆婆妈妈吵来吵去，再看这样的作品，有一种新鲜的不同的感受，一种新的精神鼓舞。说到电视剧的大气量、大气魄，我觉得有两部作品给我的印象比较深，一个是《大秦帝国》，一个是“闯关东”系列，现在已经形成一个品牌了。《大秦帝国》写的是大人物，这个写的是小人物，但是写出了大气象。在这块土地上创造生活，开垦土地，包括他们的酿酒、淘金，整个的生存过程也是一个悲怆的史诗，应该说他们的生存和爱都是充满坎坷，越是坎坷，越体现了人的一种精神。

我相信高满堂老师还会再超越这个高峰，我们会再见到一个高峰，再见到一个品牌。

这个剧让我们思考很多东西

赵化勇/中国视协主席

我们十几位专家结合自己的研究方向，从不同的角度对《闯关东前传》电视剧进行了点评。这使我想起了一开始说要准备研讨闯关东，但是满堂建议说等播出完了再研讨。我问为什么，他说我还想听听批评意见和建议。当时我心里一动。一般一部电视剧播出之前，编剧也好，导演也好，都希望有关部门可以进行点评一下，目的无外乎就是说说好处，说说观点，引导观众去看。但是满堂和他的剧组不是这个想法，他想播完了以后研讨，想多听听批评和建议。我想这是聪明的人。我们视协近两年对许多电视剧进行了研讨，其实研讨电视剧对于已经播出和正在播出的电视剧基本不起作用，而作用发挥在以后。这就是说这个剧的编剧、导演、演员，期待的是研讨对下一部的创作可以产生什么作用，这才是非常关键的。

今天大家对《闯关东前传》给予了充分的肯定，也有一些同志提了建议和意见，可能不如你想象的多，这也从另外一个层面说明了它的成功之处。我看了之后和大家有同感，我感觉这是一个大题材，不是一个小题材，看了让人感觉兴奋、感动、心疼，然后还让人思考。很多电视剧看了之后当时挺高兴，笑笑就完了，不用再去思考东西，但这个剧确实让你思考很多东西。

就像专家从不同层面谈到的为什么闯关东，闯关东途中有什么困难，他们怎么克服，然后又怎么奋斗，怎么一开始为了自己的小家，然后又自觉不自觉地为了这个民族和国家。我想这个戏好就好在这个地方，它通过闯关东的一批人，他们自觉不自觉地从自己的生活开始，到自觉不自觉地为了这个民族和国家的兴衰和强盛，的确非常不容易。李准同志的发言把它升到了一个高度。中国历史上有几次大的迁徙，闯关东前前后后有几千万人，这的确是一个比较大的过程。李准同志建议满堂同志继续围绕闯关东做文章，再继续写一写。我感到这是一个好题材，但是也难做。这使我想起多少年前我拍的抗美援朝，一个非常好、非常热闹的电视剧，但是播不出去。

第一点，我觉得满堂同志的想法的确让我挺敬佩的，他研讨的目的不是想听表扬的声音，而是想听建议和批评，这对他以后的创作有作用。

第二点，一个好作品需要一个好团队的支撑，有大量的观众群围绕着看一套电视剧。但是近两年不太一样，好像和地方播出了太多那类电视剧把观众分流了有关系，但是和我们自己也有关系。这个意见我跟很多人说过，我说大量的观众群分流了，这个时候把观众流抓回来要下功夫，这个功夫不是下在栏目上，而是下在电视剧上。你花那么多的精力，投那么多钱，在十点半搞几个节目观众抓不过来，十点半以后人家有自己的活动，实际就靠电视剧。当时我就说，下定决心，尽量有四五部好戏连续播出，不能是一个季度播一部好戏，没用。现在要连续播，很可能第一部好戏白扔，观众不喜欢，因为现在都喜欢看地方台了，你这种主旋律的作品要好看才行。一开始观众想不到你这么好看，可能播到一半了，他把后面看了，觉得好，第二部就可能抓住一部分观众，第三部可能慢慢就好起来了。所以我说可能要下点大功夫，除了自己组织拍点好戏，还要买点好戏，连续播出，通过这种办法才能把观众拉回来。

一个好的平台需要好的作品去维护，一个好的作品如果没有一个好的平台，付出可能得不到回报。过去我们老说“酒香不怕巷子深”，可巷子太深酒出不来也没用。

第三点，电视观众的收看兴趣是需要我们电视台或者说评论界去引导，去培养，不能完全放任自流。目前的电视剧的播出，有的一个晚上播五集，可很少有人坐在那一直看。一部电视剧30集，一个星期就播完了，挺可惜的。观众一两天不看十集就过去了，那后面的看不看了？一天不看就断了。所以我想，电视剧的编排恐怕也需要调整。八套的安排是一次播两集，但是周末不播了，要把观众拉回来还要有过程。一套每天晚上播两集，八套播三集，三集将近三个小时了。地方现在开始播四集、五集了，其实八套的群体是不一样的。事实上我们以前播海外剧场很多高端的观众就愿意在十点、十一点之后看海外剧场，你与其让一个戏一下播五集损失一批观众，还不如一个晚上安排几种戏，吸引不同的观众来看可能更好。

前面六点到八点播一点儿有关小孩的电视剧。相当一段时间以来，朱总老打电话，说告诉你一个好消息，我这个星期少儿频道全国又是第一，高过了一套。我说第一我表示祝贺，在你的管理之下有了提高；第二我说挺可悲的，收视率最高的绝对不能是少儿频道，倒不是说看不起。虽然说中央台的收视率还是那么高，但是效果肯定是不一样的。所以想办法把八套和一套的品牌好好提上去才行。电视剧是一个品牌，频道也是一个好的平台，一个好的品牌需要一个好的平台托起来，这样有利于提高收视率，也有利于让电视作品发挥真正的作用，也便于引导我们的观众，把观众引导过来看有益的电视剧，而不要看那些无关痛痒的作品。利用这个机会再次感谢满堂，长期以来为央视提供优秀的作品。像春利说的，满堂写的本子中央台就放心了，他的本子就形成了品牌了，很不一样。有很多观众说是满堂写的就喜欢看，这种品牌性的东西也需要维护。

看到的都是历史和文化

——电视剧《闯关东前传》观后

曾庆瑞

电视剧《闯关东前传》以1868年英法联军占领烟台的历史场景为序幕，将核心故事聚集在世纪之交，讲述了山东掖县民众壮怀激烈、御侮杀敌而不幸惨败，终被腐败的清朝政府逼迫，不得不背井离乡、走上闯关东的漫漫长路的故事。

故事围绕山东掖县乡勇管大田的三个子女管粮、管水、管缨几经沉浮的闯关东之路展开的。这三个人，以及编剧高满堂按照人物塑造需要所设计和配置在他们身边的各种各样的人物，都有一个共同点，就是其闯关东的人生经历富有传奇色彩，每一个人都具有独特的个性，饱经风霜、命运坎坷。他们的身份随着各自的遭遇不断变化，彼此之间时而同仇敌忾，时而剑拔弩张，在维护亲情的同时还要兼顾各自的人生境界和情怀，还要纠结于各自的爱情。导演王滨表示，这部剧最大的亮点就是情感部分被高满堂描绘得极其细腻。

剧中，围绕着兄妹三人，还有蒋雪竹、曼儿、韩老大、阿丽玛、卡佳、张怀远、周光宗、球子、金子等人。这些人里，没有什么大人物，没有历史上著名的英雄豪杰。历史，都是由一个民族、一个国家、一个时期里占人口绝大多数的人民大众和那些精英人士，包括伟大人物和杰出人士共同创造、共同书写的。像闯关东这样的历史，尤其不能小看由小人物构成的创造者与书写者的伟大作用和贡献。之前的《闯关东》和《闯关东中篇》都是聚焦于小人物，《闯关东前传》仍把小人物放在了电视剧画面的中心位置上，把他们当作全剧的主人公来书写。这就说明，我们的创作是以人民为中心的。

高满堂认为，剧作家应该把国家命运和社会现实紧密联系、融合于作品之中。“很多电视剧家国情怀少了些，儿女情长多了些；家里家外多了些，驰骋天边的英雄气少了些。中国电视剧里应该多一些经典的人物，要把民族英雄的精神力量融入到创作中。”这说明，他写《闯关东前传》是要写英雄的。这部戏里的英雄是什么样的呢？高满堂总结为“四有”，即有家国、有热血、有理想、有牺牲。《闯关东前传》就浓烈地传递出了这种热血小民“位卑未敢忘忧国”的家国情怀。

《闯关东前传》在向观众展示并且供世人索引这些人物的生存状态和文化心态的时候，将一系列重大的历史事件贯穿其中，在真实的历史风云变幻中描写以主人公管家三兄妹为代表的普通人在历史变迁下的陷落、抗争与希望，于是我们在看戏、看人生的同时，也看到了世事，见识了从19世纪70年代中后期到20世纪民国初年间的历史大事，比如丁戊奇荒、八国联军入侵北京、日俄战争，等等。

创作者在书写齐鲁儿女闯关东艰难辛酸历史的同时，把管家的家族史和近现代中国的社会史成功地融合在了一起，通过描写管家三兄妹家族的历史命运，形象地透视出了那几十年间，由山东和东北地区具体表现出来的中国社会的兴衰变革，观照围绕着闯关东这样的民族大迁徙的历史事件所折射出来的那个时代的风云变幻，让我们既看到了社会史的色彩斑斓，又看到了家族史的枯荣更迭。这样用家族史描写社会史，用社会史托举着家族史，一个管家三兄妹闯关东的故事就和中国近现代历史的风云、时代的悲欢形影相随、生息与共了，管家三兄妹闯关东的故事发生的环境、氛围就都有了历史的、时代的色彩与气息。这就是一种境界。

这境界是一种当代中国电视艺术家们应有的艺术造诣。就是凭着这样的艺术造诣，这部电视剧有了厚重的历史感，有了强烈的时代精神，有了崇高的文化品格。而且，创作这部电视剧的艺术家们的艺术功力恰恰就在于，他们以管家三兄妹的复杂、坎坷的经历为线索，穿插进来一些性格迥异、命运不同的人们，讲述了他们在关东遇到的种种磨难和考验，以及在苦难之中发生的种种悲欢离合的故事，所有这些故事又都分别被结构在历史风云之中，让管家三兄妹的命运也跟着大起大落。这样的叙事艺术效果就在于，既做到了全景式描绘管家三兄妹闯关东的全过程，成就了一幅壮阔的、充满了历史沧桑的画卷，又让前面的艰难和辛酸凝练和铸就了管家三兄妹的“闯关东精神”，让管粮在这幅宏阔的历史画卷上洒下了英雄的血泪，完成了该剧创作定位中艺术家们设定的“小人物成为大英雄的故事”的艺术理念。这就是境界，是艺术造诣，也是历史和文化。

该剧还通过管家三兄妹的奋斗，艺术地演绎了丰富感人的“闯关东精神”。他们充满了智慧与英勇奋斗的进取精神，以置之死地而后生的决心与勇气，敢于与艰苦磨难进行抗争，与天、地、人进行抗争，与人生命运进行抗争，而无畏于牺牲生命，无畏于任何阻力；他们敢于为实现美好的人生追求锲而不舍，挣脱陈规陋俗的束缚，自力更生，勇于创新；他们敢于为改变贫穷落后与自身的种种不良品行而进行抗争，审时度势、与时俱进。同时，面对复杂多变的社会生活，他们又积极自觉地倡行温良恭俭让、仁义礼智信的人生准则，及时主动倡行扶贫济困、宽容待人、无私相帮、和睦共处的人文精神。这种精神是中华民族诸多优秀品质的精华浓缩，也是全人类共有的美好精神的基本构成。

可以说，《闯关东前传》的创作者们，在用影像书写闯关东这样民族大迁徙的历史情境时，其真情倾注在作品里的高尚境界和情怀，以及通过这种境界和情怀演化而成的一种不凡的宏大“气象”，在思想上震撼了人们，在艺术上感染了人们。

（《文艺报》2013年6月5日）

大历史的书写者

■ 阎晶明

电视剧《闯关东前传》是剧作家高满堂的最新作品。《闯关东》引起轰动之后，继而有了《闯关东中篇》，进而又有了今天的《闯关东前传》，高满堂的“闯关东三部曲”就此画上一个完满的句号。就剧情的历史时段来说，这是一次“不规则”的续写，也是对“闯关东”这一“文化品牌”的延续。《闯关东前传》承接了前面两部作品的影响力，具有潜在的品牌优势，这本身就是文化产品在当今时代运行的结果。“高满堂”“闯关东”“央视一黄”，在电视剧盛产的背景下，这一选择具有极强的优势。接下来要看的，就是《闯关东前传》是否具有独立的艺术创造性和文化品格。

《闯关东前传》是一部将小人物放置到大历史中淘洗、命运风云跌宕的大戏。它符合高满堂一以贯之的创作风格，在相对较长的历史时段里表现一个家族、一个阶层乃至一个民族的命运史。这是一部将个人传奇、家族命运和历史风云融合而成的正剧。这里的“个人”，不是西方文学作品里的符号化“小人物”，而是万千普通中国人的一分子；这里的“家族”，不是显赫豪门的恩怨争斗，而是在求生存中拼争的万千普通家庭的某一典型；这里的历史，是与整个国家、民族命运息息相关的社会变迁。高满堂的作品，大多都是将这样的个人、家族、社会交融到一起加以表现，表现人物如何裹挟在国家民族的历史变迁中生发出太多的悲喜，经历太多的起伏。在《闯关东前传》里，管粮、管缨、管水三兄妹，先后离家去闯关东，分别去寻找安宁的人生，却都走上了注定不可能平静的人生道路，他们终生努力的过程跌宕起伏，悲喜交加。说他们闯关东，但他们不是去创业、去淘金、去寻找理想和爱情，而是背井离乡去躲杀身之祸，去寻找一个可以过寻常日子的地方，是被迫去“闯”。管粮、管水兄弟更是闯下杀身之祸之后去闯关东，管缨则是为了去寻找、投奔行踪不定的兄弟才踏上北去的路。这种谋生路、逃活路的被迫性，非常符合百年前大多数闯关东者的情形，也是走西口、下南洋的中国人相类同的命运选择，是符合历史真实的形象叙述。

然而，历史的书写绝不仅仅是一种关于存活的简单记录。尽管管氏兄妹并无政治上的抱负，也没有发财的梦想，但现实一步步将他们推到人群的前沿，迫使他们由不自觉到自觉、由生存需要到逐渐担当起群体的责任而卷入、投入到历史的滚滚红尘中，变成他们当初不曾设想过的历史角色。管氏兄妹的个人传奇同时也成为众多闯关东者命运的典型和象征。管粮从一个家庭里的老大成长为一个群体的老大，并逐渐成为一个革命者以及革命的领导者。管水在同一条道路上前行，也经历了很多歧路，在盲从与自觉、求生与抵御中徘徊、选择。管缨由一个乡间女子渐渐成为一个在创业中彰显能力的强人。他们还不能各自掌握自己的命运，为了生存，为了寻找爱，他们都付出了格外的代价，特别是在中国近代这样一个繁杂、混乱的时代，管氏兄妹的命运是所有中国人命运的一种真实写照。所以，他们不是抽象的奋斗的个人，而是历史洪流中的几朵浪花。把这样的个人与家庭放置到社会历史的大潮中去观照、去书写，使《闯关东前传》没有成为一部传奇剧而是一部历史正剧。这是高满堂创作的长项，也是书写中国人生活与历史必然的选择。

观《闯关东前传》，我总想起美国电影《燃情岁月》，那部影片中写的一家兄弟三个人，为了获得一个女子的爱情展开一场道德与人性的拼争，其中也有社会历史的风云即“一战”爆发的卷入。这部影片在人性挖掘上达到很高的程度，但创作者着重表现的，不是社会历史，而是每一个独立“个体”的生存法则以及由此产生的恩怨情仇。《闯关东前传》则是一部中国化的作品，其中的个人更多的是社会历史的一个元素，他们的个人爱情、家族仇恨，最后都必将汇入和融入、淹没和消失在动荡的历史当中，个人的、家族的爱恨情仇，都将或升华或让位于民族大义与家国情怀。因此，在本剧中，人物的喜怒哀乐是一条命运线索，而几个为了生存离家外“闯”者的情感历程，逐渐上升到最后成为革命者英勇赴死的行动，则是本剧的思想主线。

作为“闯关东三部曲”中的一部，《闯关东前传》具有独立的审美价值，故事也具有相当长的时间跨度。为了在有限的篇幅中把这一历史脉络和人物命运写得生动、丰富、饱满，编导、演者可谓用尽心力。总体上看，主创者的创作意图得到了较好实现。作为一部具有年代剧特点的作品，在人物迁移、南北游走的空间把握上，似乎还应当做得更符合事实逻辑。这也是很多长篇叙事作品共同面对的问题，如何选择时间跨度的跳跃，如何让人物的空间位移更加真实可信，以至于如何让人物在衣着、面貌、神态等各方面刻上时间的印迹，这些都是我们对一部艺术精品的期待。

（《人民日报》2013年6月21日）

家国情怀的艺术表达

刘玉琴

电视连续剧《闯关东前传》，是一部能给我们带来深深感动和警醒的作品。在19世纪清朝末期到20世纪民国之前，其间包括丁戊奇荒、八国联军入侵北京、日俄战争等多个时代背景，作品从小人物的视角，以管粮的经历为主线，写出了管家三兄妹——一户普通人家在大时代中的离散相守，命运变迁，在一系列纷繁凝重的历史事件里，抒写了闯关东人“位卑未敢忘忧国”的精神与担当，生动再现了政治昏暗、民不聊生之际，中国人的顽强生存和不屈奋起。

作品健康清新，大气明快，符合中华民族的核心价值观，故事讲得好。对高满堂的前两部“闯关东”作品的民族气、英雄气是一个很好的延续。而且用更为丰满的史实和事件，更为丰富的画面和较快的节奏，把中国人的兴亡之责和民族气节讲述得更加集中生动。在跌宕起伏的戏剧冲突中，中国人的民族精神和家国情怀，在内忧外患之际得以多方位艺术呈现。如英法联军入侵时，有黑旗乡勇的浴血抵抗，俄国金匪强占中国金矿时，有关东人的拼死奋战；修筑抵御外侮的工事变成“豆腐渣”工程、矿工的血汗钱变成老佛爷的胭脂钱时，有位卑未敢忘忧国的血性汉子的怒起；即便在谋生逃难时，也不向命运屈服，并不忘帮扶他人等等。中华民族素来是爱国家、明大义、英雄辈出的民族，剧中每一个故事，每一处矛盾的凝结与消解，都力图见思想见感情，见民族魂见英雄气。剧中虽然都是小人物的故事，但更多的是用家族史折射百年前发生在白山黑水间的那段跌宕起伏的历史。

齐鲁大地有着传承久远优秀文化的传统。作品在展开闯关东激昂悲壮历史的同时，突出展现了中华民族坚守情义、讲究忠信、坚韧善良的品格，表现了家国一体情义无价的传统文化特质。作品对重情重义、知恩图报、自尊自重等传统品德的艺术诠释，使中国传统文化的精髓被不断放大与张扬，为众多人物的立身行事、为人之道铺设了鲜明的底线和标尺。民族精神、民族气节之所以产生与传承，有了可以令人深情回望的源流，这是作品着重强调的文化传统。正是有了这条文化传统的源流，剧中人物的情义、开拓、进取才变得脉络清晰，真实可信，这也成为民族精神历经淬炼、得以光大的深度支撑。

塑造人物是影视剧的灵魂，这部作品中的众多人物个性鲜明，性格丰满，演员的表演比较到位。管家三兄妹也好，其他人物如张大人、阿丽玛、韩老大、周光宗、卡佳也好，或者质朴诚实，疾恶如仇，或者泼辣善良，狂野豪放，或者老谋深算，抑或由邪至正等等，各种人物交织一起，各有其面，各自精彩，栩栩如生。众多人物在时代潮流中的沉浮，在人生轨迹上的挣扎，有悬念，牵人心，构成了特定时代、特定人群的历史画卷。人物是作品的中心，人物的命运和形象的鲜活是这部作品之所以能吸引观众的重要因素，作者对人物形象塑造的驾驭之功，对地域和时代气息的深刻把握，使作品接了地气，有了人缘。尤其值得一提的是，在个性鲜明的人物画廊里，家国情怀、重情重义，又都始终如一条闪光的红线，将许多人的情感行为凝结成一个强大的气场，散发着质朴感人的光辉。

作品在地域的展现上有气势，有突破，有特色。剧作的场景涉及了山东、河北、东北、内蒙古等地，着重展示了富有韵味的关东地域的风土人情，镜头甚至延至俄国边境小镇伊格纳斯等，视觉形象丰富，场面壮美辽阔，人文内蕴深厚。具有浓厚地域特点的风光民俗，与正发生于这块土地上的颠沛流离和民不聊生等残酷现实形成了鲜明对比，镜头语言很有张力。看得出，为了艺术美的追求，剧组曾转场多地，采访人物众多，运用史料严谨，一些文化习俗的展示，如婚嫁、二人转演唱以及经商、农事稼穑、金矿的管理防卫等描写，都颇有新意，有观赏价值。深入生活，深入人物情感，把创作者的思考搭在当时的时代脉搏之上，是作品好看耐看的重要原因。

党的十八大报告对文化的功能概括为新的提法，“引领风尚，教育人民，服务社会，推动发展”。《闯关东前传》让我们看到了一群可亲可敬的人，可歌可泣的事，历史在画面中行走，无数人在“与天斗、与地斗、与人斗”的过程中，抒写着自尊与自强。这部作品充分体现了剧作主创人员可贵的文化自觉和清醒，他们用自己的艰辛劳动与智慧，在坚固和强化着我们曾经拥有，也曾一度变弱的民族精神和家国理想。在作品的拍摄播映中，在对过往的再现与遥想中，历史的真实面目或许会被岁月消磨，但文艺工作者将一个民族的精神回放与光大，自觉担负起艺术工作者的使命和担当的努力，让我们产生由衷的敬意。

当然，该剧也有一些不足。如谋篇布局上，前后故事的衔接和风格呈现不太一致。后十多集矛盾冲突的因果有时不太令人信服；为了好看耐看，管家几兄妹的情节线同时推进，但有时情节、画面的连贯性上略显粗糙，有的事件原因和结果交代不够清晰，演员化装、形体的真实性上与时代有些距离。此外，为了强调感情的张力和故事的传奇性，有时人物形象、情节细节、矛盾冲突的起承转合给人不真实的感觉等等。但是，瑕不掩瑜，这部作品在当下，是一个很好的引领。

（《光明日报》2013年6月24日）

创作应从心态开始

■ 张 硕

几个月来，一些曾广受好评的电视剧续集渐入视野，但观众却更多表达出了失望。

《新编辑部的故事》关注的社会焦点显得不够，难寻23年前“人间指南编辑部”里那些个性鲜明的人物。《大宅门1912》少了宅门命运的起伏和家国的动荡兴衰，仅靠杂糅一些市场通行的商业元素，终难撑起一片天空。《青春期撞上更年期2》开播后，收视率屡创新低，被北京卫视果断停播。网友称：“注水已经到了肆无忌惮的程度。”文不对题、没有核心、浮于表面的松散剧情，无法形成有效事件，必然导致剧情推进乏力。

经典从来都不缺少追随者，影视圈更是如此。对好作品的趋之若鹜，是在当前影视剧创作领域高产、速产气场裹挟下的一大乱象。首先，打磨精品剧耗时长、见效慢、风险大，这就使得一些急功近利的创作者对创新缺乏热情，在商业利益等因素的诱使下，他们有理由并且更愿意认为依靠前作的观众基础，续集更容易坐享高收视率和市场回报，以火速回笼资金。其次，为好剧拍续集不用担心题材风险，有了第一部的高起点和好口碑，续集在投资制作、邀请演员、宣传推广等方面都占尽了先机，正所谓“喝不喝酒先倒上，播不播出先续上”。最后，很多电视台在买剧前先看电视剧类型和演员阵容，前作的热播无疑给了电视台一颗定心丸。其实，只要看两集就会对《青春期撞上更年期2》的质量打个问号，可就是这样一部剧竟然拿到了三家卫视的播出合同。电视台的这种购剧标准直接影响着创作者的心态，让他们可以更“放心”地抱着再捞一笔的心态去创作续集。

续书难作，因为突破自我是最难的，一不留神，“续集”就沦为“续貂之作”不说，还可能砸了前作的金字招牌。尽管如此，《闯关东前传》仍严肃而执着地选择了对原创的尊重和对历史的正视，以真实感人的品质冲破了“续集”饱受诟病的瓶颈。面对前作如潮的好评，编剧高满堂及其团队没有选择“吃老本”，而是综合考量了自身创作实力、观众的期待，以及原作可待开发的空间等因素，才“最终下决心将闯关东的画卷再一次打开”。

正如高满堂所说，影视创作就像打井，挖得越深，水越甘甜、越纯美。实际上，续集之难，往往难在创作者的优越感和自我封闭，导致其创作到某一阶段后，技术性多于切身感受，作品给人感觉粗陋浅薄、生编乱造。而“一旦走下去体验生活，就很可能要推翻原来那些表面上一厢情愿的设想，寻找到最准确、最打动人的东西，这份感动会让你和人物之间有难舍难离的情感。”高满堂说。笨办法也是真功夫。这种真诚、踏实的创作心态，正是《闯关东前传》能够从“续集”中脱颖而出的那把钥匙。

固然大树底下好乘凉，但如今的观众可谓见多识广，口味越来越高。观众对于热播剧续集的期待，有时甚至含有几分挑剔的眼光。这就要求续集创作既要保持前作的精髓，又要准确把脉当下观众的欣赏口味。

“爱好由来下笔难，一诗千改始心安。阿婆还似初笄女，头未梳成不许看。”清代诗人袁牧把诗人创作如履薄冰、梳头阿婆一丝不苟的心态呈现得妙趣横生。一个“始心安”，一个“不许看”，既是对自己负责，又是对他人敬畏。以此为镜，今日一些“续集”的创作者，难道不该在脸红之余，拿出一些行动吗?

（《光明日报》2013年6月17日）

《温州一家人》专题

事实上，我们通过『家』传达了『国』之精神，通过『温州』见证了『中国』奇迹，通过『民生』洞见了『民族』。

底层视角 民生主题 情感表达

■周亚平　马　骏

——评电视剧《温州一家人》

《温州一家人》是迎接党的十八大重点献礼剧之一，央视对其从前期跟踪到最终播出，仅在剧名上就作了多次变更，这寥寥数字的剧名之变反映了央视一套黄金时间剧的语态之变。《温州一家人》最初名为《中国故事》，庄严宏大的剧名背后，仿佛潜藏着诸多叙事路径和繁复的历史背景，看似符合国家气质，足够大气磅礴，但却不免空洞浮华。“中国故事”这样的名字，几乎能对应在中华大地五千年历史中发生的一切，显然不是关注温州一个家庭艰苦创业的故事所能承载和诠释的。之后，《中国故事》更名为《创业年代》，隐去了“中国”的宏大命题，限定了一个相对精确的时间范围，明确了关于创业的叙述主题。然而，从创作角度而言，“创业年代”这样的名称讲述的是一个时代，对于谁在创业、如何创业的问题仍较模糊。最后，剧名更为《温州一家人》，“温州”这样一个创造无数商业奇迹的地域，加上“一家人”这样具体鲜明的主要人物及人物关系，就把这样一部剧的核心内容和价值精髓高度概括出来了。

对于献礼剧的创作和编播，我们难免会带有一些思维惯性，倾向选择比较宏大的主题、接近歌颂的基调、相对高昂的语态和强势宣传的意图。久而久之，这样的一些剧目与“主旋律”定义画上了等号。其实，“主旋律”的概念很宽泛。能够体现主流意识形态、与最广大观众生活相贴近、弘扬主流价值观的作品都是“主旋律”。《温州一家人》以其底层视角、民生主题、情感表达相对完美地诠释了“主旋律”创作的另一种方式，或许值得借鉴。

一、底层视角

随着电视剧细分市场的初步形成，各大卫视的电视剧定位和品牌诉求也渐趋明朗，而央视在近几年激烈的市场竞争中稍显迟缓。其原因之一是定位和诉求左右徘徊，未能及时调整，尤其是最具代表性的央视一套黄金剧场，甚至自觉不自觉地被冠以“红色主旋律”的符号标签，形成自在于卫视市场剧之外的一个独立系统，与市场有所脱节。一年多来的央视电视剧改革创新，不仅体现在体制机制的调整优化，也反映出电视剧语态的深刻转型，《温州一家人》的编播便是绝佳的例证。

温州瑞安古树村的一次家庭会议开启了这部长剧的故事，视角被定在一个农村底层的四口之家。创作者借助父亲周万顺、母亲赵银花、儿子麦狗、女儿阿雨四个人物的发展构建和展现了一段横跨数十个春秋、数万公里的温州商人的创业史。开场的家庭会议实际上作出了一个破釜沉舟、不留后路的决定，把老屋卖掉凑钱送本不愿出国的阿雨去意大利，万顺带着银花和麦狗身无分文闯荡温州城。

人物和情境的选择，意味着视角的确认和转换。《温州一家人》的底层视角正是体现在这一家四口的白手起家、从零开始，一边是三人在城里捡破烂，一边是只身在外学语言、当童工。创作者将他们置于最底层的戏剧情境之中，除了展现人物百折不挠的奋斗精神、实现最终人物命运的翻转外，也是为了唤起最广大受众的共鸣与认同，进而为该剧争取最广泛的群众基础。从这个角度来说，底层视角为剧目涂上了一层厚重的群众底色，也为央视一套黄金剧场的语态转型提供了最有效的路径，扎根于土地、选择小人物、关注底层，将成为央视一套黄金剧场坚实的品牌特质。

二、民生主题

从《中国故事》到《温州一家人》的转变，最明显的是主题和主体的转变。是我们不愿讲国家、讲民族的宏大命题吗？显然不是，这恰恰是央视一套黄金剧场重要的文化使命和社会职责，但是借助语态的转变，我们赢得了更多的观众，获得了更好的传播效果。事实上，我们通过“家”传达了“国”之精神，通过“温州”见证了“中国”奇迹，通过“民生”洞见了“民族”。

人民群众的生存方式和生活状态，在这样一个大部头作品中得以充分体现，每一个人物、每一段情节都严格遵循了生活和情感的逻辑，让观众觉得“可感”“可信”，尤其是广阔的地域背景还为该剧的“民生”表达提供了极富新意的戏剧情境。几个简单的例证足以说明这一点：周阿雨在意大利餐厅当童工时，在西方普遍使用橄榄油烹饪的方法基础上，使用猪油先炒一遍，使菜肴味道更加鲜美可口；周万顺在陕北钻油井引起当地农民的眼红，农民以惊动祖坟之名百般阻挠；温州人在外特有的呈会组织，以老乡名义担保共同出资共享收益，则是融合了同乡文化和股份制的典型范例。

该剧的拍摄制作十分精良，镜头记录的不仅仅是情节片段，还承载了创作者对于天、地、人的特殊情怀。温州老家的那一笼翠绿和屋里灶台上的一缕轻烟、陕北高原的无边黄土和窑洞窗户的透风窗纸、意大利制衣工厂的成排缝纫机、麦狗透过囚车望见的带着铁栏的巴黎市景，都在诉说着人物对白之外的深意。片尾曲《对鸟》更是勾起了很多温州人的回忆，也让听不懂歌词的观众领会了独特的乡土意境。

三、情感表达

现在充斥荧屏的很多剧目会使用过度戏剧化的剧情、过分夸张的表演、炫目的画面、强烈的音乐来夺人眼球、引人关注，在看似热闹的感官刺激之后，不能给人以思考和启示，走的是眼睛和耳朵，而不是心。央视一套黄金剧场在充分面向市场的同时，拒绝一味地对收视率的追逐，而更强调剧目播出的美誉度。

根据央视发展研究中心的网络舆情监测分析，《温州一家人》在播出期间正面信息所占比例为64%，中性信息为33%，负面信息为3%，正面信息和中性信息相加为97%，占绝大多数，可见美誉度极高。众多的好评均源自网民强烈的情感共鸣，主要体现在亲情的真挚与纯真、创业的执着与艰辛、温州人的敢闯敢干与勤劳智慧等，归根结底就是故事走心，注重真实的情感，用冷暖人情诠释人间百态，挖掘人性的至真、至善、至美。

剧中各类人物的刻画极其生动而深刻，尽管几个主角身上可能集合了很多温州人的经历，但人物发展合理、动机准确、性格统一，如周万顺的世故与虚荣、执拗与机敏，赵银花的贤惠与仁慈、坚强与大气，都在情节设置和演员表演中体现得淋漓尽致。随着人物关系的发展，一家四口之间的夫妻之情、父子（女）之情、母子（女）之情、兄妹之情，家庭之外恋人之情、邻里之情、乡亲之情、工友之情、战友之情，甚至陌路之情均得以展现，涉及面之广、表现力之强、挖掘度之深，在国产电视剧的创作中都是罕见的。对“情”的展示既在情理之中，又在意料之外，更上升至人性层面的探讨。比如，赵银花赴法探望阿雨却寻找到时尚的扣子样式，因跟踪扣子而被法国人误解；周万顺去东北找麦狗借钱，却因修理插线板不当而烧毁麦狗的眼镜城，麦狗虽然因此痛恨父亲，但仍在父亲第二次来找他借钱时，倾其所有慷慨解囊；周阿雨只身前往伊拉克探望未婚夫黄志雄，却在战场意外邂逅未来的法国丈夫雷昂。诸此种种，为全剧在传统的情感体验之外获得了一种全新的审美体验。

《温州一家人》在央视一套黄金剧场播出后，将原本1.2%的平均收视率提升至2.25%，平均份额达6.37%，最高单集收视率超3%，整个收视曲线呈直线上扬趋势。该剧在网络上亦表现不俗，开播一个月以来，高居各大视频网站热播剧前两位，并成为线上线下、街头巷尾百姓议论的话题。观众对剧中人物命运的走向保持着高度的关注并产生了深刻的认同，这一点在网上诸多评论和媒体报道中可见一斑。在该剧的整个播出过程中，观众对该剧的忠实度和美誉度在持续递增。很显然，底层故事和平民视角符合观众的审美经验和审美期待；民众生活的发展与民族梦想的构建则诠释了一种集体无意识的“中国梦”；人情冷暖与人性百态引发观众对角色的进入和对自身的反观。有人说，没想到献礼剧也有这么高的收视和市场影响力，其实，真正切中时代命脉、深入百姓心中的主旋律作品必然也会受到市场的热捧，二者本无沟壑，只是创作理念需要统一和提升。

（《当代电视》2013年第2期）

市场浪潮中的财富交响与价值审视

■ 宋法刚

——评电视剧《温州一家人》

改革开放以来，中国特色社会主义市场经济取得了举世瞩目的成就，中国的GDP已经位居世界第二，中国人民的生活水平也有了质的提升。历史的巨变不仅仅是城市里的高楼大厦，还有农村的翻天覆地。成绩的取得得益于改革开放的政策转变，还有解放思想之后底层群众、普通家庭在市场经济大潮中摆脱贫苦、追求财富的迫切愿望和聪明智慧。在这方面，温州是一座有代表性的城市，电视剧《温州一家人》即以温州瑞安村民周万顺与妻子赵银花、儿子周麦狗、女儿周阿雨四个人的创业经历为主线，讲述他们不同的创业之路和命运归途。

故事从1981年讲起，为了送女儿阿雨去意大利读书，周万顺卖掉祖屋，从瑞安一个小乡村来到温州。之后他卖鞋、生产鞋，到陕北挖石油，妻子银花从捡破烂开始办起了纽扣工厂，儿子闯关东失败后留在了陕北教书，而女儿独自在意大利、法国打拼出一片天地。一家人被分割几地，但都在为生计温饱、为生活富裕而奋斗拼搏。这一家人是非常普通的一家人，他们不是经济英雄，没有取得举世瞩目的成就；不是政治专家，没有亲身参与历史转折的瞬间。但是，改革开放之初正是他们这样的人对社会变迁、经济变革有着切身的感性体验，正是他们这样的人汇集蚍蜉之力最终撼动了大树。应该说，这不仅是讲述一家人的故事，也是讲述一个城市的故事，更是讲述一个时代的故事。从他们创业的起起伏伏中能看到上层经济体制变革的艰难与阻力，比如周万顺卖鞋最火的时候，因为赵冠球事件被调查关押，观众从中能感受到当年打击投机倒把运动的背景与影响；2004年，周阿雨陪同意大利总理访华，人们从中能体会到中国经济融入世界、走向世界的历程。

总之，周万顺一家人在不同的空间环境里演绎的创业故事反映了社会经济生活的不同方面，是一个城市、一个时代的缩影。经济基础决定上层建筑，改革开放经济转型，必然对上层的意识形态产生强烈的冲击，并深刻影响人们的价值观念，特别是人们对金钱和财富的价值判断。中国传统文化讲究义利之辨，缺乏商业精神，君子“谈钱色变”，但是在“时间就是金钱”的口号下被解放出来的财富观又容易让金钱放纵为洪水猛兽，吞没人们的精神家园，让人沦为金钱的奴隶。这种矛盾与冲突在《温州一家人》里也有所表现。该剧肯定了人们追求美好生活的淳朴理想和愿景，并巧妙地通过四个人的笑声与泪水、成功与失败、选择与放弃折射出不同的价值观念。

周万顺是该剧的主人公，是家庭的顶梁柱，也是矛盾冲突的核心。而该剧没有把他塑造成一个功成名就的英雄，我认为这是最值得称道的地方。周万顺有着摆脱贫困的急切愿望和捕捉商机的敏锐嗅觉，冒险精神即便在他最潦倒的时候也没有消失过。他在卖鞋子、生产鞋子、开采石油的经营之路上，一度占得先机、风光无限；他两次将家里的房子卖掉，破釜沉舟投入商业计划，也曾为了还债买好棺材，甚至沦为异乡的乞丐，但他始终没有放弃，“只要我有一口气在，我就想翻身”。一个这样的人原本具备了商业成功的基本条件，但是同时他性格倔强、独断专行，希望安排和掌控家里所有人的人生道路和命运选择。他擅自决定让年幼不愿离家的阿雨去意大利而把想去的麦狗留下，他强迫麦狗到学校门口卖鞋，做他最不想做的事情，他强迫妻子银花卖掉自己的公司来和他一起经营石油，他绑架麦狗粗暴地干涉儿子的婚姻，等等。这一切让他众叛亲离。他所不懈追求的金钱和财富建立在家庭成员的痛苦之上，并没有给亲人带来幸福和温暖。这种行为无疑是需要反思的，因此，该剧并没有把他塑造成英雄形象。在油井回收之后，周万顺终于回到温州，回到家的怀抱，过上了幸福的生活。

如果说，周万顺在家里是“众矢之的”的话，那母亲赵银花就是“众望所归”。尽管最后周万顺回归家庭，但刚开始他根本看不上银花的经营项目与经商策略。与周万顺屡屡跳槽相比，银花似乎缺少了冒险精神，但她从捡破烂开始积攒资本，并一步步将纽扣生意做大。她能够专心致志地工作，深入钻研从事的行业，设计了很多漂亮的纽扣，获得了市场的青睐。即使在看望女儿的时候，她也不断外出“取经”，拍摄漂亮的纽扣，“借他山之石以攻玉”。一次，她为了拍摄一个纽扣竟冒着被“侵犯隐私告上法庭”的危险在别人家门口久久等候，最终“精诚所至，金石为开”。正是这样的精神和毅力让她的生意越做越大。但是，与周万顺不同，在她的生命中，金钱和财富并不是经商的最终目的，家庭和睦、亲人平安才是她内心最大的幸福。因此，她心里一直惦记着在外漂泊的孩子。与周万顺因为路费昂贵不让闺女回家探亲不同，她飞到巴黎去探望女儿；与周万顺一直妄图支配麦狗的命运不同，她能够明白儿子的心愿并给予深刻的理解和支持；即使是面对死不悔改的周万顺她最初作出了离婚的决定，但是内心还是放不下这段感情，最终重归于好，再续连理。也正是因为这种性格和精神，她才获得了商业的成功和家庭的幸福。

少年周麦狗因为对父亲的强烈不满而选择离家出走，以修眼镜的手艺独闯关东，后来开办了当地最大的眼镜店。但是因为父亲修理插座的疏忽导致了一场火灾，整个生意最终毁于一旦。一无所有的麦狗又回到父亲身边与父亲一起到陕北开采石油，村书记的女儿禾禾爱上了他。一次偶然给村里小孩上课的机会让他感受到了自己的价值，于是他喜欢上了代课教师的角色。尽管后来他因为与禾禾的误会离开了陕北，跟随别人到俄罗斯走私汽车，但肉体和精神双重受挫的他最终还是回到陕北的讲台上，并与禾禾以及自己的孩子过上了温暖幸福的日子。该剧的结尾，阿雨带着老公和孩子从国外回来，到陕北见到了麦狗和正在放羊的嫂子，多年以后的重逢无比温馨，尽管从事不同的行业，但是他们都找到了自己的人生价值和幸福支点。相比其他三个人物形象塑造而言，麦狗的角色略显单薄，所以对此种价值观念的担负也就略显吃力。

与前面三人的活动区域和商业空间不同，阿雨在很小的时候就被亲戚带到意大利学习和生活。因为亲戚突生变故，天堂变成了地狱，她开始孤苦一人漂泊异乡。为了生存，勇敢坚强且有着商业头脑的她，先后从事了零工、厨师、时装以及服装生意，在经受了婚姻的打击、朋友的去世、对手的陷害等一系列人生困境后，她凭借自己的商业智慧和宽容大度，最终在意大利的普拉图开辟了一片属于自己的天地，而且收获了雷昂的真挚爱情。该剧结尾，她陪同意大利总理访华。阿雨的故事是温州人在海外打拼生涯的缩影，也承载了当前整个中国经济希望走出国门、开辟市场的美好愿望。

可见，在他们一家四人的身上我们可以看到四种不同的价值观念，这些观念在中国当下无疑是有典型意义的。而该剧创作者通过情节设置、人物命运也对以上价值观念作了价值评判：肯定了诚实劳动、合法经营前提下摆脱贫穷、追求财富的基本价值导向，对周万顺只顾发财而置家庭幸福、亲人感受于不顾的行为进行了批评和反思，肯定了银花的财富与家庭、物质与精神相一致的经商之路，赞扬了周阿雨艰苦卓绝的奋斗和对商业交流的贡献，也张扬了周麦狗放弃物质追求而坚守三尺讲台的人生选择。

总之，该剧透过一个家庭二三十年间摆脱贫穷、创造财富、实现幸福的艰难历程，让观众看到了一个城市的商业精神和一个时代的精神风貌，更传达了健康向上的价值观：财富的追求应与家庭的和谐、亲人的幸福、社会的进步相一致，人们可以在市场浪潮中追求物质财富，也应该在奉献社会中收获精神财富。

（《当代电视》2013年第2期）

靠奋斗改变命运的“温州一家人”

张 琦

在电视剧题材越来越广泛、色彩越来越艳丽、形式越来越多样的今天，电视剧《温州一家人》像一枝奇葩紧紧抓住了我的眼球。这是为什么呢？因为温州这一家人的故事太新颖、传奇、坎坷、感人、震撼了！

先说说“新颖”。这些年来，看电视剧成为普通百姓茶余饭后休闲娱乐的主要选择。人们对历史和现实的了解，对身边和世界的感知，很大程度是从电视剧中获得的。每一部成功电视剧的推出，或反映时代风貌，或记录历史瞬间，或展示国家命运，或表现人民生活，都使人眼前一亮。但是，改革开放30多年来我们国家的历史巨变，和普通百姓生活的改变这么紧密地结合在一起的还不多。编剧高满堂善于将大题材放小着笔，写普通百姓物质和精神生活的变化，小到从一个普通温州农民家庭如何发家致富写起，这在文艺作品尤其是电视剧这一载体中见得比较少。它新就新在思想观念新，不怕说为了赚钱走出大山、走出农村、走向城市；不怕说为了一家人不在贫困的山区饿死、穷死、等死，到城市、到国外寻找赚钱的机会和新的生活方式；不怕为温州人走向市场、走向世界、走向成功树碑立传。谁人都知中国商人里最会做生意的就属温州人了，但绝大多数人都不知道温州人是靠什么精通了生意之道，是投机还是智慧？是勤奋还是运气？是诚信还是欺诈？这部电视剧对这些问题都一一作了回答，而且回答得客观公正。它新就新在为中国大多数成功的个体工商业者或者说私企小老板的创业路作出正面的肯定。它以周万顺一家起伏跌宕的经商经历告示人们，坑蒙拐骗干不长久，投机取巧难逃法网，只有在法律和政策允许的范围内，认准目标、抓住机遇，百殆不懈、百折不挠，脚踏实地、勤勉奋斗，才能走出一条通向成功的道路。

二说说“传奇”。一般农民企业家做生意，不过做点与百姓生活紧密相关的买卖。但周万顺为了摆脱贫困，完全不留后路，带领全家人卖了祖屋到温州，从最不起眼的卖破烂做起，到做鞋卖鞋，到挖石油卖石油，越做越大，越做越难，视野之广、气魄之大，令人咋舌。他身上既有中国农民吃苦耐劳的本色，又有温州商人的机敏。周万顺的女儿周阿雨，13岁就被父亲送到意大利一个不为人知的小城市，靠打工养活自己。伴随着汗水和眼泪，周阿雨端盘子、做餐饮、做衣服、卖服装，从一个没有意大利正式身份的女孩，成长为著名的为当地人折服的温州企业家代表。她身上既有现代女性的美丽善良，也有温州商人的过人胆识。周万顺的妻子赵银花从捡拾工厂废弃纽扣到当上纽扣厂厂长，几次用赚到的钱为丈夫最落魄的时候带来资金，走出低谷。她的身上既有劳动妇女的朴实纯朴，也有温州商人的宽容执着。周万顺的儿子周麦狗从南国闯到北国黑龙江置业，又不情愿地随父亲到陕北高原落户，成为一个普普通通的乡村教师。他身上既有当代农村青年的求知渴望，又有温州人四海为家的胸怀。这一家四口人的经商活动和命运走向贯穿祖国南北东西，横跨欧亚大陆。国情的变化、场景的变化、民俗的变化、情感的变化，色彩纷呈，令人目不暇接，使剧作家笔走龙蛇，纵横捭阖，为人物命运的多变留下足够的空间，升华出无数个断人心肠的传奇故事。

三说说“坎坷”。情节展开悬念迭出、故事起伏跌宕好看，这是一般电视剧抓人的地方。但该剧的悬念和起伏让人常常处于难知其果、难料其后的地步。周万顺经商不奇怪，但他比一般人脑子灵，能够捕捉商机却是一般人难料的。为了自己的产品新颖能占领市场，他特意买了相机照鞋样，照橱窗里的鞋，照人穿在脚上的鞋，无偿让售货员穿新鞋上柜台，硬是把上海的鞋样放到温州生产出售，打开了市场，赚到了大钱。这是周万顺机灵的地方。为了节省成本将三层牛皮制成的鞋当优质鞋卖，又让他的鞋厂被关，产品被没收，倾家荡产，个人坐牢。这是周万顺聪明反被聪明误的地方。出狱后到东北寻找儿子借钱还债的周万顺，又在偶然中得知国家制定西部开发计划，从此走上到陕北开发石油的道路。这可是一条更加离谱、更加艰辛的路。周万顺有智慧有气魄，却缺少文化和科学知识，靠运气打出第一口井，但再打的几口井都失败了，将苦心经营赚来的几百万元埋进黄土地。他落到儿子离去、老婆离婚、沿街乞讨的地步，却仍未泯灭挖石油赚大钱的梦想。就在他绝望到要了此残生于大漠高原的时候，远在意大利的女儿为他送来了救命资金。周万顺最终成功挖出新井，在陕北高原打出深层石油，圆了他做大事发大财的梦。按说他成功后该好好享享清福，摆摆大老板的阔气了，就像现在不少暴发户那样挥金如土。令人意想不到的是，几年后他将挖出的五口深层油井都捐给了国家，举家回到温州老家过上普通人的生活。这就不仅讲述了一个农民企业家的血泪发家路，也展示了一个中华民族之子的赤胆爱国心。个人富不忘回报社会，报效国家，这是周万顺最令人感动的地方。

四说说“感人”。有人就有情，有大故事就有催人泪下情。时下写老板生活电视剧的主人翁一般都在事业发达后抛弃原配妻，另寻年轻女。好像人生的美好追求就是财色双全。周万顺屡败屡战靠的不是欺诈，而是真情。他的脾气让妻子儿女既恨又爱。该剧中无数次的离愁别恨，无数次的原谅包容，把夫妻情、父子情演绎得淋漓酣畅，许多细节和场景催人泪下。周万顺一家经商的结果没有使一家人分崩离析或重新组合。经过恩怨情仇的感情碰撞，这一家人最终走上其乐融融的小康之路。女儿周阿雨在国外不仅经历了成长和事业的艰辛坎坷，更经历了情感上的曲折磨难。为了所爱的人只身到伊拉克战场寻夫，而从战场归来的新郎却因为战争的残酷精神失常，丧失了正常的生活。忠实于自己所爱的周阿雨，不为战场上邂逅的法国小伙子所动，拒绝了法国富豪后裔雷昂的求婚，坚持要把自己的生意做大做强后再考虑嫁人。终于在雷昂的支持下，通过自己的智慧、勤奋和包容，成长为中国在意大利普拉提温州商人的代表，也最终收获了与雷昂的爱情。该剧充满中华民族的传统美德，又不失爱情故事的浪漫多情，比起时下动不动就靠写婚外情而取悦观众的电视剧不知感人了多少倍。

最后说说“震撼”。一部成功的电视剧如果只是过眼云烟，不能给人留下思索的空间，还不能算很成功。该剧的价值就在于让人看剧的同时不断发出思考。思考什么呢？思考时代的变化为什么会使一个人乃至一个家庭发生了如此巨大的变化。古往今来，从家族变化反映时代变迁的文艺作品往往给人留下难以忘却的震撼力量。俄罗斯19世纪最伟大的作家列夫·托尔斯泰创作的《战争与和平》、美国女作家玛格丽特·米切尔创作的《飘》被搬上银幕后，都产生了无与伦比的世界影响。人们从片中多舛的人物命运中追踪到时代变迁的脚步，了解到那个时代的政治、经济、文化，以及社会生活的全貌。温州这一家人的生活和思想变化绝不仅仅是单个行为，它是时代的缩影，是时代的写真，是改革开放政策的产物。很难想象如果没有中国社会巨大的历史进步的思想解放的助推力，像周万顺一家这样的农民绝不会有这样的勇气和眼光，走出重农抑商的传统习俗，背井离乡地去追求个人幸福。什么是优秀的艺术作品？我以为能够反映时代真谛、揭示时代本质、还原美好人性的作品，才是真正人们喜闻乐见的作品，才是能够在文艺史写上一笔的作品。人们常常有感经过改革开放30多年的中国，已不大缺乏物质，不大缺乏金钱，缺失的是人类共同的精神追求和我们民族精神的继承。时代呼唤广大电视工作者在未来的创作道路上，创作出越来越多像《温州一家人》这样反映普通人生活、深刻还原人性中真、善、美的好作品。

（《品读荧屏：2011—2013中国电视艺术委员会评论员文选》，王丹彦主编，南京大学出版社2013年12月，第185-187页）

《大河儿女》专题

高满堂的创作主张、高满堂的创作方式遇到了中原文化，遇到了河南省的操作模式，会碰撞出一个什么结果？这次看了《大河儿女》确实很让人兴奋，因为碰出了一个精品，碰出了让我们眼界大开、可以留在中国电视剧史上的一个很好的电视剧。

积淀深厚中原文化
再现中华民族精神

——电视剧《大河儿女》研讨会发言摘要

2014年4月13日，中国电视艺术委员会、中央电视台和中共河南省委宣传部联合主办的电视剧《大河儿女》专家研讨会在北京举行。国家新闻出版广电总局电视剧司司长李京盛；中共河南省委宣传部副部长，河南省广电局党组书记、局长，河南新闻出版局党组书记、局长朱夏炎；中央电视台分党组成员，中国国际电视总公司董事长、总裁，中国电视剧制作中心有限责任公司总裁薛继军等领导出席研讨会。研讨会由国家新闻出版广电总局宣传管理司副司长、中国电视艺术委员会副主任兼秘书长王丹彦主持。中国文联原副主席、著名文艺评论家李准，中央文史研究馆馆员、中国文联原副主席、著名文艺评论家仲呈祥等专家先后发言，对该剧进行深入研讨。中国广播电视协会电视剧编剧工作委员会会长、《大河儿女》编剧高满堂出席研讨会并发言。

一部可以留在电视剧史上的好作品

李　准/中国文联原副主席、著名文艺评论家

看了《大河儿女》，想起了一句话："发展就是迎接挑战，去解决新的难题。"很早就听说满堂他们几位到河南去，所以一直想高满堂的创作主张、高满堂的创作方式遇到了中原文化，遇到了河南省的操作模式，会碰撞出一个什么结果？这次看了《大河儿女》，确实很让人兴奋，因为碰出了一个精品，碰出了让我们眼界大开、可以留在中国电视剧史上的一个很好的电视剧。至少在我看到的影视剧里，这是第一个能够在广阔的历史背景和厚重的品位上，形象地揭示、弘扬中原文化的优秀文化传统，包括革命文化传统的作品。河南的戏剧我看得比较多，文学作

品也看了很多，我觉得《大河儿女》是在弘扬中原文化，特别是中原的历史文化。这样地打动人，有这样的视野和深度，这是第一次。从另一个角度讲，满堂同志从山东写到东北、写到浙江，还写了很多别的地方，转了一圈，写到了河南，写到了中原文化，这对于他本人来说是一个重要的收获，也是我们整个影视剧创作在弘扬民族优秀传统文化中一个新的生长点。这些年儒商、徽商、浙商题材的影视剧拍了很多，对一些地方的历史文化弘扬很多，河南虽然也有，不过到现在为止，我觉得河南的影视剧中还没有一部足以和《闯关东》《大秦帝国》媲美的作品。但是有了这部《大河儿女》，将中原历史文化在一部宏大的影视作品里呈现出来，以后来分析我们文化传统的时候，中原这块就有了一个很好的例证。

河南在整个中华文明发展史上具有重要的特殊地位。第一，它是中华文明发祥地之一。第二，中国古代历史从三皇五帝开始，从商汤开始，到元代以前，政治经济中心主要设在三个地方——西安、洛阳、开封。这三个地方河南就占了两个。因为当初渭河流域森林茂密，生产条件好，所以西安成为中国的政治经济中心，特别是在西周、隋、唐等朝代，都是鼎盛时期。而河南呢，商汤时就到了这里，周平王东迁洛阳，曹操的大本营是在许昌，隋炀帝在洛阳，运河的开凿往西可以通过洛阳到西安，往南可以到广州和南宁。到了北宋就轮到了开封，开封是北宋的首都，城市人口1000万，当时是全世界人口最多的城市。中国历史上科技文化最发达的时期就是北宋，所以才会产生《清明上河图》这样的世界绘画七大奇迹之一。在南宋以前，中国的政治经济中心从西往东移是总体趋势，虽然有交叉，这中间河南的洛阳与开封占据了最长的时间。从这个意义上说，在中国几千年的文明史上，河南是最早的发源地之一，它后来又长时间占据中心地位。所以不能从一般的意义上看待河南文化、中原文化作为一种地域文化的意义，在整个中华文明的起源和大多数的时间之内，它具有中心位置。河南方面有个考证，说现在中国的姓氏有60%以上是从河南出来的。从中原文化地理位置、历史承载看，它与一般的地域文化不一样，特别值得挖掘。

遗憾的是，自近代以来，不管是文化作品还是理论研究，恰恰对河南文化、中原文化缺少系统的研究，包括在文艺作品上都很少有更加生动的呈现。从这种意义上说，《大河儿女》不仅在文艺创作上，在人们的关注点上也填补了一个重要的空白。河南的文化理论研究和河南的文艺创作，可以把《大河儿女》成功播出作为一个新的起点。

黄河是一个象征。大家知道黄河有九十九道弯，尤其到了河南改道，带来了灌溉和养育，同时也带来了很多灾难和麻烦，黄河比长江更能象征中华民族曲折的命运。这部作品里象征性的要素，一个是黄河，一个是大地，一个是钧瓷。20世纪我们回头研究历史，才赋予钧瓷以五大窑之一的地位。这里除了黄河、黄土地、钧瓷、豫剧之外，还有一个开封，因为开封在历史上曾经是五代古都，曾经是全世界最大规模的城市。讲中原文化，有这五个要素。分析前面的五个元素，钧瓷是一个载体，豫剧是一个载体，开封也是一个载体，所有这些东西经过满堂同志的努力而在《大河儿女》中生动呈现出来，他是站在全国文化的角度去挖掘河南文化，也找到了龙凤盘这个叙事主线。这部作品最集中的成果体现在以贺焰生、叶鼎三这两个形象为代表，再通过这些形象的塑造，反映中原文化的优良传统，特别是近现代历史，包括共产党领导的革命史，而形成一些优秀的东西。

《大河儿女》的故事从北洋军阀时期开始，后来进入抗日战争，这里有几个阶段，抗战的篇幅不到一半，我觉得还可以多一点。先后点出了张作霖，点出了“九一八”，点出了炸黄河，然后点出1941年。剧中人物不很讲究穿戴，质朴、不张扬、不巧言令色、不追求花哨，从居所到衣着没有五色迷目那些东西，没有那么多豪言壮语，他们的语言中没有那么多形容词，没有太多的夸张东西，都是直奔主题，意思的表达都很简洁。包括贺晨爱好豫剧，他就是喜欢这个东西，这个东西就是他的生命。（豫剧的观众票房20年前就是全国第一，不但远远超过了京剧、黄梅戏和越剧、粤剧，甚至超过了山西梆子。）特别是贺晨看上去并不机敏，也不胡搅蛮缠，但是他认定的东西一定要坚持到底。贺焰生也好，叶鼎三也好，用带有一点爱惜的色彩来说都是有一点“驴脾气”，这就是中原人民最可宝贵的性格，他们认准的事情绝不轻易放弃。这里涉及一种祖先崇拜，就是不能忘祖宗，设置贺大河这个形象，贺青给他的《三字经》，贺焰生给他的

"六不准"，另外贺焰生给他的小儿子上坟，都说明了这种祖先崇拜。一个人死了之后能不能埋在祖宗地里，这是他最后的信仰之所在，如果被祖宗所抛弃，将会被所有人不齿。叶鼎三最后愤怒之下砍了他的小舅子高有德，"既然你不是人，我也不把你当人"。这就是中原人的性格，实实在在、朴朴实实。叶鼎三的戏份不如贺焰生多，但是两个人有很多互补性的东西。我觉得贺晨的转变可以交代得更细一些。最后一笔很精彩，他不论在哪儿最喜欢唱的都是关公，关公在中国文化中就是忠义。

这部作品有很多情节都设置得很好，这里就不多说了。我觉得有点不满意的地方，冒昧地说一下。作品对表现河南的历史文化下了很大的功夫，这是填补空白前所未有的，导演已经非常完美地实现了编剧原来的意图，但是对历史文化带出来的东西还是有些少。多少决定中华民族历史命运的重大事件和重大战争都发生在这个地区，开封做了五代古都，洛阳做了七代古都，还有牧野之战、官渡之战、金兵两次打开封、岳飞出兵一直打到朱仙镇等等，发生在这儿的事情太多。包括像贺焰生、叶鼎三和他们周围的人，他们的台词，他们遇到纠结的时候，应该回溯这些东西。

凝魂聚气的成功之作

仲呈祥/中央文史研究馆馆员、中国文联原副主席、著名文艺评论家

《大河儿女》剧中人物贺焰生、叶鼎三是钧瓷的代表性人物，他们身上体现了钧瓷艺术在那个时代达到的最高水平。瓷本来就是China，就是中国，中国是离不开瓷的。我有幸跟中国当代陶瓷艺术大家杨永山先生混了很长时间，写了一本《陶瓷艺术教程》，深深感到瓷是大有文化、大有学问的。所以我今天特别感动满堂先生说的八个字："尊重历史，敬畏文化。"而《大河儿女》的最大成功就在于创作者给剧中主要人物赋予了浓郁的文化色彩，赋予了鲜明的文化人格。这个戏塑造了那个时代钧瓷的领军人物，今天我们要用这个态度来尊重电视剧编剧的领军人物高满堂，他的贡献实在不小。他创作的一系列作品，为中国电视剧的民族化、审美化和中国电视剧的发展做出了独特的贡献。最

近出版的211工程的一本书《中国电视剧发展史》，专门为高满堂设了一章。编剧里面要有几个重要的编剧，导演里面要有几个重要的导演，为什么呢？电视剧艺术发展到今天，很重要的工作是要对那些代表性人物进行总结。《大河儿女》这部电视剧，是在河南省委宣传部的直接指导下，电视剧人学习、领悟、践行习近平总书记关于弘扬中国优秀传统文化，利用各种艺术形式（其中包括影视作品），来培育和弘扬社会主义核心价值观的一项成果，是凝魂聚气、强基固本的一部成功之作。曾有记者问这部作品怎么表现了我们河南？我说任何一个地区、一个省份都要弘扬自己的文化精神，都要打出自己的电视剧文化品牌，但是我们要站得更高，《大河儿女》属于中华民族，不仅仅属于河南。

我赞成满堂身上洋溢着的社会责任感和责任担当。看剧中的主人公，老辈人告诉他，你如果当了汉奸，我们家祖祖辈辈都抬不起头。我们写了很多掠夺他国的领土，以获取物质利益为目的的侵略者，而这个戏把重点放在侵略者的文化掠夺上，他要抢钧瓷的尖端作品，这就揭示了侵略的本质不仅在物质上，更主要在精神上和文化上。敬畏自己的艺术精品，是一个民族的文明、人格和民族的族格的表现。所以这个戏有贯穿始终的线索，层层把它推上去之后，就看出了作品所蕴涵的文化意义。不仅是钧瓷，还有说出了“戏比天大”的常香玉一辈子为之奋斗的豫剧。豫剧为什么那么火？为什么我们王台长的《梨园春》越办越好？河南这样一种组织方式、创作方式，将一流编剧、一流导演、一流的化服道全部组合起来，保证了作品的思想艺术质量，这个经验很重要。而且首先一个前提，是在有组织的、有意识地实现创作资源、地方资源的最佳配置。

《大河儿女》这样的作品，是真正落实总书记讲话的作品。在中共中央政治局第十二次学习会议上，总书记提出，要努力展示中华文化的独特魅力。在五千多年的文明发展进程中，中华民族创造了博大精深的灿烂文化，要使中华民族最基本的文化基因与当代文化相适应，与现代社会相协调，以人们喜闻乐见、具有广泛参与性的方式推广开来，把跨越时空、超越国度、富有永恒魅力、具有当代价值的文化精神弘扬起来，把继承优秀传统文化又弘扬时代精神、立足本国又面向世界的当代中国文化创新成果传播出去。我们今天是立足于河南，但是我们走向了全国，应该说这样的戏经过我们的努力还可以走向世界。传统文化里应该张扬什么，总书记2月24日在第十三次学习会上讲得很明确。“讲仁爱”，《大河儿女》里的大爱、大忠、重民本，是主人公以民为本的意识。“守诚信、存正义”，剧中的贺晨就是传统文学里的关公形象，他演关公、学关公，一身正义，为了正义最后干出了惊天动地之举。还有“上和合、求大同”等。传统文化中的仁义礼智信都要与时俱进地加以现代化，都要跟当代生活联系起来。所以这个戏我要说的最重要一点，是从编剧到导演非常明晰地打通了这段历史，以及活跃在这段历史当中的几个代表性人物，在他们身上中华民族传统文化的精髓得到张扬。到最后他们喊出“三河镇不能有一个汉奸！”对今人是一个警示。

河南出生的作家、编剧、导演，可能觉得这部作品河南味不够浓。这个不能苛求，因为满堂毕竟是从外省到河南深入生活，在不长的时间完成了这个作品，达到今天的思想成就和文学成就，已经令人敬佩了。严格说来，导演安建也不是河南人。作家、艺术家都只能表现自己熟悉的，对不熟悉的会有一个熟悉的过程，就是一个从知之不多到知之甚多的过程。当然一部电视剧不可能都写进去，但是你知道得多，融合消化了，凝聚到人物身上，就能更浓郁地体现出那段历史的内涵，这是有好处的。要不怎么说陈寅恪不写小说，结果他写了一部就成了断代史了，什么原因？他历史知识太丰富了。一样的道理，姚雪垠写李自成已经不用笔了，早上起来就对着录音机讲，那些宫廷里面的服饰、位置、摆设、氛围都要把它描述出来，助手就给他记，记完了交给他再加工。我说高满堂是宝贵的，本来中国电视剧编剧队伍里像他这样具有社会责任感，而且具有很高的文化素养、很灵敏的艺术感觉和比较深厚的生活积累的作家就不多，尤其令人感动的是，他重视在生活里面的情感积累。情感积累高于一般的生活积累，可以说他写贺焰生、他写叶鼎三是倾注了他的感情的。所以我们要认真总结一系列成功的作品，包括满堂的作品，讲好中国故事，传播好中国声音，呈现好有中国文化魅力的好作品。

真善美的人性更能感动人

曾庆瑞/中国传媒大学教授、博士生导师

现在我们来评论电视剧，不能够忽视网民在互联网上的言说。特别在当下，有些电视剧蔑视和娱乐观众的情况下，我们业界原先只用酷评看待网评的态度应该纠正，现在的网评越来越理性、越来越公正也越来越有水平，而且在6亿以上的网民中拥有的读者也越来越多了。网评有一个流行的词语是“追着看，根本停不下来”，还有一个简单明了的尺度是按10分制打分。上个月我跟老仲两个人去昆明看《五月传奇》，网民的打分是8.7分。大家知道《大河儿女》现在的得分吗？9.2分，这是罕见的、绝对的高分。《大河儿女》刚刚播出，我提个建议，以后宣传方面要做得精致一些。网上可能是最初的文稿，发布了一些错误的信息，这个故事一直演绎到开国，比方说贺、叶、杨三家的纷争等等，而且贺焰生是被他老爸逼得自杀而死的，网上有这样的流传。我在想，满堂和这个团队用什么东西征服了网民，获得好评如潮的呢？原因可以说有很多。我想起了一位人物，是美国奥斯卡的主席霍克考奇，去年他应邀参加北京国际电影节，接受记者采访的时候有一段谈话，点出了风靡全球的电影成功的秘诀是必须具备描画人性的功力。他认为，电影要想在全世界都获得欢迎，就要擅长讲述人性的故事，如果中国导演想拍出国内外观众都喜欢的电影，就要在人性上下功夫，人性才是一张全球通行证。他说的是电影，那么电视剧何尝不是这样呢？

这些年我常说，没有什么能够比真善美的人性更能感动人的了，大家抢着看《大河儿女》也不例外。这部电视剧从头到尾震撼人、感染人的戏真的不少。其中让人动情甚至动容的一场戏，不是前面的吊旗杆，也不是最后自杀式的爆炸，而是叶飞燕最后在黑莎朗倒在日寇枪口之下后回到她的娘家，第二天贺焰生来到叶家，走到院子里，看着他的儿子大河，猛然叫了一声大河。这一幕感人至深，深深地打动了我。我马上意识到他抱起来的不仅是名叫大河的小男孩，而是中华民族的母亲河黄河，是伟大的黄河文化、黄河精神、黄河文明的具象象征。此时此刻，此情此景，正是宣誓这样一个伟大的黄河文化、黄河精神、黄河文明正在传承，而且还会永远传承下去。这场戏、这段画面、这些语言、这些情景，说真的，顿时让我感到了生命的深邃，我流下了眼泪。这是什么呢？这是人性里最为似水柔情的一种亲情。这种亲情和贺焰生真正的铁骨相适配，就是完整的贺焰生的真善美的人性，他铁骨铮铮而又柔情似水，正是黄河文化、黄河精神、黄河文明的形象而生动的载体。这是我们这部剧的魂、精髓、核心。

我也以为这是一把钥匙，是一把让我们可以打开《大河儿女》这部戏审美价值的富矿的一把金钥匙，从这点切入，可以深刻地理解这部戏审美价值之所在，理解这部戏能够赢得广大网民好评如潮和高分评价之所在。下面我简单讲三点意见。

第一，这部电视剧在我们中国电视剧人物画廊里，应该说比较完美地塑造、描绘也永远地留下了贺焰生、叶鼎三这两个熠熠生辉的光辉形象。他们并不完美，有缺点，包括像贺焰生也有那种小人物的市侩，但是他的灵魂是高大的，那种铮铮铁骨，那种似水柔情，结合起来表现出深度的真善美的人性。通过这两个倾向，演绎他们从1926年到抗战后期围绕着烧钧瓷所表现的生存状态、文化心态，这就是所谓有血性的、真正爷们的河南人。满堂的团队让我们看到了黄河哺育下的世代相传的真正的河南人。也正是这样的河南人跟他们的家人还有他们的朋友，以及国民党军阀、地方恶势力，一起演绎了惊心动魄、波澜壮阔的夺宝和护宝的故事。这个宝就是钧瓷的极品，包括龙凤盘，还有钧瓷烧窑的艺术和技术。可以说这是一个河南人扮演的河南的好故事。所有的人物性格和命运、全部的戏剧矛盾和冲突，直到最后叶鼎三用钧瓷大鼎诱使敌人进入圈套，这个时候恰逢贺焰生引爆手榴弹和敌人同归于尽，壮烈牺牲。这样的河南人演绎的河南好故事，它宝贵的审美价值就在于为了烧窑人，也为了同胞有尊严的生存和生活，为了护佑祖宗传下来的钧瓷，为了保家卫国。这是它传播的生命价值最核心的部分。

第二，怎么用中国优秀的表达艺术把这样的好故事演绎并呈现在电视屏幕上呢？这可以分两个方面来讲。先说第一个方面，我们可以认定，这部戏演绎的确实是夺宝和护宝的故事母题，或者说是一个叙述的母题，这类母题在中国叙事类的作品里有一个基因是传奇，而且在叙事文学艺术里面，它指的是情节离奇，即所谓无奇不传的故事。一开始贺焰生、叶鼎三斗瓷，是传奇；叶鼎三唱龙飞天，特别是贺焰生的龙凤盘，那也是传奇。是传奇，它就一定会演绎得悬念重生，一定会演绎得一波三折，一定会和正义与邪恶、侵略与反抗、爱国与卖国、革命与反革命，再加上爱恨情仇、悲欢离合、有情人终成眷属，甚至包括贺晨的浪子回头这些元素叠加在一起，就使得它真的成了不一般的传奇。你叫它不好看都不可能。

创作者把这样一个传奇和家族叙事叠加在一起，贺焰生一家人跟叶鼎三一家人，还有贺青人生中遇到的六姑等等，这些都可以看出大家是血脉相连的一个家族。在近30年里，历史的风云变化影响着决定着他们家族命运的兴衰枯荣。这个家族的爱恨情仇、生离死别反过来又折射了中国那段历史、那样一个时代以及三河镇风铃寨的社会生活。所以这个家族叙事中规中矩，原本它就吸引人，这两者叠加在一起就造就了好看的最基本的因素。当然，叙事中融入了尽可能多的地方文化元素，包括了钧瓷、豫剧、烩面，包括了贺焰生时不时吐出来的河南方言，这是和观众拉近关系的最重要的一个元素。还有制造悲剧性格、悲剧矛盾，激发悲剧的激情。

第三，这部作品的戏剧结构是地下渠道的豹头、熊腰和凤尾。开的头很小，然后一步一步讲下去，最后结尾说得漂亮。对这样的戏剧结构，看惯中国戏剧的人最容易接受。另外还有悬念叠生、跌宕起伏的戏剧情节，都有助于这部剧在叙事上处处闪亮。

《大河儿女》有大气象。气象就是一种气概，一种气质，一种气魄，一种气派。满堂的团队有技术也有技巧，手艺不错，但是我觉得最根本的是追求崇高、践行崇高，这是保证成功的要素。这里除了几个主要演员表现不错，剧中的每个角色都要承担文化使命和叙事使命，相对来说，别的角色可能戏多一点、重一些，让他们的表演更光鲜亮丽。

叫得响、立得住、传得开的历史正剧

朱夏炎/河南省委宣传部副部长，河南省广电局党组书记、局长，
河南新闻出版局党组书记、局长

目前，《大河儿女》正在央视综合频道黄金剧场热播，这部以展现河南人勤劳、善良、勇敢、朴实等优秀品质为主线的电视剧，展示了河南人的奋斗史，积淀了深厚的中原文化，不仅让观众从故事和人物身上了解了河南、读懂了河南，更生动再现了中华儿女在危难面前大义凛然、不屈不挠的民族精神。从播出效果和观众反映来看，《大河儿女》应该说基本上实现了我们的预期目标，不仅得到了观众的广泛赞誉和好评，也得到了专家和总局领导的认可和肯定，是一部叫得响、立得住、传得开的历史正剧。

希望各位专家畅所欲言，对《大河儿女》的成功之处进行评价，对存在的不足提出专业的、独到的见解，我们将在日后的影视剧创作中继续发扬成绩、弥补和改进不足，力争创作出更多百姓喜闻乐见的优秀作品，彰显影视剧的人文精神，传播正能量，为社会主义先进文化建设做出积极贡献。

大剧水准　大剧精神　大剧品格

薛继军/中央电视台分党组成员，中国国际电视总公司董事长、总裁，
中国电视剧制作中心有限责任公司总裁

43集电视剧《大河儿女》以20世纪20年代初期到抗日战争胜利结束为时代背景，以中原儿女自强不息、顽强奋斗的事迹为主线，通过贺、叶两大钧瓷世家的故事，颂扬了大仁大义、大情大爱的中原精神。钧瓷、黄河、豫剧是中原文化的三宝，《大河儿女》以钧瓷烧制的矛盾为故事的开端，以黄河两岸中原人民抵抗压迫、反对侵略、伸张正义为情节的推动器，以豫剧唱腔为人物的情感表达节奏。20世纪以来，中国人以自强不息的精神，通过艰苦卓绝的努力建立了我们自己的独立自由的国家，其中包含了付出巨大牺牲的千千万万中原大地的儿女。可以说对

于这样一批捍卫中原文明、中原文化、中原精神的中原儿女来说，国家繁荣昌盛的今天就是过去的中国梦。在党和国家大力提倡推动中国梦影视作品创作的当下，《大河儿女》确实是试图以几代中国人近百年来为之奋斗、拼搏，争取民族复兴、国家富强、人民幸福这样一个目标，凝聚中国力量、弘扬中国精神，这是这部电视剧一以贯之的创作主导。我们用一部大型电视剧来再现中华儿女的斗争史，这既是历史的需要，也是深入解读中国梦的一种方式，更是满足电视观众需求的一种方式。

中央电视台作为电视剧播出的第一黄金平台，一直都需要具有大剧水准、大剧精神、大剧品格的精品电视剧。2014年初春，广电总局提出防止电视剧过度娱乐化的倾向，推动以中国梦为主题的影视剧创作的要求，在这样的要求下，央视作为国家级电视台的责任和担当就尤为重要。《大河儿女》在收视方面同样也受到一些过度娱乐化的冲击，我们要正视这个问题，不能回避。从近期央视播出的电视剧收视表现，我们也注意到，从展现伟大领袖成长轨迹的重大革命历史人物剧到反映普通老百姓的家庭伦理剧，到这样一部以近代历史人物传奇为主要特征的年代剧，都体现了央视对剧目的情节推进速度、人物刻画力度、细节展示角度等方面的要求越来越精到。要想满足广大观众日益增长和变化的收视需求，我们的电视剧创作者、制作人员也必须认识到自身存在着在创作上不适应观众欣赏习惯的地方，我们要通过各种渠道去正确认识、分析、评价观众的收视趣味，给予正确的引导。

一部因广大群众需求而诞生的电视剧作品汇集了整个创作团队的智慧和辛劳，播出后受到广大观众的检验，再经过今天各位领导和专家对这部剧的总结，我想一定会使我们的电视剧创作扬长避短，不断地沿着正确的方向取得进步。

我要特别感谢本剧的创作者、全体演职人员，更加感谢本剧的编剧高满堂先生。满堂老师近些年连续在中央电视台奉献了多部精彩的剧目，用他独特的智慧、独特的视角和丰沛的情感，为我们的电视剧创作做出了不可磨灭的贡献。我们希望和满堂老师接下来合作更多更优秀的节目，通过中央电视台这个平台奉献给广大的电视观众。

有益的经验和启示

李京盛/国家新闻出版广电总局电视剧司司长

《大河儿女》播出以后关注度很高，总局领导也要求认真研讨一下这个剧创作上的成败得失，通过研讨来引领电视剧创作，同时也希望我们通过新闻宣传手段很好地宣传和推广这样的电视剧。

这部作品我也是参与了差不多整个过程吧。从最初河南省的领导提出创意，到我们组织作家、编剧深入生活，到剧本的一稿二稿，可以说从创作过程来讲是非常严肃、非常认真的，下了很大功夫。高满堂老师在这部作品上倾注的心血很大。这部作品确确实实是值得我们从作品创作、市场运作、组织领导、宣传引导等各个角度总结出一些有益的经验和启示。我觉得从作品本身的思想艺术特征来讲，它是满堂老师作品一贯风格的体现。从《闯关东》到《大河儿女》，始终体现了高满堂老师在艺术上的崇高追求。在厚重的历史、传奇的人物中，在把时代命运和个人命运的结合之间，他的作品始终把握一种宏大主题，有深厚的历史、文化的积淀。这部作品体现出中华民族文化当中的大仁大爱、大情大义，这也是构成我们社会主义核心价值观的优秀民族文化的传统。这些东西综合起来，构成高满堂老师作品中的一种大气的艺术品格。所以我觉得用“大”字来衡量这部作品，应该说是它的特色之一。

这部作品的诞生过程也值得我们很好地研讨和总结。有人说它是一部命题之作，确实是命题，但是我觉得命题之作不见得就不出好作品，命题之作总比那些看了整部作品也找不出主题的作品要好得多，关键看我们命什么题。命时代之题，以时代的名义和艺术的名义命题，以追求高品位、高品质、精品这样的名义来命题，这没有什么错误，这恰恰是一种自觉的文化追求和艺术追求，恰恰是我们那些比较轻浮和肤浅作品所缺少的。所以我觉得这部作品的诞生过程也值得认真研究和总结。

还有它的运作机制，实际上是市场机制和组织领导这两个优势互相发挥，是优势互补、强强联合。目前来看有些高质量的精品之作，确实是沿着这样一种创作道路走过来的，完全凭借市场，不是说没有好作品，完全靠组织运作也不是没有好作品。但是我们既然有这样的“两只手”，为什么不把这两者的优势结合起来呢？我觉得《大河儿女》的成功是这两种优势结合的一种成果。

在命题之初，就把最高的追求定为作品要达到的目标，这样的题应该命，这就是取法乎上。大家看到的这部作品有一流的编剧、一流的导演、一流的演员加一流的播出平台，今天参会的也是一流的专家、一流的宣传阵容，如果没有这样的一种倾尽全力的组织和元素的结合，精品就不能诞生。所以我们强调追求品质、提升质量，在这样的一个创作引导目标的指导下，《大河儿女》的成功创作经验应该总结归纳，供创作和管理方面来推广。

眼下这部作品正在央视热播，我们也希望新闻媒体能够加大对它的宣传力度。今天专家对这部作品的精致点评，既是对作品的评价，也应作为观众观赏一部作品的观赏指导，引导观众认真地领悟这部作品所蕴含的思想艺术特征。

尊重历史　敬畏文化

高满堂/中国广播电视协会电视剧编剧工作委员会会长、《大河儿女》编剧

一部电视剧才播了四分之一就开研讨会，这是很少见的，充分说明大家对这部电视剧的重视。这部电视剧确实是命题作文。我这些年给各省去做重大文化工程，《闯关东》是给山东做的，《闯关东前传》是给黑龙江做的，《北风那个吹》《温州一家人》是给浙江做的，回到中原给河南做《大河儿女》，下一步还要给广西做《海上丝绸之路》，应该说这种命题是压着我的，非常沉重。我相信一个观点，当一个压力给你的时候，这并不是一件坏事，它对你的耐久力、你的生活力、你的艺术表现力是一次深刻的检验。大多数人在压力面前都逃脱了，但是我是一根筋，我想一定把它做好。

我们发现当代艺术有三个命题。二三十年代文学艺术的命题是启蒙和救亡；从建国以后到改革开放，这段时间我们的艺术命题是灌输与教育；到了现在这个阶段，我认为我们的艺术命题渐渐变得让人怀疑，就是娱乐至上和娱乐至死，我们感到很彷徨，又无力改变。但是我们要说一句，娱乐至上的文学艺术应该给观众起码的营养和起码的尊重。我们看到影视艺

术的蛮横和利益的膨胀，我们在正能量的宣传，在传统文化的坚守上面临深刻的挑战，在这个时候我们是否能坚持？我们给我们的观众、我们给我们的先人、我们给我们的子孙有什么承诺和遗嘱？这是一个沉重的命题。

当我接到这个命题的时候，我想还是深入生活，在深入当中讲好中国故事。《大河儿女》故事的本源是在河南禹州，我认识了中国最好的钧瓷传人任星航先生，他就烧出了一对龙凤盘，他的龙盘烧得一般，但是凤盘让我们叹为观止。就是在生活中我发现了龙凤盘的故事，于是它变成了本剧的基本构建和元素。当人们越来越不尊重历史和文化，越来越践踏历史和文化，越来越嘲弄和玩笑历史和文化，《大河儿女》在说尊重历史、敬畏文化。

新的中国故事　新的文化视角

范咏戈/中国作协全委、影视文学委员会副主任

《大河儿女》这部剧，大家只要看过，对它的评价应该有一致的看法。这部戏在当前的屏幕上是重量级的，甚至是国宝级的。它的珍贵有几点。首先，中国叙事有一个新的视角，中国梦、中国故事、中国叙事，这是现在文艺创作共同面临的一个新课题，但是讨论的多，突破的并不多，而这部作品让我见到了新的中国故事这样一个创作成果。新的视角就是突破了原来一般对于民族精神的挖掘，特别是在主要人物贺焰生身上，我觉得多了一重文化的身份，贺焰生不仅是一个有民族气节的爷们，体现了我们的民族精神，包括中原精神等；同时，他还是一个能够把我们的民族文化，把我们的钧瓷在外来文化的侵略面前保护下来的人，他是这样的一个人物，也是一个文化符号。他身上是双色的，不像高满堂老师以前《闯关东》的人物，他身上多了一重文化，而且这恰恰是中国故事需要敏锐认识的问题，并且在创作上要跟上，这个作品做到了。

第二，这部作品把生命个体的人性和民族大义的人性做到了无缝对接。我们现在有好多作品，表现生命个体甚至五味杂陈的感情很多，表现

回肠荡气的民族大义的很多，但是能把这两者无缝对接起来的不多，这部戏成功地做到了这一点。这是这部戏一个很鲜明的特色，给我们创作提供了很多有益的启示。

第三，极端化的创作路线让人感受到了艺术的魅力和感染力。极端化的路线不是所有人都能用的，但是它确实是艺术规律。艺术的把握都是在分寸之间，过去讲在悬崖上才能盗到仙草，就是这个道理。情感戏一场接一场，情节、故事一个接一个，有好多作品我觉得写了很多事。什么叫故事？我个人的理解，一连串有因果关系的情节才能称为真正的故事，如果没有因果关系，它就没有张力，它就成了铺叙。从这一点可以看出，为什么《大河儿女》这么多集看下来，情节一直很抓人。另外情感大戏一场接一场，让人酣畅淋漓。作为一部抗日剧，它几乎吸取了所有抗日剧的元素，例如到根据地去，谍战的成分等等。还有渲染，这个戏不断地闪回，包括人物内心很多地方。渲染的极端运用，在别的戏里我还真没看到过。所有这些就形成这部戏非同一般的厚重，中原文化是我们黄河文化的一个根源，这部戏能够从根儿上把黄河文化再现出来。

我看了全部45集，听说播的时候是43集，有一些可能修改过了。有些地方的戏开始的时候，有一些反复，例如贺焰生先答应鬼子所有的条件，然后鬼子放人，而且他还举行了一个仪式，当然他最后是骗鬼子的。就是这样的话，我也觉得有损于他的形象，如果不绕这么一圈呢？还有就是柴旅长的良心发现，有的地方戏份稍微多了点，像他杀人如麻做一些忏悔有没有必要？我觉得没有。

这个戏有中国梦

俞　虹/北京大学新闻与传播学院副院长

看这部剧，引发了我很强烈的感触。高满堂先生的剧其实个个都是大剧，又叫好又卖座的大剧，但是我依然觉得这个剧还是有所超越，这是非常不容易的一件事。刚才几位领导都讲了这个剧是命题作文，做命题作文往往容易主题先行，有很多预设的目标，甚至有很强的主流意识形态的表达。看这部作品的时候，我一开始也有一种导向性的心理忐忑，但是真正看下去并没有觉得这是一个被命题作文所强烈驱使的作品。它确实完成了艺术性和思想性的统一，它实际上用创作回答了我们几个问题，让我想到了延安文艺座谈会提出的那些问题，艺术与生活、艺术与人民、艺术与思想创作，以及艺术批评的基本尺度。刚才高满堂先生简单的介绍，已经让我们看到了他对生活的尊重，他的最核心的东西是来自于在生活体验当中的发现，由此而去创作了这么好的一个剧作，这让我们看到了现在许多作品靠拍脑袋去想象、去完成，和实际生活离得很远，却满脑子迎合市场、试图和市场离得很近的创作者的差距。因此当高满堂先生用“尊重历史、敬畏文化”结束发言的时候，我真的找到了这把钥匙：为什么这部剧做得这么好，就是因为剧作家有自己的一个基本尺度在做着，而这个尺度也是告诉我们真正的好作品有无限的可能，这个可能是由创作者本身来决定的，他的创作理念以及创作的艺术把控能力决定了这部作品最基础的东西。

这部剧从一开始看，你会看到家族的恩怨，你也会直接联想到罗密欧与朱丽叶的痕迹，但是你会很快发现它超越了罗密欧与朱丽叶家庭、爱情悲剧，看似很永恒的爱情戏，因为在剧中个人的命运、家族的变迁与国家的发展做了无缝对接。这样一种对接，对思想性的表达可谓不着一字尽得风流，让你去品位它的文化蕴含、民族精神。都说这个戏有中国梦，但事实上我们并不是在剧的台词当中去读到这个中国梦的，而是在一代代人的追求当中，在丰满的人物性格、曲折的故事结构当中感受到的。包括悬念迭起，它的剧情走向很多都是超越我们想象的，同时又是合情合理的。这样一部好剧真正达到了思想性和艺术性的高度统一，它传递思想的追求能够得到最大的释放。

我们搞广播电视的，觉得河南省厚积薄发，在整个全媒体竞争如此严峻的情况下，去年推出的《汉字英雄》就已经做了一次突围，真的是在中国一片歌声的真人秀节目包围中，打出了对文化、文字的追求。在电视剧这个市场上，现在又推出了《大河儿女》。我看电视剧不是太多，有时候就觉得耗不起时间。但是在两周前我的博士生和硕士生在做一个学术沙龙的时候，就是在讨论最近热播的电视剧，他用的案例就是《纸牌屋》和《来自星星的你》。我现在要把《大河儿女》推荐给他们，让他们认真看完以后，我也很期待看他们能够有怎样的反馈。对于《大河儿女》这样一个创作的高峰，一种给予整个收视市场的贡献，我非常尊重，谢谢主创人员。

鲜明的文化烙印　丰厚的精神蕴含

彭　程/光明日报社文艺部主任

这确实是一部分量很重的沉甸甸的作品，我就把看后最强烈的几点感受说一下。

首先，是它非常鲜明的地域文化的烙印。从《大河儿女》这个名字上看，在地域文化属性上给予了非常鲜明和强烈的提示。电视剧里反复出现的钧瓷的制作、豫剧的唱腔，还有黄河奔流的景象，所有这些都是中原大地最有代表性的文化元素，都得到了充分的描绘和展现。其他像服饰、饮食都是地域文化鲜明的表征。这些因素在剧中的综合运用，使得这部电视剧具有了非常鲜明的地方特色。由此我想到了两部非常出色、非常成功的电视剧，一个是《闯关东》，一个是《大宅门》，它们的成功因素之一就是非常鲜明的地域文化特色。在这种背景下描绘河南儿女的奋斗，写下河南人的人文情怀，它就更容易给观众留下深刻的印象，而且我相信这也是我们制作方的一种期盼，实际上这种效果打造得是比较好的。

第二，故事极富传奇性。它以小人物命运折射出波澜壮阔的历史风云，它以家族之间的恩怨情仇为脉络，围绕富有神秘色彩的龙凤盘的烧制、保护、争夺展开了丰富复杂的叙事，父辈之间为了比拼技艺而不断地较劲，儿女辈则陷入爱情的纠葛。大的历史事件有北伐战争、抗日战争，个人的命运与社会的变化密切相关，与民族的命运密切相关。在情节设置上，很多精彩的情节都仿佛将人物置于悬崖边缘，让观众期待下一步会发生什么样的故事，什么样的戏剧性冲突。在这种情况下塑造人物、刻画心理，像这些故事情节，在日常生活中都是很少见到的，但是却具有内在逻辑的真实性。

第三，文化底蕴深厚。我们看到很多电视剧只是追求讲好一个故事，而这部电视剧在讲述精彩故事之外，还有较为深入的文化思考。钧瓷是这种文化思考自始至终的一个载体，同时也是源远流长而又博大精深的中华民族文化的一个象征。钧瓷的品相和生产工艺，会让人领悟到它蕴含了深刻的人生哲理。比如说钧瓷的精品，特别是龙凤盘，会让人在观看的过程中，自觉不自觉地将其与主人公的德行和品格联系起来，产生一种很自然地联想，而且会感觉到二者从内在本性方面的连接是十分天然和自然的。同时，在乱世中这些钧瓷的命运与人们的坚守、探索和创新，也昭示着中国传统历经磨难和顽强的生命力。像面对日本人的觊觎，后面的大兵和小兵的比试，这固然是情节中的安排，同时我也觉得它有一定的象征意义，起到隐喻的效果，它的实质就是中华文化强大的生命力。

从题材上看，这显然是一部行业剧，钧瓷制作贯穿始终，但它更是一部主旋律的正剧。观看电视剧的过程中，你会觉得这种意义的表述、价值的传达是完全自然而然的，是生动对接的，而不是外在于这种剧情发展逻辑的，不是从外面贴上去的。

第四，人物性格的鲜明性。贺焰生的精神气质贯穿始终，特别是他挂在旗杆上的那段对白实在是太精彩了，可以说把主人公的内心世界和大无畏的精神气概表达得淋漓尽致。精彩对白是这部剧的一大特色，它与人物的性格和心理状态结合得十分紧密，很好地提升了作品的艺术品位。其他的人物，像第二号人物叶鼎三，他有时候会显得犹豫软弱，但是在关键时刻也显示了男儿的铮铮铁骨。一开始，在贺焰生的生死关头他闯进去，号召百姓们要毁窑；到了后面，他拿着大斧头冲上去，要和他的老伙伴共生死，这都是非常震撼的。

第五，对精神气节有力的彰显，或者说对价值观的大力张扬。这部电视剧书写了中原儿女在苦难中的坚韧不拔、顽强不屈，表现在自强不息、追求卓越等多个方面。这种精神价值的张扬分很多层面，综合在一起，给人的感觉就是他们对家园、对民族的感情，这种精神价值的显露和弘扬是全方位的，体现了大仁大义大爱，就像黄河的浩荡奔流一样，具有非常浑厚的气魄。中原儿女身上体现的精神其实质也是中华民族的精神，所以这样一部作品给读者的震撼是非常强大的，会发掘出非常丰厚的精神蕴含。

如果有一点建议的话，我觉得在个别人物身上，性格前后的发展变化呈现得不够充分，应适当地加以调整。像贺青显然是电视剧中一个主要人物，但是给人印象不深，而他的弟弟贺晨的性格色彩呈现得更为丰富，前后跌宕起伏的表现得更为明显。

传奇艺术·中国风骨·诗意表达

尹　鸿/清华大学新闻与传播学院常务副院长、博士生导师

这部作品有几个特点。第一个特点，从艺术上，这个剧强化了中国传奇艺术的传统。从一开始的斗瓷开始，非常像水浒、三国演义的传奇艺术的叙事手法。两个性格差异很大的人，为了一个核心事件，像过去的打擂戏。整个创作手段应该是高满堂老师对中国传统戏剧经验的一个总结，我觉得这是中国戏剧非常优秀的传统，里面有一个核心的细核带起来这个龙凤盘，在整个作品当中贯穿始终。包括两个家庭父一代和子一代的冲突，其实都是戏剧性核心的构成部分，这点保证了整个作品有比较强的叙事强度和节奏感。但这个剧也很传统，我有时候走到别的房间里听到它的音乐，老觉得像几十年前的电视剧的音乐，你就会觉得这个作品真的是想传达一种不那么被今天这个社会所改变的文化氛围，旋律特别熟悉。

第二个特点，它体现了中国电视剧的中国风骨。高满堂老师创作的有这种中国风骨的作品是从《闯关东》开始。当然这种中国风骨强化了中国人富贵不能淫的强悍的一面，而高老师的作品也发掘了中国民族精神的另外一个传统。从岳飞、戚继光一直到抗日英雄，我们发掘中国人另外一种传统，不屈不挠，争当第一。这个剧开始就是在争当谁是钧瓷的魁首。高老师发掘的都是中国人的脊梁，怎么支撑起这个民族，尽管人们的生活其实是温顺的，甚至是有些随遇而安的，但是正是靠这种精神才能把文化延续下来。这里有两个重要的载体，一个是叶家和贺家的男主人公体现的特点，其实也是两类中国人，一类可能是精打细算、会过日子的中国人；另

一类是有更多狭义之气的中国人，这两类人是有一定代表性的。大家在遇到外敌入侵，遇到大是大非问题的时候，同样表现出中华民族的气节，在大事面前不糊涂的大义凛然的状态，其实这是儒家对中国精神理想化在两个普通人载体上体现的文化。这也是作品很有魅力的地方。

另外一方面，当然就是钧瓷在里面起的作用，刚才有几位老师也谈到了，里面有黄河、钧瓷、豫剧，这三个东西在里面既是戏剧性要素，同时也有象征性。中国人很多时候的浪漫性就体现在戏曲当中，这条线虽然对叙事本身并没有特别大的推动作用，但是它拉开了中国人的另外一个帷幕，这也是中国风骨的体现之一。其实中国的戏曲非常好地表现了老百姓的精神世界，在这部作品中也传达得非常好。还有钧瓷，刚中有柔、柔中有刚，一定程度上可以成为中国人内心核心价值的象征物。

第三个特点，它有一种诗意。除了通过戏曲表现中国人的内在世界、精神情感世界，作品还通过钧瓷这样一些事物呈现了某些象征主义和浪漫主义。电视剧的结尾，最后交给那孩子“六不准”，这也是一个非常经典的叙事。贺焰生焰火重生、凤凰涅槃，这名字本来就有很强的象征性。大河虽然不是他亲儿子，但他是中华民族的子孙，所以把“六不准”传给这个孩子。最让我感动的是，这个孩子在一艘船上背“六不准”，而创作上又做了艺术性的处理，在假定性非常强、非常缥缈的一个浩瀚水面当中，这只船就像诺亚方舟一样，最后承载着中华民族的精髓。它有一定的关照和批评，我们的东西在流失，但是这个东西能不能传承下来，来弘扬中华文化的精华，这可能是作品诗意的一个组成部分。

高老师的这批作品，发掘了中华民族的中国脊梁式的气节和精神。刚才高老师自己也讲救亡和启蒙的两大主题。现代中国人的这个主题就是对近现代重大社会转型期的影响，但是我觉得这批作品当中淡了一点。虽然他们也受一些革命活动的影响，但是我觉得一个现代中国人的改变，在年轻人身上体现出的素质和气质的改变不足。这几个年轻人，我觉得不是特别满意。几个年轻人的时代感，那种时代带给我们这代人的变化，都跟现代化转型没有关系。如果将来这个中国风骨能够完成中国的传统精神跟现代意识某种方面的契合，可能它会又上一个台阶。当然不是每部作品都需要那么做的，我只是从大家的期望和角度上讲，将来可能找到这两者之间的某种结合点，可以让我们的作品更有现代气质，在我们对传统文化的弘扬当中也更有现代气质。拿到一个抗战的大背景来看，这样的叙述基本上成为这段时期作品当中所选择的一个叙述结构，这个跟社会大跃进有关系，但是今天的中国已经到了中国的文化跟传统对接起来的时候了。

一部阳刚的“男人戏”

刘　琼/人民日报社文艺部文艺理论评论室主任

这部剧的创作气质特别典型，用通常流行的话来讲，确是有高大追求的剧。我们需要小桥流水，也需要小清新，我们更需要这样一个带有宏阔视野和文化高端表达的创作。这部剧是有文化理想的，我们不能说这样的人物和这样的故事一定是历史真实的表达，但是它一定是我们对历史和这样一个有故事的土地的期许吧。我们说它表现了河南文化，我觉得还可以说它是表现传统文化的东西，李准老师说河南是中华文明的源起和摇篮，它已经超越了河南地域性的东西对整个文化创作的价值所在。在当代影视文化创作当中，我们对表现民族的传统或者传统文化，用一种影视语言来表达，更加典型的是它里面有很多微观文化的呈现，比如钧瓷、豫剧，我们还看到一些黄河的纤夫文化在里面。

为什么它是具有创作者个人气质的一部戏呢？我认为它就是一个男人戏，它比较阳刚，虽然有很多女性的角色在其中，但是我们觉得这些角色不那么典型，因为这个戏本身就是一个男人戏，主要人物就是男一号和男二号，这跟编剧本身的表达也有关系，也是跟男人戏的角色扮演有关系。这两个演员自身的条件很好，以至于使一些很年轻的演员不那么显眼。有些演员的着装常常会让我觉得有点夸张和不那么能够理解，比如说叶飞燕的头发和大娥子的发型，给我的感觉很穿越，很像我们过去看的武侠小说的造型，会不会让人物本身脱离剧情？

我个人认为这两个男人的戏很强，剧情一开头就是从这两个人的关系开始。一开始他们的关系是在封闭的空间展开的，其实它有很强的隐喻性在里面，这是一个钧瓷的根据地，他们之间有竞争，但是也有依存关系，也有派生的爱恨情仇在里面。开始它是封闭的，所以有自在和从容性在里面，所以就达到了力量的均衡。但是后来这个封闭的空间被打破了，因为钧瓷的存在才有各种利益的进入，所以在这种自在的东西被打破以后，有各种各样的战争的大背景。这两个男人的关系变化非常典型，他们之间有相互竞争，有特别强的依存关系。他们解决彼此矛盾的时候，其方式提醒我们传统文化里的识大体、大情大义。

我觉得所谓文化剧的来源是从这样一个内部逻辑展开以后，让我们看出了中国人或者是中国传统文化在这样一个大的历史背景下，表现出来的一个人格的力量，或者一个民族的生存能力，它的实际逻辑在这里面，我们的人是不屈服的，我们在危机来临时是去抗争的。

大河奔流　荡气回肠

张德祥/《当代电视》主编

这个戏荡气回肠，真是大河儿女、大河奔流，这里有大情大义的涌动，看的过程中确实很感动。这个戏还有一流的演员、一流的编剧、一流的导演、一流的制作团队，做出来的作品确实也是一流的。与近期的一系列电视剧作品比较来看，这个戏应当是一个大制作，还是比较用心的。现在很多剧做得都比较粗糙，而这个戏的很多镜头做得非常精致，绝不凑合，它的创作态度还是非常严谨的。作为河南的一个重点作品，它是能够充分表达河南或者中原文化，代表河南精神的一部作品。

第一，这个剧从结构上讲，是家国同构的，严格说还是一个家族戏、年代戏，它和高满堂老师编的前几部戏，叙事的路数、结构的模式没有什么变化。家族的命运在抗战期间，整个背景都是放在这里的，那个是闯关东，这个是烧钧瓷，遇到了国民党的警察，遇到了军阀混战，遇到了日本人的侵占，无论是开矿山还是烧钧窑，都表现了在历史面前的抉择。普通的劳动者、普通的手艺人，他们烧制出这种作品的时候是伟大的艺术，就是这些人在特定年代表现出来的命运。把这个戏的背景放在河南，里面运用了很多河南的文化元素，把这些文化元素和故事结合在一起，形成了荡气回肠的戏。

这里的主人公贺焰生、叶鼎三是最主要的两个人物，性格上有差异也有碰撞。开始的时候就是他们两家斗瓷，贺焰生吃准了叶鼎三性格比较软弱、比较内向，所以他们两个之间知己知彼，也是相互搭配，在叙事结构上也是一种需要。

另外里面有两个比较生动鲜活的人物是下一代人，一个是贺晨，他开始喜欢演戏、喜欢关公，到最后达到了一个高潮，就是演那场戏的时候真正完成了他生命的塑造。第二个人物是六姑，剧中虽然有很多妇女形象，包括飞霞、飞燕等等，但是这些形象在我看来都是符号，真正活起来的是六姑的形象。既然是大河儿女，大河就一定有支流，黄河是由很多支流汇成的，六姑和贺青之间的那段恋情，应该算是《大河儿女》里面小小的支流，这段支流非常闪光，它表现了那个年代一个女子对爱情的追求，这个女子对贺青的爱情最后是用生命完成的，我觉得她真正代表了河南妇女身上那种泼辣精神、勇敢精神、有情有义的精神，在某种意义上超过男人。六姑这个女孩子对于贺青的爱，虽然只是《大河儿女》里面小小的一个插曲，但那几集戏很精彩，非常好看。其中有一个警察队长喜欢六姑，但是六姑就是不喜欢他，就是喜欢这个书呆子，她最后以生命去爱他，这就够了。

另外这个剧还给我带来一些思考。在今天，我们的艺术应该有更多的启蒙意识，现代化应该从100多年前就开始了，到现在仍然是一个痛苦的转化过程，这个戏痛苦在什么地方？就是我们的老百姓，我们烧瓷的人，无论是劳动者也好，还是艺术家也好，都不能很好地安居乐业，不能很好地把自己的技术发挥出来，会受到社会方方面面外力对他的那种作用，对他的那种伤害，甚至封窑，不许他们生产。一会儿这个来，一会儿那个来，来的都是要好东西，从来不管你更好地生产，谁关心老百姓的生产？哪一级政府、哪一个军阀关心过他们的生产，除了索要之外。当然，无论是生存的还是爱情的，最后都是悲剧，如果它是一个悲剧，还能为我们提供一些思考。这个戏不是简单地体现了河南的文化元素，这些东西都是表皮，贴上去的，不是深层的东西。如果要追求这个戏深层的意义，它真正的意义在这里。

这部作品和《闯关东》《大秦帝国》等等这些作品比较起来，确实是能够代表一个时期、一个地域的非常重要的作品，已经很了不起了。今天我们的电视剧发展进入了程式化，其实拍一部电视剧不难，要感动观众太难了，这是今天电视剧面临的一个真实处境。如何拍出更多更好的感动观众的精品？创作主体、主题的选择，对观众需求的了解，都是要重视的。如果我们光想表达什么，但是不知道观众需求是什么，这个时候也会在创作和接受之间产生错位。

总而言之，祝贺《大河儿女》，这部作品确实是宏阔、大气、恢弘的，可以说是史诗般的作品。

串联义、理、情、技的内在结构很有新意

陈 芳/中国电视艺术委员会评论员

这个戏我基本上全看了，有几点感受。

第一，这部作品的题材价值应该充分肯定。它在深厚的人文底蕴和宏大气势上，诗史剧的创作迈上新的台阶。在电视剧的创作上，具有填补题材空白的价值和意义。这部作品延续了满堂老师多年来创作的一贯风格，将时代的风云际会和历史的动荡变化推到大背景上，在前景上浓抹重彩来描写生活中的小人物、普通人的命运，这个应该成为高氏剧作的鲜明的符号特征。

第二，这部戏在结构上非常有特点，它的外在结构并不复杂，就是讲述黄河岸边风铃寨的钧瓷艺人展开的明争暗斗，两家儿女之间缠绵纠葛的爱情故事。但是内在结果却是用义、理、情、技四个段落串联起来的，这种手法在同类题材的创作中很有新意。这四个段落连接起来看，我个人认为它有一种文化寻根的意义在其中。“义”是整个作品的魂，剧中从民族大义和乡里情义，都突出讲到人物无论何时何地都在讲道义。“理”是产生在道义之上的理，剧里无论贫穷富贵，无论盛世兴衰，都是以理服人、以理

服己的。“情”是乡土之情、爱恨之情、男女之情，但是这些小情最终都融入了民族大情之中。“技”就是指钧瓷和豫剧的传承和发展，突出了中原文化技艺对中华文明做出的巨大贡献。剧中有很多场面展现了钧瓷的制作工艺和流程，为普通观众了解钧瓷、认识钧瓷的价值提供了很多帮助。

第三，从剧作艺术创作本身来看，全剧沉稳凝重的色彩和主题彰显是非常吻合的，将各种元素有机融合，在叙事上可以看出编剧驾驭题材、结构章节、营造戏剧冲突上深厚的功力。人物的化妆、服装都体现出一种尊重真实、尊重历史的严谨创作态度，是在尊重史实的前提下追求一种美感。比如服装、化妆上使用的色调都是绛紫、暗红、墨绿，对于年轻漂亮的女子运用淡蓝、粉红色彩，与作品的基调是非常吻合的。这部作品是满堂老师与安建导演的第三次合作，在细节上有一点新的变化。在镜头的组接和场景的转换上，导演采用了一种闪白的处理方法，一个是瓷器的碎片，一个是不完整的印章，还有就是人物的神态和表情，在这样的画面上进行了技术处理，这些处理都有编导的意图在里面。

也有三个小小的不足。其一，有些细节可以再打磨一下，比如河南地域特色可以更加鲜明突出一些，现在作品中不够。我们两位主演陈宝国和赵君的语言当中，如果加入一点儿中州或者河南地方语言中代表性的声调或者是用语，可能会好一些。现在陈宝国的语言里，经常还能发现老北京腔，比如“得嘞”。另外，三河镇也算是不大不小的城镇，剧中也多次反映贸易的兴隆，可是我在画面中没有看到一个带有中原特色的招牌门脸的字样，比如“河南烩面”、“中州典当”。

其二，剧作表现了钧瓷艺人的生活，但是对钧瓷的历史价值，包括如何鉴赏，介绍得很少。民间说“家有万贯不如钧瓷一片”，“黄金有价钧无价”，都是说钧瓷的价值。另外钧瓷的名贵和独特就在于窑变的釉色，这是天然形成的，不是人工加工的，所以钧瓷没有一个是重样的，这就是钧瓷名贵的地方，但是在剧中都没有说到。剧中的大官小官都对钧瓷爱不释手，拼了命地想要得到这个瓷，如果没有对钧瓷价值的介绍，他们这种做法就有点让人费解了。

其三，剧中有一个很重要的细节，就是贺焰生烧的龙凤盘，与改朝换代、真龙天子降世之间的关系，我觉得稍稍有些牵强。剧中人说这个不过是光绪二十年前的一个传说，可是就像我刚才说的，剧的大官小官都非常想要龙凤盘，并不是他真的懂得钧瓷的价值，而是他看中了龙凤盘的寓意，能够改朝换代，能够当天子。如果剧中把龙凤盘与历史的朝代更迭，能不能当真龙天子的这个牵连能够编织得再圆一些、再有机一些，就更好了。

还有一点，剧中让贺焰生滚钉板，我不明白滚钉板是为出一口恶气，还是他只要一滚钉板，剩下的70家窑都可以烧火开窑了，他才自甘受这个折磨？如果是为了后者，用他自己的牺牲和受罪能够换来整个风铃寨70家窑都能够开窑，我觉得这个细节就安排得很精彩。如果不是的话，只是为了出一口气，那我就觉得值得推敲了。

相比之下，我个人更喜欢叶鼎三这个人物，这个人物有变化、有层次。贺焰生性格的一以贯之和形式情感的变化上，我觉得相对少一点，不如叶鼎三这个人物更鲜活、更丰富、更招人喜爱。我说这些，等于鸡蛋里挑骨头了。

有追求 有史韵 有突破 有功力

王丹彦／国家新闻出版广电总局宣传管理司副司长、
中国电视艺术委员会副主任兼秘书长

今天大家确实满怀诚意，所谈有高度、有锐度、有温度，从纵横捭阖的文明史到总书记高屋建瓴的指导思想，到当下电视剧和艺术发展的走向，到《大河儿女》这部戏，到未来影视剧如何在这部戏里借鉴经验，大家谈得非常丰富，非常有质量。简单概括一下，这是一部“四有”的戏。

第一，有追求。我非常同意满堂老师说的，可以把这部剧概括成“尊重历史、敬畏文化、关照当下、示范未来”的一部有主见的戏，它应该是一流的主创团队托举起的填补中原剧作空白的一部新的代表作。

第二，有史韵。很多专家谈到讲好了中国故事就是形象刻画了中国精神，有风骨、有诗意，彰显了中国文化传统中的大情大义；有文化魂魄，把史韵中的文化魂魄用各种形式予以体现。

第三，有突破。仲主席说到，我们这个戏赋予了重要人物丰满的文化人格、文化品格、文化色彩。

第四，有功力。在叙事结构上富有结构的张力，把各种艺术元素娴熟地组合在这部戏之中，使这部戏达到了有意义的有意思，而不是没意义的有意思，是思想性和艺术性兼具的呈现。当然也不能说它完美，还是有可提升的空间，大家对人物、对节奏、对地域色彩、对音乐、对角色分配诠释不同的理解，给我们提供了可探讨的空间。电视剧就是遗憾的艺术，电视剧的播出是未来的积累。我觉得这是一次中原电视剧符号零的突破，未来会有更多这方面的探讨。也相信高满堂老师会一路走下来，为观众呈现更多的电视剧艺术精品，我们期待一部更比一部精彩。

附：

高满堂影视剧编剧创作年表

1983年 创作2集电视剧《荒岛上的琴声》，大连电视台拍摄播出。

1986年 创作6集电视剧《功勋》，大连电视台拍摄播出。

1987年 创作3集电视剧《断续涛声断续雨》，大连电视台拍摄播出。
剧本在《中外电视》（《中国电视》前身）发表。
获《中外电视》优秀电视剧本一等奖。

1987年 创作6集电视剧《竹林街15号》，大连电视台拍摄，中央电视台一套黄金档播出。
获辽宁省优秀电视剧一等奖。
获东北三省“金虎奖”一等奖。
获中国电视剧“飞天奖”提名奖。

1988年 创作6集电视剧《从夏到秋》，大连电视台录制，中央电视台播出。
剧本在《中外电视》发表。
获辽宁省优秀电视剧二等奖。
获东北三省“金虎奖”特别奖。

1989年 创作2集电视剧《婚变情错》，大连电视台录制，全国发行。
剧本在《中国电视》发表。

1991年 创作2集电视剧《小城情话》，大连电视台录制，中央电视台播出。
获辽宁省优秀电视剧二等奖。
获东北三省“金虎奖”二等奖。

1992年 创作6集电视剧《停泊十天》（与人合作），大连电视台、中国电视剧制作中心录制，中央电视台一套黄金档播出。

剧本在《中国电视》发表。
获辽宁省优秀电视剧一等奖。
获东北三省“金虎奖”二等奖。
获辽宁省最佳编剧奖。

1994年 创作26集电视剧《小楼风景》（与人合作），中央电视台、中国电视剧制作中心录制，中央电视台播出。
获中央电视台“CCTV”长篇电视剧二等奖。

1994年 创作电影《潇洒一回》，北京电影制片厂摄制，全国影院上映。

1994年 创作电影《大海风》，福建电影制片厂摄制，全国影院上映。
剧本在《电影创作》发表。
剧本获全国优秀电影剧本征文奖。
影片获全国电影政府奖特别奖。

1995年 创作14集喜剧《给你爱心》，大连电视台、北京电视艺术中心录制，全国播出。

1996年 创作16集电视剧《渤海黄海在这里相连》（与人合作），辽宁电视台录制，中央电视台黄金时间播出。
获辽宁省优秀电视剧一等奖。
获东北三省“金虎奖”一等奖。
获辽宁省“五个一工程”奖。

1996年 创作2集电视剧《法官谭彦》（与人合作），大连电视台、中央电视台录制，中央电视台全国优秀电视剧展播一套黄金档播出。
获中国电视“金鹰奖”最佳单本电视剧奖。
获中国电视剧“飞天奖”三等奖。
获全国优秀电视剧展播优秀剧目奖。
获辽宁省“五个一工程”奖。

1996年 创作2集电视剧《午夜有轨电车》，中国电视剧中心录制，中央电视台全国优秀电视剧展播一套黄金档播出。

获中国电视剧“飞天奖”一等奖。
获全国“五个一工程”奖。
获全国优秀电视剧展播优秀剧目奖。
演员萨日娜获上海电视节“白玉兰奖”最佳女演员奖。

1997年 创作2集电视剧《远岛》，辽宁电视台、大连电视台、中央电视台录制，中央电视台二套黄金档播出。
剧本在《中国电视》发表。
获中国电视剧“飞天奖”提名奖。
获辽宁省优秀电视剧一等奖。

1997年 创作17集电视剧《突围》，大连电视台、中国国际电视总公司录制，中央电视台八套黄金时间播出。
获中国电视剧“飞天奖”长篇电视剧二等奖。
获辽宁省优秀电视剧一等奖。
获辽宁省优秀编剧奖。
获辽宁省“五个一工程”奖。

1998年 创作17集电视剧《抉择》，北京电影制片厂、上海文化发展总公司北京分公司、辽宁电视台录制，全国播出。
获中国电视剧“飞天奖”长篇电视剧二等奖。

1998年 创作20集电视剧《咱那些日子》（与人合作），大连电视台、天津电视台录制，中央电视台八套黄金时间播出。
获全国“五个一工程”奖。
获中国电视剧“飞天奖”长篇电视剧三等奖。
获辽宁省“五个一工程”奖。
获辽宁省电视剧一等奖。

1999年 创作2集电视剧《飞来飞去》，中国电视剧制作中心录制，中央电视台黄金档播出。
获全国“五个一工程”奖。

获中国电视剧“飞天奖”二等奖。

1999年 参与策划改编电影《横空出世》，北京电影制片厂摄制。
获中国电影“金鸡奖”、“华表奖”、“百花奖”。
获全国“五个一工程”奖。

1999年 创作16集电视剧《难舍真情》，大连电视台、中央电视台录制，中央电视台一套黄金档播出。
获中国电视“金鹰奖”提名奖。

2000年 创作2集电视剧《相依年年》，大连电视台、中央电视台录制，中央电视台八套黄金时间播出。
获第5届亚洲电视节电视剧类金奖。
获中国电视剧“飞天奖”一等奖。
演员陈瑾获上海电视节“白玉兰奖”最佳女演员奖。

2000年 创作2集电视剧《小巷总理》，大连电视台、中央电视台录制，中央电视台八套黄金时间播出。
获辽宁省“五个一工程”奖。

2001年 创作电视电影《老马和一个背影》，电影频道摄制，电影频道黄金时间播出。

2002年 创作2集电视剧《美丽人生》，中国电视剧制作中心录制，中央电视台黄金时间播出。
该剧被列为全国20部向“十六大”献礼片之一。

2002年 创作6集电视剧《远山远水》，大连电视台、中央电视台录制，中央电视台黄金时间播出。
获第39届亚太广播电视联盟（ABU）娱乐类金奖。
获中国电视剧“飞天奖”中篇电视剧一等奖。
获中国电视“金鹰奖”优秀作品奖。
该剧被列为全国20部向“十六大”献礼片之一。

2002年 创作26集电视剧《好人白小丁》。

2003年 创作26集电视剧《家有九凤》，大连电视台、北京普通人影视公司录制，全国播出。
获中国电视“金鹰奖”优秀作品奖。
长篇小说《家有九凤》由人民文学出版社出版。

2003年 创作电影《关东民谣》（与人合作），长春电影制片厂摄制，全国发行。
剧本在《电影文学》发表。
获全国“金穗奖”二等奖。

2004年 创作电视电影《歌唱》，电影频道播出。

2004年 创作20集电视剧《金达莱》（与人合作），中国电视艺术家协会摄制。

2004年 创作电视电影《为你喝彩》，电影频道出品，全国播出。

2004年 创作28集电视剧《错爱》（与人合作），大连电视台、北京泰通影视公司录制，全国播出。
获全国电视剧风云榜最佳收视率奖、最佳编剧奖。

2006年 创作28集电视剧《大工匠》，北京鑫宝源影视公司摄制，全国播出。
获全国“五个一工程”奖。
获中国电视“金鹰奖”优秀作品奖。
获中国电视剧“飞天奖”三等奖。
长篇小说《大工匠》由万卷出版社出版。

2006年 创作26集电视剧《常回家看看》，北京普通人影视公司摄制，全国播出。

2006年 创作52集电视剧《闯关东》（与人合作），山东电影电视剧制作中心、大连电视台摄制，中央电视台一套黄金档播出。
获中国电视“金鹰奖”最佳长篇电视剧奖、最佳编剧奖。

获中国电视剧“飞天奖”一等奖、优秀编剧奖。
演员萨日娜获中国电视剧“飞天奖”优秀女演员奖。
演员李幼斌获中国电视“金鹰奖”最佳表演艺术男演员奖。
获韩国首尔电视节最佳编剧奖。
获全国“五个一工程”奖。
长篇小说《闯关东》由山东文艺出版社出版。

2007年 创作40集电视剧《天大地大》，北京友视影视公司摄制，全国播出。
长篇小说《天大地大》由万卷出版社出版。

2007年 创作26集电视剧《漂亮的事》（与人合作），中央电视台、沈阳电视台摄制。
获中国电视剧“飞天奖”二等奖。

2008年 创作36集电视剧《北风那个吹》，北京普通人影视公司摄制，全国播出。
获全国“五个一工程”奖。
获中国电视剧“飞天奖”二等奖。
演员闫妮获中国电视剧“飞天奖”优秀女演员奖。
长篇小说《北风那个吹》由作家出版社出版。

2008年 26集电视剧《满堂爹娘》全国播出。

2008年 创作55集电视剧《闯关东中篇》，大连广播电视局、大连天歌传媒、大连电视台摄制，全国播出。
长篇小说《闯关东中篇》由作家出版社出版。

2009年 《高满堂文集》七卷由万卷出版社出版。

2011年 38集电视剧《钢铁年代》，山东电影电视剧制作中心、大连天歌传媒摄制，全国播出。
获中国电视剧“飞天奖”长篇电视剧二等奖。
演员陈宝国获中国电视剧“飞天奖”优秀男演员奖。

长篇小说《钢铁年代》由作家出版社出版。

2011年 38集电视剧《雪花那个飘》全国播出。
获搜狐最佳电视剧奖、最佳编剧奖。
演员张译获搜狐优秀男演员奖。
长篇小说《雪花那个飘》由作家出版社出版。

2011年 电影《郭明义》全国上映。
获中国电影“华表奖”最佳故事片奖。
获全国“五个一工程”奖。

2012年 41集电视剧《我的娜塔莎》全国播出。
长篇小说《我的娜塔莎》由作家出版社出版。

2012年 43集电视剧《老病号》播出。

2012年 36集电视剧《温州一家人》在中央电视台一套黄金档播出。
获第29届中国电视剧“飞天奖”长篇电视剧一等奖、优秀编剧奖。
演员殷桃获中国电视剧“飞天奖”优秀女演员奖。
获第12届四川电视节“金熊猫奖”国际电视剧评选活动银奖。
获第5届“新农村电视艺术节”一等奖、最佳编剧奖。
长篇小说《温州一家人》由作家出版社出版。

2013年 41集电视剧《闯关东前传》在中央电视台一套黄金档播出。
长篇小说《闯关东前传》由作家出版社出版。

2014年 43集电视剧《大河儿女》在中央电视台一套黄金档播出。
38集电视剧《于无声处》（与人合作）在后期制作中。
长篇电视剧《老农民》（与李洲合作）正在拍摄中。